행복과 평화에 이르는 길

티베트 승려가 된 히피 의사

티베트 승려가 된 히피 의사

처음 펴낸 날 | 2009년 3월 9일
두번째 펴낸 날 | 2009년 11월 25일

지은이 | 툽뗸 갸초 (에이드리언 펠트만)
옮긴이 | 김인이

편집 | 조인숙, 박지웅, 홍현숙
펴낸이 | 홍현숙
펴낸곳 | 도서출판 호미

등록 | 1997년 6월 13일 (제1-1454호)

주소 | 서울시 마포구 서교동 339-4 가나빌딩 3층
편집 | 02-332-5084
영업 | 02-322-1845
팩스 | 02-322-1846
전자우편 | homipub@hanmail.net

디자인 | (주)끄레 어소시에이츠

필름출력 | 문형사
인쇄 | 대정인쇄
제본 | 성문제책

ISBN 978-89-88526-87-3 03810
값 | 11,000원

(호미) 생명을 섬깁니다. 마음밭을 일굽니다.

행복과 평화에 이르는 길

티베트 승려가 된 히피 의사

툽뗀 갸초(에이드리언 펠트만) 지음 | 김인이 옮김

호미

툽뗀 갸초Thubten Gyatso 스님

속명은 에이드리언 로이 펠트만Adrian Roy Feldmann으로, 1943년 오스트레일리아 멜버른에서 태어났다. 1969년 멜버른 대학 의대를 졸업하고, 1971년 영국 런던대학에서 열대의학 학위를 받았다. 1969년부터 1975년까지 뉴기니, 영국, 오스트레일리아에 있는 여러 병원에서 의사로 일했다.

런던에서 학위를 받고서 의사로 일하던 중, 히피가 되어 아프가니스탄, 파키스탄을 친구들과 여행하다가, 인더스 강을 장장 1,000킬로미터에 걸쳐 작은 범선을 타고 여행하였다. 그러면서, 오래 전부터의 삶의 화두였던 행복과, 어떻게 살 것인가 하는 철학적인 문제에 대해 탐구하던 중, 네팔 카트만두에서 라마 예셰와 라마 조파 린포체의 명상 강좌를 듣게 되고, 그 뒤 불교도가 되기로 결심하였다.

1975년 네팔 카트만두 코판 사원에서 사미계를 받았으며, 1977년 인도 다람살라에서 비구계를 받았다. 티베트 불교 승려가 된 뒤로 네팔에서 무료 의료원을 운영했으며, 오스트레일리아, 프랑스, 미국, 대만, 홍콩, 일본, 몽골 등 세계 곳곳의 불교 회관에서 상임법사로서 불교와 명상을 가르쳐 왔다.

최근에 2004년부터 2008년에 걸쳐 오스트레일리아 캥거루 섬에 홀로 안거하며 3년 결사를 마쳤고, 2009년 3월부터 몽골 울란바토르 불교 회관에서 상임법사로 활동하고 있다.

옮긴이 | 김인이

1962년 강원도 고성에서 태어났다. 이화여자대학에서 교육심리학을, 인도 푸나대학원에서 철학을 전공했다. 2001년 겨울 전라도 대원사에서 갸초 스님과 대담하고 법문을 통역하면서 인연을 맺었다. 지금은 뉴질랜드 작은 마을 고등학교에서 보조교사로 일하고 있다.

차례

나는 지금까지 언제나 지켜보는 사람, 생각하는 사람, 꿈꾸는 사람이었다. 조그만 꼬마였을 때도 나는 세상을 이리저리 섬세하게 헤아리고 있었고, 그리하여, 자라면서 점점 더 확실히 깨우친 것은, 삶이 아무리 복잡해 보여도 그 속을 들여다보면, 동물이든 인간이든, 우리 모두에게 공통된 화두는 행복을 바라고 상처 입기를 바라지 않는다는 단순한 사실이었다. 그렇건만 우리는 번번이 제 욕심만 챙기는 빤한 어리석음에 빠져 행복을 깨뜨리고 비참함에 빠진다. 일테면, 경쟁이란 것이 놀이로 재미삼아 할 때에는 웃음을 안겨 주지만, 그것이 심각해지는 순간 놀이는 끝나고 누군가의 눈에서 눈물이 솟게 만든다. 무리 지어 노는 아이들을 한번 관찰해 보라. 잘 놀다가도 누군가 자존심이 상하면 순식간에 즐거움은 사라지고 다툼이 생기는 것을 볼 수 있다. 어른이라고 해서 다르지 않다. 어른은 다만 덩치 큰 아이일 따름이다. 어른의 놀이는 좀더 복잡할 뿐 자존심이 민감하게 반응하는 것은 매한가지다.

몸에 상처를 내는 물리적인 폭행에서부터 욕설 같은 언어적 폭력, 정신적인 학대에 이르기까지, 나는 언제나 폭력이 딱 질색이었지만, 폭력은 내 안에도 있었다. 폭력이 싫었지만, 그것을 어찌 해야 할지 몰랐다. 나뿐만이 아니라 누구나 다 그러니까 하면서 성내고 미워하는 것을 정당화하는 것이 때로는 더 쉽게 느껴졌다. 하지만 폭력이 남긴 쓴맛은 내게서 즐거움을 앗아 갔고 나를 불행하게 만들었다. 그런데, 그와 달리, 친절함에서 우러난 행동을 하는 사람들은 행복하고 문제도 그리 없다는 것을 알게 되었다. 이 같은 헤아림이 대단한 관찰이다 싶진 않지만, 적어도 이런 의문을 던진다. "행복이 친절함에서 오고 불행이 이기심에서 오는 것이라면, 행복은 왜 그렇게 붙잡기 어렵고 우리는 왜 늘 슬픈 걸까?" 다시 말해, "왜 우리는 남들을 사랑하지 못하고 이기심을 버리지 못하는 걸까?"

이 책은 그 대답을 찾아가는 나의 이야기다.

불교의 가르침을 접하면서 나는 이기심이 바로 불행의 뿌리임을 확연히 알게 되었다. 이기심은 자만심, 욕심, 분노 같은 감정을 일으킨다. 행복을 찾으려는 우리의 노력을 단번에 무력화시키는 그런 감정들 말이다. 무엇보다도 불교의 가르침은 이기심을 극복하는 방법을 알려 준다.

문제가 마음 속에 있는 만큼, 그 해결책도 마음 속에 있다.

우리는 욕심이나 분노 같은 감정이 바람직하지 않다는 것을 잘 알면서도 정작 행동은 딴판으로 한다. 일이 마음대로 되지 않으면 화를 내며, 자만심과 욕망을 가장 가까운 벗인 양 마음 속에 간직한다. 사람이나 소유물이 기대대로 되지 않을 때 우리는 쉽게 그들한테 탓을 돌리며, 좀처럼 우리 자신의 태도에 잘못이 있음을 보려거나 인정하려고 하지 않는다. 알맞은 약을 쓰지 않으면 병의 원인을 아는 것만으로는 아무런 소용이 없다. 마찬가지로 이기심이 불행의 뿌리임을 안다 해도, 문제를 해결할 처방—지혜와 자애심을 기르는 것—을 계발하지 않으면 아무런 도움이 되지 않는다. 그러려면 우리 마음이 어떻게 작용하는지, 그리고 나쁜 정신

10

적인 습관들을 멈추려 할 때 생기는 장애들을 어떻게 이겨 내야 할지 알아야 한다. 우리 내면의 목표를 향해 가는 동안 예기치 않았던 정신적인 장애가 우리를 망가뜨리기 전에 그것을 먼저 알아채고 물리쳐야 한다.

역사상의 붓다는 이천오백 년쯤 전에 인도에서 왕자로 태어났다. 티베트 전통에 따르면 붓다는 이미 죽음과 다시 태어남을 초월한, 깨달은 존재였다. 그런데도 붓다가 이 태어남의 길을 택한 것은, 다른 모든 존재가 괴로움을 넘어서서 영원한 행복을 얻도록 일깨우기 위해서였다. 스스로 본보기를 보이고 인내심 있게 가르침을 펴면서 붓다는 금욕과 위대한 자비, 실재를 보는 지혜(궁극의 실재가 곧 비어 있음을 깨닫는 지혜 — 옮긴이)가 우리가 따라가야 할 길임을 보여 주었다.

붓다는 왕궁의 호화로움과 즐거움을 뒤로 하고 금욕 수행 하는 요기가 되었고, 그럼으로써 감각의 즐거움이나 우리에게 즐거움을 주는 대상들이 결코 의지할 만한 것이 아님을 보여 주었다. 그런 것들은 영원한 행복을 줄 수도 없거니와, 그것들에 빠져 있는 동안 우리는 언제까지나 병과 나이듦과 죽음의 괴로움에 휩싸일 수밖에 없다. 그러므로 이 길에 드는 첫 걸음은 감각의 즐거움에 대한 욕망을 버리는 것이다. 그 뒤에 붓다는 당시의 가장 위대한 종교 수행자들이 가르친 모든 것을 직접 배우고 수행한 끝에, 그 방법들도 괴로움에서 벗어나는 완전한 처방이 아님을 보여 주었다.

붓다는 보드가야 보리수 밑에서 명상을 한 뒤에 사성제, 곧, 네 가지 진리를 가르침으로써 자신의 깨달음을 드러냈다. 첫째 우리 삶에는 참된 만족이 없다는 것이고, 둘째 그 까닭은 우리가 감정에 끄달리기 때문임과 동시에 지금까지 지은 업에 따른 것이며, 셋째 그 모든 것의 대안인 열반은 모든 괴로움과 그 괴로움의 원인이 그친 상태이며, 넷째 열반에 이르는 길은 참된 실재를 보는 지혜에서 비롯한다는 것이다. 이 지혜야말로 이기심의 뿌리인 어리석음에서 곧바로 벗어나게 해 주는 해독제이다. 붓다는, 그런 뒤에, 수많은 제자들을 모아 여러 해 동안 그들을 가르침으로써, 차별 없이 남을 돌보는 것이 불성佛性을 얻는 길임을 보여 주었다. 불성이란 열반에 이르는 그 길을 이해하고 수행할 준비가 된 중생을 이끌기 위하여 이 우주 어디에고 몸을 나타낼 수 있는 상태를 말한다. 우리 모두는 불성 곧 깨달음을 얻을 수 있는 잠재력을 지니고 있거니와, 다만 그 방법을 안내해 줄 길라잡이가 필요할 따름이다.

나는 불교 승려로서 서른 해 가까이 지내 오는 동안 여러 위대한 스승들과 함께 공부하고 명상했다. 그리고 이제 안거를 시작하려고 한다. 내 구도 과정의 하나로 지혜와 자비를 기르기 위해 앞으로 세 해 동안 사회에서 완전히 떨어져서 안거安居를 하려고 한다. 더 길어질 수도, 더 짧을 수도 있으리라. 바깥 사회와는 완전히 담을 쌓고 지낼 것이다. 내게 음식을 가져다 주는 사람과도 얘기는커녕 아예 그를 보는 일도 없을 것이다. 내 흙 오두막을 둘러싼 담이 내가 움직이는 경계가 될 테고, 화초 기르기나 책읽기, 글쓰기 따위로 시간을 허비하지도 않을 것이다. 내 본분사에 방해만 될 터이기 때문이다. 내가 할 일은 오직 사물을 있는 그대로 보기이다. 편견이나 선입견으로 왜곡되지 않은, 본래의 모습 말이다. 마음 챙김과 깨어 있음과 무위 삼매를 조수로 삼아, 내 마음의 흐름 속에서 거칠게 몰아치는 감정의 강을 건너, 잔잔한 지혜의 바다로 들어가는 것, 이것이 나의 임무이다.

어떤 사람들은 내가 세상과 인연을 끊으려고 하는 것이 이기적인 태도라고 책잡기도 했지만, 나로서는 다른 길이 없다. 지적인 관념으로 왜곡되는 일이 없는 특별한 지혜는 책이나 다른 것에서는 얻을 수 없다. 다만 자격 있는 스승의 지도를 받아 명상함으로써 얻을 수 있을 뿐이다. 우리는 맨 먼저 스승이 보여 주는 온전한 본보기에 의지함으로써 남을 해치지 않는, 덕 있는 삶을 실천한다. 이어서 존재의 실재에 대해 머리로 이해하게 되고, 또 특별히 자애심을 가지도록 우리 마음을 훈련한다. 그런 다음에는, 그저 지식으로 아는 지혜가 아니라, 존재의 실재를 바로 보는 특별한 지혜를 기르기 위해서, 고요한 안거가 꼭 필요하다. 안거는 이기적인 행동이 아니다. 붓다가 그랬듯이, 다른 이를 도울 수 있는, 자격을 갖춘 스승이 되도록 자기 자신을 닦고 또 닦아 나가는 것이 그 목적일 따름이다.

때로 내 목표가 현실성이 있는 걸까 하는 의구심이 든다. 승려로서 그 오랜 세월을 보낸 뒤에도 내 마음은 아직 다스려지지 않았다. 겨우 몇 초밖에 집중하지 못하고, 욕망과 화를 아직도 다잡지 못하고 있다. 세 해 뒤에, 어쩌면 서른 해 뒤에도, 내가 자격 있는 스승이 되리라는 보장은 없다. 그렇지만 죽음이 나를 막기 전까지 나는 계속 힘써 나갈 것이다. 그리고 비록 내가 그 잔잔한 바다에 들어가지 못하더라도 내가 힘쓴 경험은 어떤 식으로든 다른 사람들에게 도움이 되리라 생각한다. 내 친구가 인도에서 본, 어느 사무실의 재미있는 간판이 생각난다. 그 간판에는 '산짓 로이 법률학사(낙제했음)' 라고 씌어 있었다. 친구는 들어가서 물어

13

보지 않을 수 없었다. 로이 씨 설명인즉, "비록 낙제했어도 공부한 것이 전혀 공부하지 않은 것보다 훨씬 낫지요. 내겐 고객들에게 제공할 특별한 것이 있답니다." 비록 내가 깨달음을 얻지 못한다 해도 나는 사람들에게 제공할 특별한 것을 얻을 것이라고 믿는다.

내가 지금 이야기하려는 것은, 어떻게 해서 내가 삶의 이 지점에 이르게 되었는지에 대한 과정이다. 내가 이 이야기를 쓸 생각을 처음 한 것은, 1980년대였다. 그 때 나는 어느 오래 된 프랑스 저택을, 유럽에 사는 서양 사람들을 위한 첫 번째 티베트 불교 사원으로 바꾸는 일을 맡고 있었다. 지붕에서 부서진 기와를 바꾸고 있는데 구형 메르세데스 한 대가 와서 섰다.

"여기가 티베트 절인가요?" 차를 몰던 남자가 물었다.

"예, 여기가 절입니다. 아니, 적어도 절의 시작이랍니다."

"여기 티베트 스님이 계신지요?" 남자가 다시 물었나.

주지 스님과 차를 마시면서 남자는 자기 이야기를 들려 주었다. 그는 언젠가 신 같은 존재를 환영으로 본 적이 있는데, 그 존재가 말하길, 일곱 해 안에 남부 프랑스에 있는 그의 집 근처에 티베트 불교 사원이 하나 생길 것이니, 그 절에 가서 집안에서 오랫동안 대물림해 온 가보를 그 절 스님에게 드리라고 했단다. 그러면서 그 환영을 본 지 일곱 해가 되었다고 했다. 그는 주지 스님에게 작은 꾸러미를 건네주고는 떠났다.

주지 스님과 나는 놀라 서로를 바라보았다.

"한번 볼까요." 내가 웃으면서 말했다.

주지 스님이 꾸러미를 풀자 길이가 3센티미터쯤 되는, 직육면체 모양의 초록빛 물체가 드러났다. 에머랄드라고 보기에는 너무 컸다.

"아, 이건 그냥 유리네요." 내가 퇴짜놓듯이 말했다.

"아니오." 주지 스님이 말했다. "티베트에서 늘 있는 일이예요. 절을 지을 때면 다카들이 산에서 내려와 귀중한 보석들을 준답니다."

다카는 배우자인 다키니와 더불어 영성을 닦는 길에서 높은 성취를 이룬 존재다. 신비한 거처에서 구도의 길을 닦아 가면서, 일반 사람들이 수행하도록 돕는다. 이런 점에서 그들은 성경에 나오는 천사와 같다.

"이 보석이 얼마나 가는지 알아봅시다." 주지 스님이 말했다.

우리는 남자가 준 선물을 툴루즈(프랑스 남서부에 있는 도시—옮긴이)에 있는 보석 가게로 가져갔다. 보석상은 그 물건에 불빛을 비추며 돋보기로 가까이 살펴보았다.

"이거 에머랄드인데요." 보석상이 말했다. "툴루즈에는 이걸 살만 한 사람이 없습니다. 파리로 가져가셔야 할 겁니다. 아랍 부호들이 이런 큰 보석을 모으길 좋아하거든요."

보석 가게를 떠나면서 나는 주지 스님에게 보석을 보여 달라고 했다. 그제야 그 보석은 내 눈에도 빛나 보였다. "와, 아름답군요!" 내가 말했고, 우리는 부엌 찬장을 터는 데 성공한 아이들처럼 웃음을 터뜨렸다.

그 날 저녁 나는 그 날 일어난 일을 돌이켜보았다. 과학에 바탕을 둔 내 회의론은 불교 덕분에 많이 누구러졌고, 덕분에 그러한 사건에 의연하게 대처하는 것을 배웠다. 우리에게 기부한 이가 다카였는지 아니면 그저 인심 좋은 사람이었는지 모르겠지만, 내 마음은 그 두 가지 가능성에 다 열려 있었다. 그러면서 내 세계관이 어떻게 이 정도로 융통성 있게 되었는지, 그 이야기를 써야겠다는 생각이 들었다.

불교를 만나기 전에도 진리를 찾는 내 탐구는 여러 범상치 않은 모험으로 이어졌다. 그 하나가 친구들과 함께 파키스탄의 인더스 강을 배를 타고 내려간 각별한 여행이었다. 그 여행은 내 삶을 바꿀 용기와 결단력을 주었다. 관습에 얽매이진 않았으나 그저 평범할 뿐이던 내가 의사 생활을 저버리고 승려가 되기까지, 나를 이 길로 이끈 일련의 사건들을 적은 이 기록은 사건들의 단순한 연대기를 넘어서서, 내 삶에서 가장 중요한 삼년 안거安居의 문턱에 이르기까지의 내 안팎의 변화를 드러내 보인다.

이 글은 내가 1970년대에 한 것 같은 그런 여행을 할 자유나 여유가 없는, 하지만 비슷한 의문을 품은 사람들을 위해 쓴 것이다. 바라건대, 그들이 세상을 이해하고 자기 삶의 의미를 찾는 데 도움이 될 무엇인가를 발견하면 좋겠다. 나라와 나라 사이에서 나타나는 끔찍한 폭력주의, 그리고 그것에 대적하기 위해, 그에 버금가는 폭력을 또 동원하곤 하는 일이 무력감을 일으키고 있다. 그 분별 없는 살상을 멈추기 위해 우리는 무엇을 할 수 있을까? 우리는 어떻게 이 세상에 평화를 가져올 수 있을까? 냉소적인 무관심은 위험하다. 무관심은 남을 도우려는 생각마저 저버리게 하고, 사회를 개선시키려고 하는 대신에, 우리의 힘을 방종한 삶에 쏟아 버릴 위험이 있기 때문이다.

사회의 모든 희망은 사회를 구성하고 있는 개개인, 곧, 우리 자신에게 있다고 굳게 믿는다. 개인의 책임감을 통해 우리 한사람 한사람이 자신의 이기심과 욕심과 증오에 맞서기만 하면, 세상은 더 나아질 기회가 있다. 세계 평화는 사람의 마음 속에 있는, 남에게 피해를 주지 않으려는 타고난 품성에 달려 있다. 평화는 폭력을 통해서는 결코 얻을 수가 없다.

불화는 바깥세상에만 존재하는 것이 아니다. 마음의 평화를 얻으려는 우리의 노력은 끊임없이 좌절을 겪는다. 우리는 개인의 행복을 위해 자신의 배우자, 자신의 재산과 명성, 그리고 남의 사랑에 의지한다. 하지만 그 어떤 것도 믿을 만하지 않다. 우리 자신의 몸뚱아리조차 아프지 않거나 나이를 먹지 않을 거라고 믿을 수가 없다. 무언가를 성취했다는 만족감은 그 순간 바로 달아나곤 한다. 즐거움을 찾으려고 끝없이 추구하는 우리는 마치 연못 위를 떠다니는 연밥을 물려고 애쓰는 자라와도 같다. 연밥은 한입 물려는 순간 살짝 미끄러져 나간다. 연밥에 독이 있는 것을 안다면, 그리고 연못 바닥에 지천으로 널린 연뿌리가 가장 맛난 자양물임을 안다면, 우리는 그 우스꽝스런 짓을 당장 그만두고, 남을 돕는 기쁨의 맛을 어떻게 즐길지를 배우려 하지 않겠는가.

어떻게 하면 이기심을 버리고 연꽃의 더없는 기쁨을 맛볼 것인지를 들려 주고 싶어서 이 책을 썼다.

2005년 봄
툽뗀 갸초

17

1
인더스 강을 만나다

강을 따라 내려간 여행은

행운이 가득한 마법 같았다.

나는 이 세상과

사랑에 빠져 있었다.

방랑벽이 시작되다

내 아버지 쪽 조부모님은 유대교도로 독일에서 오스트레일리아로 이주해왔다. 조부모님들이 특별히 종교에 관심 있는 분들이 아니었는데도 아버지는 정통 유대교 교육을 제법 받았다. 내 어머니 쪽 식구들은 독실한 감리교 신도로서 19세기 중반에 영국에서 이주해 왔다. 두 분은 1941년에 혼인해 네 아이를 두었다. 형 맥스가 1942년에, 그 이듬해에 내가 태어났다. 두 해 뒤에 남동생 가이가, 그리고 1951년에 여동생 케이트가 태어났다. 내가 겨우 다섯 살일 때 부모님은 나를 '학자'라고 불렀다. 내가 신동이어서가 아니라, 그저 '말썽꾼 개구쟁이'인 형 맥스와는 딴판임을 강조한 말이었다. 우리 식구는 내가 네 살 때까지 멜버른의 바닷가 쪽에 살다가 시드니로 옮겼는데, 거기서 아버지는 오스트레일리아 연방 영화국 각본 작가로 일했다.

시드니 본디에 있는 아파트에서 사는 동안, 우리 형제들은 거기서 거리의 자유를 마음껏 누렸고, 여름이면 바닷가에서 살다시피 했다. 우리는 본디 북쪽 바닷가에 있는, 암초로 둘러싸인 좁고 깊은 웅덩이에서 헤엄치기를 즐겼는데, 일종의 통과의례로서 '사내들의 웅덩이'라고 알려진 그 물 속으로 뛰어들곤 하면서 용기 있음을 뽐내곤 했다. 그 곳은 바위 틈새의 좁다란 물웅덩이로 물살이 유난히 세어 위험했다.

적은 돈으로 살림을 꾸려 가면서 식구들을 돌보느라 어머니는 늘 고되고 힘들었지만 유머 감각과 후덕한 성품으로 자신을 지켰다. 어머니는 어느 누구도 나쁘게 말한 적이 없었다. 아버지가 일하던 영화 촬영소에서 성탄절 잔치를 할 때였다. 익살과 장난기가 지나쳐서 아버지를 골려 대곤하던 촬영 기사가 어머니한테 인사했다.

"안녕하세요, 로나. 휴 매긴스라고 합니다."

"어머나, 이름이 휴라고요? 남편이 밤마다 하는 말을 듣고는 이름이 '블러디'인 줄 알았어요(남편이 그를 "블러디 매긴스[빌어먹을 매긴스]"라고 한 것을 빗댄 농담 — 옮긴이)."

어머니의 재치 있는 대답에 휴 아저씨는 여간 즐거워하지 않았다. 그 뒤로 휴 아저씨 부부는 우리 식구와 가까운 친구가 되었다. 아버지는 성격이 심각한 편이고 화를 쉽게 냈는데, 아버지를 놀리기에 도가 튼 휴 아저씨 덕분에 어머니는 아버지의 그런 성격에 잘 대처하는 방법을 터득할 수 있었다.

여동생 케이트가 태어난 뒤 우리 식구는 다시 멜버른으로 옮겼다. 멜버른 동쪽 가장자리에 있는 애시우드에 살 때, 애시버튼 초등학교 4학년 학

급에서 내 짝 게리를 만났다. 게리네 집은 우리 집에서 멀지 않았고 우리
는 친구가 되었다. 그즈음 나는 애시버튼 도서실의 어린이부에 있는 책들
을 죄다 읽고는 급기야는 성인부의 책까지 게걸스레 읽어 나갔다. 도스토
예프스키의 소설 「카라마조프의 형제들」을 읽으면서 막내인 알료샤와 나
를 동일시했다. 알료샤는 조용한 몽상가요, 생명을 사랑하고 모든 이들이
좋아하고 여자들한테 수줍고 깍듯한, 일등은 한 적이 없는 우등생이었다.
그런가 하면 남에게 의지하는 법이 없고, 아버지와 늘 갈등을 빚고, 씀씀
이가 헤픈 맏형 드미트리는 딱 우리 형 맥스였다. 나는 종교에 대해 아는
것이 없었지만, 수도원에 들어가 은둔자가 되려는 알료샤의 소망에서 무
언가 특별한 느낌을 받았다.

1963년에 나는 멜버른 대학 의대에 들어갔다. 학생들 가운데 국립 학
교 출신이 몇 명 있었는데, 내가 그들이 받은 광범위한 교육을 부러워한
반면에 그들은 세상 물정에 밝은 내 삶의 방식을 부러워했다. 나는 도서
실에서보다 대폿집에서 더 많은 시간을 보냈지만 해마다 그럭저럭 시험
에 통과했다. 온갖 사회 변화가 일어나던 때라서 1960년대는 대학에 몸
담고 있는 것이 좋은 때였다. 세상 물정에는 밝았을지 몰라도 나는 사
교 면에서는 쑥맥인 몽상가였다. 앞에 책을 펴 놓은 채, 마음은 저 멀리
햇살 가득한 바닷가에 가서 완벽한 파도를 타거나, 완벽한 물고기를 잡거
나, 완벽한 여자를 안고 있었다.

미술 대학에서 게리는 같은 학교 학생인 크리스를 만났다. 크리스는 게
리네 반에서 시간제 모델로 일하고 있었는데, 부끄럼 많고 검붉은 긴 머

리가 매력적인 아가씨였다. 붉은 자주빛 옷을 즐겨 입던 크리스는 따뜻함과 사랑이 넘쳤다. 둘 사이가 점점 익어 가는 사이에 가끔 문제가 생기면 나는 크리스를 돕는 역할을 했다. 그러면서 우리 셋은 아주 가까워졌다. 1960년대에 기성의 권력 체제를 무너뜨리는 데 몰두하면서 우리 셋은 권위라면 어떤 형태의 것이든 경멸하게 되었다.

나는 여자들 앞에서 부끄러움을 탔고 오래 사귀는 여자 친구가 없었다. 아버지가 밤에 호통치는 것을 들으면서 나는 성냄과 무분별함 때문에 사랑이 녹스는 일이 없는, 완벽한 관계를 찾으리라고 마음먹었다. 친구들 부모님도 대부분 비슷한 가정 불화를 겪는 것을 보고서도 내 이상주의는 꺾이지 않았고, 오히려 더 까다로워졌다. 나는 공격적인 태도에 대해 아주 민감해져서, 어떤 식으로든 그러한 불화를 피하려고 했다.

게리는 미술 대학을 마친 뒤에 영국으로 바다 여행을 떠났다. 나는 학교를 한 해 쉬고 게리와 함께 떠나 인도를 들렀다가 돌아오고 싶었지만, 아버지가 내 생각을 탐탁치 않게 여긴 데다가 돈도 없었다. 게리는 오스트레일리아에는 아직 소개되지 않은 비틀즈의 음반 '페퍼 병장의 론리 하츠 클럽 밴드(Sergeant Pepper's Lonely Hearts Club Band)' 한 장과 환각제 엘에스디LSD를 가지고 유럽에서 돌아왔다. 조용한 바닷가 오두막집에서 게리, 크리스와 함께 맛본, 음악과 마약의 결합은 우리의 세계를 영원히 바꾸어 버렸다. 그것은 상상 이상으로 멋지고 기막혔다. 마음이 지닌 잠재력에 바짝 호기심이 생겨 더 알고 싶었지만, 의대 5학년이라서 마지막 시험에 온 정신을 쏟아야 했고, 공부하면서는 엘에스디를 다시 먹지 않았다. 그 때 나는 엘에스디를 먹고는 돈 버는 일에 완전히 흥미를 잃었다는 아일랜드의 한 정신의학 교수 이야기를 읽었다. 그가 돈 버는 일에 흥미를 잃은 것은 다행이었다. 마약을 했다고 고백한 것만으로도 그는 직업을 잃었으니.

여행을 하고픈 내 소망은 졸업한 뒤 마침내 이루어졌다. 파푸아뉴기니 영토의 오스트레일리아 정부 기지 병원에서 수련의 자리를 얻은 것이었다. 동북쪽 바닷가에 자리한 레Lae 마을에서 지내는 동안 그 인상적인 자연 환경과 자연보다 더 이국적인 질병들을 대하면서 나는 곧 열대의학을 전공하기로 했다. 나는 적도의 그 강렬한 삶의 떨림을 즐겼다. 뉴기니아 사람들의 천진난만한 소박함과 타고난 기품은 내가 삶을 새롭게 보도록 가르쳤다. 작은 것들에 눈길을 주면서 즐기고, 선입견으로 행복을 흐리지 말 것.

그 병동에서 나는 오스트레일리아의 그 어떤 의대 졸업생 1년차보다도 더 많은 일을 해야 했다. 병동에는 내과의, 외과의, 소아과 의사가 한 명씩 있었고, 필요할 때면 객원으로 일하는 산부인과 의사가 오곤 했다. 그 지방 의사는 마취 전문의였다. 모두가 자기 일에 아주 능숙했고, 나는 그 의사들한테서 많은 것을 배웠다. 말라리아와 그밖의 풍토성 열대 기생균 외에도, 가장 흔한 병은 폐렴이었다. 내가 그 곳에 있는 동안 유행성 감기 전염병으로 고지대 마을 사람이 몇백 명이나 죽어 나갔다. 어느 가난한 아낙네는 남편이 전염병으로 죽은 뒤에, 자기도 기침을 하자 곧 죽을 것이라고 믿고, 두 아들과 자신을 목매달려고 했다. 마침 나뭇가지가 부러져서 강에 떨어졌는데 두 아들은 물에 빠져 죽고 여자만 살았다. 나는 병원에서 두 아들의 송장을 부검한 뒤에, 배심원들 심리에 참석하려고 고지대 마을로 날아갔다. 그 여자는 풀로 엮은 허리도롱이를 입고 쇠사슬에 묶인 채 지방 검사 사무실 바닥에 앉아 있었다. 벽에는 총들이 줄지어 걸려 있었다. 그런 살벌한 분위기에서 그 여자는 오스트레일리아 법에 따라 살인 혐의를 받고 있었다. 몇 달 뒤에 그 여자는 내가 있는 병원 폐결핵 특별 병동에 입원하도록 허락받았다. 그 여자의 기침은 유행성 감기가 아니라 폐결핵이 원인이었다.

한번은 어떤 사내가 형제랑 싸운 다음 날 죽었다는 소식이 병원에 전해졌다. 이 또한 오스트레일리아 당국이 조사를 해야 했다. 우리가 탄 헬리콥터가 야자잎으로 이은 초가 마을 가운데 착륙했다. 한 사람도 보이지 않았다. 우리를 피해 모두 숲 속으로 달아난 것이었다. 통역자가 사람들을 부르자, 몇 분 뒤에 빽빽한 초목 사이에서 우두머리와 몇몇 사람이 나타났다. 그 우두머리는 자기 직책의 표시로, 오래 되고 낡아빠진, 챙이 달린 군대 모자와 우산 손잡이를 몸에 지니고 있었다. 그 사람들의 조상은 식인종이었기에 나는 우리 안전이 미덥지가 않았다. 특히 우리가 죽은 사람 일을 간섭하러 왔음에랴. 하지만 그 사람들은 아주 의연한 태도로 바나나 잎에 싸여 붉은 진흙에 묻힌, 사흘 된 송장을 파냈다. 죽음의 원인은 거의 뚜렷했다. 만성 말라리아 때문에 비장이 엄청 커졌는데, 배를 때려서 창자가 쉽게 빠진 것이었다. 하지만 법에 따라 부검을 해야 했다. 나는 냄새를 막으려고 마스크를 몇 개 쓰고 가스를 빼내려고 부푼 배를 찔러 비장 부근을 바로 들여다보았다. 사인이 확실해졌기에 나는 그 썩기 시작한 송장을 더는 살펴볼 마음이 없어 다시 묻으라고 했다.

나는 공식 회합에서 다른 의사들과 어울리기는 했지만 그이들은 나보다 나이가 많고 고리타분했다. 나는 자유 시간 대부분을 내 또래들과 보내면서 산호초 바다로 스킨 다이빙을 하러 갔고, 병원 바로 옆에 있는 작은 공항에서 관리하는 스카이 다이빙 동아리에도 들었다. 게리가 와서 몇 주일 동안 나와 머물다가 싱가포르로 떠났다. 런던으로 돌아가는 길이었다. 우리는 병원 뒤 언덕에 있는 식물원을 돌아보면서 많은 시간을 보냈다. 그 곳에 있는 여러 종류의 열대 난초와 세계 곳곳에서 가져온 야자나무로 만든 농장은 언젠가 우리가 공동체 마을을 이루어 그 곳에서 식물 낙원을 가꾸는 꿈을 꾸게 했다.

나는 런던 보건-열대의학 대학에서 공부하기 위해 영국으로 가리라 마음먹고 1970년대 초에 멜버른으로 돌아왔다. 형 맥스는 법학을 공부하고 있었는데, 형 대학 친구들 가운데 주디라는 여학생이 눈에 띄었다. 주디는 봄에 갓 핀 꽃 같았다. 스물한 살의 주디는 어깨 위로 물결지는 빛나는 검은 머리에, 삶의 불합리함을 꼭꼭 집어 내는 유머 감각을 지니고 있었다. 주디의 웃음은 내 마음을 녹였다. 그 즈음 여럿이 함께 뉴사우스웨일즈의 투폴드 베이에 있는 보이드 마을로 차를 몰고 가서 천막과 이동 주택에서 지낸 적이 있는데, 그 곳에서 주디와 나는 사랑에 빠졌다. 모든 것이 완벽해 보였다. 그러나 주디 아버지의 도움으로 내가 영국에 가는 화물선에서 의사로 일하게 되면서 우리 연애는 그만 짧게 끝났다. 주디는 미술 대학 학위를 마쳐야 해서 나와 함께 갈 수가 없었다. 내가 탄 배는 오스트레일리아 남부의 여러 항구에서 짐을 싣고 영국 리버풀을 향해 떠났다. 도중에 항구에서마다 애정을 자극하는 주디의 편지를 받으면서 나는 석 달 뒤에 영국에 도착했다. 런던에서 게리와 크리스를 만났고, 서리(영국 남부의 주—옮긴이)에 있는 병원에서 일하기 시작했다. 주말 휴가 때면 나는 켄싱턴에 있는 게리와 크리스의 작은 아파트에서 함께 지냈다.

학교 공부를 본격적으로 시작하면서 나는 자연사 박물관 맞은편에 있는 퀸스게이트에 아파트를 얻어 들어갔다. 영국에 온 목적 가운데 하나는 대학원 공부였다. 다른 하나는, 온 세상이 아직 미지에 뒤덮인 채로 나를 기다리고 있다는, 의대 교과 과정에는 없는 무언가가 내가 발견하기만 기다리고 있다는, 마음 속의 확신이었다. 나는 단순히 즐거움을 좇기보다는 삶의 목적을 찾고 있었다. 서양 종교에 대해서 아는 바가 거의 없었지만, 선과 악에 대해 각각 상과 벌을 준다는 창조주 개념은 도저히 받아들일 수가 없었다. 종교는 위선이 넘쳐 흐르고, 또 어마어마한 편견과 폭력의 역사를 이어 왔다고 믿던 터였다. 나는 마음에 대한 나의 통찰력과 과학을 이어 줄, 합리적인 연결 고리를 찾고 있었다. 그러나 한번씩 외로움이 도질 때면 그러한 노력 자체가 불합리해 보였고, 왜 주디를 남겨 두고 옴으로써 내 삶의 가장 행복한 시기를 포기해 버렸는가고 자책하곤 했다.

열대의학으로 학위를 딴 뒤 나는 에섹스(영국 남동부의 주—옮긴이)에 있는 소아과에서 일하기 시작했다. 이 작은 병원에서, 나는 병동과 외래 환자과를 열심히 돌다가 일이 끝나면 가까운 선술집을 찾는, 제법 즐거운 일상 생활에 금방 익숙해졌다. 그 병원에서 가장 마음에 드는 것은 한적한 뜰에 있는 크로케 잔디밭이었다. 거기서 크로케 경기를 할 때마다 나는 영국에 맞서 오스트레일리아의 명예를 지켰다. 그건 어렵지 않았다. 경기에는 규칙이 있고, 할 수는 있지만 신사라면 하지 않는 것들이 있다. 나는 신사가 아니었다.

게리와 크리스는 인도로 여행을 떠났고 나는 그들에게서 노만을 물려받았다. 노만은 한 해 전에 누군가의 저녁상에 오를 뻔한 것을 내가 구해서 크리스에게 준 하얀 수토끼였다. 공중으로 뛰어오르며 함부로 오줌을 싸 대는 미운짓을 하는 데에다 또 게리가 애써 기른 대마초를 먹는 죽을 죄를 지었건만, 노만은 사랑을 듬뿍 받았다. 노만은 병원 생활에 재빠르게 적응했다. 내 방에 있는 자기 우리 안에서 지내면서 내가 회진할 때마다 따라다녔는데, 내 어린 환자들에게 기쁨을 준 것은 말할 것도 없었다. 어쩌다 크로케 잔디밭에서 빛깔 화사한 공과 타구봉 사이로 노만이 모습을 드러낼 때는, 언제 '이상한 나라의 앨리스'에 나오는 잔인한 하트 여왕이 나타나 "저놈 목을 베라!"고 소리를 지르지 않을까도 싶었다.

한번은 회진을 하고 있는데 오스트레일리아에서 전화가 왔다. 가족들과 주디가 내 생일을 축하한다고 전화한 것이었다. 주디의 목소리가 내 마음을 휘저어 놓았다. 나는 병원에서 임기가 끝나는 대로 오스트레일리아로 돌아갈 생각이라고 편지를 썼다. 답장에서 주디는 다른 누군가와 살고 있다면서 내가 돌아오기에 좋은 시기가 아니라고 했다.

내 마음은 어두워지는 가을 하늘과 같았다. 내 앞날에 대해 깊이 생각할 곳을 찾아 나는 병원 뒤 숲을 지나 호수로 갔다. 호수는 고즈넉하고 아름다웠다. 호수가 내려다보이는 언덕에서 나는 물부리 담배에 불을 붙이고, 남쪽으로 기울어 가는 희미한 해의 따뜻한 기운이 살풋 남아 있는 물망초 풀밭 위에 누웠다. 시든 해바라기들이 고개를 숙이고 내 둘레에 서 있었다. 그 꽃들 사이에서 꿩 깃털 하나가 눈에 띄었다. 하필이면 주디가 입던 옷하고 같은 색이었다. 나는 제발 더는 나한테 장난치지 말라고 애꿎은 물망초한테 으름장을 놓았다. 머리 위, 보랏빛 안개 위의 맑은 하늘 한켠에서는 비행기들이 히스로 공항에 착륙하려고 순서를 기다리면서 독수리마냥 맴돌고 있었다.

영국에 머물 것이냐, 오스트레일리아로 돌아갈 것이냐, 아니면 내 마음속 방랑벽을 따를 것이냐. 오스트레일리아로 돌아가려던 계획은 조금 전에 물거품이 되고 말았다. 이성이 시키는 대로 하자면, 열대의 정글 병원에서 일하겠다는 뜻을 이루기 위해 영국에 머무르며 더 경험을 쌓아야 했다. 하지만 이성은 가장 가까운 곳에 적을 두고 있었다. 게리와 크리스한테서 편지를 받은 것이다. 둘은 아프가니스탄에 이르러, 여러 나라에서 온 여행자 열두 명이랑 잘랄라바드의 어떤 집에서 살고 있다고 했다. 게리는 그들이 보고 경험한 이국풍의 이미지들을 글과 그림으로 편지에서 보여 주었다. 그 유혹적인 그림에 이끌려 나는 결정을 내렸다. '아프가니스탄으로 가자.' 방랑벽의 승리였다.

미지의 세계로

1972년 1월 중순, 나는 카라치(파키스탄의 옛 수도 —옮긴이) 공항 세관을 빠져나와 주위를 둘러보았다. 해가 막 떴는데, 사람들이 죄다 아직도 잠옷을 입고 있는 듯했다. 그 옷이 파키스탄 전통 옷이라는 것을 이내 깨달았다. 어쨌든 남자들뿐이었다. 여자는 한 사람도 보이지 않았다. 나는 공항 유리문을 나서서, 쌀쌀한 런던과는 아주 다른, 따뜻하고 축축하고 어떤 향기를 품은 대기 속으로 들어섰다. 그것은 또 몹시 흥취를 자극했다. 태어나서 처음으로 자유의 숨을 들이마시는 것만 같았다.

  편지에서 게리는 여행길에서의 경제학을 가르쳐 주었다. 첫째 규칙은 돈을 은행에서 바꾸지 않기였다. 암시장이 언제나 낫다는 것이었다. 그러나 은행도, 암시장도 보이지 않았다. 이 궁지를 어찌 면할까 곰곰 생각하고 있는데 누군가 내 가방들을 들어 택시 짐칸에 던져 넣더니 나를 거칠게 뒷자리로 밀어넣었다.

"돈을 바꿔야 하는데." 택시 운전수의 동료인 듯한 그 남자에게 내가 말했다.

"음, 내가 돈 바꿔 줘. 문제 없어." 그가 대답하면서 나를 위해 자동차 문을 닫아 주고는 조수석에 뛰어올랐다. 게리는 이런 상황에 대해서는 아무런 귀띔도 해 주지 않았다. 차가 움직이자 그가 고개를 돌려 물었다. "호텔?"

"아니. 기차역으로 데려다 줘."

"어느 나라에서 왔지?"

"오스트레일리아."

"아 그래, 이안 채플, 아주 잘 하는 타자야."

"그래." 오스트레일리아라고 하면 무엇이든 이렇게 크리켓에 관한 이야기하고 엮이는구나 싶어 느낌이 묘했다.

"얼마나 바꿀 건데?"

"이십. 환율을 얼마로 해 줄래?" 게리의 둘째 규칙, 언제나 미국 달러 지폐를 잔돈으로 가지고 다니기. 그러나 미국 달러가 파키스탄 루피로 얼마나 하는지 내가 알 턱이 없었다.

"십팔."

"싫어. 은행이 더 낫지." 나는 마치 평생 해 온 것처럼 허풍을 쳤다.

"노우, 노우, 노우. 은행 환율은 고작 12루피야."

내가 졌다. 고작 이십 달러였고 다른 수가 없었다. 고단함과 시차 문제에다 택시 창 밖으로 보이는 굉장한 광경들 때문에 머리가 핑핑 돌았다. 거래가 이루어지자 물음이 이어졌다.

31

"해시시(대마초의 꽃봉오리로 만든 환각제 —옮긴이) 할래?"

"아니." 나는 저으기 의심쩍어하면서 대답했다. 파키스탄에서 처음 돈을 바꾸면서 아마도 속았지 싶은데, 그렇게 해서 바꾼 내 비싼 루피를 마약 사느라고 값싸게 내줄 마음이 없었다. 내가 거절해도 남자는 기죽는 법이 없었다. 그가 해시시 한 조각을 꺼내서는 웃으면서 주었다.

"인심 쓴다." 남자가 저희 말로 소근거렸다.

그만큼의 해시시도 런던에서는 이십 달러를 훨씬 웃돌 것이어서, 나는 그 선물을 냉큼 받아 주머니 속에 넣었다. 이 사람들이 돈 거래를 꽤나 잘한 것임에 틀림없다고 생각하면서. 택시는 어느 기차역에 차를 댔고 둘은 신이 나서 떠났다.

지도를 보니 카라치에서 페샤와르로 가는 기찻길은 북쪽으로 1,000킬로미터도 넘게 뻗어 있었다. 페샤와르는 카이베르 고개 바로 전에 있는 마지막 도시로, 아프가니스탄과 국경을 이루고 있었다. 매표소 창구에서 페샤와르로 가는 표를 부탁했다.

"카라치 역으로 가셔야 해요."

"하지만 여기가 카라치잖소."

"여긴 카라치 병영이에요. 중앙 기차역으로 가세요."

나는 택시 운전수와 그의 동료를 소리 없이 저주하고는 기차역에 어떻게 가야 하는지 물었다. 완행 기차가 십 분 안에 있었다. 기차표를 사고 나서, 무거운 짐을 승강단으로 나르느라고 낑낑거렸다. 얼마 되지 않아 믿을 수 없이 더럽고 텅 빈 기차가 역에 도착했다. 객차의 나무 의자에 앉으며 보니 승객은 나 혼자였다. 아직 카라치 사람들이 일어나 다니기에는 너무 이른 시간이었다. 객차에 마구잡이로 버려진 쓰레기를 둘러보자니 기분이 음울해졌다. '런던 지하철보다 더하군.'

카라치 중앙 기차역은 카라치 병영보다는 한결 나았다. 한때 전성 시대를 누린 흔적 덕분이었다. 흰 머리카락에 턱수염을 기른 비쩍 마른 노인네가 다가와 웅숭깊은 목소리로 물었다. "짐꾼, 나으리?" 그는 '운임은 가방 하나에 25파이사'라고 새긴, 동으로 만든 반짝이는 완장을 차고 있었다.

'나으리'(사히브: 영국 식민지 시대에 인도 사람들이 유럽 사람들을 높여 부르던 말 — 옮긴이)라는 말에 깜짝 놀랐다. '나으리'라면 식민지 시대의 고압적인 관료가 아니던가. 게다가 이젠 사라진 과거의 존재이고말고. 그런데도 그 짐꾼의 말투에는 원한이나 비굴함이 없었다. 기꺼운 마음으로 나는 고개를 끄덕였고, 그 사람은 내 여행 가방이랑 더플백을 단숨에 쓸어 모아 머리에 이었다. 왜 그 가방들이 나한테는 그렇게 무거웠는지 이상스러울 지경이었다. 그에게 매표소 창구로 나를 데려가 달라고 했다.

"일등석, 나으리?"

여행길의 셋째 규칙은 언제나 삼등석으로 여행하는 것이었다. 하지만, 몹시도 졸렸기에, 좀 켕기긴 했지만, 그렇다고 대답했다. 게리한테 이 이야기를 할 필요는 없지, 아무렴.

매표소는 아직 문을 열지 않았다. 나는 여행 가방에 앉아 앞뒤로 움직이는 증기 기관차들을 바라보며 시간을 보냈다. 삼십 분쯤 뒤에 한 힌두 여자가 매표소 창구에 나타났다. 그 여자는 나한테는 눈길도 주지 않고 서류를 아주 오랫동안 뒤섞고 정리하더니, 마치 콧대 높은 여왕이 서민에

33

게 모처럼 알현 기회를 주기라도 하듯, 비로소 내게 몸을 돌려 무얼 원하냐고 물었다.

"페샤와르 가는 표 한 장이오."

여자가 고개를 가로저었다. 맥이 탁 풀렸다. 인도아대륙에선 머리를 가로젓는 것이 긍정의 뜻인 줄 몰랐던 것이다.

"하지만 이게 중앙 기차역이라고 하던데……."

"노스웨스트 프론티어 급행열차가 1번 승강장에서 오후 다섯시에 떠나요." 여자가 내 말을 막았다.

"아, 이게 페샤와르로 가나요?"

다시 여자는 고개를 저었다. 나는 약이 바짝 올랐다.

"하지만 나는 페샤와르로 갈 건데요."

"글쎄 이 기차가 페샤와르로 간다고 했잖아요." 여자도 덩달아 약올라하면서 말했다. '그러지 않았으면서' 그렇게 생각했지만 더 말씨름할 마음이 없었다. 택시로 런던을 가로지를 만큼의 돈을 치르고 침대칸 표를 산 뒤에, 짐 보관소가 열린 것을 기적처럼 발견하고는 내 무거운 짐을 내려놓았다.

고작 아침 여덟시였다. 아홉 시간을 기다려야 했다. 조금 머뭇거리다가 밝은 햇살이 비치는 쪽으로 걸어 나갔다. 카라치는 몹시나 험악해 보이던 밤에서 천천히 깨어나고 있었다. 아라비아 해의 무역항이자, 1947년에 인도에서 분리 독립한 파키스탄의 첫 수도였던 카라치는 활기가 넘쳤다. 그러면서 한편으론 무질서하고 지저분했다. 크게 겁날 것은 없지만, 잠도 자지 못하고 면도도 하지 못하고 문화 충격에 당황하고 배도 고프고 머릿속은 어수선했다. 하지만 카라치에 견주면 내 모습은 우아함의 화신이었다. 카라치는 내가 다녀 본 곳 중에서, 가장 더럽고 가장 먼지 많고 가장 냄새 지독한 곳이었다.

주도로에서 벗어나니, 소달구지를 타고 가는 남자가 보였다. 그는 네 다리와 뚫린 부분을 꿰매어 막은, 미끄럽고 축축한 짐승 가죽 부대에 물을 담아 배달하고 있었다. 겉보기에 세월만큼 오래 된 달구지가 내 마음을 끌었고, 잔뜩 부풀어오른 채 물이 똑똑 듣는 그 가죽 부대들은 그로테스크한 느낌을 더했다. 그 광경에 매혹되어, 나는 그 모든 것을 샅샅이 마음에 담으려고 애쓰면서 그 곳에 우두커니 서 있었다. 상상해 본 적도 없는, 완전히 낯선 풍경이었다. 골목 다른 쪽에선 갖가지 빛깔의 고양이 무리가 쓰레기더미에서 먹이를 찾느라고 야단법석이었다. 그놈들한테서는 죽음도 두려워하지 않는 야생의 기운이 느껴졌다. 놈들이 여럿이 무리지어 있는 모습이 마치 한 마리 커다란 괴물 고양이처럼 보였다. 중력을 무시하기라도 하듯 불가능한 각도로 기울어진 채 허물어져 가고 있는 깎인 벽돌담이 그 곳의 비현실적인 느낌을 한층 더 돋우었다.

꽤 먼 길을 걸었다. 모퉁이에서마다 이국적인 새로운 광경을 마음껏 즐기는 한편, 오후에 기차역에 돌아갈 때를 대비해 기억하기 좋은 랜드마크에 마음을 쓰면서 걸었다. 거리에는 휘발유로 달리는 것부터 짐승이 끄는 것, 사람의 힘으로 움직이는 것에 이르기까지 별별 탈것들이 다 있었다. 배고프고 목말랐지만 음식이라고 여길 만한 것이라곤 눈에 띄지 않았다. 그리고 바로 얼마 전에 런던에서 이수한 열대의학 과정이 머릿속에서 아주 생생했다. 이런 곳에서, 기생충 알이 득실거릴 게 틀림없는 음식으로 내 창자를 채우는 일은 결코 하지 않으리. 다행히 코카콜라를 파는 사람을 발견했다. 콜라를 마신 뒤에 나는 담이 둘러진 공원을 발견하고는 풀밭에 앉아 얼마쯤 안정을 되찾았다.

오줌보를 비워야 하는데, 하지만 어디서? 뒷골목에는 사람 똥더미가 잔뜩 있었고 도시 전체가 오줌 냄새를 풍겼지만, 어디서 점잖게 볼일을 본담? 공원의 조용한 구석, 오줌 누는 모습을 숨길 만한 키 작은 나무들이 있는 곳을 간신히 고르고 보니, 이미 다른 사람들도 같은 곳에서 실례하지 않았겠나.

다시 풀밭으로 돌아와 앉아 게리가 가져오라고 부탁한, 구제프G. I Gurdjieff의 「위대한 만남(Meeting with Remarkable Men)」이라는 책에 빠져들었다. 구제프는 1877년에 태어난 러시아 신비주의자이다. 그가 '조화로운 인류 계발 연구소'를 세운 뒷이야기들은 나의 비범한 파키스탄 모험에 자극을 줄 터였다.

이 낯선 도시에서 그 공원은 그나마 안전하고 평화로운 오아시스였고, 나는 기차를 탈 때까지 그 곳에 머무르려고 했다. 몇몇 젊은 남학생이 내게 와서 질문을 해댔는데, 학교에서 배운, 판에 박은 표현으로 묻고 대답할 뿐이었다. 그래서 비록 그들의 영어가 그리 흠잡을 데는 없었지만, 대부분이 내 단순한 대답을 넘어서는 대화를 이끌어 내지는 못했다.

나는 방글라데시를 동정하고 있었기에 전쟁에 대해 말하지 않으려고 조심했다. 파키스탄과 인도 사이의 종교 긴장과 영토 분쟁이 얼마 전에 터졌고, 동파키스탄이 방글라데시라는 새로운 나라로 막 독립을 선언한 즈음이었다. 그래서 군대가 동원되고 할 줄 알았는데, 카라치는 전쟁을 치르는 도시같이 보이지 않았다. 사실 곳곳에서 보이는 이 황폐한 혼잡 속에서 전쟁은커녕 무엇인가를 할 수 있을까 저으기 의심스러웠다. 나른한 분위기가 사람들이며 개들한테도, 심지어는 길 잃은 아이처럼 애처로운 소리를 내면서 공중에서 떠도는 연에까지 배어 있었다.

잠깐 고적함을 즐기는 동안, 담배 하나를 속을 비우고서 해시시 부스러기와 담뱃속을 함께 섞은 것을 채워 가지고 피웠다. 그건 좋은 생각이 아니었다. 비현실적인 느낌만 더할 뿐이었다. 물론 즐거운 기분도 들었지만 말이다. 내 생각은 어느 새 오스트레일리아로 돌아갔고, 생각이 주디의 모습에 미치자 외로움이 사무쳤다. 주디를 뒤에 남기고 떠난 지 거의 두 해였다. 내가 탄 배가 바다를 향해 움직여 나갈 때, 멜버른 부두 끝에 홀로 서 있던, 차츰차츰 작아지던 그 모습. 나는 이 여행 경험을 같이 나누고 싶은 사람으로 주디의 사랑과 우정을 갈망했다. 함께 마음을 나눌 동반자도 없이 무엇을 한들 무슨 의미가 있을까?

시간이 되어 기차역까지 먼지 나는 길을 되돌아가, 짐 보관소에서 가방을 찾은 뒤 승강장을 따라 걸었다. 마침 검정과 초록색으로 된 굉장한 기관차가 쉿쉿 소리와 함께 연기를 내뿜으며 새된 바퀴 소리를 내면서 역에 들어왔다. 노스웨스트 프론티어 급행열차가, 미지의 세계로 가는 매혹적인 여행에 나를 데려가려고 온 것이다.

만일 산업혁명이 증기 기관에서 멈추었다면 세상이 한결 나은 곳이 되었으리라고 나는 확신한다. 그 육중한 괴물이 멈추었을 때 나는 아이처럼 흥분해서 증기 구름에 휩싸인 채로 한동안 그대로 있었다. 기차 끝에 있는 삼등석 객차에서는 터번을 두른 남자들 한 무리가 서로 자리를 차지하려고 다투고 있었다. 나는 일등석 표를 산 나의 선견지명에 고마워했다. 텅 빈 일등석 객차를 찾고는 안도감에 싸여 푹신한 가죽 의자에 털썩 주저앉았다.

기차가 떠날 때까지 일등석 객차에는 나 혼자뿐이었다. 나는 스쳐 지나가는 카라치 근교의 경치에 마음을 온통 빼앗겼다. 그 경치를 보자니 마음 깊은 곳에서부터 친밀감이 우러나왔다. 언젠가 본 적이 있어. 그런데 언제지? 어떻게 그럴 수 있담? 나는 환생을 믿지 않았다. 칼 융이 말한, 인류가 공유한 과거를 반영하는 집단 무의식이라면 설명이 가능했다. 이것이 내가 기대했던 것 아닐까. 아니면, 아직도 기운이 좀 남아 있는 해시시의 작용일는지도 모르겠다. 아무려나. 콧수염을 한 멀대 같은 젊은 안내원이 내 상념을 방해했다.

"차 드릴까요, 나으리?" 젊은이가 물었다.

그걸 말이라고! '나으리'는 차 한 잔에 10파운드라도 줄 판이었는데, 안내원은 고맙게도 차 한 주전자에 단 1루피를 받았다. 그 달디단 감로가 내 몸의 활기를 돋울 무렵 안내원이 저녁 주문을 받았다. 하루 종일 굶었던 터라 무엇이든 먹을 준비가 되어 있었다. 커리가 너무 매웠지만 죄다 먹어치우고 나서 물을 마구 들이켰다. 그 물에 아메바 또는 지아디아(더러운 물로 옮는 병 —옮긴이)의 포낭이 들어 있다 해도 커리에 들어 있는 고추의 매운 맛에 다 타 죽을 거라고 생각했다. 그 날 밤, 나는 흔덕거리는 객차에서 나를 시시각각 힌두 쿠시 산맥으로 가깝게 데려다 주는 바퀴들의 덜컹거림에 홀려 깊이 잠들었다.

고대 도시와의 만남

일찍 잠이 깼다. 밤에 기차에 오른 한 남자는 여전히 자고 있었다. 내 얼굴에 다박나룻이 자란 것을 느끼면서 계속 기르기로 마음먹었다. 말끔하던 의사가 여행객으로 탈바꿈하기 시작한 것이다. 수건과 비누를 들고 화장실에 가서, 세면기에서 물을 떠서 정성 들여 몸을 씻었다. 그러고는 상쾌한 기분으로 객실로 돌아와 신선한 차와 오믈렛을 먹었다. 의사가 주문한 것 아니랴.

예전에 런던 보건-열대의학 대학 학생이던 벵트가 「장자」를 빌려 주었을 때부터 나는 동양 철학에 관심을 갖기 시작했다. 토마스 머튼이 영어로 옮긴 책이었다. 그 책에 담긴 시와 이야기는 게리와 내가 그 즈음 관심을 갖기 시작한, 세상을 보는 다른 방식을 넌지시 알려 주었다.

나와 같은 객실에 탄 다른 여행자가 잠에서 깨어나더니 자기를 소개했다. 그 남자는 변호사이자 철학자였다. 그는 인도와 파키스탄의 갈등을 어떻게 느끼는지 말하고는 자기 철학에 대해 이야기했다. 나중에 깨달은 사실이지만, 인도아대륙 사람들은 타고난 철학자였다. 적어도 남자들은 그랬다. (여자들과는 말할 기회가 거의 없었다.) 나는 「장자」에 나오는 몇 구절을 그 사람한테 읽어 주었고, 우리는 도道의 뜻에 대해 토론했다. 그 남자가 도를 신과 동일시하는 것은 썩 마음에 들지 않았지만, 그가 자기가 좋아하는 시인이자 철학자인 무하마드 이크발(1875-1938. 파키스탄 건국의 아버지 ─ 옮긴이)의 시를 읊어 주었을 때 그의 열정에 폭 빠졌다.

나는 새로운 사상에 언제나 마음이 끌렸지만 이른바 정통 종교에는 그렇지 않았다. 정치적으로 사회주의자인 내 부모님은 자식들 머릿속에 어떤 종교도 심어 주지 않았다. 부모님은 우리 형제에게 언제나 삶에서 자신의 생각을 따를 자유를 주었다. 고등학교 생물 책에 나온, 성경의 창조설에 관한 다음의 서술이 기독교에 대한 내 태도를 확고하게 결정지었다. "(성경에) 씌어진 말을 과도하게 숭배함에 따라 사람들 마음에 끼친 마비 상태보다 더 해를 끼친 사례는 역사에 없다."

대화가 뜸해진 틈을 타서 담배를 피우려고 복도로 나갔다. 안내원이 거기에 있었다. 그는 그다지 권위적이지 않았지만 그의 제복이 나를 조금 긴장시켰다. 그는 열린 나들문에 앉아 다리를 바깥으로 늘어뜨리고는 담배를 피우면서 바깥 풍경을 바라보고 있었다. 갓 쟁기질한 밭들이며 위풍당당한 대추야자들이 순식간에 휙휙 지나갔다.

나는 그 옆에 앉아, 온통 연갈색 황토빛으로 덮인 채 부드러운 윤곽을 그리고 있는 시골 풍경을 눈여겨보았다. 카라치의 볼썽사나운 칙칙함과는 완전히 반대였다. 안내원이 자기 담배를 권했다. 담배는 해시시 냄새를 풍겼다. 우리는 아무 말 없이 그 담배를 다 피웠다. 그 사이 우리는 스쳐 지나가는 파스텔 빛깔의 아름다운 경치를 감상하면서 조금 전에 객차 안에서 변호사와 토론하던 것과는 다른 방식으로 생각을 나누었다

　점심밥이 나오자 변호사는 손가락을 써서 차파티(철판에 굽는 동글납작한 인도 밀가루빵 —옮긴이) 조각으로 야채를 집어올리는 동양식 식사법을 가르쳐 주었다. 나는 먹을 때 오른손만 써야 하는 것은 충분히 알고 있었지만, 왼손에게 허락된 오직 한 가지 일, 곧 뒤를 볼 때 왼손을 쓰는 기술은 더 배워야 했다. 이 왼손을 써서 뒤를 보는 방법은 서양에서는 결코 유행하지 않을 것이다. 우리는 똥을 만지는 것에 대해 지나치게 많은 관념의 울타리를 쳐 놓고 산다. 하지만 내가 보기엔 그 방법이 종이를 쓰는 것보다 더 위생적이지 싶다.

　기차는 북쪽으로 나아갔다. 사이사이에 책을 읽으면서 열린 문간에 앉아 앞쪽 기찻길이 굽어 있기를 고대했다. 그러면 이 기관차가 커다란 버섯 구름을 내뿜는 모습이며 또 길 잃은 낙타들과 염소들을 향하여 아니면 그냥 재미로 뽀옥 소리를 내는 것을 볼 수 있을 테니 말이다. 변호사가 내리고, 군복을 입은 군인이 객실에 올랐다. 그는 벵골 사람이었다. 동부 파키스탄이 떨어져 나갔기 때문에 그는 서부 파키스탄에 있는 더 멀고 더 외로운 곳으로 배치되어 가는 중이었다. 그 군인은 자신의 미래와 자기 식구들의 안전에 대하여 확신할 수 없어 슬퍼했다. 나는 온 세계가 방글라데시 편이라고 말하면서 그를 위로하려고 했다. 나는 방글라데시라는 이름을 슬쩍 입에 올렸다. 그 이름이 '자유 벵골'이라는 뜻임을 알고 있

었기에, 그 이름을 말함으로써 그 사람의 영혼이 따뜻해지기를 바랐다.

　하룻밤을 더 지낸 뒤에 기차는 카불 강의 기름진 골짜기에 있는 고대 국경 도시, 페샤와르에 다다랐다. 서쪽으로는 카이베르 고개와 아프가니스탄이 있고, 동쪽으로는 1963년부터 새로운 수도가 된 이슬라마바드가 있었다.

　목적지에 도착한 것이 반갑기는 했지만, 안전한 객실을 떠나 바깥에서 보고 듣고 냄새 맡을 혼란을 마주치기가 좀 두려웠다. 아니나 다를까, 역 출구에서부터 여러 사람이 달려들었다. 그들은 내 가방을 서로 맡으려고 저희끼리 다투었다. 내 선택의 자유를 낚아챌 심산인 셈이었다. 카라치 공항에서 겪은 일이 있었던지라, 나는 내 짐을 꽉 그러쥐고는, 얼굴이 고요해 평화롭고 지혜로워 보이는, 머리가 새하얀 노인을 선택했다. 노인은 두 바퀴 수레의 끌채 위에 쪼그리고 앉아 있었다. 수레 앞에 있는 노인의 말도 그 노인처럼 지혜로워 보였다. 털 빛깔도 노인을 닮아 흰색인데, 갈기와 꼬리와 말굽 뒤쪽의 덥수룩한 털은 노인의 턱수염과 손톱처럼 붉은 갈색을 띠고 있었다.

　"버스 정류장, 잘랄라바드?" 내가 물었다. 노인이 머리를 가로저었다. 그것이 그렇다는 뜻임을 나도 이 때는 알고 있었다. 다른 릭샤 운전수들에 대한 승리감으로 환히 웃으면서, 노인은 내 짐을 마치 자기가 받은 상이라도 되듯 조심스럽게 수레에 싣고는 찻길로 나아갔다.

　수레는 거리를 달리고 있는 트럭과 화물 자동차에 바싹 붙어 달렸다. 노인이 채찍질하자 말은 있는 힘을 다해 달렸고, 그 때문에 자동차들이 일제히 끔찍한 소리로 경적을 울려 댔다. 얼마나 위험스러웠는지, 머잖아 곧 말이 자갈길에서 미끄러져 어느 트럭의 바퀴 밑에서 최후의 심판을 맞이할 것만 같았다.

수레가 갑자기 차선을 벗어나 어느 버스 앞에 서더니, 노인이 일어서서 채찍을 흔들면서 몸짓으로 이야기했다. 그러자 사람들이 죄다 뭐라고 소리치는 것이었다. 무슨 일인지 도무지 갈피를 잡지 못하고 있는데, 갑자기 버스 승객들이 내 가방들을 집어서는 버스 뒤쪽 짐칸에다 부리는 게 아닌가. 노인에게 만족할 만큼의 요금을 치르고서 나는 버스 뒤쪽에 자리를 잡았다. 버스 안의 사람들이 모두 나를 보고 있었다. 활짝 웃는 얼굴로 운전수가 나를 보는 것이 백 미러에 비쳤다. '어디로 가는 거지?' 저으기 걱정이 되었다. 그러다가 앞유리에 있는 표지를 거꾸로 읽었다. '페샤와르–잘랄라바드.' 겨우 마음이 놓여 의자에 등을 기대고서 다른 승객들에게 웃음으로 화답했다.

버스는 페샤와르를 떠나, 빽 소리를 내며 달리더니 울퉁불퉁한 사막 같은 지대로 들어섰다. 그 길은 서쪽 지평선 위, 카이베르 고개라고 표시한 급사면 쪽으로 나 있었다. 버스는 국경에 있는 토르캄 마을에서 멈추었다. 게리가 내게 주의를 주길, 서북 국경에 사는 퍼쉬툰족(아프가니스탄 남동부와 파키스탄 북서부에 사는 민족 —옮긴이)은 자기들 자신이 법이어서, 어두워진 뒤에는 아무도 그 곳을 지나가지 않는다고 했다. 여권에 도장을 받고 나서 밖으로 나갔더니, 누더기를 걸치고서 누가 봐도 저희 것이 아닌 돈을 한 줌씩 들고 있는 소년들 한 무리가 나를 에워쌌다.

"돈 바꿔, 아저씨?"

43

"고맙지만, 됐어."

"해시시 좋아?"

"고맙지만, 됐어."

아이들은 그래도 기가 꺾이지 않았다. 내 관심을 끌려고 서로를 떼밀면서 즐거워하는 모습이 아주 기운차 보였다. 이런 장면에는 내가 곧 익숙해질 터였다. 장난감이며 이런저런 도구들이 없어도, 그러니까 우리 서양 사람들이 아이가 잘 자라려면 꼭 있어야 한다고 믿는 그런 것들이 없어도, 그 아이들은 대부분의 서양 아이들보다 더 행복하고 더 생기가 넘쳐 보였다.

버스는 덜컹거리며 넓은 바위투성이 평야를 가로질러 아프가니스탄으로 움직여 나갔다. 가끔씩 관개 수로로 물을 대는 과수원이며 쟁기질한 밭들이 나타났다. 나는 줄줄이 늘어선 유칼리 나무들을 보고 놀랐다. 그 낯익은 모습과 빛깔이 마치 오랜 친구처럼 다가와서였다. 수로로 물을 대어 경작하는 밭과 과수원은 러시아 사람들이 개간해서 운영하는 것이었다. 그들의 존재는 어쩐지 이 나라에 불길한 그림자를 드리우는 듯했다.

얼마쯤 더 가서 버스는 잘랄라바드에 이르렀다. 아프가니스탄의 수도 카불로 가는 길이 이어진 산맥의 발치에 자리한 마을이었다. 신선한 산 공기에 온몸이 상쾌해졌다. 나는 게리가 보낸 지도를 따라갔다. 시장 거리, 케밥 가게, 겨울궁전 터 같은 랜드마크를 확인하면서. 짐꾼 한 명이 내 짐을 어깨에 실은 채 나를 따라왔다. 마침내 우리는 그 집이 있는 거리에 이르렀다. 어느 집인지 확실치 않아 잠시 멈추었다. 짐꾼은 호텔로 곧장 가고 싶어했지만, 나는 그 집을 혹시 찾을 수 있지 않을까 해서 높은 담들을 살폈다. 화사한 서양 사람들 한 무리가 어느 집 문에서 나오기에, 그들에게 게리와 크리스라는 오스트레일리아 사람을 아느냐고 물었다.

"아, 당신이 에이드군." 그들 가운데 한 사람이 내 손을 잡아 흔들며 말했다. "한스라고 해. 모두 기다렸어. 들어가, 두 사람은 안에 있어."

그 나라 돈이 없어서 나는 짐꾼에게 미국 돈 1달러를 주었다.

"어, 그건 달러잖아." 한스가 믿지 못하겠다는 듯 말했다. 일꾼들에게 하루 품삯이 넘는 돈이었지만 나는 그 때까지 여행길 씀씀이에 익숙하지 않았고, 도착한 것이 너무 반가워서 10달러라도 기꺼이 내줄 마음이었다.

잘랄라바드 사람들

문은 거리에서 좀 떨어져 담을 두른 뜨락 쪽으로 열려 있었다. 뜨락은 온통 토끼풀밭이었고 가장자리를 따라 장미가 우거져 있었다. 그 뜨락을 내려다보는 높은 테라스가 있는 집 한 채가 왼쪽에 있었다. 나는 큰 방으로 들어섰다. 양탄자가 깔려 있었지만 휑뎅그렁했다. 빛 바랜 방석들이 벽을 따라 아무렇게나 놓여 있었고 쇠북으로 만든, 나무 때는 난로가 따스한 열기를 여리게 뿜어 내고 있었다. 난로 뒤의 선반에는 채소 몇 개와 간단한 부엌 세간이 놓여 있었다.

붙임성 좋은 강아지와 얼굴을 익히고 있을 때 크리스랑 게리가 방 저편 문으로 들어왔다. 우리는 한바탕 얼싸안고 나서 방석에 앉아 차를 마시면서 소식을 나누었다. 나는 영국에서 가져온 보물들을 꺼내 놓았다. 마이크로도트라고 불리는 아주 작은 알약에 농축시킨 엘에스디 백 회분, 드럼 담배 몇 갑, 담배 마는 종이, 유럽 초콜릿이랑 네덜란드 술 드람바이 한

46

병. 외출했던 다른 사람들도 돌아와 잔치 분위기를 더했다. 한스의 파트너 허르트는 암스테르담에서 동성연애자 모임을 주도한 이였다. 그 집은 그들 두 사람이 세 들어 사는 집으로, 몇 골목 떨어진 곳에 있는 '스웨덴 집'과 구별해서 '네덜란드 집'이라고 알려져 있었다. 그 두 사람은 인도로 여행할 계획이었지만 전쟁으로 국경이 막혀서, 다시 열릴 때를 기다리는 동안 다른 사람들과 함께 살고 있었다. 집이 곧 사람들로 가득 찼다. 네덜란드 사람 둘과, 이슬람 신비주의 수피에 관심 있는 오스트레일리아 음악가 한 명, 체류 기간이 다 되어 곧 집으로 돌아가야 하는 독일 여학생 리타, 아프가니스탄 비자를 다시 받으려고 페샤와르에 머물고 있는 미국 사람 두 명과 캐나다 사람 한 명, 폭스바겐 캠프용 자동차로 아프가니스탄 북쪽을 탐험 중인 영국 사람과 그의 스웨덴 여자 친구, 이들이 모두 함께 자리했다. 이 집의 다른 한 채에는 집 주인 가족이 살았다. 검은 눈의 홀어미 제케나와 그의 두 아들, 미라가이와 나디아가 그들이었다.

"나한테 이런 것까지 사오라고 시켰지." 나는 릿즐러 담배 종이 두 상자와 엘에스디를 내놓으면서 게리한테 툴툴거렸다.

"훌륭하군." 게리는 기꺼워하면서 꾸러미를 방에 있는 사람 모두에게 건넸다. "여기 담배 종이는 정말 형편없거든."

"우와!" 한스가 소리를 지르더니 곧바로 그 종이로 대마초를 쿠바 시가만한 크기로 한 대 말았다. 한스는 그것을 다른 사람들에게 돌리면서, 내가 아주 익숙해질 몸짓과 웃음을 지었다. 해시시를 몇 모금 피우고 나자 비로소 내가 밥을 먹지 않았다는 사실이 생각났다.

"마을로 갈까, 에이드? 빵집도 점검해 볼 겸." 내가 배고플까 봐 신경쓰면서 크리스가 말했다.

그 지방 관습도 존중하고 또 쓸데없이 남자들과 옥신각신하는 일을 피하려고 크리스와 리타는 챠데리라고 하는, 남녀가 다 입는 넓은 숄로 온몸을 감싸고 그 한쪽으로 얼굴을 내놓았다. 게리도 챠데리를 걸치고 대충 접은 터번으로 긴 금발 머리를 감췄다. 그들 차림은 주변하고 편히 어울렸지만, 푸른색 더플 코트를 입은 나는 아무래도 다른 사람의 눈길을 끌었다. 우리에게 쏟아진 그 표정 없는 눈길들이 적개심의 표시인지 아닌지는 알 수가 없었다. 대마초를 피운 탓에 나는 방향을 파악하는 것만도 그리 쉽지 않았으니.

빵집에는 남자 다섯이 원뿔 모양으로 생긴 따뜻한 화덕을 둘러싸고 책상다리를 하고 앉아 있었다. 그들은 거칠게 빻은 밀가루로 반죽을 해서 구식 정구채처럼 생긴 그물눈 틀로 찍었다가 화덕 양 옆쪽으로 올려놓고 있었다. 한 사람씩 자기 일을 마치고는 물담배통에서 해시시를 길게 한 모금 빨고는 다른 사람에게 건넸다. 그들은 대마초에 취한 안목 높은 구경꾼들을 위해 그 단순한 빵 굽는 과정을 과장되게 연기하고 있었다. 우리는 갓 구운 빵 몇 덩어리를 사고는 우유 가게로 옮겨가, 빵을 김이 나는 우유에 적셔 먹었다.

마지막 코스로 모하메드의 찻집에 갔다. 아프가니스탄에서는 찻집이 선술집 같아서, 남자들이 찻집에 모여 차를 마시고 물담배를 피우면서 이야기를 나누었다. 찻집은 또 여행자에게 음식과 잘 곳을 제공하기도 했다. 그 곳의 긴 의자들을 붙이면 음식상도 되고 여행자들 침대도 되었다.

게리의 무리는 모하메드의 찻집 단골이었고, 그 찻집을 운영하는 이들과 친구가 되어 있었다.

차이 샵스라는 녹차를 마시는 동안 케밥 요리사인 카림과 모하메드를 소개받았다. 찻집에서 비로소 남의 눈을 좀 피할 수 있게 되자 리타와 크리스는 머리 수건을 벗었다. 헤나로 물들인 붉은 갈색 머리카락이 어깨까지 흘러내렸다. 사랑스런 리타에게 홀딱 반해 모하메드는 리타한테서 눈을 떼지 못했다. 그는 리타의 긴 머리카락을 쓰다듬었다. 그것이 그에게 허용된 최대한의 행동 표현이었다. 나는 콰블리 풀라오를 주문했다. 큼직하게 토막 낸 염소 고기, 잘게 썬 당근, 건포도 등을 얹은 기름투성이 쌀밥이 수북이 담겨 나왔다. 탈을 일으키지 않을까 싶게 좀 미심쩍었지만, 이미 우유와 빵으로 입맛이 한껏 당긴 터라 나는 상관하지 않았다.

그 날 저녁, 나는 너무 고단해서 바닥이 딱딱한 것도 아랑곳하지 않고 깊이 잠들었다. 그 시간, 내 창자에서는, 세균들 중 척후병이 포낭에서 빠져나와 자기들을 태워 없앨 매운 고추가 없다고 제 동무들에게 신호를 보냈다. 콰블리 풀라오를 즐긴 값을 톡톡히 치르게 될 터였다.

다음 며칠은 잘랄라바드 마을을 익히며 보냈다. 다른 이들은 유럽에서부터 육로로 여행하면서 온 터라, 시장에서 물건값 깎는 데서부터 마을 공중 목욕탕인 함맘에서 더운 목욕을 하는 데에까지, 여행길에서의 갖가지 요령에 익숙했다. 일테면, 숙소에서 물 한 양동이를 데워 찬 공기 속에서 몸을 닦는 것보다 싼 값에 함맘에서 김이 나는 목욕을 하는 것이 더 낫다는 따위였다.

시장에서 게리는 내게 챠데리로 쓸 밤색 헝겊을 사 주었다. 그러고는 또 어깨에 매는 가방도 하나 만들어 주었다. 그 곳 말로 '졸라' 라고 하는 이 가방은 여행자들 필수품인 돈, 여권, 담배 도구, 음식 그리고 책 한 권을 넣고 다니기에 안성맞춤이었다. 이런 것들을 걸치고 턱수염도 제법 기르자 나도 다른 사람들과 섞이기 시작했고 길에서 눈에 덜 뜨인다고 느끼게 되었다.

어느 날 심한 설사에 시달린 덕분에 나는 그 곳의 끔찍한 뒷간에 마침내 익숙해질 수 있었다. 깊은 구덩이 위에다 중앙에 구멍을 뚫은 나무 판자를 얹어 놓은 뒷간이었다. 똥무더기가 너무 높아지면 우리는 미라가이에게 돈을 주어 옆에 있는 공원 도랑으로 똥을 치우게 했다. 적어도 우리는 뒷간이라도 있었다. 아프간 사람들 대부분은 거리에서 볼일을 보는 것 같았다. 그들은 붉은 벽돌빛을 띤 커다란 똥무더기를 아무 데나 남겼다. 그 대단한 양과 색깔은, 내가 보기에, 빵에 든 섬유질 덕분인 듯했다. 그 사람들 창자는 틀림없이 건강했으리라. 런던에서 막 날아온 사람 눈에는 이런 것들이 먼저 눈에 뜨이기 마련이었다. 슬프게도, 요즘 잘랄라바드 주변을 다닐 때 조심해야 할 것은 똥이 아니라 지뢰가 되었다.

집 주인 제케나는 자기 집에 머무는 히피 무리를 어머니처럼 보살폈다. 우리가 야단맞을 짓을 할 때는 꾸짖기도 했지만 대개는 한쪽에 앉아 우리가 노는 것을 곤혹스레 바라보곤 했다. 우리는 보통 마을에 나가 밥을 먹었지만, 가끔씩 누군가가 자청해서 밥을 짓기도 했다. 주로 저녁에 그랬다. 밤이면 따뜻한 거실에 모여 책을 읽거나 음악을 연주하거나 구제프, 도교, 수피에 대해 토론하거나 여행길의 모험 이야기를 나누었다. 그러는 내내 해시시를 엄청나게 피워 댄 것은 말할 것도 없고.

우리는 구제프의 「위대한 만남」에 나오는 이야기의 뜻을 다만 지적인 차원에서만이 아니라 우리의 생활 방식을 통해 받아들이고 싶었다. 경험하는 것에서마다 경제적인 이익을 거둔 구제프의 독특한 생활 방식에 대한 찜찜함은 대수롭지 않게 소화할 수 있다고 우리는 자부했다. 우리는 구제프의 나라에 사는 것으로써 그가 삶에서 의미와 조화를 탐구하던 것과 일체감을 느낄 수 있기를 꿈꾸었다. 그러나 그는 그의 책에서 자신이 찾은 해답을 살짝 비치기만 할 뿐 그의 위대한 발견은 신비 속에 묻어 버렸다. 그러면서 자신을 따르는 제자들에게는 스스로의 경험을 통해 스스로 배우라고 종용했다.

해시시를 피우는 것이 우리가 여행길에 오른 주요 목적은 결코 아니었다. 관습적인 사회가 찾는 행복이 겉핥기일 뿐이고 그마저도 지켜 가기 어려운데, 그나마의 행복도 이면에 슬픔을 감추고 있음을 우리는 익히 보아 왔다. 그리하여 그런 사회에서 과감히 벗어나, 규범을 따르지 않는 생활 방식을 택하였건만, 그런데도, 우리는 여전히 다른 사람들과 별로 다를 바 없음을 깨달았다. 우리는 여전히 한낱 즐거움만 좇을 뿐이었고, 그러다 보니 늘 목마름을 느낄 수밖에 없었다. 이제 우리는 다른 대안을, 아니면 적어도 다른 의미를 찾아야 했다. 그러던 중 서양 사회의 막연한 불안에 대한 해답이 동양에 있다고 느꼈다. 예컨대, 중국의 노자를 보자면, 선입관을 내려놓고, 무엇을 하든 우주적 에너지인 도道와 조화롭게 흘러가도록 내버려 두라는 철학 개념이 퍽 매력적이었다. 우리는 규율의 한계 안에서가 아니라, 자발성을 구속하지 않는 자유로운 세계에서 살려고 애썼다. 우리의 이런 태도는 때로 떠들썩한 재미를 주기도 했고 때로는 어이없는 결과를 빚기도 했다. 우리의 자발성이라는 것이 아직은 얼토당토 않은 면이 있었고, 비록 가고자 하는 길은 옳다 해도 언제나 무언가 모자라는 것이 있었다.

그 무렵은 여행이 쉬웠다. 그 즈음에 인도와 파키스탄 사이에 일어난 분쟁 외에는 지역 갈등이 거의 없었고, 서양 여행자들은 그 때까지만 해도 진기하게 대접받았다. 사람들이 만나서 정보를 나눌 때마다 가야 할 행선지가 새롭게 추가되었다. 여행자들은 가 볼 만한 곳, 싼 호텔, 싸고 좋은 식당, 그리고 암시장 환율에서부터 마약 값에 이르기까지 모든 것에 대한 경제 정보를 서로 나누었다. 이런 방식으로, 그 무렵의 히피들—여행자 또는 마약꾼, 또는 다른 어떤 이름으로 불러도 좋으리라—은 늘 더 흥미로운 곳을 찾아 여러 지역의 문을 열어 나갔다.

아프가니스탄은 평화로웠다. 나라와 국민들을 갈라 놓게 되는, 곧 닥쳐올 분쟁은 그 때까지만 해도 아무런 조짐도 없었다.

우리는 가까운 시골로 자주 산책을 다녔다. 아프간 친구들은 우리의 이 원정 여행에 놀라며 '알리바바' 곧 강도의 위험에 대해 끊임없이 주의를 주었지만, 무리지어 다닌 덕분인지 딱한 지경에 처한 적은 없었다. 한스는 내게 어느 젊은 독일인 이야기를 들려 주었다. 그 젊은이는 흰 말을 사서 타고 독일종 셰퍼드인 자기 개와 함께 산길로 파키스탄을 향해 길을 떠났다가, 일 주일 뒤에 속옷만 입은 채로 울면서 말을 타고 돌아왔다고 했다. 강도들이 돈과 소지품을 몽땅 빼앗고, 개를 쏴 죽이고는 이어서 그 독일 젊은이도 쏘려는 것을 한 노인네가 말려서 살아남았다는 것이었다. 강도들이 말을 가져가지 않은 것은 뒤를 밟힐까 싶어서였다.

　카불에 가서 비자를 연장하고 우편물을 부치면서 우리는 파키스탄 대사관 직원들에게 인도로 가는 국경이 언제나 열릴 것인지 물었다. 파키스탄 대사관 직원의 대답은 퍽 전투적이었다. "일 주일이면 됩니다. 인도를 뭉개뜨린 뒤에." 인도 대사관에 가서도 같은 질문을 했는데 대답이 사뭇 달랐다. "언젠가는. 신의 손에 달렸지요."

그림자와 춤추기

의과 대학을 다닐 때 한번은 수업 중인 교실에서 나가 '염색체 검사를 받으라'는 지시를 받은 적이 있었다. 내가 남자인지 여자인지 알아보라는 것이었다. 내 머리가 셔츠 깃에 닿을 만큼 길었기 때문이었다. 그런 식으로 한바탕 전쟁을 치른 끝에, 서양에서는 마침내 남자의 긴 머리도 대수롭지 않게 받아들이게 되었다.

잘랄라바드에서는 그렇지가 못했다.

"현실을 똑바로 보자구. 우리 꼴이 마치 다른 혹성에서 떨어진 사람들 같잖아." 돌 하나가 핑 하고 귀를 스치자 게리가 말했다.

크리스는 유목민 옷과 펀자브 지방 여자들의 옷차림을 본떠서, 발목 부분을 여민 헐렁한 바지 위에 무릎까지 내려오는 긴 소매 겉옷을 입었다. 눈에 뜨이지 않으려는 것이었다. 하지만 하필이면 겉옷 빛깔이 빨간색이고 보라색 챠데리를 쓴 데다 햇빛을 받아 붉게 빛나는 밝은 색 머리카락

54

때문에 크리스는 쉽게 눈에 띄었다.

"저 사람들은 '물병자리 시대' (20세기 초에 태동한 뉴 에이지 운동 및 60년대 히피 문화가 예고한, 영적 각성에 의한 새로운 변혁의 시대를 말한다. 반전, 평화가 주제인 뮤지컬 '헤어' 의 한 곡목이기도 하다 —옮긴이)도 들어 보지 못했나?" 우리가 돌팔매를 피하려고 발걸음을 재빨리 돌리자 크리스가 버럭 소리를 질렀다.

카불 강 건너편 강둑에 있는 동굴에서 하룻밤을 지내려고 가던 길이었다. 그 동굴들은 다우란타의 불교 동굴사원 유적지로서, 한때 대단한 종교적인 의미를 지녔던 곳이다. 사리탑이 특히 많은데, 그 가운데 한 곳에 붓다의 치아 사리가 있다고 했다. 모하메드 찻집의 우리 친구들은 이번에도 강도들에 대해 경고했지만, 우리는 강도를 물리칠 만큼 덩치가 크다고 자신했고, 무엇보다 동굴에 가 보고 싶다는 유혹이 강했다.

잘랄라바드를 벗어나 카불로 가는 길에 들어섰다. 강으로 가는 길에서 작은 마을들을 지날 때, 늘 겪어 익숙해진 소동이 벌어졌다. 마을 아이들이 큰 소리로 "이봐, 미스타, 이리 와," "히피이이" 하고 놀려 대다가 우리가 너무 가까워졌다 싶을 때마다 돌멩이 세례를 퍼부었다. 처음으로 큰 모험에 오른 개 퍼피도 마을 똥개들이 보내는 관심이 못마땅한 눈치였다. 그러나 눈 덮인 힌두 쿠시 산맥을 배경으로 윤곽을 드러낸 낙타 행렬의 유서 깊은 모습에 우리의 기분은 나아졌다.

강에 이르자 나룻배가 보였다. 카라치에서 본 물 부대와 똑같은, 다리 부분을 꿰매어 막은 짐승 가죽 주머니에 공기를 넣어 물에 뜨게 만든 가죽 뗏목이었다. 우리가 손가락으로 돈을 주겠다는 신호를 보내자 사공의 눈이 빛났다. 사공은 손가락 다섯 개를 펴들면서 일행 중 한 사람을 가리켰다. 한 사람당 5아프가니를 달라는 표시였다. 터무니없이 비싼 뱃삯이었다. 아프가니스탄에서도 널리 쓰이는 페르시아 말에 능숙한 한스가 나서서 2아프가니로 깎았다. 그러자 사공은 짐짓 정떨어진다는 듯 뱃삯으로 받은 동전을 모래에 내던졌지만, 우리는 그것도 아주 후한 값임을 알고 있었다.

동굴까지는 강을 거슬러 한 시간 정도 걸어가야 했다. 우리는 농축 엘에스디 알약을 하나씩 먹고는 모래 자갈밭 사이로 난 길을 따라갔다. 그 메마른 풍경을 지나가는 동안, 공기는 제법 차가웠지만, 내리쬐는 햇살에 온몸이 후끈해졌다. 강 위의 둥근 언덕에서 쉬었다. 뒤로는 산에서부터 이어져 내린, 온통 바위로 뒤덮인 판판한 땅이 드넓게 펼쳐져 있었는데, 그 정경이 쓸쓸하기 짝이 없었다. 마침내 엘에스디 약효가 나기 시작하면서 우리의 감각은 정상과 환각 상태 사이의 '비인간 세상'에 들었다.

우리는 다시 동굴을 향해 길을 떠났다. 도중에 진흙집이 옹기종기 모여 있는 마을에서 마을 촌장을 만났다.

"정말 동굴에 가서 잘 거라고?" 그 촌장은 완벽한 영어로 말했다.

"그래요." 우리는 환하게 웃으면서 대답했다.

"위험해. 저 언덕에는 강도들이 많아." 남자는 손으로 자기 목을 가로 긋는 시늉을 해 보였다.

엘에스디를 먹기 전에도 그런 위험 경고를 무시하던 터였다. 이제, 초기의 불안한 시기도 이미 지났겠다, 우리는 어떤 일이 일어나더라도 다 헤쳐 나갈 수 있다고 굳게 믿었다.

"조심할 테니 걱정일랑 마세요." 우리는 유쾌하게 말했다.

"정말로 몹시 걱정되는군." 하지만 그의 조언은 우리한테는 쇠귀에 경 읽기였다.

우리는 가져온 짐을 가장 큰 동굴에다 부려 놓고는 그 곳을 탐험하려고, 더불어 저마다 제 마음도 탐험해 볼 겸해서, 서로 흩어졌다. 벼랑의 전면은 진흙 켜로 메워진 둥근 충적토 바위로 이루어진 덕분에 단단하면서도 파 들어가기가 수월해서 동굴 사원을 만들기에 딱 좋았다. 우리가 본부로 삼은 동굴에는 스님들이 뚫어 놓은 널따란 법당이 있는데 가운데에 엄청나게 큰 기둥이 중심을 잡고 있었다. 그리고 그저 한 사람이 겨우 앉거나 누울 만한 기도처 같은 공간으로 들어가는 좁은 출입구가 벽을 따라 주욱 이어져 있었다. 동굴 입구 바로 옆으로는, 창을 내어 빛이 실내를 고루 비추게 한 큰 방이 두 개가 있었다. 그 곳의 벽에는 불상을 모시려고 파 놓은 벽감들이 있었다. 벼랑 전면에는 또 홈을 파서 만든 수로가 죽 이어져 있었다. 예전에 그 곳의 모든 동굴에 물을 대던 수로였다.

"와, 상수도 설비가 제법인걸." 나는 텅 빈 동굴에 대고 혼자 말했다. 아마 귀신들이 듣고 있었으리라.

벼랑 위로는 곳간으로 썼음직한 구조물들이 있었다. 바닥에 구덩이를 파고 바위와 흙을 이겨 만든, 원뿔처럼 생긴 지붕을 얹은 구조물이었다. 안쪽 벽에는 손 모양 같은 부호들이 새겨져 있었는데 무엇을 의미하는지는 알 수 없었다. 아마도 스님들이 떠난 뒤에 누군가가 남긴 것인 듯했다. 우리는 오후 내내 동굴들이며 주변의 시골을 탐험하거나 아니면 햇빛을 쬐며 빈둥거렸다. 그러다가, 비록 아주 작은 규모였지만, 염소 먹이 신세를 운 좋게 모면한 철쭉나무 숲이 있는 것을 발견하였다. 얼마나 반가웠던지. 그 곳에선 염소들이 녹색이란 녹색은 순식간에 죄다 먹어치우며 땅을 불모지로 만들어 버리고 있었으니 말이다.

홀로 강가에 서서, 동쪽으로 급히 흐르는 차고 맑은 물을 바라보았다. 구제프와 그 동료들은 우리가 강을 건너올 때 탄 것과 똑같은 뗏목을 만들어, 치트랄 강의 한 지류에서부터 배를 타고 여행한 적이 있었다. 치트랄 강은 바로 이 강으로 흘러들어온다. 그리고 이 강은 파키스탄에서 인더스 강과 만난다. 나는 그 강물 속에 나뭇가지를 하나 던지고는, 그 나뭇가지가 인더스 강을 따라 파키스탄을 거쳐 멀리 아라비아 해까지 떠 가는 것을 마음 속으로 그려 보았다.

그러자니 갑자기 새로운 계획이 머릿속에서 구체화되기 시작했다. 많은 여행자들이 메카에서 인도 봄베이로 돌아가는 순례 배를 타려고 카라치로 오고는 했다. 우리도 같은 방법으로 인도에 갈 생각이었지만, 나는 파키스탄이 더 가고 싶던 차에, 그럴 좋은 묘안이 마치 어둠을 밝히는 등불처럼 떠오른 것이었다. '그래, 맞아. 이 강이 카라치로 가잖아. 이 강을 따라가면 안 될 거 없지?'

"이봐, 너, 제 정신 아니구나." 나는 혼자서 웃음을 터뜨리면서 큰 소리로 내뱉었다.

하지만 그 생각은 확고했다. 뗏목을 만들어 타고 인더스 강까지 가고, 거기서 더 튼튼한 배로 바꾸어 타고 인더스 강을 끝까지 흘러가다 보면 아라비아 해까지 갈 수 있지 않겠는가. 마음이 마구 들떴다. 이런 발상은 예측할 수 없는 일을 하는 것으로써 문제를 해결해 나가는 구제프의 원칙

과도 맞아떨어졌다. 그리고 자기 자신을 삶의 흐름에, 곧, 강의 흐름에 내
맡기는 것이야말로 온전한 노자의 도道임에랴. 이 계획을 다른 친구들에
게 이성적으로 설명할 수 있을 만큼 흥분을 가라앉히는 데 한 시간은 족
히 걸렸다. 나는 이것이 그저 턱없는 공상은 아니라고 확신했지만, 확실
히 하려면 다른 친구들과 생각을 나누어야 했다.

"게리, 좋은 생각이 있어." 그런 상황에서는 결코 쉬운 일이 아니지만,
나는 있는 힘을 다해 조리 있게 말하려고 애쓰면서 게리에게 그 계획을
말했다.

게리와 크리스는 눈을 반짝거리면서 조용히 듣고 있었다. 마침내 게리
가 말했다. "안 될 거 있어? 진짜 탐험을 하는 게 흔한 일은 아니잖아."

"맞아!" 크리스가 맞장구쳤고, 계획은 정해졌다.

생각해야 할 것이 많았지만 우리는 당분간은 그 생각을 미루어 두기로
하고 동굴에서 밤을 지낼 준비를 했다. 우리 마음은 한결 안정되어 갔지
만, 뱃속이 투덜거리기 시작했다. 가져온 빵이랑 오렌지가 모자라서, 한
스와 또다른 네덜란드 친구인 론과 테오가 음식을 얻으려고, 오는 길에
만났던 영어를 잘하는 촌장이 있는 마을로 터벅터벅 걸어갔다.

초승달과 밤하늘에 가득한 별들은 그렇지 않아도 풍부한 내 마음에 새
로운 생각이 샘솟게 만들었다. "들어 봐." 나는 일행에게 말했다. "우리
는 모두 삶에서 의미를 찾고 있잖아. 그러니 우리, 헬리 혜성이 나타날
때 여기 다시 모여서, 엘에스디를 하면서 저마다 발견한 것을 함께 나누
면 어떨까?"

모두들 즐거운 마음으로 동의했지만, 1987년에 헬리 혜성이 초라한 모습을 나타냈을 때 이 나라는 내전으로 갈가리 찢겨 있었다. 우리 가운데 몇몇은 그 때까지 연락을 주고받긴 했지만 아프가니스탄에서 만날 수는 없었다.

한스와 다른 친구들이 돌아오기 전이었다. 어둠 속에서 두 남자가 동굴 어귀에 불쑥 나타났다. 잔잔한 긴장이 물결처럼 우리 사이에 퍼졌다. 사람들이 누누이 말하던 강도들인가 싶었던 것이다. 그 중 한 사람이 담배를 입에 물고 불을 빌려 달라는 몸짓을 했다. 게리가 불을 붙여 주었을 때, 우리는 그만 웃음을 터뜨렸다. 사막 한가운데에서 느닷없이 담뱃불을 빌려 달라는 사람이 나타나다니, 희한한 일이었다. 두 남자가 떠나고 나자, 마을로 간 친구들이 따뜻한 옥수수빵 한 꾸러미를 들고 돌아왔다. 마을 사람들은 갓 지은 그들의 저녁밥을 기꺼이 나눠 주었고, 돈을 주겠다고 해도 결코 받지 않았단다. 설사 어딘가에 강도들이 있다 해도, 여행자들에게 베푸는 이런 넉넉한 인심이야말로 참된 이슬람의 모습인 것이다.

저녁밥을 먹고 나자, 자미안이 촛불로 동굴 벽면에 비친 제 그림자와 함께 춤을 추기 시작했다. 자미안은 지난 밤에 혼자 동굴에서 지냈다. 그는 잘랄라바드 호텔에 머물고 있는, 꽤나 급진적인 동성애자 그룹의 한 사람이었다. 그들은 스스로를 '떠도는 집시 무지개빛 춤꾼들'이라고 불렀다. 그들 가운데 커티스와 존이라는 친구는 페데리코 펠리니의 영화 '사티리콘Satyricon'에 출연하기도 했다. 나는 자미안이 자기 그림자와 춤을 추는 모습을 즐거움과 혐오감이 뒤섞인 감정으로 바라보았다.

외로움과 절망에서 태어난 듯한 그 춤은 나를 사뭇 성찰적인 감상에 빠지게 했다. 어쩌면 우리 모두 허깨비와 함께 춤을 추고 있는 셈일지도 모르겠다 싶었다. 잘 교육받고, 또 아프가니스탄 사람들은 꿈도 못 꾸는 것을 할 수 있는 넉넉함을 가지고서도, 여전히 그저 충동적으로 즐거움이나 탐하고 있으니 말이다. 우리가 철학을 희롱하는 것과 이 곳 사람들의 가난, 이 둘 중에서 과연 무엇이 더 현실적으로 의미 있는 문제일까. 그리고 또 무엇이 더 중요한 일일까. 우리의 지적 욕구를 채우는 것, 아니면 저들이 굶주리지 않게 하고 적절한 치료를 받게 하는 것?

이윽고 초들은 거의 다 녹았고 우리는 흙바닥에 깐 침낭 속으로 몸을 구겨 넣었다. 조금 전까지의 내 울적한 감상은 인더스 강을 생각하면서 슬그머니 사라져 버렸다. 인더스 강 생각에 어찌나 깊이 빠져들었던지, 지네가 발을 물었는데도 아픈 줄도 몰랐다.

'네덜란드 집' 사람들이 흩어지기 시작했다. 한스와 허르트는 헤어져 각자의 길을 가기로 했다. 한스는 우리와 동행하기로 했고, 캐나다에서 온 베브와 미국에서 온 리치는 우리와 같이 가고 싶은 마음은 굴뚝같았지만 카트만두로 가던 길이라 어쩔 수가 없었다. 다른 사람들도 우리 생각에 탄복해 마지않으면서도 애초의 그들의 목적지로 가기로 했다. 몇몇은 유럽으로 돌아갔고 몇몇은 파키스탄, 인도, 네팔로 향했다. 아프간 친구들과 헤어지려니 몹시나 감정이 복받쳤다. 우리가 그랬듯이, 그들이 우리를 참된 우정으로 대해 주었기 때문이다. 파키스탄과 아프가니스탄에 민담으로 전해 내려오는, 길고 고결한 이야기로 우리를 즐겁게 해 주던 의대생인 아탈라는 배를 타고 인더스 강을 여행할 거라는 우리 계획을 듣고 어이없어했다. 그는 예측할 수 없는 급류를 조심하라고 신신 당부했다. 그 세찬 물살을 타고 엄청나게 큰 표석이 튀어올라 배 하나쯤은 쉽사리 산산조각 낼 수 있다는 것이었다. 그리고 아무 때, 아무 데서고 불쑥 나타나 망설임 없이 우리를 죽이고 짐을 털어 갈지도 모를 강도에 대해서도 물론 주의를 주었다.

모하메드 찻집 사람들의 작별 인사는 눈물겨웠다. 특히 모하메드는 리타가 유럽으로 떠나는 것에 이만저만 슬퍼하지 않았다. 자동차 정비공인 주인집의 두 아들은 우리를 끌어안고 입맞춤으로 작별 인사를 했다. 그형제의 얼굴은 여기저기 터지고 멍들었는데, 나중에 알고 보니 우리에 대해 나쁜 소문이 마을에 퍼지는 것을 막으려다가 얻은 상처였다.

우리는 카불 강에서 급류의 위험을 무릅쓰느니 파키스탄에서 여행을 시작하기로 했다. 우리 중에서 가장 나이가 젊은 한스는 아주 사랑스러운 악당이었다. 그는 물색 모르는 천진한 시늉이나 감각적인 즐거움에 마구 탐닉하는 태도로써 자신의 빼어난 지성과 감수성을 짐짓 감추었다. 여러 나라 말에 능통한 그는 이란, 아프가니스탄과 중앙아시아 지역에서 통용되는 페르시아 어를 빠르게 익혔고, 그 덕분에 앞으로의 우리 여행에서 통역자의 역할을 톡톡이 하게 된다. 게리, 크리스와 내가 지나칠 정도로 가깝다보니, 한스는 우리의 관계를 이해하기 힘들어했고, 불행히도, 이 문제 때문에 우리는 인더스 강을 따라 내려가는 동안 불화를 겪게 된다.

인더스 강의 혼

페샤와르로 가는 버스에서 한스는 다리 하나가 없는 노인 옆에 앉았다. 알고 보니 그 사람은 아프가니스탄 정부의 중요한 간부였다. 한스가 꽤 학식이 깊은 터라, 두 사람의 긴 대화는 그 노인에게 깊은 인상을 남겼다. 그 간부 덕분에 우리는 카이베르 고개에 있는, 다섯 군데나 되는 국경 관리소를 크게 지체하지 않고 통과할 수 있었다.

도시가 무질서하게 마구 뻗어 나가고 있는 페샤와르는 더럽고 시끄러웠다. 시골 마을인 잘랄라바드와는 전혀 딴판이었다. 영국의 영향으로 20세기로 성큼 진일보했음을 느낄 수는 있었지만, 지난날의 유습은 여전하였다. 우체국 부근에서 본, 철자가 틀린 영어로 '인도를 쳐부수자'고 쓴 조잡한 표어가 아니면 이웃 나라와 분쟁 중임은 어디서도 느낄 수 없었다.

"맞춤법이 저러니 전쟁에서 질 수밖에." 게리가 말했다.

"글쎄, 자네라면 그리 말할 만하지." 내가 받아쳤다. 게리 역시 틀린 맞춤법으로 악명이 높았다.

우리의 즐거움은 곧 사라졌다. 불필요한 여분의 화물을 오스트레일리아로 부치려고 했는데 복잡한 규정 때문에 일이 틀어진 탓이었다. 이것도 영국의 영향이었다. 어쩔 수 없이 우리는 쓸데없는 짐까지 지니고 다녀야 하는 현실을 감수했다.

살라틴 호텔에 이르자 지배인이 활짝 웃으며 우리를 맞아 주었다. 그는, 붉은색 옷에다 짤랑거리는 소리를 내는 팔찌를 해서 매력적으로 보이는 크리스에게 눈길을 주었다. "오, 친구들, 만나서 아주 반갑습니다."

지배인이 직접 방을 안내해 주었다. 부드러운 침대 매트리스와 제대로 된 화장실 같은 호사로운 설비를 보자 나는 아주 즐거워졌다. 아직은 노련한 여행자라고 할 수 없는 나로서는 여전히 수세식 화장실이 더 좋을 수밖에 없었다.

혼자 페샤와르를 둘러보았다. 이 낯설고 새로운 세계를, 마치 타임머신을 탄 구경꾼처럼 결코 그 속에 끼어드는 법 없이 그저 바라보기만 하면서 거리를 쏘다녔다. 어느 뒷골목에서는 남자들 한 무리가 극장 뒤에 있는 창문에서 표를 사고 있었다. 그 남자들은, 갓 잡은 먹이를 서로 물고 당기는 늑대 떼마냥, 필사적으로 서로를 타고 오르려고 했다. 그들의 격렬한 행동은 나른하고 기운 없는 거리의 분위기와 어찌나 뚜렷하게 대비되었는지, 마치 나를 위해 공연하는 거리 극장 같은 느낌이었다. 얌전하게 차례를 기다리는 런던과는 확실히 딴판이었다.

우리는 내 바르톨로뮤의 인도아대륙 지도에 앞으로의 여행 여정을 표시했다. 그리고 미국 안내소에서 찾아본 오래 된 브리태니커백과사전에서, 인더스 강이 히말라야 산기슭에서 흐르기 시작해 칼라바 마을의 평원에 이르러 수량이 크게 불어서 강이 넘치는 것을 막으려고 댐을 설치했음을 알았다. 거기서부터는 남쪽으로 1,100킬로미터쯤 되는 물길을 따라 아라비아 해까지 줄곧 배로 갈 수 있었다. 여름이면 히말라야 산맥의 눈이 녹으면서 큰물이 지기 때문에 강을 따라 여행하기에는 이른 봄이 가장 좋은 시기였다.

"좋았어." 내가 사람들에게 말했다. "우린 할 수 있어. 마침 타이밍도 완벽하잖아."

인더스 강의 고깃배 사진이 우리 상상력을 마구 부풀렸다. 뗏목을 만들자는 생각은 이성적이지 못했다. 우리는 대신 작은 고깃배를 사기로 했지만, 그 때까지 인더스 강을 보지도 못했고 어떤 배가 있는지도 전혀 몰랐으니 죄다 어림짐작일 뿐이었다. 내가 가진 지도에 따르면 인더스 강을 낀, 가장 가까운 도시는 데라 이스마일 칸이었다. 페샤와르에서 남쪽으로 160킬로미터 떨어진 곳이었다.

"그 곳에 가는 버스가 있겠지. 갑시다." 한스가 제안했다.

다음 날 우리는 버스에 올랐다.

늘 그랬듯이 우리 일행은 사람들의 관심을 한 몸에 받았다. 영어를 유창하게 하는 사람이 가까이에 앉아 추궁하듯 질문을 해댔다. "어느 나라 사람이지? 직업은? 결혼은 했고? 아이들도 있나? 얼마나 버는데?" 이에 대한 우리 대답이 여러 지방 사투리로 온 버스 안에 전해졌고, 그러고 나자 또다른 질문이 다시 돌아왔다.

"왜 이 가난한 나라를 여행하고 싶은 거지?"

"왜냐면, 우리가 찾으려는, 무언가 소중한 것이 있으니까."

"하지만 자네들은 교육도 받고 돈도 많이 벌 수 있고 훌륭한 가족도 있잖나. 뭘 더 바라는 거지?"

"돈과 가족이 있다고 해서 늘 행복한 건 아니니까."

"아하, 자네들, 히피들이구먼."

'히피'라는 마법의 꼬리표에, 버스에 탄 사람들은 이해한다는 듯 웃으면서 고개를 끄덕였다. 파키스탄 사람들은 아프간 사람들보다 확실히 너그럽고 속이 깊었지만, 그들은 서양의 물질주의가 평화와 행복을 가져오는 데 실패했다는 것을 이해하지는 못했다.

주 경계선에서 경찰이 올라와 우리 짐을 조사했다. 우리는 경찰이 해시시를 찾아낼까 싶어 조바심을 냈지만 그들은 아무 것도 찾지 못하고 내려갔다. 통로 건너편에 앉은 서양 수녀 한 사람이 내게 몸을 기울이고는 말했다. "저 사람들, 성냥을 찾고 있어요."

"설마." 내가 대답했다.

"아니예요. 세금을 물어야 하거든요." 수녀는 제의祭衣 주름 속에 숨긴, 열 갑들이 성냥 두 상자를 보여 주었다.

장난기 있는 갈색 눈에 흰 턱수염과 콧수염을 기르고 어깨에 사냥총과 탄띠를 두른 한 세련된 노인은 우리를 이해하는 듯했다. 우리는 아무렇지도 않은 체하면서 대마초를 꾹 참고 있었는데, 그 노인이 '차라스'라고

66

하는 해시시를 채운 담배를 계속 건넸다. 다른 승객들은 우리의 도락에 신경 쓰지 않았다. 이 곳 사람들은 해시시를 피우는 것을 대수롭지 않게 여겼다. 노인이 우리를 자기 마을로 초대했지만, 인더스 강에 가까워져서 사양할 수밖에 없었다.

그 동안 한스는 압둘 젤릴이라는 남자랑 이야기를 하고 있었다. 그는 파키스탄의 일상복인 헐렁한 바지에 무릎께까지 내려오는 셔츠를 입고 있었다. 머리에는 살구색 터번을 쓰고, 천으로 만든 새장 속에 메추라기 한 마리를 가지고 있었다. 점심 때가 되어 버스는 어느 찻집 앞에서 멈추었다. 젤릴이 우리를 위해 쌀과 커리를 얹은 고기 요리를 주문해 주었다. 밥을 먹는 동안 사람들은 우리가 늘 듣던 질문들을 해댔다. 내가 입은 데님 윗도리에 수놓인 스카이다이버의 날개 모양을 보더니 한 젊은이가 선언하듯 말했다. "당신은 여행자가 아니야. 내가 보기에 당신은 전투기 조종사인걸."

혹시나 나를 인도 간첩으로 볼까 싶어서, 썩 내키지는 않았지만, 그 젊은이 덕분에 갑자기 높아진 내 사회적 지위를 부정해야만 했다. "아니, 겨우 낙하산병인데" 하면서 두 손으로 낙하산이 땅에 떨어지는 흉내를 냈다. 젊은이는 나를 믿지 않았다.

사막 지역이 물러나고, 물을 댄 초록빛 정원이며 밀밭, 야자 나무, 물소, 낙타 그리고 밭에서 일하는 사람들 풍경이 길게 이어졌다. 해거름이 되자 승객들이 알라에게 예배를 할 수 있도록 버스가 섰다. 남자들이 모래 언덕에 천을 깔고는 터번을 벗고 해가 지는 쪽 너머 메카를 향해 절을 했다.

우리는 좀 떨어진 모래밭에 앉아서, 서로 모르는 버스 승객들을 모두 하나로 묶는 이 소박한 의식이 갖는 힘에 깊은 감동을 받았다. 나는 그 사람들이 무엇을 느끼는지 알고 싶었다. 하지만 외부의 힘에 나 자신을 맡기는 것은 나로서는 상상할 수도 없는 일이었다. 그러면서도, 종교에 대한 나의 이런 거부감은 그들의 마음을 위로해 주고 고양시키는 무언가를 그들이 갖고 있다는 것을 인정하는 쪽으로 조금씩 기울기 시작했다. 고요하고 친절하여 사람들의 마음을 끄는 그들의 태도가 바로 그 무언가에서 비롯된 것이지 싶었다. 특히 우리 같은 여행자들에게 더욱 그래 보였다.

데라 이스마일 칸은 어둠의 장막에 덮여 있었다. 코 앞에 있는 우리 손도 알아 볼 수 없을 정도였다. 어둠 속에서 우리를 거의 칠 뻔하면서 마차들이 불쑥 나타났다. 사람들이 버스 꼭대기에서 짐을 내려 마차에 짐을 던져 놓느라고 법석을 떨었다. 그런 틈바구니에서 어리둥절해하며 어디로 가야 할지 몰라 서 있는데 젤릴이 나타났다. 이미 한참 전에 버스에서 내린 줄 알고 있던 그가 갑자기 나타나 우리는 깜짝 놀랐다. 버스에서 우리와 친구가 되었던 다른 파키스탄 사람들이 거개가 고압적으로 돌변한 바람에 우리는 녹초가 되었는데, 젤릴은 좀 특별하였다. 몸가짐이 부드러우면서도 굳세었고, 우리에게서 얻을 것이 있다 싶을 때 몇몇 사람이 보이던 가식을 젤릴한테서는 느낄 수 없었다.

젤릴이 나서서 말이 끄는 수레 두 대를 잡았다. 게리와 크리스가 우리 짐을 가지고 한 대에 오르고, 젤릴과 한스와 나는 다른 수레에 탔다. 젤릴이 남달리 친절해서 우리는 그 동기를 좀 의심쩍어했다. 하지만 다른 도

68

리가 없었다. 지금은 젤릴 손에 맡길 수밖에.

　나는 말라빠진 말이 불쌍해서 목을 다정하게 두드려 주다가 하마터면 물릴 뻔했다. '저리 가 버려, 이 고약한 말.' 속으로 말하면서 나는 자리에 앉았다. 길 위에서 말발굽이 미끄러지면서 우리는 천천히 기력을 되찾았고, 그 불쌍한 짐승은 알맞은 속도로 달렸다. 멀리 가지 않아도 되었다. 젤릴이 마부에게 어느 골목을 가리켰는데, 골목은 악마처럼 어두웠다.

　"조심해." 한 세라이(여행자들 여인숙)의 안뜰에 도착했을 때 내가 게리에게 속삭였다. 한 남자가 우리를 가축 냄새가 나는 큰 방으로 안내했다.

　"이제야 좀 살겠네." 간이 침대 위로 쓰러지면서 크리스가 말했다. "그 털털이 버스 때문에 죽을 뻔했어."

　"이봐, 이거 음식 냄새야?" 좋아라 웃으면서 한스가 소리질렀다.

　한 남자가 커리, 달(동인도에서 나는 작고 노란 달콩을 물에 뭉근하게 끓인 요리 — 옮긴이), 요구르트 따위를 가지고 나타났다. 젤릴이 우리도 모르게 음식을 주문한 것이었다. 우리는 파키스탄의 주식인, 이스트를 넣지 않은 통밀빵인 로티 조각에 야채들을 담아 걸신들린 듯이 먹었다. 그러고는 달콤한 우유차로 입가심을 했다.

　젤릴은 영어를 전혀 하지 못했다. 우리는 몸짓과, 한스가 주워들은 수박 겉핥기식 우르두 어(파키스탄의 공용어로. 인도 등지에서도 이슬람교도들 사이에서 통한다 —옮긴이)로, 젤릴이 은세공사이고 페샤와르에서 보석을 팔고 오는 길이라는 것을 알았다. 우리는 그에게 배를 구한다는 우리 목적을 설명하느라고 애를 먹었다. 게리가 그림까지 그려 보였지만, 인더스 강을 배로 여행해 내려간다는 생각은 젤릴에게는 상식 밖의 일이라서, 잘 알아

듣지 못했다. 그건 그랬지만, 젤릴은 우리가 온몸이 뻐근하도록 피곤한 것은 눈치채고는 노인 안마사를 불러 주었다.

"아야!" 노인이 손가락 마디로 등을 지압하자 한스가 소리질렀다. "이 사람, 정말 아프게 하네."

우리의 놀림감이 되려고 한스가 비명을 지르며 거짓으로 아픈 시늉을 하는 바람에 우리는 더 크게 웃었다. 한스는 대단한 배우였다.

그 다음이 내 차례였다. 과연 아프긴 아파서, 나는 안마사의 격렬한 기술에 내 등뼈 마디 힘줄이 찢기지나 않을까 걱정해야만 했다. 크리스를 빼고 우리 모두가 안마를 받고 나서 잠들 준비를 했다. 젤릴은 자기의 헐렁한 터번을 벗고 메추라기 새장을 조심스럽게 못에 걸고는 침대 하나에 누웠다. 우리는 진작부터 젤릴이 우리를 두고 떠나기를 바라던 터였고, 여전히 그가 우리와 함께 있는 것을 경계하였다. 덕분에 게리는 파수를 보느라고 잠을 설쳤다.

다음 날 아침, 젤릴은 보기엔 거친 밀가루처럼 생겼으나 맛은 골든 시럽처럼 달콤하고 맛있는 음식을 우유차와 함께 가져와 일찌감치 우리를 깨웠다. 그러고는 마치 엄마처럼 우리를 볶아 대면서 시장으로 데려갔다. 우리는 데라 이스마일 칸에 대해서 이국적인 아라비아 도시나 초라한 도둑 소굴 또는 강가의 휴양지 같은 모습을 상상했다. 늘 그렇듯 현실은 완전히 달랐다. 밝은 낮에 보니 이 도시는 대단하지도 않았거니와 무서울 것도 없었다. 거리와 건물들은 먼지투성이에 빛이 바랜데다가 낡고 닳아 보였다.

찻집에서 젤릴은 우리를 자기 친구 몇몇에게 소개했는데, 그 말이 금방 퍼졌다. 점점 더 많은 사람들이 우리를 만나러 몰려들었고, 더러는 그냥 구경하러 오기도 했다. 다시 한번 우리는 젤릴한테 배를 보고 싶다고 말했다. 이번에는 그가 우리가 바라는 것을 이해했다. 그러나 그것이 얼마나 급한지는 이해하지 못한 채 우리를 데리고 시장을 돌아다녔다. 도시는 여느 관광지처럼 풍요로웠고, 우리는 갑자기 몰려든 몇십 명의 호기심 많은 사람들한테서 벗어날 길이 없었다. 아이들은 아마도 일찌기 외국 사람들을 본 적이 없었으리라. 우리 옷차림이 반은 서양식, 반은 아프간식이어서 사람들을 헷갈리게 만든 듯했다. 파키스탄에서는 옷차림이 그 사람의 사회적 지위며 심지어 그 사람이 어느 지역의 사람인지까지 말해 주기 때문이었다.

우리는 은 공방에 갔다. 그 곳에서는 젤릴의 친구들이 조그만 석탄 아궁이 도가니에서 낡은 은제품을 녹이고 있었는데, 전기 헤어드라이어 바람으로 아궁이 불을 돋우었다. 차를 마신 뒤 그들은 우리를 가게 지붕 위로 데리고 갔다. 거기서 보니 도시가 훨씬 더 매력적으로 보였다. 사막의 건조한 공기 덕분에 건물의 조각 장식들은 잘 보존되어 있었고, 들보 하나하나가 귀한 골동품이었다. 부드러운 회색과 황토색의 진흙 벽 건물들 뒤로 보이는 먼 하늘에서는 폭풍우를 몰고 올 어두운 구름 속에서 번갯불이 불안하게 번쩍이고 있었다.

젤릴의 친구들이 비둘기 한 무리를 풀어 주었다. 금방이라도 폭우를 쏟아부을 것 같은 구름과는 대조적으로 눈부신 햇빛이 건물들을 감싸고 있었고, 비둘기들은 그 햇살 사이로 어지러이 빙빙 돌았다. 목도리를 흔들자 비둘기가 돌아왔는데, 가까이 다가와서는 옆 건물 뒤로 날아 내려갔다가 다른 쪽에서 다시 나타나기를 두어 번 되풀이했다. 그러고 나서야 이

옥고 속도를 늦추더니 퍼덕이는 날개로 우리를 온통 에워싸다시피하며 비둘기 집으로 들어갔다.

"저기 봐. 인더스 강이야!" 게리가 외쳤다.

"젤릴. 인더스, 배." 한 줄기 진초록 초목들을 가리키면서 게리가 명령하듯 말했다. 게리의 참을성이 바닥나기 시작한 것이다. 마침내 젤릴이 우리를 데리고 강으로 향했다.

가장자리를 따라 대추야자와 밝은 빛깔의 꽃들이 이어져 있는 남새밭 사이로, 모랫길이 누비듯이 나 있었다. 둑 꼭대기에 다다랐을 때 우리는 하마터면 그대로 내닫을 뻔했다. 바로 그 곳에, 위대한 인더스가 있었다. 기름진 개펄과 덤불 투성이 모래섬 사이에서 갈라져 흐르고 있는 거대한 물길이 남쪽으로 수평선을 그리며 사라지고 있었다. 우리는 우리 앞에 놓인, 강렬한 에너지를 내재한 거대한 강물의 순수한 아름다움에 넋을 잃고 말없이 서 있었다.

그러자 인더스의 혼이 움직였다. 조금 전까지는 그리 고요하더니 갑자기 바람이 사납게 휘몰아치면서 모래 폭풍을 일으켜 우리 얼굴을 세차게 때렸다. 우리는 피할 곳을 찾아 달아나야 했다. 간신히 모래밭 위에 있는 낡은 나무배 옆에 몸을 숨긴 채 우리는 걱정했다. 과연 우리가 이 무시무시한 강에 덤빌 수 있을까.

점심을 먹고 나서 게리가 단호하게 말했다. "이제 제발 배들을 좀 보여줄래요?"

젤릴은 '배'라는 말을 따라하더니 말없이 웃고는 우리를 강과는 반대

쪽으로 데리고 가는 것이었다.

"아니, 이 사람, 자기 친구들한테 또 우리를 자랑하려나 봐."

젤릴은 조용한 몸짓으로 손을 들어올려 우리를 진정시켰다. 젤릴의 온화한 몸가짐에 우리는 참을성 없이 군 것이 부끄러워져 어린 양처럼 그를 따라갔다. 가난해 보이는 거리에 접어들자 꼬마들은 우릴 보고 놀라서 달아났고 조금 나이 든 아이들은 우리를 졸졸 따라왔다. 여자들은 반쯤 열린 문과 창문 사이로 우리를 훔쳐보았다. 젤릴이 어느 나무문을 열더니 조용한 안뜰로 우리를 데리고 들어갔다. 그 곳은 젤릴의 친척들 집이었다. 우리는 젤릴이 안으로 들어가 여자들을 서둘러 밀어 내는 동안 뜰에서 기다렸다. 크리스는 여자들이 있는 부엌으로 안내되어 들어갔다. 여자들은 크리스 옷을 살펴보거나 속에 무얼 입었나 보려고 옷을 들쳐 보는 둥 크리스를 두고 떠들썩하게 소란을 피웠다. 우리는 또다시 구경거리가 된 것을 달게 받아들였다. 성질을 내기에는 주인들이 진심으로 친절했기 때문이었다. 우리가 얼마나 성급했던지! 동양의 삶의 방식을 배우리라 마음먹었건만, 일이 우리 방식대로 돌아가지 않으면 그 순간 그런 생각을 그만 잊어버리곤 했던 것이다.

다시 거리로 나섰다. 젤릴은 몰려드는 아이들이 우리 가까이 오지 못하게 벽돌로 위협했다. 아이들은 그게 시늉뿐인 줄 안다는 웃음을 지으며 일제히 뒤로 물러섰다. 하지만 게리가 젤릴을 죽일 듯 바라보는 눈길은 장난이 아니었다. 그래도 한 치의 흐트러짐 없이 우리 안내자는 조용히 우리를 거리 끝으로 데려갔다. 그 곳에 뜻밖에도 또다른 강둑이 나타났다. 강을 떠나 왔다고 생각했는데 다시 강둑에 이르른 것이었다. 젤릴이

73

뒤돌아보며 우리를 보고 어찌나 상냥하게 웃는지, 그 순간 화가 씻은 듯이 사라졌을뿐더러 무안해서 어쩔 줄 몰랐다.

높이 솟은 뱃머리에서 고물에 이르기까지 선체가 초승달 모양으로 쭉 빠진, 길이 9미터쯤 되는 낡은 고기잡이배가 둑에 묶여 있었다. 세월의 흔적이 빛나는, 그 칠하지 않은 목재는 백 년이나 천 년은 되었으리라. 보자마자 우리는 그 배가 마음에 들어 배 위에 올라갔다. 고물에 설치된 선실은 넉넉하게 넓었다. 그렇지만 배가 지나치게 크다는 것을 깨닫는 순간 우리의 첫 열정은 식어 버렸다. 강 하구의 여울들에서 인더스 강은 부채꼴로 펼쳐지면서 여러 시내로 흘러가는데, 이 배는 밀물 때나 강바닥이 깊은 곳에서 타려고 만든 것이었다.

강둑을 따라가다 보니, 나무로 된 선체들을 한 줄로 나란히 엮어 다리를 받치고 있는 나무 다리가 나왔다. 소 달구지며 번지르르하게 꾸민 트럭들이 이 다리를 건너 나무가 우거진 모래톱으로 가서는 또다른 배다리를 건너 한참 떨어진 동쪽 둑까지 건너갔다. 뒤에 들으니, 여름 홍수 때는 그 배다리들을 철거해서, 나룻배로 강을 건넌다고 했다. 그런 다리가 인더스 강을 가로질러 세 개가 있는데, 우리는 장차 그 다리들을 다 만나게 될 터였다.

다리의 처음 부분을 건넜을 때 우리는 주먹을 들어올려 짐짓 으르는 시늉을 하면서 그 때까지도 우리를 따라오던 아이들을 다 쫓아 버렸다.

"캐칠루우, 캐칠루우." 아이들은 밀밭으로 사라지면서 소리를 질러댔다.

"캐칠루우가 대체 뭐지?"

감자코라는 뜻으로, 이 곳 아이들이 유럽 사람들을 부르는 말이라고 젤릴이 한스한테 설명해 주었다. 우리는 크게 웃었다.

오후 시간이 꽤 흘렀을 때 젤릴이 걸음을 멈추더니 강물에 얼굴과 손을 씻었다. 계속해서 이를 닦고 코와 귀를 씻는 것을 보고서 젤릴이 기도를 할 것임을 알았다. 우리는 따뜻한 햇살 속에서 누워 눈을 감고는, 살짝 숨 죽였다가 다시 커지고는 하는 종달새 노래에 귀를 기울였다. 그 소리가 찬란한 빛이 되어 우리 위로 쏟아져 내리는 것만 같았다. 인더스의 혼은, 아침 나절에는 한 차례 폭풍으로 우리를 겁주더니, 이제는 음악으로 해시 시에 취한 우리를 꼬드기고 있었다. 젤릴은 기도를 마치고는 조용히 한 사람씩 차례로 이마에 입을 맞춤으로써 우리를 백일몽에서 빠져 나오게 했다. 젤릴은 그가 아는 유일한 영어인 '다알링스'라는 말로 우리를 불러 모아 계속 나아가게 했다. 여러 개의 멜로드라마 줄거리를 한 이야기로 짜 넣은 대작인, 유명한 펀자브 영화의 한 장면에서 젤릴이 그 말을 배웠다는 것을, 우리는 한참 뒤에 알았다.

가다 보니 건물이 하나 보였다. 가까이 다가가 보니 강의 가장 큰 물줄기에 있는, 굉장히 낡은 외륜선外輪船이었다. 겨우내 그 배를 건사하던 기관사들이 풀멍석 위에 앉아 물담배통으로 담배를 피우고 있었다. 뱃전 동판을 보니 스코틀랜드의 글래스고에서 만들어 1920년대에 인도로 가져온 배였다.

여기서 보니 강은 너비가 200미터쯤이었다. 오리 한 떼가 강을 날아 건넜고 강 가장자리에는 왜가리들이 있었다. 그 세차게 흐르는 강물이 우리를 야생의 미개척지로 태워다 줄 것을 상상하자 심장이 더 빨리 뛰었다.

인더스 강만큼이나 나이 들어 보이는, 우락부락한 느낌을 주는 한 노인네가 우리에게 차를 대접했다. 그 노인은 3킬로미터쯤 떨어진 강 하구 쪽마을에 배가 몇 채 있지만 고기잡이배들이라고 일러 주었다. 그러면서, 강 상류 쪽의 칼라바 마을로 거슬러 올라가면, 그 곳의 배 만드는 사람들이 배를 만들어 줄 거라고 했다.

"너무 비쌀 거야." 게리가 말했다. "여기 어딘가에 살 만한 배가 있을텐데."

그랬다. 팔려고 내놓은 배 하나를 다른 남자가 기억하고는, 다음 날이면 그 배를 선착장으로 가져올 수 있을 거라고 했다. 그 말에 우리는 아주신이 났다. 우리는 시간 약속을 하고는 하루 만에 그렇게 큰 성과를 올린것에 의기양양해서 데라 이스마일 칸으로 돌아갔다. 하지만 하루가 끝난것은 아니었다. 또다른 일이 우리를 기다리고 있었다.

미스터 빅

저녁밥을 먹은 뒤, 젤릴은 우리 모두에게 머리 안마를 해 주었다. 고단해서 잘 준비를 하던 참인데 안뜰에서 작은 소동 소리가 나더니 누군가가 우리 문을 쾅쾅 두드렸다. 내가 문을 열자 두 남자가 밀치고 안으로 들어왔다. 한 남자는 몸집이 크고 영어를 했다. 낮에 잠깐 만났던 사람으로, 길에서 우리를 세워 어느 나라 사람이며 무슨 일을 하는지 등 일상적인 질문을 해대던 사람들 가운데 한 사람이었다. 그 남자는 취해서 비틀거리면서, 향이 고약한 싸구려 위스키를 들고 있었다. 또 한 남자는 체구가 작고 소심하고 무력해 보였는데 바보처럼 싱글거렸다.

"너희 영구욱 사람들, 나랑 잔치할 거야." 덩치 큰 남자가 억지를 부렸다. 우리는 뒤에 그를 '미스터 빅'이라고 이름 붙였다. 우리는 조용히 있었지만 그 남자의 침입이 영 성가셨다.

"고맙지만, 우린 술 마시고 싶지 않은데." 게리가 대답했다.

"너희는 나랑 마실 거야." 남자가 사납게 맞받았다. 술병을 우리 코 앞에 들이대는 그의 작고 핏발 선 눈이 불끈 화를 내기 시작했다. 술을 마시지 않겠다고 거절하자 그 남자는 마구 욕을 해대면서 우리 모두를 죽이거나 겁탈하겠다고 겁을 주었다. 게리가 무거운 오지그릇 모가지를 손으로 잡았다. 게리의 속마음을 읽고 나도 무기를 찾아 주위를 둘러보았다. 폭력은 싫었지만 우리 자신을 지켜야 했다.

"바스(`됐다'는 뜻을 가진 힌두어 —옮긴이)! 그만!" 게리가 나무랐다. "우린 고단해. 자고 싶으니까 당신 이제 가야 해."

이 말에 미스터 빅은 더 무섭게 날뛰었다. 한스가 위험을 알아채지 못하고 다른 남자의 넓적다리를 쓰다듬으며 자기 침대에 누웠다. 나는 한스한테 성난 눈짓을 보내고는, 미스터 빅에게 방에서 나가라고 명령조로 말했지만 허사였다. 젤릴은 게리와 크리스 뒤에 앉아 아무 말 없이 바짝 긴장한 눈으로 그 과정을 지켜보고 있었다. 나는 젤릴이 어떻게 나올지가 궁금했다.

우리의 불청객은 급기야는 칼을 내보였다. 게리와 나는 술을 마시며 그를 달래는 방법밖에 없다고 생각했다.

"좋아, 술병을 줘."

게리가 그 역한 술을 한입 가득 들이붓더니 곧바로 뱉어 버렸다. 게리처럼 경솔하게 하지 않으려고 나는 술을 아주 조금 입에 넣고 성공적으로 목으로 넘겼다. 불행히도 미스터 빅은 이제 막 흥이 나기 시작하였다. 그는 한바탕 잔치를 벌이고 싶었고, 누구하고든 상관 없이 섹스를 하고 싶어했다. 그의 이글거리는 눈길이 자꾸 크리스한테 쏠렸다. 자기가 그 자리에 있는 것이 그 남자를 흥분시킬 뿐임을 알고 크리스가 챠데리로 얼굴을 가리자, 크리스는 곧 잊혀졌다.

"그럼, 너희들 나랑 같이 피워." 미스터 빅이 해시시 한 덩어리를 상에 던졌다.

다시 우리가 거절했다. 다시금 긴장이 고조되었다. 나는 경찰이 곧 올 거라고 생각했다. 고함 소리와 욕 하는 소리는 아주 컸고, 어둠에 싸인 데라 이스마일 칸의 거리에 다른 소리는 하나도 들리지 않았기 때문이었다.

"좋아, 한 모금씩 하지."

게리가 담뱃대를 채웠다. 나는 두려웠지만 미스터 빅이 언제고 우리를 해치려 들면 곧바로 그 남자가 가져온 술병으로 머리를 칠 작정이었다. 그 역겨운 남자가 젤릴을 바라보았다.

"왜 이 남자랑 지내는 거지? 천한 계급의 쓰레긴데."

나는 속으로 생각했다. '젤릴이 천한 계급이라면 너는 맨 밑바닥이야.' 미스터 빅이 실수한 것이었다. 싸움이 일어난다면 젤릴은 우리 편이 될 것이 확실했다. 우리의 손님들은 이길 가망이 없었다.

미스터 빅이 또 두 번째 실수를 저질렀다. 흰색 결정체가 든 더러운 통을 내놓으면서 다그쳤다. "이게 뭔 줄 알아?"

"그래." 게리가 말했다. "코카인이지."

"들이마셔." 그가 고집을 부렸다.

"모르겠어? 네가 가져온 마약은 싫다고. 우릴 좀 내버려 두고 집으로 가 버려."

내가 게리한테 '살살 달래자'는 눈길을 보냈다. 게리와 나는 손가락 사

79

이에 그 가루를 조금 붓고는 코로 들이마셨다.

코카인 효과 때문인지는 확실치 않았지만, 무엇을 해야 할지가 분명해졌다. 두려움이 싹 가셨다. 나는 자리를 옮겨 미스터 빅 옆에 앉았다.

"이봐, 당신은 좋은 사람인데 술 때문에 정신이 흐려졌어. 당신 꼭 아이처럼 굴잖아. 우린 여행자들이야. 당신네 아름다운 나라를 구경하러 왔다고. 당신, 우리한테 겁을 줄 게 아니라 우리를 도와 줘야 하는 거 아니야.'

남자가 머리를 떨구었다. 그 말이 먹혀든 게 분명했다.

"자, 갈 시간이야. 집에 가서 자야지."

나는 짐짓 친한 척 내 팔을 미스터 빅 어깨에 얹고는 문까지 데려다 주었다. 드디어 내 안에 있던 오스트레일리아 사람 기질이 터져나왔나 보다. 미스터 빅의 친구에게 주먹을 쥐어 보이고는 문을 가리키면서 "이봐, 자네도" 하고 으르렁거렸으니 말이다.

두 사람이 떠난 뒤 게리가 문을 잠갔고 우리는 안도감에 서로 껴안았다. 젤릴이 흐뭇한 표정으로 고개를 끄덕이고는, 한스에게는 질책하는 듯한 눈길을 잠시 비쳤다. 나는 이 대단한 은 세공사가 궁금했다. 아무 것도 바라지 않고 우리를 그렇게도 많이 도와 주었을뿐더러, 같은 나라 사람의 몹쓸 행동에 마음이 몹시 다쳤을 게 분명한 그였다. 새벽 세시쯤 우리는 마지막 담배를 돌려 피우고는 잠이 들었다.

다음 날 아침, 묵을 곳을 옮길 시간이었다. 젤릴은 우리가 그 여관에 머물러도 별 문제가 없을 거라고 했지만 우리는 좋은 호텔을 알려 달라고 고집했다.

"한스, 크리스와 같이 있어. 게리랑 내가 젤릴하고 가서 머물 만한 곳을 찾을 테니까." 전날 밤 한스가 한 행동 때문에 나는 한스를 여전히 쌀쌀하게 대했다.

젤릴은 늘 하던 대로 자기 메추라기를 데리고 다녔다. 장화 만드는 사람 가게에 갔다. 물담배통을 한 차례 돌리고 나자, 장화 만드는 사람 하나가 가게 뒤에서 다른 메추라기를 가져왔다. 아마도 우리를 즐겁게 해 주려고 내기를 하는 것 같았다. 나는 넌더리를 내면서 젤릴이 새 싸움을 붙이는 것을 막으려 했다. 그는 아마 이해하지 못했거나 이해하고 싶지 않았으리라. 상대편의 메추라기가 자기 새를 물어 부리 한쪽에서 피가 나오자 젤릴이 싸움을 멈추게 했다. 젤릴은 자기 새 머리를 깨끗하게 핥고는 헝겊 가방에 도로 넣었다. 젤릴은 40루피를 잃었다. 가난한 나라에서 그 돈은 제법 큰 돈이었다. 즐거운 아침이 아니었다. 전날 갔던 같은 찻집에서 차를 마시고, 젤릴은 우리를 같은 여관으로 데려갔다. 나는 조바심이 나서 젤릴에게 단호하게 말했다.

"우린 이 여관에서 더 지내지도 않을 거고, 차도 더 마시지 않을 거고, 메추라기 싸움도 보고 싶지 않아. 호텔에 가고 싶을 뿐이라니까."

"아아챠, 그래." 젤릴은 풀이 죽어 말했다. 하지만 다음 삼십 분 동안 그는 우리를 에돌아 가는 길로 끌고 다녔고, 우리는 호텔은 구경도 하지 못한 채로 다시 같은 여관으로 돌아왔다. 나는 완전히 넌더리가 났다.

"여기 있어." 젤릴에게 그냥 있으라고 하고는, 한스더러 같이 가자고 했다. 먼저와는 다른 길로 들어섰다. 모퉁이 가까이에, 부겐빌리아(붉은 꽃이 피는 열대 식물 —옮긴이)가 활짝 피어 있는 밝은 안뜰에 객실이 있는, 깨끗하고 조용한 호텔이 하나 있었다. 친절한 주인이 침대 네 개가 있는 방을 하나 보여 주었다. 완벽했다. 의기양양해 여관으로 돌아가자, 젤릴이 막 떠나려고 했다. 그는 우리 모두에게 입맞추어 인사를 했고, 다시는 그를 만나지 못했다.

우리가 들어가자 안뜰 테이블에 앉아 있던 사람들이 우리를 빤히 바라 보았다. 우리끼리 있고 싶어서 그들의 초대를 거절했다. 방에서 차를 마 시는 동안 우리의 대화는 곧 젤릴 이야기로 넘어갔다.

"그렇게 떠나는 것을 보니까 너무 슬펐어." 크리스가 말했다.

"구제프의 삶에 나오는 그 위대한 사람들 같았어. 어디선가 불쑥 나타 나 어려운 문제를 해결하는 것을 도와 주던 현자들 말이야." 게리가 덧붙 였다.

"그래," 전날 밤의 자기 행동은 잊고 한스가 말했다. "마치 어떻게 살아 야 할지를 가르쳐 주는 스승 같았어."

나는 잠자코 있었다. 모두 맞는 말 같은데에다, 그 날 아침 젤릴한테 그 렇게 무정하게 대한 것에 죄책감을 느끼고 있었다. 안전한 곳을 찾기에 급급하여 그를 저버렸으니.

점심밥이 왔다. 우리는 바깥에서 햇빛을 즐기며 매콤한 달과 야채, 로 티를 먹었다. 젊은이 한 무리가 정치에 대해서 토론하느라 호텔에 모여 있었다. 대학생들이었는데 방학이라서 식구들과 함께 지내고 있었다. 모 두 영어를 할 줄 알았다. 그들은 우리가 인더스 강을 배를 타고 내려갈 계 획이라고 말하자 눈을 휘둥그레 떴다. 곧바로 그들은 우리 일에 참견하기 시작했다. 이런 일은 우리가 파키스탄에서 자주 앞으로 겪게 될 터였다.

그들을 보면서 생각했다. '영국 사람들보다 더 영국적이군.' 재미있었다. 그 학생들의 억양, 표현, 고리타분한 견해에서 예전에 알던 영국 의사들을 떠올렸다. 비록 학생들의 말은 변혁을 일으킬 만했지만, 그들은 조만간 저희가 고른 직업에 안주하며 사회적 지위를 누릴 것이다. 그 학생들의 정치에 대한 태도에서 가장 슬픈 것은 저희 나라와 민중이 지닌 아름다움을 보지 못하는 어리석음이었다. 그들 삶의 진짜 목표는 서양으로 달아나는 것이었다. 나는 그들의 태도가 안쓰러웠고, 파키스탄이 안쓰러웠다.

그 날 오후 그 학생들이 기꺼이 우리를 선착장까지 안내해 주었다. 고기잡이 마을에서 가져온 배는 우리가 처음에 본 배보다도 더 컸다. 그 배가 우리 목적에 견주어 너무 크다고 설명했다. 어부들은 강 하류 쪽으로는 더 가 봤자 소용 없을 것이라고 했다. 결국 상류 쪽인 칼라바로 가야 한다는 것이 분명해졌다. 그렇게 결정하고 나서야 우리는 비로소 긴장을 풀고 며칠을 보냈다. 마을 구경을 다니기도 하고, 학생들은 물론 그들 식구들과도 사귀었다. 우리는 학생들의 어머니들과 자매들이 준비한 아주 훌륭한 식사를 대접받았다. 그렇지만 크리스를 빼고는 아무도 그 여인들을 볼 수는 없었다.

어느 날 길을 가다가 내가 한 도붓장수한테서 담배를 사려고 멈추었다. 내가 친구들한테 돌아오자 게리가 물었다. "저 사람이 누군지 몰랐어?"

나는 고개를 돌려, 담배 장수를 바라보았다. 부끄러운 듯 고개를 숙이고 서 있는 그 남자는 미스터 빅이었다. 그가 한시름 놓을 수 있도록 우리는 발걸음을 옮겼다.

타오 인더스Tao Indus

우리는 짐 대부분을 한 학생의 식구한테 맡기고 칼라바로 가는 버스에 올랐다. 버스는 움직이는 곡마단 같았다. 어른과 아이들, 양과 닭이 움직일 틈도 없이 들어찬 데에다, 사람들은 우리를 빤히 바라보았고, 높은 가락의 파키스탄 노래가 머리 위 확성기에서 고래고래 터져 나왔다. 성인 남자들은 등에 산탄총을 메고 있었다. 정류장에서마다 사내아이들이 과일이랑 음료수랑 다른 맛난 것들을 파느라 창가에 몰려와 와글와글 떠들었는데, 한스는 그 때마다 무언가를 사서는 우리에게 건넸다. 크리스가 버스 안에 너절하게 그려져 있는 모래 언덕과 야자 나무, 낙타들을 가리키면서 말했다. "저건 밖을 볼 수 없을 때 보라고 해 놓은 건가 봐."

사막 풍경이 끝나고, 가파른 산 중턱과 바위 투성이 산봉우리가 이어졌다. 칼라바 마을에 다다른 것이다. 집과 가게들이 호숫가 가파른 산허리에 다닥다닥 붙어 있었다. 그 호수는 진나 댐 공사 때 만들어진 것이었다.

84

1947년에 프랑스와 영국의 기술자들이 인더스 강을 가로질러 이 댐을 만들고, 파키스탄 건국의 아버지로 존경받는 무하마드 알리 진나의 이름을 따 그 이름을 지었다.

"릭샤, 릭샤." 모험심이 가득한 두 소년이 고함을 지르면서 우리를 마을로 데려가겠다고 나섰다. 두 소년은 특별한 손님들을 태운 것을 자랑하고 싶은 마음에 팬시리 인력거 경적을 연신 뚜우뚜우 울려 댔다. 거리에서 친절한 가게 주인들이 우리에게 손을 흔들었다. 가게에는 과일과 채소가 가득 진열되어 있었다. 우리는 마을 한가운데 있는 세라이에서 멈추었다. 덩치 크고 호감이 가는, 생김새도 목소리도 안소니 퀸을 닮은 여관 주인이 우리를 데려가 거리 쪽으로 툭 튀어나온, 벽이 얇은 증축 건물을 보여 주었다. 마을에 하나뿐인 여관이라고 했다. 여관 안은 지저분하고 좁아, 간이 침대 네 개가 자리를 다 차지하고 있었다.

주인은 이탈리아 주둔 영국군에서 복무한 적이 있어서 우리에게 이탈리아 말로 이야기했다. 우리의 통역자 한스가 대답을 맡았다. 침대에 앉아 우리가 처한 상황에 대해서 점검해 보고 있는데 웬 낯선 얼굴이 불쑥 나타났다. 어디에선지 모를 곳에서 갑자기 나타난 그 사람은 차를 마시면서, 우리에게 해시시를 섞은 담배를 권하는 것이었다. 그의 이름은 잊었지만, 댐 공사를 할 때 프랑스 토목 기사들과 함께 일하면서 주워들은 엉터리 프랑스 어로 이야기를 했으니 프랑스 이름을 붙여 '장'이라고 불러야겠다.

장은 막대기를 짚고 걸었다. 댐 공사를 할 때 발목에 상처를 입었는데 낫지 않은 것이다. 만성 골수염이었다. 그에게 병원에 가 보라고 했지만, 그는 나에게 단념한 듯한 눈길을 보냈다. 돈이 없거나 병원 치료가 마땅치 않다는 뜻이었다. 장은 젊고 팔도 억셌지만 얼굴 표정은 쓸쓸했다. 다행히도 유머 감각이 좋아서 곧잘 웃었고 그럴 때마다 잘생긴 얼굴이 드러났다. 장은 사람들의 감정에 유별나게 민감했고, 늘 대마초를 두둑히 지니고 다니면서 우리한테 돌리곤 했다.

무엇보다 장에게는 배가 한 채 있었다.

찻집에서 몇백 미터 떨어진 곳에, 이슬람 사원 옆 돌 방파제에 배 여섯 채가 묶여 있었다. 모두 노를 저어 움직이는 배였다. 게리와 나는 그 배들을 보고 나서 서로를 또 바라보았다. "완벽해." 둘이 동시에 말했다.

장의 도움을 받아 우리는 그의 배로 올라가 호수 가운데로 저어 갔다. 주황빛과 엷은 자주빛을 띤 가파른 산비탈에 들어앉은 칼라바 마을이 한눈에 들어왔다. 푸르게 우거진 뜰이 딸린, 호숫가의 고급스러운 저택들이 오후 햇살을 받아 반짝였다. 한스가 헤엄을 치고 싶어 물로 뛰어드는 바람에 하마터면 배가 뒤집어져 모두 빠질 뻔했다. 게리가 나를 보며 말했다. "하나라도 제대로 하는 게 있나 몰라." 우리는 한스의 소년 같은 열정에 대해 너그러울 수가 없었다.

물 흐름을 따라 저어 가면서 장은 우리를 다리 아래로 데려갔고, 거기서 또 1.5킬로미터쯤 더 가서 댐이 있는 곳까지 갔다. 수문을 보고 우리는 마음을 놓았다. 그 수문을 통해 우리는 배를 타고 강 아래쪽, 거대한 물길로 갈 수 있을 터였다. 제복을 입은 한 남자가 수로에서 물고기를 잡고 있었다. 수로는 물고기가 쉽게 둑을 지나 옮겨 갈 수 있게 하느라고 만든 것이지만, 그것을 악용하여 그 남자는 손쉽게 물고기를 낚고 있었다. 남자는 우리에게 물고기를 한 꾸러미 주었고, 장은 배를 저어 되돌아가기 시작했다.

주황빛 저녁 노을이 잔잔한 물에 비치고, 소리라고는 삽으로 만든 노걸이의 끼익끽 하는 소리, 노깃이 물에 담기는 소리, 뱃머리를 두드리는 잔물결 소리뿐이었다.

"내가 저을게" 하고 나서면서 한스가 일어나는 바람에 배가 또다시 거의 뒤집힐 뻔했다.

장은 고개를 젖더니 한결같은 속도로 노를 저었다. 오리 떼와 가마우지 떼들이 날아올라 우리 주변에서 한바탕 돌고는 섬에 있는 저희 보금자리로 돌아갔다.

다음 날 아침, 시장에서 파파야를 파는 것을 보았다. 그 뒤로 두 주일 내내 우리가 미친 듯이 파파야를 즐기는 것을 보더니 과일상들이 그만 파파야 값을 올려 버렸다. 나도 이제는 물건을 사고파는 데 웬만큼 자신감이 생겼지만, 부르는 값이 말도 안 되게 싼데도 값을 절반이나 깎자니 마음이 저으기 불편했다. 내 호주머니에는 그 상인들이 몇 해 동안 벌어도 가지지 못할 돈이 있으니 말이다.

하룻밤 사이에 호수는 벽돌빛으로 바뀌고 더 깊어진 듯 보였다. 인더스 강의 또다른 경이로움이었다. 히말라야 산맥 어디에선가 엄청난 폭풍우가 있었음이 틀림없었다. 우리가 놀라는 것을 보고 즐거워하면서, 장이 말했다. "린도나숑 아리브 L' indo-nation arrive ('홍수가 났다'는 뜻의 프랑스 말

'라 이농다숑 아리브La inondation arrive'를 잘못 말한 것 —옮긴이)." 하지만 그 말이 우리에게는 불길한 의미인 것을 그는 모르고 있었다. 장마가 다가온 것이다. 장은 강 중심부에서 빠져나와 가장자리를 따라 상류 쪽으로 거슬러 가며 배를 저었다. 그의 팔이 왜 그렇게 강한지 알 수 있었다.

호수 가장자리 오솔길에서 키 크고 당당하고 아름다운 여자 하나가 머리 덮개를 쓰지 않은 채 걷고 있었다. 장이 우르두 말로 뭐라고 소리치자 그 여자가 고개를 흔들었다. 그러고는 둘은 함께 소리 내어 웃었다. 장이 그 여자한테 우리 쪽으로 와서 함께 어울리자고 했단다. 남자와 여자가 이렇게 느긋하게 이야기를 주고 받는 광경은 파키스탄에서는 있을 수 없는 일 같았지만, 보기 좋았다. 데라 이스마일 칸에서 만난 학생들은 남녀를 엄격하게 격리시키는 관습에서 생기는 좌절감을 솔직히 인정하지 않았던가. 그들은 친척이 아니면 다른 여자들 얼굴을 전혀 볼 수 없다고 했다. 그 때문에 젊은 남자들이 결혼할 때까지 다른 소년들하고 잠자리를 갖고, 또 결혼한 뒤에도 종종 그런 관계를 갖는 것이 흔한 일이라고 했다.

장이 호수 머리에 배를 끌어올렸다. 배가 여러 채 보였고, 어떤 것은 만드는 중이었다. 드디어 제대로 된 곳으로 온 것이다. 게리와 나는 곧바로 그 배들을 살펴보고 싶었지만 장은 우리를 메마른 강바닥을 따라 호수에서 떨어진 곳으로 이끌고 갔다. 그를 거스르고 싶지 않아 아쉬운 눈길을 뒤쪽에 던지면서 장을 따라갔다. 장은 우리가 마을 위쪽 낭떠러지에서 본 적이 있는, 주황빛과 자줏빛 바위가 가득한 곳으로 데려갔다. 칼라바가 가장 자랑하는 산업, 소금 광산이었다.

산 안쪽으로 깊이 들어간 곳에서 광부들이 한 손에 촛불을 들고 소금 벽을 조금씩 쪼아 내고 있었고, 벽에서 쪼아 낸 소금 덩어리는 왜소한 조랑말이 끄는 나무 수레에 가득 실어 굴 위로 끌어올렸다. 장이 많은 이야기를 일러 주었지만 좀전에 피운 해시시가 효력을 내기 시작하자 그의 말은 우리한테 쇠귀에 경 읽기였다. 굴 안이 보석으로 빛나는 듯 느껴졌다. 우리는 순소금 종유석을 몇 개 꺾었고, 광부들은 우리에게 엄청나게 큰 완벽한 수정을 몇 개 주었다. 우리는 수정을 잔뜩 안고 눈을 반짝이며 그 친절한 광부들에게 잘 있으라고 손을 흔들었다. 이윽고 배를 보러 갔다.

데라 이스마일 칸에서처럼 배들은 칠하지 않은 무거운 판자로 만들었고, 배 양옆과 고물은 조각을 새겨 장식했다. 우리 목적에 좀더 적합한 작은 배는 1,200루피라고 했다. 그 정도면 적정 가격으로 쉽사리 낮출 수 있겠다 싶어, 별 관심 없는 체하며 다음 날 다시 오겠다고 약속했다.

소문이 퍼졌다. 그 날 오후, 한 남자가 우리에게 배를 1,000루피에 팔겠다고 했다. 돌로 만든 선착장에 매여 있는 그 배는 오래 되었지만 튼튼해 보였다. 우리는 '이 배면 되겠다'고 생각했지만 겉으로는 짐짓 마땅찮다는 듯이 배를 살펴보기만 했다. 그러고는 흥정을 하러 찻집으로 돌아왔다. 사내는 안절부절못하더니 곧바로 배 값을 800루피로 내렸다. 마침내 우리는 사기로 하고, 나중에 문제가 생길 경우에 대비해 제대로 된 계약서를 만들려고 그 사내에게 계약금으로 10루피를 주었다.

경찰서에서 공증 문서를 얻으려 한 우리의 노력은 아무 소득 없이 킬킬

거리는 구경꾼만 한 무리 끌어들였다. 우리가 막 포기하려는 참에 서양 옷차림을 한 두 남자가 멈추어 서서 말을 걸어 왔다.

"안녕하시오, 친구들. 도와 드릴까요?"

둘 가운데 나이가 더 든 사람은 그 곳 지방 의회 공무원이었다. 그리고 다른 한 사람 샤 씨는 교통부 기술자였다. 둘 다 영어를 잘했는데 우리 이 야기를 듣더니 크게 놀라는 것이었다.

"당신들, 그 찻집에서 그 많은 강도들이랑 천민들하고 같이 머물러서는 안 되겠소. 샤 씨와 함께 교통부의 휴양지 숙소에서 지내는 것이 좋겠소이다."

그가 계급에 대한 편견을 노골적으로 드러내는 것이 불편해서 좀 주춤했지만, 더 나은 숙박 시설에는 마음이 솔깃해졌다.

"그리고 800루피라니 그건 도둑질이나 다름 없어요. 그 거래는 그만두세요. 우리가 제 값에 배를 알아봐 드리리이다."

"하지만 벌써 계약을 했는데요." 내가 말했다.

"하, 그건 아무 것도 아니오."

게리와 크리스가 샤 씨와 비서관 씨—우리는 샤 씨의 친구를 그렇게 불렀다—와 같이 휴양소를 살펴보고 다른 배를 구할 수 있는지 알아보러 간 사이에, 한스와 나는 댐 관리를 책임지고 있는 기술자에게 우리 배가 수문을 통해 빠져 나갈 수 있는지 알아보러 갔다.

댐을 절반쯤 건넌 지점에서 어슬렁거리면서, 우리는 아라비아 해를 향해 흐르는 넓은 강으로 거센 물 소리를 내면서 흘러 떨어지는 물줄기를 황홀하게 바라보았다. 난간에 기대어 선 채로 강이 우리를 부르는 소리를 들으면서 우리 앞에 무엇이 기다리고 있을지 궁금해했다. 칼라바 남쪽에 있는 강의 서쪽 둑은 어느 부족의 마을과 맞닿아 있었는데, 경찰이나 군대가 주둔해 있지 않은 자치 지역이었다. 사람들이 입을 모아 하는 말이, 그 곳 사람들은 강도요 살인자들이라서 우리가 하려는 여행은 죽음을 자청하는 일이라고들 했다. 우리는 그 경고를 무시했다. 지방에 떠도는 그런 말이 늘 사실과 들어맞지는 않는다는 것을 알아 가기 시작했기 때문이다. 우리는 이미 그 동안의 여행 경험에서 그런 선입견이야말로 새로운 사람들을 만나고 여러 곳을 보고 또 그런 경험을 통해 지식을 얻는 데에 큰 장애가 된다는 것을 배우지 않았던가.

우리는 우리 스스로 겪고 싶었다. 이것이 우리가 구제프와 노자한테서 어설프게나마 주워들은 방법이었고, 그것은 우리가 아무런 편견 없이 그 강을 직접 경험해야 함을 뜻했다. 불행히도 우리의 선입견이 생각한 것보다 더 강하다는 것이 조만간 입증될 터였다. 마음이 편견에서 온전히 자유롭기는 어렵다. 아주 드물게 우리가 그런 상태에 이르른 경우에도 우리는 그 즉시에는 그것을 알지 못하다가, 무슨 일이 일어났는지 뒤돌아보고서야 비로소 깨달았다.

이 때가 한스와 내가 환각제에 취하지 않은 채로 단 둘이 있던 드문 경우였다. 우리는 우리의 삶과 열망에 대해 이야기했다. 한스는 막 스물세살이 되었다. 한스 어머니는 인도네시아에서 자랐는데, 어머니와 그 동생은 그 곳에서 제2차 세계대전 중에 일본군에 잡혀 있었다. 네덜란드 해군 장교인 아버지는 1942년 자바 해 전투 때 순양함이 어뢰에 맞아 가라앉으면서 전쟁 포로가 되었다. 한스는 서인도 제도에 있는 네덜란드령 앤틸리스 열도에서 세 해 산 것을 빼고는 네덜란드에서 자랐다. 공부를 잘해서 의학을 공부하려고 암스테르담에 있는 대학에 갔다. 그 때가 바로 자유 분방함으로 들썩이던 1960년대였고, 부르주아 해군 가정의 가르침에서 비로소 벗어난 한스는 성의 자유와 맥주, 마약, 환각 체험을 맛보는 생활에 빠져들었다. 한스는 자신이 동성 연애자임을 깨닫고 나서는 의학보다는 심리학을 공부하는 게 낫다고 마음먹었다. 그래서 학교를 그만두고 자신의 남자 친구인 허르트와 동양으로 왔다. 여행 도중에 그들의 랜드로버 자동차가 터키에서 고장이 난 뒤로 한스 혼자 여행을 계속했다. 그러다가 허르트가 그를 카불에서 따라잡아 관계가 다시 시작되었지만 둘 사이는 껄끄러웠다. 결국 둘은 잘랄라바드에서 다시 헤어졌다. 나는 심리학과 동양 철학에 대한 한스의 지식에 깊은 인상을 받았다. 행동이 제멋대로인 것과 달리 그는 총명하고 지적이었으며 더 알고자 하는 진지함이 있었다. 나는 여전히 과학만이 믿을 만한 유일한 지식의 본체라는 고집스런 생각에 짓눌려, 동양의 신비주의에 대해서는 조금도 알지 못했다.

"한스." 내가 물었다. "나는 늘 마음이 신경 계통 활동하고 관련되어 있다고 생각해 왔어. 동양 철학에서는 마음이 어떻게 존재한다고 보지?"

"하, 그건 심각한 질문인걸." 한스가 소리 내어 웃었다. "자네는 물질에 치우친 과학관을 지니고 있어. 그러면 물질 세계 너머에 존재하는 마음을 볼 수가 없지. 동양 사람들은, 마음과 몸이 서로 다르지만 그래도 서로 영향을 준다는, 이원론에 가까운 견해를 지니고 있지."

92

"저 말이지, 의과 대학을 다니는 동안 나는 '마음이란 무엇인가' 하고 특별히 생각해 본 적이 없어. 마음은 그저 두뇌하고 관련된, 호르몬과 약에 뚜렷하게 영향을 받는 무엇이라고 배웠거든. 공격성은 종족 보존을 책임지는 주된 인자로서 유전적으로 결정되고, 성적 욕망은 종을 번식시키는 주된 요인으로서 유전적으로 결정된다는 거지."

"그럼, 도덕성은?" 한스가 물었다.

"종교 말이야? 인간을 망쳐 놓은 빌어먹을 것 아닌가." 나는 벌컥 성을 내면서 대답했다.

"꼭 그런 건 아냐. 자넨 종교를 믿지 않는다고 했지만 공격성이며 성욕 같은 본능을 잘 자제하고 있잖아. 안 그래?"

"물론. 사회에 억눌리고 사회 때문에 망가졌지." 나는 소리 내어 웃고는, 좀더 진지하게 이야기를 이어 나갔다. "좋아, 내가 늘 내 충동대로 행동하지는 않아. 아마 그건 벌 받는 것이 두려워서일는지도 모르지만, 사려 깊게 남의 감정을 헤아리려고 해서지. 남에게 상처를 입히고 싶지는 않으니까."

"그 사려 깊음이 진화에서 살아남을 만한 가치가 있을까?"

"아마도 내 유전자를 퍼뜨린다는 점에서는 아니겠지만, 종이 살아남는 데에는 도움이 되지 않겠나."

"좋아. 그렇다면, 만일에 그 사려 깊음이 유전적으로 결정되는 거라면, 자네가 그 형질을 유전시키지 않을 테니 사라질 수밖에 없겠군."

"그래, 나는 빌어먹게도 격세 유전(隔世遺傳: 조상이 가지고 있던 형질이 몇 대 뒤의 후손에게서 나타나는 현상 ─옮긴이)의 결과로군. 안 그런가?"

93

"아니! 그렇지가 않아. 동양의 관점에서 보면 공격성과 욕망은 전생에서 얻은 바람직하지 못한 정신 상태지. 거꾸로 남을 측은히 여기는 자비심은 전생에서 얻을 수 있을뿐더러 지금의 삶에서도 키울 수 있는 바람직한 마음가짐이고."

"왜 자비를 바람직하다고 보는 거지?"

"왜냐하면 자기 자신에게서도 또 사회에서도 행복의 전반적인 수준을 높이니까. 공격성과 욕망을 통해서가 아니라, 사랑을 담아 자기 유전자를 전하지 못할 까닭은 없잖아. 공격성과 욕망은 불행의 일반적인 수준을 높이니까 '부정적인' 태도인 거고."

"그건 알겠지만 난 아직 마음이 무엇인지 모르겠어. 마음이 물질이 아니라면 대체 뭘까?"

"모르겠어, 에이드." 한스가 어깨를 으쓱하며 모르겠다는 몸짓을 했다. 우리는 생각에 잠겨 말없이 걸었다.

우리는 지금은 쓰지 않는 철길을 따라갔다. 폭이 넓은 관개 수로가 그 철길 옆에 나란히 이어져 있었다. 그 인공 수로는 펀자브 지방의 대규모 관개 수로 망으로 인더스 강물을 나르고 있었다. 날은 따뜻하고 평화로웠다. 귀를 먹먹하게 할 정도로 거센 물 소리가 댐에서 한 차례 지나고 나면 사위가 고요해졌다. 무지개빛 새들이 한스를 황홀경에 빠지게 했다. 그는 여기 이 새들 같은 생명체를 일찌기 본 적이 없었다.

기술 책임자는 자리에 없었다. 우리는 책임자의 보좌관한테 안내되어 갔다. 그의 사무실은 뜰에 세워진 식민지 취향의 어느 건물에 있었다. 그는 큰 책상에서 서류를 보고 있었다. 우리를 들여보낸 사람말고는 그 곳에 아무도 없었고, 소리라고는 뜰에서 들려오는 새 소리뿐이었다. '낙원이 따로 없군.' 런던에서 그칠 줄 모르는 자동차 소음 속에서 일하던 것이 떠오르자 그런 생각이 들었다. 얼마나 많은 사람들이 이 사무실에서와 같은 그런 평화를 한 번도 만나지 못하고 살고 있을꺼나.

보좌관은 주변 환경만큼이나 조용했다. 털북숭이 유럽 사람 둘이 성큼 들어서는 것을 보고도 놀라는 눈치 하나 없이 그는 하인에게 차를 가져오라고 시켰다.

"안녕하시오, 여러분. 여기 오신 용무가 뭐지요?"

"우리 배가 저 댐 수문을 지나갈 수 있을지 알고 싶습니다."

"맙소사! 강에는 도둑이랑 강도들이 있어서 갈 수 없소이다."

"조심하겠습니다."

"그럼, 좋소. 수문을 열 수는 있지만 반드시 스물네 시간 전에 나한테 알려 줘야만 하오."

일사천리였다. 인도와 전쟁을 하는 중이라서, 외국 사람들이 안내자도 없이 배를 타고 이 나라 심장을 가로질러 가는 것을 과연 허락해 줄까 싶어 걱정하던 터였다. 하지만 전쟁은 아무런 장애가 되지 않았다. 전투용 제트기가 몇 번 머리 위로 쌩 하고 지나가는 것을 보긴 했지만, 그것말고는 이 나라가 이웃 나라와 분쟁 중이라는 것을 느낄 수 없었다. 마을로 돌아가는 버스에서 맡은 일을 성공시킨 것이 흐뭇해서, 양을 가운데 놓고 두 다리를 벌리고 서는 것도, 버스가 턱이 진 곳을 지날 때마다 머리가 낮은 천장에 부딪치는 것도 괘념치 않았다.

"그걸 봐야 해." 크리스가 신명이 나 떠들었다. "아름다운 방에, 꽃이 가득한 뜨락에, 그리고 진짜 화장실에."

게리도 입이 두 귀에 걸리도록 활짝 웃으면서 덧붙였다. "호숫가에 발코니가 있고 우리 배를 매어 둘 층계참도 있어."

찻집을 떠나는 것은 어렵지 않았다. 붙임성 좋은 주인은 방세를 받지 않았다. 우리 음식값만으로도 수입이 괜찮았고 우리의 출현 덕분에 고객이 몇 갑절이나 늘었기 때문이다. 그 찻집은 파리가 얼마나 들끓었는지 일찌기 그렇게 많은 파리는 본 적이 없었다. 그리고 씻을 곳도, 뒷간도 없었다. 크리스가 회교 사원에 딸린 흠 없이 깨끗한 화장실을 하나 찾아 냈지만, 회교도가 아닌 사람은, 특히 여자는 쓸 수가 없었다. 남들처럼 우리도 거리에서 일을 보았다. 공개된 곳에서 뒷일을 보는 것은 결코 유쾌한 일이 아니었다. 게다가 이미 마을의 뜨거운 관심거리가 된 처지에서는.

자기가 할 일이 더는 없을 것을 알고는 장은 부루퉁해져 터무니없는 돈을 요구했다. 그의 뜻대로 일이 해결되자 장은 표정이 밝아지더니 우리를 교통부 휴양지로 데려다 주겠다고 했다.

우리는 강 하류 쪽으로 배를 저어 가, 버드나무 한 그루가 그늘을 드리운 콘크리트 층계참에 이르렀다. 층계참의 계단은 넓은 안뜰로, 그리고 비할 데 없이 근사한 저택으로 이어져 있었다. 한스와 나는 믿을 수 없어 눈을 크게 떴다.

샤 씨와 비서관 씨가 그 곳에서 우리를 기다리고 있었다. 두 사람은 우리를 침대 네 개와 화장실이 딸린 큰 방으로 안내했다. 우리는 샤워를 하고, 면도를 하고, 또 수세식 변기를 쓰면서 와아 하고 즐거운 비명을 질렀다. 마치 오리 네 마리가 처음으로 물을 만난 듯한 꼴이었다. 목욕 재계를 끝냈을 때 누가 문을 두드리면서 갈라지는 목소리로 "나으리" 하고 불렀다. 이글거리는 눈을 하고 흰 턱수염을 기른, 갈색 얼굴 가득 웃음을 머금은 노인이 문 밖에 서 있었다. 정원사였다. 그는 '마님'에게 드리려고 꽃을 한 아름 안고 있었다. 그 노인의 이글거리는 눈이 아편을 피우는 습관 때문이라는 것을 나중에 알았다. 그 노인에 대한 좋은 인상은 어느 날 그가 크리스의 몸을 불쾌하게 더듬는 바람에 사라져 버렸다.

그 날 저녁, 샤 씨, 그리고 비서관 씨와 그의 아내가 우리에게 만찬을 대접했다. 휴양지 요리사들이 준비한 것이었다. 막 감은 머리에 가장 좋은 옷을 입은 우리는 지난 몇 달 동안의 그 어느 때보다도 말쑥한 차림이었다. 멋쟁이가 된 듯했다. 물론 런던에서라면 꼴사나운 모습이겠지만.

나는 샬와르 카메즈라고 하는, 면으로 만든 파키스탄 옷을 입었다. 허벅지 중간까지 내려오는 셔츠처럼 생긴 윗도리에 발목 부분을 여미는 헐렁한 바지 차림이었는데, 칼라바에서 재단사한테 주문해서 만든 그 옷을 그 때 비로소 처음 입었다. 비서관 씨 아내가 얼굴 덮개를 벗어서 우리는 마침내 여자한테 말할 기회를 얻었다.

우리를 초대한 세 사람은 우리에게 속마음을 털어놓았다. 그들은 저희의 생활과 낮은 급여에 실망해서 서양의 생활 양식을 갈망하고 있었다. 우리는 속으로 동의하지 않았다. 그들은 그 나라의 다른 사람들에 견주어 부자인데에다 그들의 환경은 대부분의 서양 사람들이 꿈꿀 수 있는 것보다 한결 평온했다. 우리는 그 나라와 그 나라 사람들을 진심으로 추켜올림으로써 그들 마음을 편하게 해 주려고 애썼다.

이즈음 루피가 다 떨어졌다. 한스가 달러를 바꾸러 페샤와르까지 가겠다고 나서서, 게리랑 크리스랑 나는 며칠 동안 안정하며 호사를 즐겼다. 우리는 집에 편지를 썼고, 내 생각은 다시 주디한테로 돌아가 맴돌았다. 너무 멀리 떨어져 있었고 또 많은 시간이 흘렀건만 주디를 향한 그리움은 지울 길이 없었다. 남성 우월주의 사회인 파키스탄에서 나는 여자 짝을 그리고 있었다.

어느 날 저녁 한 부자를 소개받았는데 그 사람이 우리를 칼라바 동쪽 미안왈리라는 곳에 있는 영화관까지 차로 데려다 주었다. 노상 강도들이 밤에 설친다고 하더니, 과연 남자들뿐인 관객들이 영화를 보는 동안 소총과 사냥총을 메고 있는 걸로 보아 강도들의 위협이 심각함을 알 수 있었다. 우리는 총열의 숲 사이로 화면을 보아야 했다. 그 펀자브 영화는 젤릴한테 '다알링'이라는 낱말을 가르쳐 준 바로 그 영화였다.

그 부자가 더 나은 배를 찾아 주겠다고 나섰는데, 우리한테 낡은 배를 팔려고 했던 같은 사람에게 새로 만든 배를 가져오게 했다. 그 남자는 전혀 당황한 기색 없이 600루피를 불렀다. 그 배를 사기로 했다. 배는 길이가 5미터 반에, 인더스 강에서 본 다른 배들처럼 높이 솟은 뱃머리에서부터 고물까지 배 양쪽 가장자리가 큰 곡선을 그리고 있었다.

우리는 우리의 긴 여행을 위하여 배에 필요한 장비를 마련하기 시작했다. 게리가 배 후미에 선실을 짓고, 가까운 고기잡이 집에서 돛대와 돛을 40루피에 샀다. 돛대는 나무 토막 세 개를 울타리용 철사로 엮은 것이었다. 돛은 참으로 볼 만했다. 크기는 너비 5미터 반에 높이 2미터 반이고,

질긴 삼베로 만들었는데 여기저기 꽃무늬와 격자무늬 면 헝겊을 기워 댔다. 그리고 돛대처럼 여러 나무 조각을 서로 동여맨 활대들을 가로로 댔다. 키잡이 구실을 할 큰 노를 뱃고물에 매었다. 내가 배 이름을 짓고, 게리가 뱃머리 옆에 그 이름을 써 넣었다. '타오(도道) 인더스Tao Indus'. 우리의 고귀한 배에 딱 어울리는 이름이었다.

한스는 즐거운 소식을 가지고 페샤와르에서 돌아왔다. 우리의 다정한 오스트레일리아 친구 우도를 살라틴 호텔에서 만났는데, 우리하고 여행을 함께하기로 했단다. 우리는 우도를, 특히 그의 조용한 사람됨과 음악 재능을 다시 만나게 되어 즐거웠다. 한스와 우도도 함께 거들어 거의 떠날 채비를 끝냈다. 우리의 요리사 크리스는 배에서 쓸 부엌 살림살이를 사는 일을 맡았다. 크리스는 게리와 내가 제법 훌륭한 고기잡이라고 장담했기 때문에 먹을거리는 그리 많이 사지 않았다. 물고기가 아니어도, 강에는 앞으로 댐도 더 있고 배로 엮은 다리도 더러 있으니, 그런 곳에서 버스를 타고 가까운 마을에 가서 먹을거리를 살 작정이었다. 대체로 마을들은 여름에 강물이 넘치는 것을 피하여 강둑에서 꽤 멀리 떨어져 있었다.

한스가 방으로 들어오면서 흥분해서 소리쳤다. "모두들, 다 가서 보자구. 쿠치족들이 여기 있어."

이른 아침 호수를 따라 걷다가 한스는 땅도 없고 경계도 없는 유목민 부족을 만났다. 여러 세기 동안 그들은 아프가니스탄과 파키스탄 사이의 산에서 가축을 치면서 살아왔다. 우리는 한스를 따라 호수로 갔는데, 남자와 여자들이 신기해하는 얼굴로 우리를 에워쌌다. 발가벗은 아이들도 물에서 신나게 놀다가 나와 우리를 보러 다가왔다. 양이며 심술궂은 눈빛의 염소들까지도 그 무리에 끼어들어 우리 긴머리 서양 사람을 놀라서 바라보았다. 그들을 바라보는 우리도 놀라고 신기해하기는 마찬가지였다. 여자들은 얼굴 덮개를 쓰지 않은 채 얼굴과 손에 문신을 했고, 여기저기에 은으로 된 장신구와 동전을 주렁주렁 달고 있었으며, 검정이나 짙은 빨강 바탕에 작은 꽃무늬들이 찍힌 옷을 입고 있었다. 한스는 마치 쿠치족들을 오래 전부터 알아 온 듯 그들과 농담하고 웃어 댔다. 이것이 이슬람이 지닌 행복한 면이었다. 마을의 차도르 속으로 얼굴을 감춘 유령들과 좌절당한 남자들이 생각났다. 그들과 쿠치족 사이의 대조는 마치 낮과 밤의 차이와도 같았다.

한스는 우도가 같이 여행하게 되어 마음이 한결 편안해진 것이 확실했다. 게리와 크리스와 나 셋은 서로를 완전히 믿고 있어서 마치 한 사람인 듯 행동했다. 그 때문에, 우리가 일부러 한스를 따돌리지는 않았지만, 한스는 그렇게 느꼈다. 뒤에, 한스의 서툰 열정에 게리가 화 내는 일이 잦아지고 내가 또 한스를 무시하는 태도를 보이는 바람에 우리는 강 위에서 갈등을 일으키게 된다.

마을 경찰관이 우리와 같이 가고 싶어했다. 다른 사람들도 떼지어 둘레에 모여들었다. 얼마나 많은 사람들이 칼라바를 결코 떠나 본 적이 없는지 놀라웠다. 현실에서 달아나고 싶고 모험하고 싶은 그들의 소망을 우리는 직접 실현해 보이고 있었던 것이다. 댐 남쪽 부족 지역에 대해 사람들이 그렇게 끈질기게 주의를 주었건만 우리는 일어날 수 있는 어떤 위험도 다 잘 대처할 수 있다고 줄곧 믿었다. 바로 첫날 누가 우리에게 총을 쏠 것을 미리 알았더라면, 아마 다시 생각했으리라.

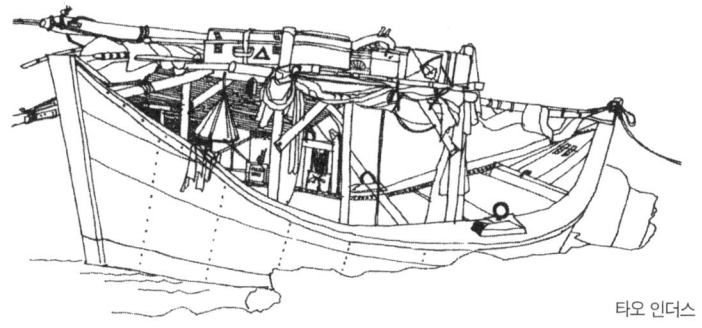

타오 인더스

인더스 강의 돌고래와 강도들

수문을 통과하는 일에 대한 협상은 실수투성이 희극이었지만, 일단 타오 인더스가 댐 벽 아래로 안전하게 내려온 뒤로 우리는 의기양양했다. 기술자가 네 시간이나 늦은데다가 앞서 말한 부족 지역으로 들어가는 것이 너무 위험해서 배에다 천막을 치느라고 한바탕 소동을 벌였다.

우리의 첫 번째 목적지 챠스마 댐은 65킬로미터 아래에 있었고 하루 거리였다. 그 날 밤에 내린 가벼운 비로 열정이 조금 식기는 했지만 강가 모닥불과 크리스의 야채 스튜가 우리 기분을 다시 북돋았다. 게리는 열이 있어서 잠을 잘 자지 못했다. 나머지는 갑판에서 한데 모여 멀리 댐에서 들려오는 세찬 물 소리와 강의 부드러운 물결 소리를 자장가 삼아 잠이 들었다.

새벽 동살을 받으며 우리는 강 한가운데로 노를 저어 가 돛대를 세우고 색색의 돛을 폈다. 게리는 배의 후미에서 큰 노를 맡았다. 타오 인더스가 앞으로 물결을 치며 나가는 순간 일제히 함성이 터져 나왔다. 우리는 댐을 뒤로 하고 떠나, 순식간에 넓게 펼쳐진 물길을 질러 나아갔다. 강은 잡목만이 무성한 사막을 가로질러 나 있었다. 나는 배 앞에서 앞당김 줄을 잡고 서서 모래톱을 살피며 좌현이나 우현으로 뱃전을 돌리라고 지시했다. 강이 굽이돌 때마다 새로운 풍경이 나타났다. 나 혼자라면 그때마다 그곳에서 하루 종일 머물 수도 있었으리. 조용히 물살을 가로질러 가다가, 한번은 엄청나게 많은 오리 떼를 방해해서 새들이 휘파람 같은 날갯짓 소리를 내면서 재빨리 날아오르기도 했다. 둑을 따라 서 있는 왜가리며 두루미는 우리보다는 저희 먹이에 더 관심이 있었다. 분홍빛과 검은빛을 띤 홍학 두 쌍이 천천히 공중으로 날아올라 우리 위에서 맴돌았다. 비행의 고수들인, 목덜미가 까만 제비갈매기들도 있었고, 물총새도 몇 종류 있었는데 그 가운데 검고 흰 작은 반점이 있는 놈들은 아주 가까이까지 다가와 공중에서 잠깐 멈추는가 싶더니 한 순간에 진흙탕 물 속으로 들어갔다가 부리에 은빛 나는 것을 물고는 물 밖으로 나왔다.

한 물짐승의 등지느러미가 우리 앞에서 수면 위로 나타났다.

"저기, 세상에, 돌고래만 한 물고기가 있어." 내가 소리쳤다.

그놈이 자꾸 자꾸 나타났다. 알고 보니 그건 정말이지 돌고래였다. 바다에 사는 저희 종족과 똑같은 모습으로 우리 눈 앞에서 물 위에 떠 있는 것이었다. 바다에서 600킬로미터나 떨어진 강에 사는 돌고래라니! 페샤와르에서 본 지리 교과서에서 인더스 강과 갠지스 강에 사는 특별한 돌고래에 대한 이야기를 읽은 적이 있었다. 아주 오랫동안 진흙탕 물 속에서 살았기 때문이 눈이 차츰 기능을 잃게 되었으나, 다른 감각이 발달하여 앞이 보이지 않아도 먹이를 찾는 데는 어려움이 없다고 했다. 우리는 돌고래들이 물에서 솟아올라 음파 탐지만으로 물고기가 있는 곳을 알아 내 공중에서 물고기를 잡는 것을 몇 번이나 보았다. 힌두교도들은 이 돌고래를 신성한 동물로 생각한다고 하는데, 강을 여행하는 동안 돌고래를 자주 만났고 그럴 때마다 강한 감동이 왈칵 솟아 우리도 어느 새 돌고래를 신성한 동물로 느끼게 되었다. 돌고래들은 늘 우리와 함께 있는 듯했다. 속이 들여다보이지 않는 강 수면 바로 아래에서 우리 수호신 노릇을 하면서.

게리는 돛에 가려 배가 나아가는 길을 볼 수 없었다. 그는 배의 후미에서 키잡이용 큰 노를 맡았을뿐더러 돛의 각도를 조절하는 두 밧줄도 다루어야 했다. 우리 배에는 용골이 없는 탓에 게리는 배가 똑바로 나아가도록 지탱하느라고 여간 애를 먹지 않았다. 한번은 배가 모래톱으로 향하고 있어 내가 "우현, 오른쪽, 오른쪽!" 하고 소리쳤지만 때는 이미 늦어서 배가 모래 위로 올라앉았다.

"내가 한번 해 볼게." 한스가 나섰다.

게리가 은밀한 웃음을 띠고 나를 보면서 나직하게 말했다. "이거 재미있겠는데."

우리의 선장은 입에 대마초를 문 채 평온한 웃음을 띠고서 뱃고물에 높이 앉아 배를 강 가운데까지 이끌고 나가더니 같은 방향으로 조금씩 계속해서 더 나아갔다.

"왼쪽, 왼쪽!" 돌고래 한 마리가 갑자기 위치를 바꾸어 더 깊은 물을 찾아 가는 걸 보고 내가 소리쳤다.

배는 모래에 걸렸고, 밧줄에 엉켜 한스는 하마터면 배 바깥으로 떨어질 뻔했다.

한바탕 웃음이 가라앉자 이번에는 우도가 키를 잡았다. 크리스가 점심 밥 짓는 것을 도와 우리는 채소를 썰었다. 뭍에 오르는 것은 너무 위험한 일이어서 배 위에서 점심을 준비해야 했다. 다행히 게리가 지은 선실 안에서 석유 곤로가 제 기능을 발휘했다. 고맙게도 바람의 방향이 좋아서 우리는 이 위험한 지역을 해질녘이면 빠져 나갈 수 있다고 굳게 믿었다. 게리가 살갗에 난 발진들을 보여 주었다. 전날 밤부터 열이 나더니 수두에 걸린 것이었다.

'타오 인더스' 가 돛을 펴고 순항하고 있다.

배가 모래톱에 걸렸을 때 내가 물에 들어가 타오 인더스가 돛을 펴고 있는 모습을 찍으려고 했다. 그 때 오른쪽 강둑에 가축지기들과 그들의 염소 떼랑 소 떼들이 보였지만, 멀찌감치 떨어져 있어서 충분히 안전하다고 느꼈다. 그런데 갑자기 강물의 흐름이 거의 구십 도 방향으로 바뀌는 게 아닌가. 배는 도리 없이 강의 흐름을 따라 곧장 그들 쪽으로 가고 말았다. 위험 지역 한가운데에 들어선 것이었다. 그들은 우리를 보자 소리치면서 뭍에 배를 대라고 신호를 보냈다. 우리는 우리 길을 계속 갔고, 손을 흔들며 크게 소리쳤다.

"아살람 알레이쿰(당신에게 평화가 깃들기를)."

그러나 그들은 결코 평화로운 기색이 아니었다. 우리가 멈출 기미가 없자 그들은 강둑을 따라 달려 오기 시작하면서 더 사납게 소리를 질렀다. 상황이 아주 위험해 보였다. 나는 그들이 우리를 붙잡으러 강물로 뛰어들지 않을까 싶어 두려웠다. 그 순간 타오 인더스가 모래톱에 걸렸다.

"저 사람들, 우리한테 차라도 대접하려나 봐." 한스가 말하더니, 도우러 와 달라고 그 사람들을 부르기 시작했다.

게리가 한스 머리를 노로 후려치지나 않을까 싶어 내가 선수를 쳤다. "나와서 밀어, 이 멍청아!" 나는 우도와 함께 물에 들어가 타오 인더스를 밀면서 한스에게 소리쳤다. 처음에는 배가 꿈쩍도 하지 않더니, 잠시 뒤 마침내 깊은 물길로 미끄러져 들어갔다. 다행히도 바람이 제법 강해서 타오 인더스는 재빨리 속도를 낼 수 있었다.

그 가축지기들은 우리 바로 뒤 강둑을 따라 뛰면서 성이 나서 소리치고 있었다. 그 중 몇 사람은 총을 메고 있었다. 우리는 그저 바람이 더 세게

106

불기만을 기도했다. 그 때 누군가 총을 쏘았고, 고물에 있던 게리가 갑판으로 급하게 뛰어내리는 소리가 들렸다.

"게리, 괜찮아?"

"이쪽이 안전하겠어." 게리가 숨죽인 채 대답했다.

바람 덕분에 우리는 마침내 총의 사정거리에서 벗어날 수 있었다. 끝까지 쫓아오던 한 남자가 멈춰 서서 낭패스러운 표정으로 우리를 바라보고 있었다. 한스가 기대한 차 대접은 이렇게 요란하게 끝났다.

여행의 첫 단계를 계획할 차례였다. 그 자치 부족의 영토를 완전히 벗어나자 바람이 잦아들었고, 수평선에 선을 그리고 있는 챠스마 댐이 보였다. 우리는 안전하다 싶은 댐 뒤쪽 호수 가운데에 있는 모래톱에 타오 인더스를 댔다. 주위는 고요하고 하늘은 맑았다. 멀리 둑에서 전깃불이 켜진 것이 보였다. 모래밭이 너무 축축해서, 우리는 그 날 밤 타오 인더스의 갑판에서 비좁게 끼어 자야 했다.

다음 날은 바람 한 점 없었다. 뜨거운 태양 아래에서 우리는 번갈아 노를 저으며 호수를 가로질러 수문이 있는 쪽으로 향해 갔다. 댐 한가운데는 물 흐름이 거세어서 자칫 잘못하면 강물이 우리를 삼켜 버릴지도 몰라 피해야 했다. 배 속도가 느린 틈을 타 낚싯대를 드리워 보았지만, 우리가 미끼로 쓴 끈적끈적한 반죽에는 어떤 놈도 관심을 보이지 않았다. 다만 호기심 많은 거북이들이 수면에서 혹투성이 머리를 쳐들고 우리를 바라볼 뿐이었다.

수문 옆에 있는 방파제에 이르러 한스와 우도와 나는 기술자를 만나려고 배에서 내렸다. 기술자는 기꺼이 도우려고 했지만 가망 없어 보였다.

"위험해요. 지난 주에 문들이 망가져서 제대로 닫히지 않거든요."

우리는 그 수문들 사이로 난 틈으로 세차게 빠져 나가는 물줄기를 바라보았다.

"어떨까?" 내가 게리에게 물었다.

"잘하면 할 수 있을 것 같은데. 정말이지, 저 배를 들어서 짊어지고 갈 수는 없잖아."

우리를 도우려고 배에 오른 두 남자와 게리와 우도가 용케 배를 수문 사이로 지나가게 했다. 한스와 크리스와 나는 말없이 바라보는 사람들 무리에 섞여 거친 물결을 뚫고 나아가는 배를 바라보았다.

"후유, 아슬아슬했어." 게리가 수문 아래쪽에 배를 묶으면서 말했다. "저 두 사람이 없었더라면 한결 수월했을 걸 그랬지." 게리는 득의양양한 표정을 띠고 있는 두 사람을 가리키며 말했다. 그들의 도움이 되려 방해가 되었다는 것이다.

"차이!"

두 남자는 자신들의 성공을 자축하고 싶어 우리에게 차를 권했다.

"슈크리야, 슈크리야, 고맙습니다만 가야 해요." 우리는 대답하고는 강으로 배를 저어 갔다.

우리는 중심이 되는 물길의 흐름을 잡은 뒤에는 노를 거두어들여 타오인더스가 멋대로 흘러가게 내버려 두었다. 그러고는 편안하게 자리를 잡고 앉아, 크리스가 선실에서 만든 뜨거운 차와 함께 햇빛을 즐겼다.

마술 피리

강이 5, 6미터 높이로 가파른 수직을 그리고 있는 모래 벼랑 사이로 접어들면서 강폭이 좁아지고 수심은 깊어졌다. 뜨거운 햇볕을 쬐면서 고요히 흘러가는데, 문득 모래 벼랑 위, 녹색 옥수수 밭 어디에선가 피리 소리가 들려왔다. 그 소리에 우도가 피리를 꺼내 들고는 같은 가락을 변주하여 연주하기 시작했다. 그러자 보이지 않는 연주자가 제 연주를 멈추더니 우도의 변주곡을 되풀이했고, 그 곡에 우도가 다시 화답했다. 우리가 느릿하게 강 한 굽이를 돌며 흘러내려가 이윽고 소리가 들리지 않는 곳에 이를 때까지, 두 사람의 연주는 이런 식으로 계속되었다. 그 보이지 않는 연주자가 무슨 생각을 하고 있었을는지, 또 우리를 보기는 한 것인지 다들 궁금해했다. 그 순간의 자연스러움과 아름다움에 감동하여 우리는 눈물을 흘렸다. 이것이 바로 지금껏 우리가 꿈꾸어 오던 것임을!

어느덧 강폭이 넓어지면서 물은 느리게 흐르고 있었다. 날이 더욱 더워져서 우리는 옷을 벗고 강물로 뛰어들어가 배 주위에서 떠다녔다. 타오 인더스가 마침내 모래톱에 정박했다. 모래톱에는 깊은 웅덩이가 여럿 있었는데 강물이 빠지면서 오도가도 못하고 갇힌 물고기들이 좀 있겠다 싶어, 게리와 나는 챠데리를 그물 삼아 그 웅덩이를 훑어 나갔다. 오래 전에도 우리는 고등학교 가까이에 있는 드라이브인 영화관에서 연못 속의 금붕어를 잡느라 그런 짓을 한 적이 있었다. 얼마 되지 않아 우리는 차마 죽일 수 없는 거북 두 마리와 몇백 마리는 됨직한 아주 작은 물고기와 새우를 잡았다.

　우리는 더 아래쪽으로 가서 깨끗하고 흰 넓은 모래밭에다 배를 대고는 우리가 잡은 작은 물고기를 미끼로 써서 되든 안 되든 낚시를 해 보았다. 이번에는 제법 큰 물고기를 몇 마리 낚았지만 뭍으로 끌어올리다가 그만 놓쳐 버렸다. 생존을 위한 우리의 기술은 그렇게 알량했다. 그러고 있는데 웬 남자 둘이 개들을 데리고 다가와 적당한 거리 밖에서 우리를 살폈다. 그들의 태도에 적개심 따위는 없었고 조금 있다가 그냥 가 버렸다. 우리는 마음을 놓았다. 댐에서 일하는 사람들 말에 따르면 이제 위험한 곳은 다 지나왔다. 그 날 가축에게 물을 먹이거나 지붕을 일 갈대잎을 자르는 사람들을 몇 무리 보았는데 그들은 우리에게 전혀 신경을 쓰지 않았다.

　땅거미가 내릴 즈음 한스와 나는 물에 떠다니는 나무를 한 아름 모아 모닥불을 피웠다. 별이 반짝이는 맑은 하늘 아래에서 따뜻한 모래에 기대어 크리스가 준비한 물고기, 새우 튀김과 함께 쌀밥을 저녁으로 먹었다.

말이 필요 없었다. 우리 꿈이 이루어졌으니 말이다. 우도가 피리를 살며시 불었고, 멀리서 자칼들이 야성의 소리로 울부짖었다.

　날마다 우리는 강 한가운데로 배를 저어 가서는, 노를 배에 올리고는 타오 인더스가 알아서 남쪽으로 가도록 내버려 두었다. 게리와 나는 서로를 바라보면서, 우리가 이 방법을 터득하는 데 어쩌면 그렇게 오랜 시간이 걸렸을까 하고 의아해했다. 우리는 장차 타오 갠지스, 타오 아마존, 타오 메콩을 타고 할 여행에 대해서 의논하면서, 남은 삶을 강을 여행하면서 보내리라고 마음먹었다.

　어느 날 아침이었다. 강물과 강둑과 주변이 온통 빛 바랜 갈색이었다. 문득 강물과 똑같이 흐릿한 갈색을 띤 배 한 척이 보였다. 갑판에는 피라미드 같은 것이 두 개 있었는데 그마저 갈색이었다. 두 사람이 긴 장대를 강 바닥에 박고는 뱃머리에서 고물까지 뱃전을 따라 걸어갔다가 다시 고물에서 장대를 들어올려 뱃머리까지 가져오기를 되풀이하며 배를 움직이고 있었다. 피라미드로 보이던 것은 웅크리고 앉은 낙타들이었다. 낙타는 머리를 도도하게 쳐들고 새김질을 하고 있었다. 두 뱃사공은 우리를 본체만체했고, 낙타들은 거만한 눈길로 우리를 쳐다보았다. 우리는 그 옆을 조용히 지나갔다.

　그 날 우리는 꽤 먼 거리를 나아갔지만, 나는 열이 높은데다 설사가 심해서 수영도 식사도 도저히 즐길 수가 없었다. 우리는 늦은 오후에 어느 원시의 모래톱에 배를 댔다. 나는 탈수를 막으려고 물을 끓여 마시고 나서 모래 위에 지쳐 누워 있었다. 그 동안 게리가 위쪽으로 가더니 용케 물고기를 잡아 왔다. 나는 기운과 식욕이 바닥나서, 낚시에 처음으로 성공한 것에도, 또 잡은 생선을 먹는 것에도 전혀 흥미를 느낄 수 없었다. 물고기는 메기와 상어의 튀기로 보일 만큼 희한한 모습이었다. 다음 날 아침 우리는 물고기 두 마리를 더 잡았다. 그로써 주요 식량 보급 문제는 해결된 듯했다.

데라 이스마일 칸에 꽤 가까워진 날, 정오쯤에 어느 배다리에 이르렀는데, 여기에서 또 새로운 문제가 생겼다. 다리의 하부에 댄 들보 밑으로 지나가기에 선실이 몇 센티미터 높았다. 선실을 부수고 싶지 않아서, 우리는 배를 앙옆으로 흔들면서 다리 밑을 지나기로 했다. 타오 인더스는 무게 중심이 이쪽 저쪽으로 바뀌며 기우뚱거릴 때마다 조금씩 나아가기 시작했다. 그렇게 해서 다리 중간쯤 통과할 때 갑자기 손님을 잔뜩 태운 버스가 머리 위로 지나가는 바람에 우리는 하마터면 물 속으로 빠질 뻔했다. 죽어라고 소리를 질렀지만, 아무도 듣지 못했다. 다행히 아무도 다치지 않았고 배도 가라앉지 않았다. 마침내 안전하게 다리 밑을 빠져나와, 데라 이스마일 칸으로 흘러가는 물길을 따라 강을 내려갔다.

마을에서 1킬로미터쯤 떨어진 강가에 배를 대고, 첫 번째 교대 근무자인 게리를 남겨 두고 우리는 호텔과 음식을 향해 갔다. 식욕을 되찾은 나는 아주 간절하고도 즐거운 마음으로 무슨 음식을 먹을지 상상하고 있었다.

강에서 가르침을 얻다

우리는 돌아가면서 여덟 시간씩 배를 지켰다. 낮 교대 근무는 정말 근사했다. 사위가 온통 적막한데, 그 고요함을 깨뜨리는 것이라곤 새 소리뿐이었다. 어린 소년들이 가끔 배 위로 올라와 놀란 눈으로 이것저것 살피기도 했다. 하지만 밤에는 모기 때문에 잠을 잘 수가 없었다. 그야말로 고문이었다. 강 한가운데에는 모기가 없었지만, 강물이 살며시 밀려왔다 밀려가는 강변에는 모기가 유충을 퍼뜨리기에 안성맞춤이었다. 나는 만일의 경우에 대비해 말라리아 예방약을 모두에게 나눠 주었다.

"이것 봐, 메추라기야. 한 마리에 50파이사밖에 안 하네." 우리는 시장에서 양식을 사려고 장을 보고 있었다. "젤릴의 메추라기 같긴 하지만 용감할 턱이 없어. 싸움용 메추라기는 1,000루피쯤 하거든."

나는 메추라기를 한 마리 사서 크리스에게 선물했다. "자, 동무가 될 거야. 우리 행운의 동물로 삼아도 되고."

크리스는 소리 내어 웃고는 얼떨떨해하는 점원이 내준 헝겊 가방에 메추라기를 받았다. "이 메추라기를 '큐(메추라기를 뜻하는 영어 퀘일quail의 첫 글자—옮긴이) 부인'이라고 불러야지. 페리하고 잘 지내면 좋겠는데." 페리는 우리 행운의 인형, 고무 펭귄이었다.

그 시장 어디에도 설탕이 없었다. 쌀, 밀가루, 푸성귀 들은 쉽게 구했고, 귤과 열대 과일 구아바는 지천이었다. 귤과 구아바는 서로 맛이 기막히게 어울리기도 했거니와, 무서운 괴혈병을 예방할 겸해서 잔뜩 샀다.

우도와 작별할 시간이 되었다. 우도는 남서쪽에 있는 술라이만 산맥을 탐험하고 싶어했다. 우리는 우도에게 그가 가는 길에 있는, 젤릴의 동네인 탕크에서 머물라고 말해 주고는, 오래 되어 낡을 대로 낡은 버스가 그를 태우고 사막으로 가는 것을 물끄러미 바라보았다.

이제 우리는 다시 넷이 되었다.

이른 오후, 타오 인더스는 몇 주일 전에 젤릴이 기도를 올리는 동안 우리가 종달새 소리를 듣던, 풀이 무성한 둑을 지나치며 미끄러져 갔다. 그때 이후로 일어난 일이며, 또 우리 계획이 쉽사리 이루어졌음을 생각하면서 다들 말없이 있었다.

"한스, 지금까지 일이 잘 풀린 것이 우리가 도를 따르고 있기 때문인 것 같나?" 내가 물었다.

"그럴 수도 있지. 잘 모르겠지만. 운명이니 업業이니 하는 것도 있고." 그가 대답했다.

"아니면, 그냥 운이 좋아서일는지도." 이성을 따르는 내 마음이 덧붙였다.

"운이 좋다는 게 뭐지?" 한스가 빙글 웃으면서 물었다.

"내가 보기에는 말야, 우리는 연극 속의 배우들이고 대본은 이미 있는 것만 같아." 크리스가 말했다.

"그렇담, 그 대본은 누가 쓴 거지?" 게리가 물었다. "그건 우리가 과거나 미래가 끼어들게 하지 않고, 순간을 살고 있기 때문이 아닐까. 구제프가 가르친 것처럼 말야."

나는 게리의 말을 곰곰 생각해 보았다. 주디를 그리워하는 외로움의 고통은 내가 과거에 머물거나 미래를 상상할 때에 더 깊어졌다. 강 위의 어떤 사건도, 그것이 얼마나 근사한지에 상관 없이, 그 고통을 지울 수는 없었다. 내가 과연 '지금'을 살 수 있을까? 의심스러웠다.

또다시 물고기를 잡으려고 했지만 무위로 끝나 버렸고, 우리는 저녁밥을 지으려고 불을 지폈다. 사막 사람들 한 가족이 염소 떼를 몰고 지나가다가 우리를 둘러쌌다. 한 여인이 탈수 증세를 보이는 자기 아기를 내 손에 올려놓았다. 아기는 폐렴이었다. 나는 아기 엄마에게 끓인 물을 숟가락으로 먹이는 방법이며 젖에 페니실린을 섞어 먹이는 방법을 가르쳐 주었다. 가까이서 보던 아기 할머니가 한 소년을 우리 냄비를 들려 어디론가 보냈다. 소년은 냄비 가득 신선한 염소젖을 담아 돌아왔다. 진료비인 셈이었다. 그것이 다가 아니었다. 소년을 또 물가로 보내 마른 진흙으로 된 세모꼴 쐐기 세 개를 가져오게 했다. 한 남자가 장작불에서 우리 요리 냄비를 치우고 그 진흙 조각들을 불 둘레에 놓았다. 그러더니 냄비를 불꽃 위에 완벽하게 균형잡아 올려놓았다. 그렇게 간단할 수가! 그렇건만, 밥 지을 불도 제대로 지필 줄 모르는데 우리 서양 기술의 우월성이 무슨 소용이란 말인가? 그 가족은 제 갈 길을 갔고, 우리는 쌀, 푸성귀, 맵싸한 가람 마살라로 맛을 낸 렌즈콩으로 만든 훌륭한 만찬을 즐겼다. 그리고 신선한 염소젖으로 만든 차로 깔끔하게 입가심했다.

소리라고는 밤 짐승들의 울음소리와, 지난 해에 쌓인 모래둑을 인더스 강이 조금씩 깎아내릴 때 나는, 모래가 물로 떨어지는 부드러운 소리뿐이었다. 몇백 킬로미터 북쪽 히말라야 산맥에서 시작한 봄 해빙으로 밤마다 강물은 몇 센티미터씩 높아졌다.

어느 날 아침 우리는 환각제를 먹고 나서 편안한 곳에 자리 잡고 앉아 공연이 시작되기를 기다렸다. 이윽고 벌레들과 종달새들이 우리가 기다리던 음악을 연주했다. 해가 높이 솟을 즈음 환각제가 더욱 효력을 발휘했다. 우리는 기분이 한껏 고조된 김에 물 속으로 들어가 타오 인더스 둘레에서 떠다녔다. 승객들한테서 버림받은 타오 인더스는 마리 셀레스테(대서양 한가운데에서 떠돌다 발견된 미국 범선으로, 발견될 당시에 선체는 멀쩡했지만 배에는 단 한 사람도 없었다—옮긴이) 같았다. 배가 혼자 둥둥 떠가는 것은 누가 보더라도 이상하게 보였을 것이다.

우리는 다시 배에 올라 푸릇한 밀밭 가장자리를 지났다. 짚으로 이은 오두막 위로 대추야자가 무지개 모양으로 부드럽게 드리웠고, 색색의 옷을 입은 사람들이 가축과 밭을 돌보고 있었다. 남자들은 키가 크고 말랐으며 밝은 색 윗도리에 자기 부족의 터번을 쓰고 있었다. 여자들은 얼굴 덮개를 쓰고 활기 있게 서로 우스갯소리를 나누며 밝게 웃고 있었다.

강물이 불면서 엄청난 소용돌이가 마구 일어나 모래둑을 사정없이 집어삼켰다. 우리도 어쩌다 소용돌이에 갇혀 빙글빙글 맴도는 바람에 멀미가 났다. 소용돌이를 간신히 벗어나 안전한 곳으로 피한 뒤에 우리는 두려운 마음으로 소용돌이를 바라보았다. 소용돌이 하나가, 높이 3미터나 되는 모래둑을 먹어 들어가자 모래와 함께 푸른 보릿대가 강으로 끊임없이 흘러들었다. 밭이 허물어지면서 벌레 떼들이 공중으로 날아올랐고, 공중에서 빙빙 돌던 검은 머리 제비갈매기들이 재빨리 벌레들을 낚아챘다. 다른 곳은 강이며 시골 풍경이 여전히 평화로운데 우리가 있는 곳은 대참사를 겪고 있었다. 땅은 사람들이 애써 가꾼 곡식들과 함께 강으로 스러져 들어가고 있었고, 벌레들은 새들의 입 속으로 들어가고 있었다.

타오 인더스가 마을에서 멀어져 인적 없는 곳에 이르자, 우리는 저마다 조용히 스스로를 들여다보았다. 얼마 뒤에 눈물이 그렁그렁한 채 한스가 자기와 허르트의 관계에 대해 이야기했다. "뭐가 잘못된 건지 모르겠어. 나는 허르트가 원하는 것은 무엇이든 다 주었는데 허르트는 나랑 더는 마음을 나누려고 하지 않았어."

나는 말을 잃었다. 나는 동성 연애자 남자를 상담해 본 적도 없었고, 무엇보다 내 상태가 한스에게 이런저런 도움말을 줄 처지도 못 되었다. 내 생각은 멜버른에 가 주디와 함께 있었다. 한스가 몸을 웅크리고 크리스의 무릎에 고개를 묻었고 크리스는 누이처럼 그를 달랬다. 게리와 나는 도저히 여자의 마음으로 생각해 볼 능력이 없었기에 한스의 마음을 헤아리기가 어려웠다.

밤을 맞기 위해 천막을 치고 낚시 준비를 하는 동안 다들 기분이 좋아졌다. 물고기는 한 마리도 낚지 못했다. 차라리 다행이었다. 그처럼 기분이 달콤한 상태에서는 물고기 한 마리도 죽일 수 없었을 테니 말이다. 청록색 하늘에 핏빛처럼 붉은색을 드리우면서 해가 기울고 나니, 강물에 떠내려 가던 나무로 지핀 모닥불이 우리의 친구가 되어 주었다. 그 때 게리가 강을 질러 헤엄쳐 오는 불길한 그림자들을 보았다.

"무언가 오고 있어." 게리가 긴장해서 말했다.

"그래, 하마야." 한스가 자신있게 말했다.

"아니, 버닙(늪지에 살며 사람을 잡아먹는다는 오스트레일리아 전설 속의 동물―옮긴이)들이야." 크리스가 단정지으면서 낄낄 웃었다.

비교적 이성적인 나는 하이에나일 거라고 했다. 다음 날 아침 우리는 개 발자국 비슷한 자취를 모래밭에서 찾아 냈다.

우리는 한동안 강물의 흐름대로 흘러가면서 더러 헤엄도 치고 또 책도 읽으면서 평화롭게 지냈다. 나는 모래 위에 누워 로버트 그레이브즈가 쓴 「하얀 여신(The White Goddess)」생각에 빠져 있었다. 맨 처음에 만들어진 문자가 어떻게 해서 신성한 비밀로 다루어졌는지에 대한 설명을 읽으면서 나는 언어와 의사 소통의 중요성을 깨달았다. 생각을 올바로 전달하는 것은 창조적인 힘을 발휘하지만, 반면에 그릇된 전달은 번번이 갈등의 원인이 된다. 다양한 문화권에서 보이는 하얀 여신에 대한 일치된 주제는 내가 갈수록 동양의 지혜를 인정하게 된 것과도 맞아떨어졌다. 인더스 강 또한 그 자신만의 방식으로 우리의 스승이 되고 있었다. 굽이마다 새로운 것을 보여 주고, 또다른 가르침을 안겨 주고는 했다.

한낮의 열기 속에서 한 남자가 가물거리는 사막에서부터 나타났다. 사냥총이며 소지품 꾸러미를 머리에 이고서, 공기를 넣어 부풀린 짐승 가죽을 다리 사이에 끼고 강으로 들어섰다. 그가 우리에게 제법 가까이 다가왔을 때 '아살람 알레이쿰' 하고 인사했더니 그도 화답해 왔다. 마치 런던 어느 거리에서 마주친 듯이 우리는 서로 범상하게 지나쳤다.

그 날 오후 늦게, 헤엄을 친 뒤에, 우리는 소 떼가 강으로 다가오면서 내는 딸랑거리는 음악 소리를 들었다. 소들은 조잡하게 만든 워낭을 달고 있었는데 그 방울들은 서로 다른 음조로 울렸다. 워낭 소리에 이어 음메하고 소 떼가 우는 소리가 났다. 소들이 하나둘씩 물에 들어가면서 음악 소리가 잦아드는가 싶더니, 잠시 뒤 앞선 소들이 첫 번째 모래톱으로 올라가면서 워낭이 다시 딸랑거리기 시작했다. 음악은 크레셴도로 점점 커졌다가 소 떼가 모래톱을 지나 다음 물길로 들어서면서 다시 잠잠해졌다. 강에서 만난 이 음악의 오르내림은 소 떼가 다음 모래톱으로, 또 그 다음 모래톱으로 헤엄쳐 가는 동안, 그리하여 건너편 둑으로 완전히 건너갈 때까지 되풀이되었다. 마침내 소 떼가 사막으로 사라지면서 음악은 사라져 갔다. 소 떼가 건너가는 데 이십 분쯤 걸렸고 우리는 아무 말 없이 꼼짝도 하지 않고 소 떼의 장엄한 워낭 연주를 지켜보았다. 기계가 없는 상태에서 소리가 새로운 차원을 얻은 것이었다. 새 울음소리, 파도 소리 그리고 강물의 속삭임이 우리와 늘 함께했다. 우리는 거의 말을 하지 않았고, 어쩌다 말을 할 때면 목소리가 낮게 가라앉아 있었다.

아침에 바람이 불기 시작했다. 한낮에 우리는 거센 모래 바람 속에서 항해를 했다. 강둑은 사라지고, 해는 연무에 싸여 흐릿한 빛의 원을 그리면서 강물에 은빛 반짝임을 드리우고 있었다. 거대한 돛을 부풀린 채 우리는 엄청난 속도로 거울 같은 호수 위를 미끄러지듯 달렸다. 그 기분이 얼마나 유쾌했는지, 우리는 배가 가끔씩 삐걱거리면서 멈추어 서는 것도 아랑곳하지 않았다. 그러다 배가 좌초하여 하마터면 돛대가 꺾어질 뻔했지만, 우리는 계속해서 달렸다. 아무 것도 보이지 않는 두터운 연무 한가운데서, 타오 인더스는 마치 구름 사이를 날아가는 듯했다.

바람이 잦아들면서 타오 인더스는 타운사 댐 때문에 생긴 호수로 흘러들어갔다. 소용돌이들이 황토빛 거인처럼 솟은 모래 절벽을 마구 휩쓸었고 그 바람에 거대한 모래더미들이 강으로 무너지고 있었다. 자연은 언제나 제것을 되찾아 간다. 인더스 강이 강가에 있는 마을을 되찾을 때까지 얼마나 오랜 세월이 걸릴 것인가? 모래 절벽의 극적인 운명은 안중에도 없이 강가에서 가까운 마을 사람들이 음악에 맞춰 춤을 추고 있었다. 잔치가 열리고 있었다. 우리가 지나가는 것을 그들은 알아채지 못했다.

한스에게 작별을

평화로운 강에서 나왔을 때 우리는 다른 사람들과 함께하고 싶은 마음이 없었지만 도리가 없었다. 타운사 댐에서 멀지 않은 보기 흉한 콘크리트 건물에서 우리는 서양 옷차림을 한 남자들이 뜰에서 세븐업을 마시고 있는 것을 발견했다. 그들은 우리를 망고나무 아래 그늘로 초대했다.

"세상에! 어디서 오는 겁니까?"

"안녕하세요, 여러분. 칼라바에서 배를 탔어요."

"설마, 농담하는 거지요?"

"아뇨, 정말이에요. 저, 우리 배가 저기 있는데 저 수문으로 지나가면 해서요."

"그래요, 그래. 문제 없습니다. 하지만 먼저 얘길 좀 나누지요." 그리고 그들은 우리에게 차를 권했다.

수문 기술자가 자기 친구들을 대접하고 있었다. 교사 한 명과 경찰 한 명, 그리고 다른 사람 몇몇이 더 있었다. 예의 바른 잡담에 시달리고 있던 중 게리가 먹을거리를 사와야 한다고 했다.

"좋아요. 차를 타고 가지요." 경찰관과 운전수가 게리와 크리스를 가까운 마을로 데려갔다.

"나는 여기 있을게." 세븐업에 타서 마실 위스키가 나오는 것을 보더니 한스가 선뜻 나서 주었다.

"그럼 나는 배를 지킬까." 나는 댐 가까이서 자라는 색다른 종류의 식물들을 살피러 자리를 떴다.

밤이 되었는데도 세 사람은 돌아오지 않았다. 게리가 다른 사람과 나타날 때까지 나는 배에 혼자 있었다.

"미안해. 일이 좀 꼬였어. 가서 좀 먹지. 이 친구가 우리 배랑 물건을 지켜 줄 거야."

기술자의 집에는 맥주와 담배 연기 냄새가 가득했다. 뚱뚱한 남자 예닐곱 명이 안락의자에 느긋하게 기대어 있었고, 한스가 그들을 즐겁게 해 주고 있었다. 하인 한 명이 잔칫상을 치우고 내게 커리를 얹은 닭고기와 밥을 차려 주었다. 교사는 술과 마약으로 들뜬 분위기를 혹시나 내가 망그러뜨릴까 싶어 내게 해시시를 몇 대 건넸다. 미스터 빅에 대한 나쁜 기억이 아직도 생생해서 게리와 나는 술을 삼갔다. 한스는 그런 의심을 품을 줄 몰랐다. 그는 그 지역에서 아주 중요한 명망가와 춤을 추고 있었다. 두 사람이 다리를 비틀거렸을 때 웃음거리가 된 것이 한스였는지 그 명망가였는지는 뚜렷하지 않았다. 우리가 불만스러운 표정을 짓고 있는 것을 보고는 한스가 갑자기 춤을 멈추었다. 그러고는 철없는 아이처럼 크리스 옆에 앉았고, 크리스는 또다시 상냥하게 한스를 편들어 주었다.

기술자는 우리 일정보다 일곱 시간이나 늦게 수문을 열어 주었다. 항해하기에는 너무 늦은 시간이어서 우리는 타오 인더스를 댐 아래에 안전하게 대고 나서 또다른 잔치에 초대되었다. 그 명망가와, 스스로를 자랑스레 '큰 총'이라고 부르던 몇몇 부자가 이방인들을 보러 왔다. 우리는 그들의 오만함과 꼴사나움이 역겨웠지만 받아들일 수밖에 다른 도리가 없었다.

"어떻게 이 사람들은 강에 그렇게 가까이 살면서 강의 고요한 힘을 하나도 닮지 않을 수 있지?" 나는 궁금했다.

"하지만 그들의 하인들은 근사해. 우리를 정말 이해하잖아." 게리가 대답했다.

아침 첫 햇살이 비칠 때 우리는 그 근사한 하인들과 차를 한 주전자 나눠 마시고 나서 여행을 시작했다. 다시 우리 삶의 주인이 된 것은 좋았지만, 우리 사이가 더는 조화롭지 못했다. 도道는 계속해서 우리를 벗어났다. 우리는 해시시 담배마냥 도를 손으로 그러잡을 수 있다고 기대했지만, 도는 그런 것이 아니었다. 우리 가운데 크리스만이 한스와 이야기를 잘 나누었다. 게리와 나는 잠재 의식 속에서 한스를 내치고 있었다. 암스테르담의 현실적인 태도가 우리 오스트레일리아 방식하고는 맞지 않는다고 여긴 것이다. 솔직히 게리와 나는 지나치게 비판적이었다. 우리는 두루 문제가 있었다. 게리와 크리스는 그들 각자의 문제와 둘 사이의 관계를 풀어 가야 했는데, 나는 두 사람 모두에게 지나치게 집착했다. 내가 그들과 함께 여행하는 것을 좋아하는 만큼 또한 우리는 헤어질 필요가 있었다. 나는 나만의 고민거리를 홀로 직시하고 해결해야 했다. 그러다가 나는 우리 여행이 이제 겨우 시작일 뿐임을 깨달았다. 우리는 모두 저마다의 방식으로 진실을 찾아야 할 터였다.

강을 따라 내려가다 만날 다음 마을은 데라 가지 칸이었다. 하루나 이틀쯤 순조롭게 배를 타고 가면 그 곳에서 배다리를 만나려니 기대했다. 하지만 인더스 강은 그렇게 호락호락하지 않았다. 우리가 인더스에서 배워야 할 가르침은 아직 더 있었다. 데라 가지 칸에 다다랐을 즈음, 화창하던 날이 점점 흐려지더니 멀리서 번개가 번쩍이고, 모래둑이 계속 소용돌이에 휩쓸려 무너졌다. 그 곳에 배를 대기에는 너무 위험해서 어두워질 때까지 배를 타고 강을 내려갈 수밖에 없었다. 우리는 소용돌이에서 안전하게 떨어진, 평평한 곳에다 타오 인더스를 댔다. 게리와 크리스는 배에서 자고 한스와 나는 배에서 30미터쯤 떨어진 모래 언덕에 자리를 잡았다.

모래 폭풍이 휘몰아치는 소리에 잠이 깼다. 번갯불이 하늘을 밝혔지만 모래 위에는 아무 것도 보이지 않았다. 더듬더듬 배가 있는 쪽으로 갔다. 배는 사라지고 없었다. 게리와 크리스를 소리쳐 불렀지만 소용없었다. 바람이 얼마나 세차게 울부짖는지 내 목소리가 내게도 들리지 않을 정도였다. 나는 두려운 기분에 휩싸여 침낭으로 기어 들어갔다. 그런 와중에도 한스는 여전히 자고 있었지만, 그를 깨운다고 해결될 일이 아니었다.

아침이 되니 바람이 약해졌다. 나는 게리와 크리스한테 무슨 일이 일어낯을까 걱정하면서 몇 분 동안 가만히 누워 있었다. 한스가 몸을 일으키고는 자기 침낭이 모래로 뒤덮인 것에 어리둥절해했다. 그리고 물가로 가보더니 허겁지겁 돌아왔다.

"에이드, 배가 사라졌어."

"사라진 지 이미 몇 시간 됐어. 간밤에 폭풍이 미친 듯이 몰아쳤거든." 나는 말하면서 머리에서 모래를 털어 냈다.

"둘은 대체 어디 있지?"

"배를 잡아맨 것이 바람에 쓸려 떠내려갔나 봐. 강 아래 어딘가 있을 거야, 찾아 보자구."

게리와 크리스가 어떤 상황에도 잘 대처할 수 있으리라고 믿으면서도, 한편으로는 두 사람이 소용돌이에 휩쓸려서 모래더미와 함께 물 속에 빠져 버린 게 아닐까 하는 두려움이 스물스물 일었다.

한스와 나는 마음이 조급해져 거의 뛰다시피 하여 강 하류 쪽으로 1킬로미터쯤 가서 절벽에 올라갔다. 강물이 넓은 초승달 모양의 모래 강변에서 철석이고 있는 것이 보였다. 타오 인더스는 그 곳에서 비슷한 크기의 다른 배 옆에 안전하게 묶여 있었다.

타오 인더스에 다다를 즈음, 게리도 우리를 향해 걸어오고 있었다.

"한바탕 모험을 했겠네. 안 그래?" 내가 웃으면서 물었다.

"말도 마." 게리가 말했다. "뱃머리의 삼각돛을 손보려고 일어났거든. 미친 듯이 펄럭거려서 말이지. 그런데 배가 강으로 떠내려가고 있는 거야. 사방은 칠흑처럼 깜깜하지, 어찌나 겁이 나던지."

그러더니 게리는 말을 잃었다. 나는 온통 깜깜한 어둠 속에서 배가 물

결과 바람에 마구 들까불릴 때 두 사람이 느꼈을 두려움과 무력감을 상상해 보았다.

"어떻게 해냈어?"

"크리스가 도와 줘서 간신히 돛대를 내리고 나서, 노를 저으려고 했는데 어느 쪽으로 가야 할지 도통 모르겠는 거야. 물이 뱃전으로 넘쳐 들어와서 우린 그저 물을 퍼내기만 할 뿐이었지. 다행히도 런던에서 떠날 때 클레어가 준 손전등이 있었어. 그 손전등으로 불을 밝히고서 밧줄이랑 남은 돛으로 대강 닻을 만들었지. 그러고는 그저 둘이 꼭 붙들고 무슨 일인가가 일어나길 기다렸지. 정말 운이 좋았어. 바람이 저기 아래쪽 얕은 물로 우리를 밀어 주었거든. 배를 단단히 묶고 나서 좀 잤어."

감동한 한스가 게리를 껴안았다. "세상에, 너희가 아무 일도 없어서 정말 다행이야."

"저 다른 배에는 누가 있지?" 내가 물었다.

"고기잡이 부부인데 정말 좋은 사람들이야. 둘이 아침에 우리한테 기막힌 차를 주더니, 남편이 나한테 타오 인더스를 제대로 정박시키는 방법을 알려 주었어. 배 양쪽 끝에 튼튼한 버팀목이 있어야 해."

크리스는 그 끔찍한 밤을 보낸 뒤라 지쳐서 곧 쓰러질 것 같았다. 나는 크리스를 껴안아 주었다. 크리스도 나를 안았다.

그 고기잡이 부부는 우리가 처음으로 만난 강 사람들이었다. 그들은 우리를 따뜻하게 환영해 주었다. 부인이 친절하게 웃으면서 우리에게 로티와 커리를 얹은 메기 요리를 대접했다. 하마터면 큰 참사가 될 뻔했던 이야기는 이렇게 끝을 맺었다.

나는 고개를 들어 높은 곳에 물에 젖지 않게 세워 놓은 고대의 갈레온
(주로 16세기에서 17세기 사이에 스페인과 유럽 해상을 주름잡던 대형 범선으로, 군함 및
무역선으로 사용되었다 —옮긴이)을 바라보았다.

"저게 뭐지? 설마 노아의 방주는 아닐 테고." 나는 내 눈을 믿을 수가
없었다.

그 배는 우리의 새 친구들인 강 사람의 대가족이 사는 집이었다. 노인
네들이며 여자들에서부터 갓난아이들까지 스무 명 남짓이 그 배에 살고
있었다. 칠하지 않은 잿빛 목재는 다른 배에서도 본 적이 있는 양식으로
조각이 새겨져 있었다. 배의 뒤쪽에 설치해 넣은 정사각형 거울들은 장식
인 동시에 악을 막으려는 부적이었다. 갑판 아래 헛간처럼 생긴 공간에는
화덕, 사냥총, 자전거, 가족 사진, 닭이랑 염소들이 있었다. 배 옆 웅덩이
에 메기가 한가득 든 등나무 우리가 있었다. 크리스가 사진을 여러 장 찍
었다. 나는 필름이 다 떨어졌다. 강을 따라 가다 보면 어디에선가 필름을
살 수 있을 거라고 생각한 것은 어리석은 일이었다. 우리는 친구들에게
고맙다는 인사를 하고 헤어졌다.

데라 가지 칸에 있는 배다리는 너무 낮아서 배가 지나갈 수가 없었고
우리가 지나가도록 가운데를 열어 줄 사람도 없었다.

"여기 언제까지나 있을 수는 없지. 배를 분해하자구." 게리가 포기한
채 말했다. "도와 줘, 에이드."

우리는 선실을 분해해서 다리 밑을 지난 뒤에 뭍에 올라 다시 맞추었
다. 이젠 양식을 사러 마을로 가는 버스를 탈 수 있었다.

한스가 돈을 바꾸러 데라 가지 칸으로 갔다. 그 틈을 타 나는 그 동안 줄곧 마음에 품고 있던 생각을 게리와 크리스한테 말했다.

"한스에 대한 얘기야. 한스가 정말 우울한데, 차라리 혼자 여행을 하는 것이 한스한테 더 나을 것 같다는 생각이 들어."

"나한테 유럽으로 돌아가고 싶다고도 했어." 크리스가 말했다. "어떻게 생각해, 게리?"

"나도 문제가 좀 있다고 생각해. 그리고 그런 긴장감이 우리한테 두루 영향을 끼치는 것 같아."

"말을 꺼내기가 쉽지는 않겠지만 한스가 돌아오면 내가 말해 볼게." 내가 나섰다.

날이 졌는데 한스는 돌아오지 않았다. 게리와 크리스가 한스를 찾으러 마을로 가려고 하는 참에 차가 한 대 섰다. 타운사 댐에서 알게 된 변호사였다. 그가 우리를 자기 친구인, 배다리를 책임지고 있는 기술자한테 데려가는 바람에, 데라 가지 칸으로 가려던 계획은 취소되었다. 콧수염을 넓게 기르고 덩지가 큰 그 기술자는 레슬링이며 사냥에 관한, 믿기 힘든 자신의 무용담으로 우리를 즐겁게 해 주었다. 그 기술자가 맨손으로 멧돼지들을 잡은 적이 있다고 변호사도 거들었다. 우리는 세븐업에 위스키를 섞어 마셨고, 기술자의 하인들이 밥과 커리 얹은 고기를 내왔다.

한스는 아침에 첫차로 돌아왔다. 달러를 바꿔 주려는 은행이 하나도 없어서 자신의 휴대용 라디오를 200루피에 팔았단다. 한스와 단둘이 있을 때 나는 전날에 우리끼리 나눈 이야기를 들려주었다. 쉽지 않은 일이었다. 실상은 한스에게 떠나라고 요구하는 셈이었으니 말이다. 하지만 다행스럽게도 한스도 같은 결론을 내린 참이었다.

한스가 자기 혼자 꾸려 나갈 여행에 대해서 열정적으로 이야기하는 동안 그의 얼굴은 열의로 빛이 났다. "돈을 바꿀 수 있는 가장 가까운 곳이 물탄인데 난 정말이지 그 곳에 가고 싶어. 이제 게리한테 빚진 돈은 갚을 수가 있어. 난 버스삯만 있으면 되니까 말야."

신경 쓰이던 일이 잘 풀려서 우리는 모두 마음을 놓았다. 한스가 배를 지키려고 남고, 게리와 크리스와 나는 장을 보러 갔다. 변호사가 우리를 시장으로 안내한 뒤에 극장으로 데려갔다. 사랑과 비극, 희극이 뒤섞인 긴 대작 영화는 다른 관객들에게는 짜릿한 감동을 주었지만, 우리에게는 지루했다. 영화는 날이 어두워진 뒤에 끝났고, 우리는 바타 신발 가게에서 손님으로서 밤을 보냈다. 다음 날 아침, 가게 주인이 사슴 한 마리를 들여보내 우리를 깨웠다. 이 별스러운 일에 우리는 처음엔 깜짝 놀랐지만 이내 크게 즐거워했다. 시장을 한 바퀴 더 돌고 난 뒤에 우리는 강으로 돌아오는 버스를 탔다.

한스는 이미 자기 소지품들을 다 싸 놓았고 떠날 준비가 되어 있었다. 막 면도를 하고 깨끗한 옷을 입은 한스는 여느 때보다 멋져 보였다. 우리는 한스를 배웅하여 그가 버스에 오를 때까지 지켜보았다. 그리고 우리 같은 서양 사람들이 자주 찾는 카라치의 한 호텔에서 다시 만나기로 약속했다.

가짜 결혼식과 진짜 결혼식

　타오 인더스는 부드럽게 서걱이는 모래 위로 천천히 움직였다. 게리랑 나는 아무 말 없이 노를 하나씩 맡아 강 한가운데로 저어 갔다. 우리의 노 젓기는 완벽한 조화를 이루었다. 동시에 노를 물에 담갔다가 또 똑같이 들어올리곤 하면서 앞으로 나아갔다. 누군가 말을 했더라면 그 순간을 망쳤을 것이다. 침묵 속에서 우리는 우리 자리를 되찾아 갔다. 메추라기 큐 부인은 하늘에서 빙빙 도는 매를 피해 안전하게 갈대밭에 놓아 주고, 우리는 미탄콧을 향해 흘러가고 있었다.

　"여기서 좀 쉬자." 게리가 희디흰 모래와 푸른 덤불로 덮인 섬 하나를 가리켰다. 모래에 둥지를 튼 검은 머리 제비갈매기들은 우리의 등장에도 전혀 경계하지 않았다. 독수리 한 쌍이 붉게 타오르는 노을을 가로질러 날아갔다. 독수리는 우리 행운의 펭귄 마스코트 페리에게도, 데라 가지 칸 시장에서 산 나무 앵무새에게도 아무런 위협이 되지 못했다. 우리는 이 쉼터를 '새의 섬'이라고 이름 붙였다. 이 섬은 곧 강물에 잠길 테고, 이 곳에 있던 것들은 강을 흘러내려가 어디에선가 다시 만나리라. 인더스 강은 모든 사물의 존재 방식을 보여 주고 있었다.

금빛 햇살을 받으며 크리스가 말했다. "정말 아름다워. 더 바랄 게 있을까?" 우리 느낌을 정확하게 요약한 말이었다.

"흐음, 대마초 한 대만 있으면 길을 잃지 않을 텐데." 게리가 반 농담으로 말했다. 해시시가 다 떨어진 것이다.

크리스가 게리에게 모래를 던졌다. "당신이나 그 빌어먹을 대마초나!" 크리스도 반 농담조였다. 우리 모두 웃었다.

"그게 무엇이든, 다시는 '정상적'인 것을 한다는 것은 상상할 수가 없어." 내가 곰곰이 생각하던 끝에 말했다. "사람들 생활에서 늘 되풀이되는 허섭스레기들말야. 오스트레일리아에서만 그런 것이 아니야. 여기에서도 사람들은 저희 속에 갇혀서 주변의 아름다움을 보지 못하잖아."

"집집마다 지붕 위에 저녁노을을 볼 수 있는 전망대를 억지로라도 만들게 해야 할 것 같아." 크리스가 말했다.

"그리고 뒤뜰에는 양귀비를 심게 하고." 게리가 이렇게 덧붙이자 크리스가 그에게 한 번 더 모래 세례를 퍼부었다.

흐릿해지는 빛 속에서 나는 바르톨로뮤의 인도아대륙 지도를 보고 있었다.

"이것 좀 봐! 브라흐마푸트라 강이 티베트를 곧바로 질러 인도랑 동파키스탄으로 흘러내려가 벵골 만까지 이어져 있어. 타오 브라흐마푸트라를 타고 여행하는 걸 상상해 봐."

나는 마침내 우리가 우리 삶을 지배하고 있다고 느꼈다. 물론 그런 기분은 오래지 않아 깨질 터였다.

다음 야영지에서 쉴 때였다. 웬 남자가 열기로 아른거리는 아지랑이를 뚫고 나타났다.

"아살람 알레이쿰." 우리가 소리쳤다.

"왈레이쿰 아살람." 그가 거리를 두고 대답했다.

"무슨 일 때문인지 가서 보고 오는 게 좋겠어." 게리가 모래밭을 가로질러 가서 그 남자랑 이야기를 주고 받더니 웃음을 지으면서 돌아왔다. "잘 됐어. 우유를 조금 얻을 수 있겠어. 저 양철 주전자 좀 줘."

다음 날 아침, 막 떠나려는데 다른 남자가 또 우리를 찾아왔다. "아주 좋은 아침이오, 친구들." 그의 영어는 훌륭했다.

우리는 그 남자에게 차를 대접했다.

"양식이 필요하면, 우리 마을 가게에서 살 수 있소이다."

"저 사람이 우리 사정을 아네. 설탕이랑 담배가 필요하잖아."

"둘이 다녀와. 내가 남아서 배를 지킬게." 내가 말했다.

혼자 남은 나는 책에 열중하여, 한 남자가 말을 타고 배 옆에 와서 멈출 때까지 눈치채지 못했다. 남자는 위험해 보이는 사냥총을 어깨에 메고 말에서 내리더니 게리가 보낸 쪽지를 건넸다. '에이드, 여기 아픈 사람들이 몇 명 있으니 약을 가지고 마을로 와. 이 남자가 대신 배를 지켜 줄 거야. 게리.'

그 남자는 활짝 웃으면서 나한테 고삐를 건넸다. 안장을 얹지 않은, 비쩍 마른 늙은 암말이었다. 나는 마치 한평생 말을 탄 사람처럼 말 위에 올라타고는 다른 사람들이 갔던 길 쪽으로 말을 몰았다. 이 늙은 아가씨는 천천히 걸었는데, 그게 나한테는 딱 맞았다.

나는 그들이 어디 있는지 알 수가 없었다. 게다가 뜨거운 대기가 피워 올린 아지랑이가 마을을 가리고 있어, 말이 알아서 길을 가도록 맡겼다. 도중에 폭이 넓은 물길이 앞을 가로막았다. 그 내를 건너는 것말고는 다른 길이 없었다. 다행히 물이 그리 깊지는 않았다. 건너편은 밀밭이었다. 말이 그 밭에 뛰어들더니 한 걸음 뗄 때마다 잘 익은 이삭을 몇 입씩 잡아챘다. 말이 너무 삐쩍 말라서 차마 말릴 수가 없었다. 이윽고 말이 나를 마을 안마당으로 데리고 갔다. 나는 목동처럼 태연히 말에서 내려 고삐를 어느 소년에게 내주었다. 게리와 크리스는 차를 마시면서 그늘에 앉아 있었다. 사람들이 두 남자를 나에게 데려왔는데 둘 다 백내장으로 장님이 되어 가고 있었다. 내가 할 수 있는 것은 하나도 없었다.

"이건 병원에서 간단한 수술로 치료할 수 있어요."

그 사람들은 소용 없다는 듯 어깨를 으쓱했다. 안과 의사가 없는 것인지 돈이 없는 것인지 확실하지 않았다. 그 다음 환자는 마을 촌장으로, 탁자 옆 침대에 몸을 누이고 있었다. 그는 영어를 조금 할 줄 알았다.

"배에 문제가 있소." 촌장이 체념한 듯한 어조로 말했다.

짚어 보니 그의 배에서 암덩어리 같은 것이 느껴졌다. 그는 자기 병을 알고 있는 눈빛이었다.

"알라와 더불어 평안을 찾으세요." 내가 말하자 그가 조용히 고개를 끄덕였다.

"지하Ji ha, 그러지요."

마을 사람들이 초가 지붕을 인 흙오두막집에서 우리에게 식사를 대접했다.

"제발, 오늘 하루 우리랑 같이 지냅시다." 그 사람들은 우리를 어떻게든 구워삶으려 했지만 우리는 고개를 저었다. 우리를 이 마을로 안내한, 영어를 잘하는 그 남자가 크리스에게 지나친 관심을 쏟고 있어서였다. 식사 후에 우리끼리 배로 돌아와 헤엄을 치며 더위를 식혔다.

오후 늦게 영어를 하는 그 남자가 다시 왔다.

"당신들 나랑 돼지 사냥에 가야 하오."

"미안하지만 내일 일찍 떠날 참이라 쉬어야겠는데요." 우리 인내심이 한계점에 이르고 있었다.

그 남자는 듣지 않았다. 다음 날 아침 그 남자는 다른 남자 한 사람과 말을 한 마리 데리고 다시 찾아왔다. 그들은 우리에게 갓 짠 우유를 또 주었다.

"나으리, 그리고 마님, 우리 마을 결혼 잔치 초대를 받아 줘야 하오."

"우리의 축하 인사를 전해 주세요. 우린 지금 떠나거든요."

"우리 마을 촌장이 당신들이 꼭 와야 한다고 했소." 남자가 고집을 부렸다.

"피할 도리가 없을 것 같아. 되도록 빨리 다녀오자." 크리스가 투덜거리며 말했다.

"좋아. 그럼, 가는 김에 가게에서 쌀을 좀 사 오지." 게리가 동의했다.

그들은 크리스를 말에 태우고 같이 떠났다. 크리스는 멋진 솜씨로 말을 탔다.

마을 가까이 갔을 때 두 남자는 저희가 크리스를 신부 집에 데려갈 테니 게리한테는 가서 신랑을 만나라고 했단다. 게리는 꺼림칙했지만 그러마고 했다. 그런데 마을에 도착해서 보니 결혼식은커녕 아무 일도 없었다. 게리는 걱정하지 않을 수 없었다. 일단 식량부터 샀는데, 그 때 크리스가 말을 타고 밭을 질러오는 것이 보였다. 게리는 비로소 마음을 놓았다.

"자, 어서 가." 크리스가 바삐 말했다.

"결혼 잔치는?"

"여기서 나가면 말해 줄게."

크리스는 마을 사람들에게 성마르고 박정하게 인사를 했고, 둘은 강을 향했다.

"크리스, 거기서 무슨 일이 있었던 거야?"

"다행히 아무 일도. 당신과 헤어지자마자 그 남자들이 나를 유혹하려 들었어. 나는 말에서 내리지 않고 데라 가지 칸에 있는 그 변호사 이름을 댔지."

"당신을 만졌어?"

크리스는 머리를 저었다. "내가 코란을 읊었어. 여행자들을 어떻게 보호해야 하는지에 대해서 말이지. 그리고 알라의 분노로 겁을 주었어. 그랬더니 얼른 꽁무니를 빼더군. 그래서 고삐를 꽉 잡고 달려왔지."

나는 책을 읽으면서 한가하게 아침을 보내고 있었다. 둘의 얼굴을 보는 순간 무언가 잘못되었음을 느꼈다. 돛을 올리면서 둘은 그 이야기를 들려 주었다. 세상에나. 우리는 아무도 믿을 수 없다는 것을 깨달았다. 문화의 틈이 너무나도 컸다.

그 날 우리는 얼마 가지 못했다. 밤을 지내기에 적당하고 낚시질을 할 만한 외딴 곳을 발견하자 곧 멈추었던 것이다. 여느 때나 다름없이 우리 는 아무 것도 잡지 못해서, 저녁은 채소랑 쌀밥뿐이었다. 때때로 크리스 가 챠파티를 만들었고 아직도 귤이랑 구아바가 많았지만, 우리 식단에는 단백질이 확연히 모자라서 게리와 나는 삐삐 말라 갔다.

무임 승객 하나가 우리가 멈춰 섰던 곳 어딘가에서 우리 배에 탔다. 우 리는 그 쥐 선생이 우리의 소중한 구아바로 잔치를 벌이는 죽을 죄를 지 을 때까지는 그놈과 함께 있는 것을 견뎠다. 우리는 미끼를 채운 덫으로 곧 그 설치류 동물에게 최후의 심판을 내렸지만, 놈의 송장이 물에 떠다 니는 것을 보면서 엄청난 죄책감에 시달려야 했다.

바르톨로뮤 지도는 놀랄 만큼 정확했다. 그 지도에서 우리는 인더스 강 이 다른 두 개의 거대한 물줄기인 수틀레지 강과 체나브 강과 함께 만나 는 곳에 우리가 다가가고 있음을 알았다. 인더스 강은 티베트에 있는 카 일라스 산의 북쪽 경사지에 근원이 있다. 수틀레지 강은 같은 산의 남쪽 경사지에서 비롯되고, 체나브 강은 카슈미르 산맥에서 시작한다. 이 세 강이 만날 것에 대한 즐거운 기대감에 부풀어, 우리는 농축 엘에스디가 든 작은 알약을 먹고는 그 장관을 바라보기 위해 갑판에 편안하게 자리잡 았다.

강은 거대한 초승달 모양을 그리며 흐르고 있었다. 우리는 마치 동그라미 속에 갇힌 듯한 느낌이었지만 그건 우리 감각을 속이는 엘에스디 때문이었다. 둥근 호를 그리며 흐르는 상의 본 술기로 몇십 개나 되는 지류들이 수직으로 흘러들어오고 있었다. 그 때까지 지나온 곳은 대개 사막 지역이었는데, 이 곳은 강렬한 삶이 고동치고 있었다. 나무며 싱그러운 풀이 강가까지 자라고 있었다. 다리 긴 물새들이 진흙 여울에서 먹이를 찾고, 앵무새가 나무 위에서 울고, 오리 떼가 공중으로 날아올랐다. 큰 뱀한 마리가 운이 나쁜 새를 입에 물고 나무에서 물 속으로 뛰어들었다.

몇백 마리나 되는 거북이 반쯤 잠긴 통나무 위에서 몸을 녹이고 있었는데 그들의 등껍질이 마치 독일 병사들 철모처럼 보였다. 나만 그렇게 느낀 게 아니었다. 게리가 몸을 돌리며 말했다. "쳐다보지 마. 독일 병사한테 포위된 것 같아."

우리가 배꼽을 잡고 웃는 바람에 타오 인더스가 흔들렸고, 그러자 그 독일 병사들이 허둥지둥 물 속으로 달아났다. 그것을 보고 우리는 한참 더 웃어 댔다.

침묵의 주문은 깨어지고, 우리의 마음은 환각제의 효과로 한껏 고조되었다. 우리는 희미하게 부는 산들바람을 느끼려고 일어섰다. 강가에서는 사람들이 밀단을 부채꼴로 눕히면서 낫으로 밀을 베고 있었다. 우리는 이 시골 풍경의 아름다움에 경외심을 느끼면서, 조용히 눈에 뜨이지 않게 떠내려갔다. 강 가까운 곳에서 한 남자가 다른 사람들의 관심을 모으려고 팔을 흔들기 시작했다. 마을 사람들은 그를 바보로 여겨 그의 헛소리를 아마도 늘 무시해 왔던 듯, 그에게 아무런 관심을 기울이지 않았다. 일생에 단 한 번 참으로 기막힌 것을 보았건만 아무도 그 남자를 믿으려 들지 않으리라. 그 비애감이 우리 마음을 움직여, 우리는 그 남자가 입을 벌리고 서서 우리가 지나가는 것을 보는 동안 그에게 손을 흔들어 주었다.

길게 끄는 외침 소리가 숲에서 자꾸 되풀이해 들려왔다. 나는 게리를 보았다.

"어떤 남자가 우리를 부르고 있어."

"그래, 더 가 볼까."

우리는 그 날 저녁 머물 곳을 찾고 있었다. 잊을 수 없는 그 외침은 계속되었다. 그게 누구였든 우리를 따라오는 것 같았지만 덤불숲이 너무 짙어서 보이지가 않았다. 마침내 그 소리는 멈추었고 우리는 그 남자를 뒤에 떨어뜨렸다고 생각했다. 우리는 물에 떠밀려온 통나무가 잔뜩 있어서 멋진 모닥불을 피울 수 있는 깨끗한 모래톱 옆에 배를 붙들어맸다.

목욕을 막 마치자 조금 전의 그 목소리가 훨씬 가까이서 다시 들렸다. 되도록이면 아무도 만나고 싶지 않았지만, 그냥 머물러 있기로 했다. 나는 누군지 모르지만 요란한 소리를 내면서 덤불을 뚫고 돌진하는 그 사람을 보려고 앞으로 걸어갔다. 한 산 사람이 덤불 속에서 나왔다. 그는 검은 살갗에 사나운 눈을 하고, 사냥총을 등에 메고 엄청나게 큰 꾸러미를 머리에 이고 있었다. 그의 유령 같은 무시무시한 모습은 그가 데리고 있는 흰색 개 불테리어 덕분에 한층 더 기괴해 보였다.

한 시간 넘게 우릴 따라오느라 사내는 지쳐 땀을 흘리고 있었다. 사내가 나를 보고서 평정을 되찾는 데 시간이 좀 걸린 걸 보면 나도 그 사내만큼이나 이상하게 보인 것이 틀림없었다. 조금 있더니 사내는 우르두 말로 뭐라고 계속해서 말했다. 그의 식구들이 숲에서 나타났을 때에야 나는 비로소 저희를 강 건너로 건네 달라고 말한 것임을 알아차렸다. 크리스가 뒤에서 낄낄 웃는 소리가 들렸다.

그의 모든 식구와 그들의 개들과 짐을 타오 인더스에 다 태우는 수밖에 다른 도리가 없었다. 타오 인더스는 빈 자리 없이 꽉 찼고, 게리와 내가 노를 잡고 배를 출발시켰다. 그 사내가 길을 안내했다. 지는 해가 물에 엷은 자주빛으로 되비쳤고 돌고래 두 마리가 타오 인더스가 지나온 자취를 좇아 물 위로 떠올랐다.

이거야말로 진짜 결혼 잔치였다. 열네 살쯤 된 신부는 금실이랑 화려한 자수를 같이 넣어 짠, 충격적인 분홍색 레이스 드레스를 입고 있었다. 눈에 잔뜩 칠한 검은 물감이 땀으로 범벅이 되어 두 볼 위로 흘러내렸다. 신부와 다른 여자 둘은 코와 귀에 단 은 장신구로 반짝거렸다. 멋진 옷을 입고 형광빛 플라스틱 장신구를 한 젊은이가 신랑인 듯했다. 아주 나이 든 노인네 한 사람은 뱃머리에 홀로 앉았다. 그 노인은 마치 다른 시간과 다른 장소에 살고 있는 듯했다.

강 아래로 한참 내려가 젖은 모래가 펼쳐진 곳에 이르러 그 사람들은 마침내 뭍에 내렸다. 로티를 구워 주겠다는 제안을 우리가 겸손하게 사양하자 그들은 한 줄로 걸어 어둠 속으로 떠나갔다. 우리는 밥을 해 먹고 배 위에서 잠을 잤다. 우리가 바라던 마른 모래밭과 통나무 모닥불과는 얼마나 거리가 멀었던지.

인더스 강의 가족이 되어

다음 날 우리는 미탄콧에 있는 배다리에 이르렀다. 내가 배에 남아 있는 동안 게리와 크리스는 버스를 타고 시장에 갔다.

"지쳐 보이네." 둘이 돌아왔을 때 내가 말했다.

"그래, 맞아." 크리스가 갑판에 있는 내 옆에 지쳐 쓰러졌다. "사람들이 우리를 가는 곳마다 따라다녔어. 도저히 피할 수가 없는 거야."

"망할 놈들, 크리스를 막 움켜잡는 거야. 한 놈 걸렸더라면 놈의 똥줄을 빼 버렸을 거야." 게리가 나에게 담배를 건네면서 말했다. "강 위에 있을 때는 이렇게 다른데 말야. 마을에 있는 동안은 이 기운을 어떻게라도 유지해야겠어."

"그래." 강에서 멋진 시간을 가진 나는 죄책감을 느끼면서 말했다.

다음 날 아침 나는 곤히 자는 게리를 깨웠다. "어서 일어나, 게리. 자네랑 나랑 마을에 가야지. 사람들이 우리는 귀찮게 하지 않을 테니까."

"내 편지 좀 가져가. 내 걱정은 하지 말고." 크리스가 머리 감을 준비를 하면서 말했다.

우리 모두 집에 보낼 편지가 있었다. 우체국장은 영어를 연습할 귀한 기회를 즐기면서, 편지 무게를 달아 우표를 붙이는 간단한 일을 한 시간 동안이나 질질 끌었다. 그러고도 실수를 저질렀다. 나중에 카라치에 도착했을 때 우체국에 가서 보니, 내가 집으로 부친 편지가 '우표 부족'으로 표시된 채 유치되어 있는 게 아닌가.

우체국장이 사정하다시피 자신의 집에서 하룻밤 묵으라고 청했지만 우리는 그 초대를 거절했다. 그러고는 빗속에서 두 시간 동안 버스를 기다렸다. 칼라바를 떠난 뒤 처음 만나는 비였다. 크리스가 우리가 없는 동안 마련한 따끈따끈한 음식으로 그 날의 피로를 풀어 주었다. 밥을 먹고 있는데 한 남자가 배에 올라왔다. 처음에는 그 남자가 누군지 몰라 보다가, 게리가 갑자기 그 남자를 알아보았다.

"모래 폭풍이 일었을 때 우릴 도와 준 그 남자야."

그 남자의 배가 강의 더 아래쪽에 있다는 것과 우리가 이 배다리에 머물고 있는 것을 그가 어찌저찌해서 알게 되었다는 것을 우리는 몸짓과 손짓으로 알아들었다. 그 고기잡이는 게리와 크리스한테 자기랑 같이 가서 자기 아내를 만나자고 우겼다. 나는 배에 남고, 그들 셋은 그 남자의 배가 있는 곳까지 갔다 오느라고 5킬로미터 거리나 걸었다. 셋은 미탄콧과 구두 댐 사이 지역에 도적들이 들끓는다는 소식을 가지고 돌아왔다. 우리의 고기잡이 친구는 자기가 강에 사는 사람들을 알고 있으니 함께 여행하자고 떼를 썼다. 저희와 함께 있으면 안전할 거라는 것이었다.

살랑이는 바람이 우리를 그 고기잡이 친구들이 있는 장소로 데려다 주었고, 우리는 함께 몇 킬로미터를 여행했다. 맞바람이 불어 와 배가 더 나아갈 수 없게 되었을 때 우리는 비슷한 배들이 여러 척 정박해 있는, 강의 곁줄기에 있는 쉼터로 들어갔다. 그 곳의 고기잡이들이 우리를 기쁘게 맞이했고, 우리의 친구들은 그들에게 우리를 자랑하느라 신바람이 났다.

그 고기잡이들과 함께 밥을 먹은 뒤에도 바람은 여전히 거셌다. 게리가 그들에게 북처럼 생긴 고기잡이 올가미를 어떻게 쓰는지 보여 달라고 했다. 게리와 나는 크리스를 뒤에 남기고 한 무리의 남자들, 소년들과 함께 개펄 가장자리를 따라 뭍으로 갔다. 메기가 있음직한 깊은 웅덩이를 여러 개 지나도록 한참을 걷다 보니 문득 의심적은 생각이 들었다.

"이 사람들 뭘 하려는 거야? 여기 물고기가 있을 텐데." 내가 게리에게 말했다.

"그래, 이상해. 크리스가 걱정이야."

그러고 있는데 염소 치는 사람들이 앞에 나타났다. 그들을 보더니 고기잡이들이 걸음을 멈추었다.

"이봐, 히피." 교활해 보이는 한 염소치기가 게리의 긴 머리를 놀리면서 소리쳤다. 다른 사람이 내 손목에 찬 염주를 가리키면서 여자 시늉을 하며 나를 놀리자 다들 재미있어라 했다.

"당신, 무슬림인가?"

"아니, 우린 아니오."

"왜 아니지?" 남자가 싸울 듯한 말씨로 물었다.

"이건 함정이야. 크리스를 찾아야겠어." 게리가 말하고는 모래톱 위를 가로질러 배 쪽으로 돌아갔다.

고기잡이들이 일부러 우리를 크리스한테서 떼어 놓은 것이 분명해 보여, 나도 자연스럽게 보일 만큼 기다렸다가 게리를 따라갔다. 뜨겁게 달구어진 모래가 발바닥을 괴롭히는 바람에, 겁먹은 것처럼 보이지 않고도 달릴 구실이 생겼다. 사람들이 쫓아오지는 않았다. 배에 도착했다. 게리가 서둘러 배를 묶은 밧줄을 풀었고, 나는 물에 발을 식힐 짬도 없었다. 그렇지 않아도 크리스도 여자들이 우리 배에 있는 물건에 눈독을 들이는 것을 의심스러워하던 참이었다.

아까 그 배들이 모두 우리를 따라왔고 우리는 다시 맞바람을 만났다. 다른 고깃배들은 안전한 지류에 배를 대었지만 우리는 강의 본줄기에다 배를 묶었다. 이젠 정말 아무도 믿지 않기로 했다. 조금이라도 이상한 낌새가 있으면 곧바로 떠날 수 있도록 우리끼리 있으려 했다. 그러나 고기잡이 부부가 우리한테 오더니 메기를 주었다. 메기를 요리해 먹고 나서, 고기잡이가 게리와 함께 산보를 간 동안 나는 밀린 잠을 자려고 조금 떨어진 데로 갔다.

"아이들은요?" 강에서 그릇을 씻으면서 고기잡이 아내가 크리스한테 물었다.

"없어요. 알라신의 은총을 받지 못해서요." 늦게까지 아이를 갖지 않는 경우가 흔한 서양의 생활 방식을 설명하느니 이렇게 말하는 것이 쉬웠다.

"우리도 알라신 은총을 받지 못했어요." 아낙이 털어놓았다. 그러더니 아이를 갖기 위해 하룻밤 남편들을 바꾸어 자자고 제안해서 크리스를 깜짝 놀라게 했다. 아이가 없는 것이 이슬람 문화에서는 대단한 흠이었다. 그 동안 고기잡이 남편도 게리하고 비슷한 이야기를 나누고 있었다.

"정말 놀라웠어." 크리스가 나중에 내게 말했다. "섹스나 아기에 대해 이야기하는 것조차 금기로 여기면서 외국 사람하고 잠자리를 할 생각을 하다니 정말 가당치 않아. 하지만 그 사람들, 정말로 절박했어."

구두 댐의 수문을 여는 것은 협상이 쉽게 이루어졌고, 우리는 댐에서 1킬로미터 내려간 곳에 배를 대었다. 시장에서 게리가 우리의 마지막 루피를 손에 들고 물었다. "이걸 뭘로 바꾸어야 해? 채소, 아님 해시시?"

"그걸 말이라고. 하지만 저 달걀만큼은 사야지." 나는 짚 둥지에 작은 달걀 세 개가 있는 노점을 가리켰다.

달걀과 해시시가 우리 몸과 마음을 기운나게 했고, 모닥불은 따뜻하게 타올랐다.

"내 말 좀 들어 봐." 나는 별들에게, 또 누구든 듣고 있는 사람에게 말했다. "인공적인 환경에서 사는 사람은 불행한 사람들이야. 사람의 정신은 몇백만 년 동안 자연을 경험하면서 진화해 왔잖아. 그러니 우리에게 자연에서 살고 싶다는 심리적인 욕구가 있는 거야. 이 야생을 보고 듣고 냄새 맡고 느낄 필요가 있다고. 자연을 경험하는 것은 우리의 정신에 꼭 필요한 비타민이라고 생각해."

"그래, 맞아." 크리스와 게리가, 그리고 별들이 대답해 왔다. 그 때 어디선가 들려온 물떼새의 날카로운 울음소리가 우리 마음 속에 치유 에너지의 잔물결을 보내왔다.

"들었어? 야생의 외침이야."

오직 한 가지를 빼고는 모든 것이 만족스러웠다. 내 몸에 심장이 꼭 있어야 하는 만큼, 나는 주디가 절실히 필요했다.

사흘 동안 강을 떠돌기만 했다. 낚시는 포기했고, 과일과 채소가 다 떨어져서 우리는 밥하고 챠파티만 먹고 지냈다.

"세상에, 이걸 봐. 오스트레일리아 지도야." 크리스가 챠파티 하나를 더 만들면서 말했다.

"어떻게 보이든 상관 없어. 맛만 좋은데." 게리가 그 챠파티를 찻잔에 담그더니 퀸즐랜드(오스트레일리아 북동쪽에 있는 주써—옮긴이)를 한입에 베어 물었다.

우리는 강의 본줄기를 놓쳤다. 그즈음 인더스 강은 어찌나 거대한지, 우리가 따라온 강의 곁줄기가 처음 여행길에 올랐을 때의 강 전체보다 규모가 더 컸다. 모래밭이 이어지던 강변 풍경은 어느 새 나무가 우거진 높은 둑과 잘 가꾼 밭으로 바뀌었다. 웃통을 드러낸 남자들이 물가에 자란 나무들을 베어 넘어뜨려서는 통나무들을 배에 싣고 있었다. 그들이 우리를 관심 있게 쳐다보아서 마음이 불편해지기 시작했다. 펀자브 사람들이 신드 사람들에 대해 주의를 주긴 했지만, 우리는 그런 생각이 소수 민족의 경쟁심 때문에 비롯되었음을 알았기에 그들 말을 염두에 두지 않았다. 그렇지만 많은 사람들을 태운, 갑판 없는 작은 배가 우리를 따라붙기 시작했을 때, 우리는 노를 잡고 서둘러 배를 저었다. 우리의 피해 망상이 그들을 해적으로 만들어 버린 것이다. 잠시는 그들이 우리를 따라잡을 것 같았지만 우리는 곧 그 배를 따돌렸다. 그들이 쫓기를 포기한 것인지, 아니면 저희 목적지에 이르른 것인지는 알 수 없었지만 말이다. 무지개빛 옷을 입은 아름다운 소녀를 보고 우리는 기분이 밝아졌다. 소녀는, 물소 위에 책상다리로 앉아 수박을 먹고 있는 소년 옆에 서 있었다. 하늘에서 내려온 듯한 모습이었다.

"저게 무슨 소리지?" 게리가 놀라며 물었다.

밭이 있는 쪽에서 들려오는 그 소리가 매미 떼의 울음소리보다 더 커지는가 싶더니, 우리는 갑자기 강의 본줄기로 휩쓸려 들어갔고, 곧이어 그 정체 모를 소리가 어디서 나는 것인지 알게 되었다. 전에 본 어떤 배보다도 큰 배 한 척이 강을 거슬러 올라가고 있었다. 그 소리는 뱃머리에 부딪치는 파도 소리와, 강의 물기 많은 공기를 되돌리면서 강하게 부는 남풍이 그 배의 온갖 설비와 부딪치며 내는 소리였다. 그 배의 돛은 우리 것처럼 생겼지만 훨씬 거대해서, 배가 강 흐름을 쉽게 거슬러 가게 해 주었다. 이 엄청나게 큰 돛배의 선원들은 우리에게 거의 눈길을 주지 않았다. 인더스 강은 이제 너무 넓어져서 멀리 있는 강둑은 아스라하니 거의 보이지 않았다.

수쿠르가 가까워졌다. 동이 트자 우리는 과일과 야채 바구니를 실은 한 무리 배들 사이에 끼었는데, 다들 장으로 가고 있었다. 우리는 수박을 잔뜩 실어 거의 가라앉을 것 같은 배로 다가갔다. 그 배에 탄 사람들이 우리의 이상한 모습에 불안해했고 우리는 그들이 뭐라고 묻는 말을 알아들을 수 없었다.

"영국 사람." 게리가 소리쳐 말하고는 강 하류를 가리키면서 이어서 소리쳤다. "수쿠르." 이렇게 단 두 낱말로 우리를 소개하고 나서, 게리는 수박을 가리키면서 내가 기념품으로 가지려고 한 루피 은화를 그들에게 주겠다고 했다.

그들은 그다지 내키지 않아하면서 우리에게 수박 한 통을 내주었다. 그러고는 우리가 그 배를 앞서 가려는데 할머니 한 분이 우리를 손짓으로 부르더니 아무 말 없이 우리에게 수박을 하나 더 건넸다. 뱃머리에 특별히 마련한 자리에 앉아 있던 이 할머니는 말없이 모든 과정을 지켜보고 있었다. 집안 어른으로서 할머니의 권위는 의심할 여지가 없었고, 할머니가 보여 준 친절에 우리 마음은 사르르 녹았다. 할머니는 우리 또한 인더스 강의 한 식구임을 알아보았으리라.

큰 초승달 모양으로 자른 붉고 단 과육을 게걸스레 먹으면서 우리는 남쪽으로 계속 흘러갔다. 수평선에서 잿빛을 띤, 둥근 지붕 모양을 한 무언가가 아지랑이 위로 떠다녔다.

"나무일 거야." 내가 말했다.

"아니. 빙빙 돌아가는 유원지 관람차야." 게리가 말했다. 크리스가 게리 말에 동의했지만 둘 다 대마초에 취해 있었다. 우리가 이 심오한 문제를 놓고 곰곰이 생각하고 있는데 다른 배에 탄 사람들이 우리에게 손을 흔들었다. 우리는 그들 쪽으로 저어 갔고, 그들은 친절하게 웃으면서 우리 밧줄을 잡아 저희 옆으로 끌어당겼다. 우리는 말이 통하지 않았지만 그래도 최선을 다해 서로 이야기를 나누었다.

"아살람 알레이쿰."

"와 알레이쿰 살람."

"압 키데르 케 하이?" 사공이 물었다.

"뭐라는 거야?" 게리가 크리스한테 물었다.

"우리가 어디서 왔는지 알고 싶다는 것 같아."

"칼라바" 하면서 게리가 상류 쪽을 가리키고 나서 다시 아래쪽을 가리키면서 "수쿠르"라고 했다. 게리는 의사 소통에 정말 천재적이었다.

"아차아." 사공은 어리둥절해하는 듯했다. 강 위에서 긴 머리의 외국 사람 셋을 만난 것도 그런데, 칼라바에서부터 주욱 여행해 왔다니 이해하기 힘들었던 것이다. 아무튼 그 사공은 진정한 이슬람다운 친절함으로 우리에게 담배와 수박이며, 또 샷 딴 토마토와 오이를 한 움큼씩 주었다. 그리고 그 아내는 우리에게 맛난 양념으로 만든 토마토 가지 요리와 함께 갓 구운 로티를 대접했다. 며칠 만에 먹는 제대로 된 식사였다. 아이들은 금방 수줍음을 이겨 내고는 타오 인더스에 올라왔다.

바람이 세지 않은데도 사공은 우리더러 곧 쉴 곳을 찾아야 할 거라고 했다. 폭풍이 임박한 낌새를 챈 것이다. 그가 옳았다. 우리가 강가에 다다르자마자 심한 바람이 악을 쓰면서 남쪽에서 불어 왔다. 배들이 죄다 둑 쪽으로 들어와 있었다. 바람이 한 시간 동안 불더니 마치 예정한 것처럼 누그러졌다. 나는 남자들과 소년들이 물에 들어가 돛대 꼭대기에 묶은 밧줄로 배를 서쪽 둑을 따라 끌고 가는 일을 거들었다. 다른 사람들은 배에 남아 긴 장대로 모래 바닥을 쑤셔서 밀었다. 아이들한테도 나한테도 신나는 놀이였다. 다리가 긴 덕분에 나는 다른 이들보다 깊은 물에 들어가 설 수 있었다. 사공이 자기 아들 가운데 한 명을 심부름 보내자 아이는 케이투 담배 한 갑과 성냥을 갖고 돌아왔다. 사공은 그것을 게리한테 건넸다. 담배가 이틀 전에 떨어진 것을 어떻게 알았을까?

배는 느릿하게 나아갔고, 남자들 가운데 한 사람이 노래를 시작하자 다들 따라 했다. 돛을 활짝 편 큰 배들이 물결을 거슬러 올라갔다. 보랏빛 하늘 아래 샛노란 빛줄기들이 시간을 뛰어넘은 그 정경을 비추었다.

"저것 좀 봐." 해가 앞에서 물로 떨어지자 크리스가 말했다.

"저것 좀 봐." 보름달이 뒤에서 물 위로 솟아오르자 게리가 말했다.

대추야자 나무들이 바람에 머리를 흔들고, 회교 사원의 뾰족탑에서 색색의 빛살이 폭포처럼 떨어졌다. 어느 섬에서는 힌두 사원이 보였는데, 강물로 내려가는 하얀 계단이 있고, 달빛에 진홍빛으로 타오르는 부겐빌리아가 그득했다.

여행 첫날 데라 이스마일 칸에서 우리를 그렇게 맞아 주었듯이, 인더스 강은 모래바람으로 우리에게 작별을 고했다. 우리는 이제 인더스 강 사람들한테 맡겨졌다. 그들은 다른 문화권에서 온 이방인들을 존중하며 친절하게 대해 주었다. 이것이 우리가 강에서 얻은 마지막 가르침이었다. 유원지 관람차처럼 보이던 것은 알고 보니 다리였다. 우리가 그 밑을 흘러갈 때 그 위로 기차가 지나갔다. 몇 달 전의 기차 여행이 생각났다.

런던에서 온 그 히피 의사는 다시는 전과 같지 않으리.

시작의 끝

우리 여행은 수쿠르에서 끝났다. 이제 우리는 좀더 남쪽에 사는 위험한 사람들에 대한 주의를 비로소 받아들이기 시작했다. 이미 목적을 이룬 뒤였기 때문이었다. 우리는 미지의 세상과 대결하여 이겨 낸 것이다. 이젠 그를 통해 배운 그 많은 가르침을 실행해야 할 터였다. 나는 오스트레일리아로 돌아가고 싶었고, 게리와 크리스는 인도를 보고 싶어했다. 타오 인더스를 포함해 우리 소지품을 나누어야 할 때가 되었다.

우리는 서로 뒤섞여 물결 따라 흔들리고 있는 배들 사이에 타오 인더스를 붙들어맸다. 호기심 많은 손님들이 배에 올라왔다. 어떤 사람은 이것저것 묻고 어떤 이는 먹을 것을 주고 어떤 이는 놀란 눈으로 빤히 바라보았다. 강둑에 있는 흙집에 사는, 알라디타라는 남자가 우리 옹기 물항아리를 가리키면서 "칼라바"라고 말했다.

"대체 어떻게 알았지?" 게리가 궁금해했다.

알라디타는 영어를 못했지만 손짓으로 어찌나 표현을 잘 하는지, 우리는 그가 칼라바 사람이고 그 지역 옹기쟁이가 남긴 독특한 표시로 우리 항아리를 알아보았음을 알아들었다. 그는 우리를 자기 보금자리로 데려가, 도울 만한 일이 있으면 다 해 주었다. 그러더니 우리를 데리고 펀자브 영화를 보러 가고 싶어했다. 우리는 그 초대만큼은 완강하게 거절했다.

게리와 크리스는 호텔을 찾으러 가고 나는 타오 인더스에 남았다. 배에 의사가 있다는 말이 돌았고 환자들이 줄을 이어 나를 보러 왔다. 대개 곪은 상처나 큰 부스럼이 난 아이들이었는데 소독하고 붕대만 감으면 되었다. 한 젊은 어머니가 갓난아기를 풀더니 간절한 눈길로 아기를 내 팔에 내려놓았다. 아기는 언청이였다. 나는 뉴기니에서 언청이 수술을 많이 돕기도 했고, 다른 수술에 견주면 제법 쉬운 수술이지만, 그 곳에서 내가 할 수 있는 거라곤 하나도 없었다. "병원?" 내가 조용히 물었다. 아기 어머니는 고개를 흔들더니 눈에서 희망이 사라졌다. 마술 같은 치유의 손길을 기대했으리라. 그럴 수만 있다면 얼마나 좋았을까.

우리는 꼭 필요한 소지품만 자전거 인력거에 싣고 파잘 호텔로 향했다. 여전히 극빈자처럼 호텔 베란다에서 음식을 만들어 먹으려고 석유 곤로는 챙기고, 나머지 그릇은 우리 배를 돌봐 주기로 한 나이 든 부부에게 주었다.

한낮에 창가에 앉아 마을 너른 마당에서 벌어지는 일을 지켜보았다. 우리 바로 밑에서 흰 콧수염을 기른 뚱뚱한 남자가 물과 얼음덩이 하나가 들어 있는, 금속 물동이에서 국자로 사람들에게 연신 물을 떠 주었다. 동틀 때부터 밤 열한시까지, 그는 목마른 행인들한테 물을 퍼 주었다. 한낮에는 사람들이 그 남자를 잔뜩 에워싸리라.

알라디타가 그 호텔로 배를 살 만한 사람들을 데려와서 우리는 그들을 접대하고 흥정하느라고 몇 시간을 보냈다. 그 곳 배들이 재료도 구조도 훨씬 나았지만, 우리는 결국 돈은 너무 많고 분별력은 부족한 젊은이에게 타오 인더스를 팔았다.

지금껏 지내오는 동안 게리와 크리스와 나 사이에서 나쁜 말은 한 마디도 오간 적이 없었다. 강에서 힘든 일을 만났을 때에도 그 어떤 것도 우리 우정을 해치지 못했다. 수쿠르에서 내가 둘에게 한 말은, 이성으로는 설명할 수 없지만, 내 마음 깊은 곳에서 우러나온 진실된 것이었다. 그것은 내 삼 년 결사를 향한 첫걸음이었다. 하지만 그 사이에도 나는 여러 번 잘못된 걸음을 걸을 터였다.

"게리, 크리스. 할 말이 있어."

"그래, 에이드, 뭔데?"

"난 이 여행을 결코 잊지 못할 거야. 너희 두 사람에 대한 내 사랑은 차고도 넘쳐. 하지만 이제부터 난 혼자 가야 해." 내 말을 뒤이은 침묵 속에서 게리는 담배 두 대에 불을 붙여 한 대를 나에게 주었다.

"아마 정신 나간 것처럼 들릴 거야." 내가 계속 말을 이었다. "하지만 나로서는 내 자신의 관점에서 이런저런 일을 하고 삶을 경험할 필요가 있어. 너희가 어떻게 생각할까 걱정하는 일 없이 말이야. 우린 같은 점이 정말 많지만, 아마 그래서겠지만, 서로에게 너무 영향을 많이 주는 것 같아.

나는 내 삶과 이 세상의 의미를 이해하려고 애쓰면서도 나도 모르는 사이에 너희가 사물을 보는 방식에 내 생각을 갖다 맞추려고 조절하게 돼. 아무래도 혼자 있어야 되겠어. 그리고 너희도 나한테서 자유로울 필요가 있다고 생각해. 너희 둘은 서로 티격태격하는데, 내가 있어 봤자 둘이서 문제를 해결하고 극복해 낼 기회만 차단할 뿐이야." 나는 잠시 멈추었다. 둘은 아무 말도 하지 않았지만 둘의 마음은 나와 함께했다.

"인더스 강 기운은 정말 강해. 그런 점에서는 이렇게 좋은 느낌을 받은 적이 없었어. 그러나 한편으로 난 정말 외로워. 나랑 주디 사이가 잘 될지는 모르겠지만 돌아가서 알아봐야겠어. 그리고 의사 일도 계속하면서 내가 인더스 강에서 받은 기운을 여느 일상 생활에서도 지켜 갈 수 있는지도 알아 보고 싶어."

"이봐, 자네. 그거 멋진데." 게리가 말했다.

"오스트레일리아에서 봐." 크리스가 말했다.

크리스가 나를 안아 주었고, 그것으로 마지막이었다.

카라치까지 가는 기차 여행은 빨랐고 별 사건이 없었다. 나는 이제 경험 있는 여행자로서 유쾌한 기분으로 가득 차 있었다. 아프가니스탄과 인더스 강을 따라 내려간 여행은 행운이 가득한 마법 같았다. 위험을 만났지만 잘 모면했고, 많은 사람들이 우리를 도우려고 애썼다. 우리는 파키스탄의 진면목을 본 것이다. 그런 사람이 몇이나 되겠나.

나는 이 세상과 사랑에 빠져 있었다.

호텔에서 몸을 씻은 뒤, 칼라바에서 만든 윗도리와 헐렁한 바지를 입고 밖으로 나갔다. 판에 박은 듯 차려 입은 서양 여행자들이 보내는 얕보는 듯한 눈길은 아무려나 상관 없었다. 나는 체브론 호텔에서 돈을 바꾸고 장미 정원에 앉아 담배를 피웠다. 호텔 정원사가 나에게 다가오더니 좋아라 활짝 웃으면서 "칼라바"라고 했다.

'이 사람들은 대체 어떻게 된 걸까' 싶었다. '어떻게 다들 척척 아는 거지?' 남자는 내 윗도리 옷깃의 바느질을 가리켰다. 남자는 칼라바 사람이었고, 그 바느질은 칼라바식이었다. 나는 그에게 담배를 한 대 주고 내가 칼라바에서 어떻게 카라치까지 왔는지 설명했지만, 그가 알아들었는지는 의심스러웠다.

중앙 우체국에서 어머니가 내게 보낸 편지와 내가 데라 가지 칸에서 어머니에게 보낸 편지를 발견했다. 마음 속으로 관료들을 저주하면서 나는 우표를 다시 제대로 붙여 편지를 부치고, 내 여행의 나머지 이야기를 써서 편지 하나를 더 보냈다. 그러고는 피 앤드 오 선박회사에서, 다음 날 봄베이로 떠나는 배표를 하나 끊었다.

또다른 실재

우리 서양 여행객 스무 명은 단 몇 달러를 아끼느라고 객실 대신 갑판 자리 배표를 샀다. 하지만 서아시아에서 인도로 돌아가는, 몇백 명이나 되는 순례자와 노동자 틈에 우리가 있을 만한 공간은 없었다. 우리는 우리 가운데 젊고 예쁜 여자를 내세워 배 뒤쪽 비어 있는 갑판에서 야영할 수 있을는지 영국 관리들한테 알아보게 했다. 작전이 먹혀, 우리는 그 눈부시게 깨끗한 나무 갑판에 우리 짐을 펼쳤다. 아무리 좋게 봐 주어도 우리 행동은 엘리트주의 짓이었고, 나쁘게는 인종차별주의 짓이었지만, 인도 사람들은 우리한테 잘 되었다고 기뻐해 주었다.

저물어 가는 빛 속에서 나는 배 왼쪽 난간에 서서 파키스탄이 안개 속으로 멀어지는 것을 바라보았다. 내가 영국으로 갈 때 탄 배에서 이등 항해사가 북극성을 가리켜 보인 뒤로, 내게 그 별은 온 우주가 그 둘레를 도는 동안에도 움직이지 않는, 불변성의 상징이 되었다. 북극성이 수평선

155

아래로 사라지려고 했다. 나는 배 오른쪽으로 건너가, 두 해 만에 처음으로 남십자성을 보았다. 그 별들이 나를 집으로 부르고 있었다. 무엇에게로? 이미 인더스 강의 기운은 희미해지고 있었고 나는 걱정이 되었다. 어떻게 내 내면의 변화를 설명할 수 있단 말인가? 「도덕경」에서 노자는 말하지 않았던가. 아는 이들은 말이 없고, 말하는 이들은 모른다고.

왜 내면의 경험은 말로 표현할 수 없는 걸까? 궤변 같은 논리나 지적 우월감이 헛되다는 것은 명명백백했고, 나는 무언가를 경험하는 것이 생각만 하는 것보다 낫다는 것을 이미 알아 낸 터였다. 하지만 노자의 가르침은 실증적인 것은 전혀 제시하지 않았다. 그리고 나는 나 자신을 도道나 신이나 구루(스승)에게 맡긴다는 생각은 어쩐지 편치 않았다. 나는 내 경험을 설명할, 논리적인 얼개를 원했다.

진리를 찾아 여행 중인 켄이 옆에 와서 함께 별을 바라보았다. 나는 인더스 강을 따라 내려온 내 여행이 소중하고도 뜻 깊은 모험이라고 생각했다. 켄은 아내와 딸과 함께 런던에서부터 카라치까지 자전거로 여행을 했고, 앞으로 인도 곳곳을 자전거로 돌 생각이었다.

"켄." 내가 물었다. "인더스 강을 여행한 뒤인데 그런 내가 어떻게 틀에 박힌 일상 생활로 돌아갈 수 있을까요?"

"쉽지 않을 거예요." 켄이 대답했다. "나도 여행을 마치고 나면 그럴 수 없을 거구요. 우리 마음에 변화가 일어났으니 말이죠. 겉모습이야 아직 남들과 같지만 내면은 다른 별에 살고 있잖아요. 방법은, 우리 마음에 일어난 변화를 간직한 채, 틀에 박힌 관습적인 사회에 적당히 맞추어 주며 살아가는 거지요. 아무도 알아채지 못할 겁니다."

"하지만 우리가 경험해서 얻은 통찰력을 가지고 사회를 도울 수는 없을까요?"

켄이 나를 보더니 그냥 웃고 말았다.

나는 달리 접근해 보았다. "엘에스디를 먹었을 때 느끼는 그 조화로운 마음과 직관력이 그 약에서 나온다고 생각하나요? 아니면 두뇌에서? 또는 마음에서 생기는 것이라고 생각하나요?"

"마약에서 생길 수는 없고 마음에서 생길 수밖에."

"그러니 엘에스디는 문을 여는 열쇠와 같은 거죠?"

"그렇지요."

"그 문은 뭐고 그 문은 어디로 이끄는 걸까요?"

"그게 우리 둘 다 찾아야 하는 것 아니겠어요."

"그렇다면……." 한스랑 한 토론을 기억하면서 내가 말했다. "마음이 두뇌랑 다르다고 보나요?"

"그래요. 그런 것 같아요." 켄이 잠시 생각하더니 대답했다.

"그렇담 그게 대체 뭘까요?"

"그건 문 뒤에 있지요." 켄은 풀이 죽어 대답했다.

배에서 식사는 남자와 여자가 따로 먹었다. 식사 시간은 동물원에서 사자들에게 먹이를 주는 것 같았으니, 한 서른 명이 앉을 수 있는 식당은 창살이 둘러쳐져 있었다. 밥 먹을 때만큼은 우리 서양 사람이라고 해서 엘리트주의자의 영향력을 행사할 수가 없었다. 스스로 해결해야 하는 점은 누구에게나 같았다. 식당 입구에 좀더 가까이 가려고 우리는 서로 겨루어야 했고, 식당 문이 열리자마자 자리를 차지하려고 마구 뛰어 들어가야 했다. 쌀밥과 달, 야채가 스테인레스 식판에 쫙 뿌려졌고, 차례를 기다리는 사람들을 위하여 허겁지겁 먹어치워야 했다.

국경을 지나는 곳에서 대마초를 가진 여행자들을 귀신처럼 알아보는 사람들이 있다는 이야기를 듣고는, 내 주머니 속에 있는 작은 해시시 조각 때문에 불안해졌다. 봄베이 항에서 안전하게 빠져 나가려고, 또 공연히 시간을 낭비하지 않으려고, 나는 해시시 조각을 삼켜 버렸다. 그런데 배가 두 시간이나 연착하고 말았다. 불행히도 꿀꺽 삼킨 해시시가 한창 효력을 낼 시간이었다.

"오스트레일리아 사람이군요." 세관원이 말했다. 그는 틀림없이 내가 왜 그렇게 행복해 보였는지 궁금했으리라.

"예, 맞소이다. 내가 의사인데 영국에서 집으로 돌아가는 길이라오." 관리들 앞에서는 언제나 의사 명함을 내놓는 것이 빠른 방법이다.

"그럼 그 크리켓 경기에 대해 알겠군요?"

'아이고, 이런.' 순례객들이 경기 결과를 알고 싶어서 갑자기 밀치고 들어섰다.

봄베이에서 마드라스까지 가는 삼등석 기차표를 샀다. 장차 무슨 일이 일어날지 알았더라면 일등석을 샀을 테지만, 그 때만 해도 인도 기차 여행에서 살아남는 기술을 배우지 못했다. 그 교훈은 앞으로 나에게 퍽 유용한 가르침이 될 터였다.

짐꾼이 5루피에 자리를 찾아 주겠다고 나섰다. 소동도 그런 소동이 없었다. 나는 서로 밀고 당기며 법석을 떠는 수많은 사람들 틈을 그 짐꾼이 재주 좋게 헤치고 나가는 모습을 눈으로 좇아가느라 바빴다. 그는 자랑스럽게 웃으면서 앞으로 사흘 동안 내 자리가 될, 45센티미터짜리 나무 의자를 가리켰다.

서부 산맥이 봄베이의 무거운 습기를 덜어 주었고, 나는 함께 기차를 탄 사람들과 조금씩 알아 가고 있었다. 그들은 남자다운 허세가 보편화된 파키스탄 사람들보다 한결 느긋했다. 풍채 좋은 어머니들이 자기 식구들을 먹이려고 싸온 음식을 내게도 나누어 주었다.

문으로 드나드는 것은 불가능했다. 기차가 설 때마다 승객들은 타는 갈증을 달래려고 음료수와 물을 찾느라 창문으로 쏟아져 나갔다. 기차가 서기도 전에 사람들은 창문을 타고 나가 수도꼭지를 향해 달려갔다. 생존을 위해선 공손함 따위는 버려야 했다. 마치 사하라 사막에서 막 기어 나온 것처럼 행동하는 한 떼의 사람들 한가운데서 나는 진짜 나으리 같은 목소리로 고함쳤다. "물렀거라. 내 차례다." 물 마시던 사람들이 놀라 물러섰고 덕분에 나는 실컷 마셨다.

사람들은 짐 싣는 선반에서, 바닥에서, 의자 밑에서 잠을 잤지만, 나는 잠이 오지 않았다. 아주 더운 어느 날 밤이었다. 일곱 살하고 네 살쯤 된 두 거지 소녀가 누더기를 걸치고 가락이 고운 노래를 불러 나를 눈물짓게 했다. 나비며 꽃 꿈을 꾸면서 깨끗한 옷과 포근한 이부자리 속에 있어야 할 터이건만, 그들은 거리에서 살다가 거리에서 죽을 운명이었다. 내가 5루피를 주자 좀더 큰 소녀가 내게 천금에 값하는 웃음을 살짝 던졌다. 다른 승객들이 잘했다고 고개를 끄덕거렸지만, 나는 가난한 이들에게 기회를 주지 않는 인도의 계급 제도가 혐오스럽기만 했다.

　두터운 연기 구름을 뿜어 내면서 증기 기관은 온 힘을 내어, 고단하고 땀 흘리는 사람들을 가득 싣고 덜걱거리는 객차들을 끌면서, 햇볕에 달구어진 붉은 땅, 드넓은 데칸 고원을 가로질러 갔다. 논은 알몸을 드러낸 채 자신을 푸른 볏잎 그득한 들판으로 바꾸어 줄 우기를 기다리고 있었다. 비가 내리지 않는다면 얼마나 끔찍할 것인가. 이따금 보이는 야자나무들은 그늘도 드리우지 못할 만큼 앙상한 모습으로 까마귀들에게 쉴 자리를 내주고 있었다. 까마귀들 울음소리는 한때 울창한 숲이 태양의 뜨거운 열기에서 이 땅을 지켜 주던 지나간 시절을 생각하면서 통곡하는 것 같았다. 기차 바퀴 소리가 더 요란해졌다. 모래톱 사이로 굽이쳐 흐르는 몇 줄기 강물 위에 놓인 다리를 건너는 중이었다. 인더스 강의 미니어추어 같은 강줄기며 모래톱들을 내려다보면서, 어느 물길이 배를 저어 나가기 가장 좋을지 전문가의 눈으로 가늠해 보았다.

　마드라스에 도착했다. 발이 너무 부어올라 승강장을 따라 걷는데 마치 낙타가 터벅터벅 걷는 듯한 느낌이었다. 붐비지도 않았고 거칠게 미는 사람도 없었으며, 소금 냄새가 살풋 나는 공기가 나를 반겨 주었다. 이 곳이 마음에 들었다. 인력거를 끄는 소년이 여행객들이 싼 맛에 즐겨 찾는 호텔로 데려다 주었고, 늦은 오후에 배가 고파 깰 때까지 내처 잠을 잤다. 양고기 비르야니를 먹는데 라즈니쉬 아쉬람에서 온 영국 사람 한 쌍을 만났다. 마이클과 루스였다. 서양 사람들이 라즈니쉬의 가르침에 막 관심을 가지기 시작하던 때였고, 마이클과 루스는 라즈니쉬의 첫 서양 제자 대열에 들었다. 그들은 초보 수련자들이 입는 하얀 바지와 윗도리를 입고 있었다. 수련이 깊어 감에 따라 주황색 복장으로, 그리고 마침내 라즈니쉬 제자들이 입는 고동색 복장으로 바꾸어 입게 될 것이다. 마이클은 철학을 공부했고, 라즈니쉬와 함께 명상도 하고 엘에스디에 대해서도 알고 있었다. 내 탐구를 더 진전시킬 또 하나의 기회였다.

"마이클, 눈을 감으면 나타나는 그 아름다운 모습들은 마약이 만들어 내는 걸까, 두뇌가 만들어 내는 걸까? 아니면 그건 마약의 힘으로 들어가게 되는 또다른 세상인가?"

"마약이 만들어 내는 건 아니지." 마이클은 카라치에서 출발한 배에서 켄이 그랬듯이 더없이 확고했다.

"그건 다른 세상일까?"

"아니, 그보다는 또다른 실재라고 함직하지."

"그 실재가 어디에 있단 말이지?"

"바로 마음에 있지."

"마음이 어디에 있는데? 두뇌 속?"

"마음이 물리적인 공간 따위에 존재할 수 있다고는 생각하지 않아."

"좋아. 당신 말은 그 다른 실재가 마음에 있다는 거지. 그게 마약을 하는 거랑 관계가 있다는 것은 다 아는 사실이고. 그런데 그게 어디서 비롯하는 거지? 지금 내 마음 속에 있는데 내가 보지 못하는 건가?"

"글쎄. 그 실재는 마음이 만든 것일 수도 있고, 아니면 그 자체가 마음일 수도 있어. 다만 그 물음에 대해 해답을 얻는 길이 명상인 것만은 확신해."

그 생각에 나는 그만 꽁무니를 뺐다. 명상이라는 말만 들어도 스승과 그를 열광적으로 따르는 제자의 그림이 떠올랐고, 나는 그것이 내키지 않았다. 나는 과학에 바탕을 둔 나의 세계관이 아직 미완성의 지식 영역이긴 하나 논리적으로 말이 된다고 믿었다. 앞으로 내가 찾아 낼 것이 무엇이든, 그것은 내가 생각하는 과학적인 세계관에 맞아야 했다. 특히 마음에 관한 것이라면 더 그래야 했다.

배 타는 데 맛을 들인 나는 말레이시아 페낭으로 가는 배표를 끊었다. 그 배는 화물도 실었고, 갑판석에는 인도 사람만 몇십 명을 태웠다. 서양 사람들에게는 갑판석을 허용하지 않았는데, 그럴 만한 이유가 있었다. 나는 불평하지 않고 공동 객실의 침대 값 돈을 더 냈다.

닷새 동안의 여행은 정말로 사치스러웠다. 객실들은 깨끗하고 편안했고, 그 곳 식당에서 나오는 음식은 내게는 세상에서 가장 고급스런 음식 같았다. 우리는 인도 음식이나 서양 음식을 양껏 골라먹을 수 있었고, 입가심을 할 포도주도 있었다. 내가 그렇듯이 승객 대부분은 여러 달 동안 여행을 한 뒤라 야위고 굶주린 편이었다. 배에는 수영장도 있었고 밤에는 갑판에서 영화도 보여 주었다. 배는 싱가포르를 향해 계속 항해해 갔고, 나는 페낭에서 내렸다. 막 하선하였을 때는 그 곳에서 내린 것을 거의 후회할 뻔했지만, 바닷가에서 야자나무가 드리운 조지타운의 항구를 보는 순간 매료되었다.

출리아 거리 가까운 싸구려 호텔에서 나는 파충류 수집가인 미국 사람하고 방을 같이 썼다. 이 곳은 머리 긴 남자는 발도 들일 수 없는 싱가포

르와는 달리, 대마초와 아편을 내놓고 피울 수 있는, 여행자들이 많이 들락거리는 곳이었다. 미국에서 온 커플인 메리와 조가 대마초를 피우자고 저희 방에 우리를 초대했다. 그들에게 인더스 강을 여행한 이야기를 들려주면서 나는 내 생각을 말할 기회를 잡았다.

"도교에서는 사람들이 세상의 순리를 따르지 않고 산다고 하지." 내가 시작했다.

"채택하겠어." 금발머리에 갈색 피부를 한, 캘리포니아 히피의 전형, 메리가 말했다.

"그래. 하지만 도道라는 것이 있다고 하잖아, 순리를 따르는 길 말이야. 그걸 깨닫고 있다면 누구한테도 보이지 않고 눈에 띄지 않은 채 거리를 걸을 수도 있지."

"세상에, 그거 정말 맘에 드는데." 조가 땀내 나는 대마초를 말면서 말했다.

안목 높은 청중한테서 힘을 얻은 나는 말을 이었다. "문제는 말야, 도를 이해했다고 생각하자마자 그 생각에 도를 잃는다는 거야. 생각한다는 것 그 자체의 행위에 무언가 문제가 있는 것 같은데, 의문인즉슨, 우리가 어떻게 생각 없이 기능하거나 심지어 존재하냐는 거야."

"이걸 해 봐." 조가 대마초를 돌리면서 말했다.

우리는 허리를 잡고 웃었다. 웃음이 잦아들기를 기다려 나는 계속 말했다. "내 생각에는 환각 경험과 도의 길은 접속 지점이 있는 것 같아. 세상에는 우리가 모르는 다른 무언가가 계속 일어나고 있어. 그러니까 다른 실재, 사물을 보는 다른 길이라고 할까. 그리고 그게 훨씬 나아. 마약이 우리에게 그것을 살짝 보여 주는 것 같아."

메리가 자기 짐을 뒤적거리기 시작하더니 책 한 권을 꺼내서는 여러 번 거듭해 읽은 흔적이 역력한 그 책을 내게 선물했다. "이걸 읽어 봐. 바로 당신이 찾고 있는 거니까."

그 책은 카를로스 카스타네다carlos castaneda가 쓴 「돈 후안의 가르침: 지식에 이르는 야키족의 길(The Teachings of Don Juan: A Yaqui Way of Knowledge)」이었다. 그 책에는, 환각을 일으키는 식물을 사용하여 다른 실재에 들어가는 중앙 아프리카 마술사 돈 후안의 제자가 된 인류학자인 카를로스 카스타네다가 증언한 현장 기록이 들어 있었다. 그의 이야기가 상식과 크게 동떨어져서, 어느 정도가 정말로 일어난 일이고 어느 정도가 그가 꾸며 쓴 것인지에 대해서 학술 논쟁이 벌어지기도 했다. 있을 법한 실재에 대한 실마리를 설득력 있게 보여 주는 상상력 풍부한 이야기로 티베트 신비주의를 대중화시킨 롭상 람파처럼, 카스타네다는 이어진 다른 책에서 환각 경험에 대해 아주 흥미로운 설명을 펼쳤다. 나중에 나는 돈 후안의 가르침이 깨달음에 이르는 길에 대한 불교의 가르침과 사뭇 유사하다는 사실에 소름끼칠 만큼 놀라게 된다.

조지타운을 둘러보다가 누워 있는 모습을 한 큰 불상이 있는 절을 지나치게 되었다. 사람들이 바삐 오고가면서 절을 하고 꽃과 향을 올리고 있었다. 우연이었든 어쨌든 부처님 오신 날이었다. 경배자들의 얼굴은 한결같이 평온했고, 놀랍게도 나 또한 편안함을 느꼈다. 여느 때 같으면 나는 동상에 경의를 표하는 것을 보고 역겨움을 느꼈을 텐데 말이다.

나는 호텔에서 바닷가 오두막집으로 거처를 옮겼다. 그 곳에서 코코넛 야자 나무 그늘 아래에서 카스타네다의 책을 더 읽었다. 로버트 그레이브 즈가 「하얀 여신」에서 신들이 나무와 곡식과 관련이 있다고 한 것처럼, 카스타네다 또한 페요테 선인장, 실로시빈 버섯, 그리고 흰독말풀과 같은 환각 효과가 있는 식물과 관련된 신비한 존재들에 대해 말하고 있었다. 예전에 주디와 나는 실로시빈 버섯을 같이 먹은 적이 있었다. 일상적이지 않은 어떤 실재를 설명한 카스타네다의 묘사는 그 황홀한 경험의 신비를 풀겠다는 내 결심에 장작불을 지폈다.

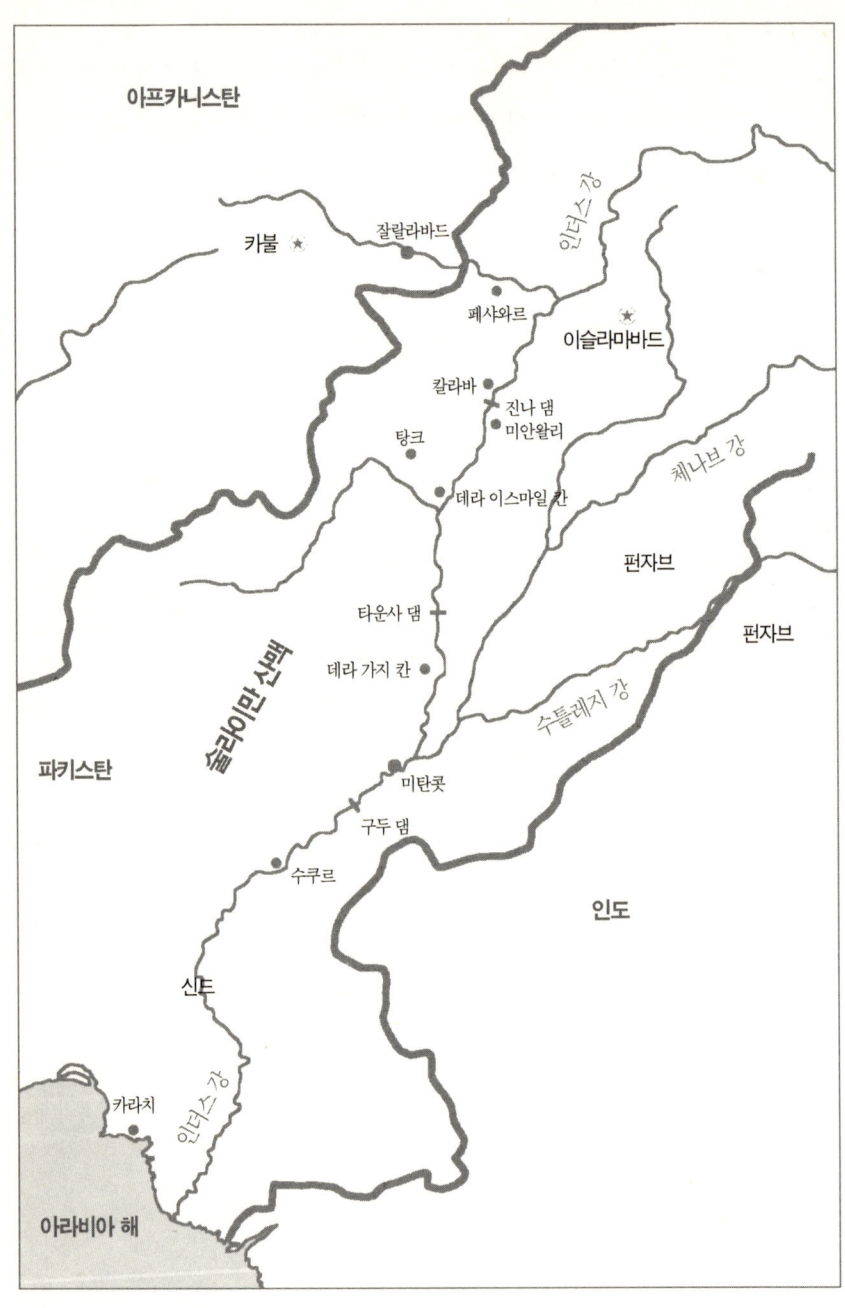

아프카니스탄

카불 ★　잘랄라바드

인더스 강

페샤와르

이슬라마바드 ★

칼라바

진나 댐
미안왈리

탕크

체나브 강

데라 이스마일 칸

펀자브

타운사 댐

펀자브

데라 가지 칸

수틀레지 강

술라이만 산맥

미탄콧

구두 댐

파키스탄

수쿠르

인도

신드

인더스 강

카라치

아라비아 해

2
현실에 맞서서

나는 나 자선의 사고가

막연하고 실체가 없음을

알고 있었다.

나는 여전히 삶이 대체

무엇인지 알지 못했다.

귀향 증후군과 어머니의 죽음

"그럼 이게 뭐란 말요?" 세관 검사관이 내가 칼라바에서 가져온 소금 덩어리를 부수면서 물었다.

"그냥 소금이오. 맛보면 알 수 있잖아요."

검사관이 다른 사람에게 그걸 보여 주었고 둘은 나를 의심쩍어했지만, 소금 덩어리도 나도 멜버른으로 들어가게 허락을 받았다.

'내 마음을 검사했어야지.'

"아주 구리빛이 되었네." 어머니가 나를 안으면서 말했다. "그리고 너무 말랐어!"

유행하는 긴 구레나룻을 뽐내며 아버지가 나를 껴안았다.

"아버지, 구레나룻이 멋져요."

"너, 영국식 억양을 배웠구나." 아버지가 활짝 웃으면서 대답했다.

형 맥스와 여동생 케이트, 동생 남편 크리스도 차례로 나를 안아 주었다. 다들 건강하고 행복한 표정이었다. 나는 세관을 통과하고 나서는 더는 그럴 필요가 없어 뒤로 묶고 있던 머리를 풀었고, 다들 어깨에서 찰랑이는 내 곱슬머리를 놀려 댔다.

"네 편지들이 이제서야 도착했어. 네가 파키스탄 한가운데 있는 줄 알았더라면 엄청 걱정했을 게다." 어머니가 말했다.

"아주 안전했어요. 전쟁 기미라곤 하나도 없었는 걸요. 신문은 죄다 부풀리잖아요." 내가 어머니를 안심시켰다.

집으로 돌아오자 마음의 평안이 사라져 버렸다. 옛 친구들이 찾아오고 내 귀향을 축하하는 잔치가 열렸다. 누군가 초록색 대마초를 가득 채운 물담배통을 내 손에 건넸고, 낯익은 얼굴들이 내 둘레에서 소용돌이쳤다. 소외감이 나를 휩쓸었다. 모두가 달라져 있었다. 특히 나 자신이. 두 해라는 시간의 간격과 헤아릴 수 없는 경험의 틈새를 가로질러 마음을 나눈다는 것이 우스꽝스럽게 느껴졌다. 대마초도 도움이 되지 않았다.

"에이드, 주디가 뒤뜰에서 기다리고 있어." 형이 내 귀에 속삭였다.

나는 사람들을 벗어나 밖으로 나갔다.

"너무 말랐어." 주디가 내게 팔을 두르면서 말했다.

"강에 있을 때 음식이 떨어졌어. 주디, 내가 얼마나 널 생각했는지 모를 거야. 할 말이 아주 많아."

"그냥 인사만 하려고 왔어. 일하러 가야 하거든. 밤에 다시 돌아올게."

차 있는 데까지 주디와 같이 걸어갔다. 주디가 멀어지는 것을 지켜본 뒤에, 내키지 않는 마음으로 잔치로 돌아왔다. 나는 영원히 묻어 버렸어야만 할 성격까지 되살려 내면서 친구들과 이야기를 나누려고 노력했다.
그건 실수였다. 나를 정체성의 위기에 빠뜨리고 말았으니 말이다.

그 날 밤, 주디와 나는 벽난로 앞 바닥에 누워 있었다. 나는 인더스 강
에서 내 마음 속에서 싹튼 개념들을 설명하려고 애썼지만 말들은 뒤죽박
죽이 되었다.

"에이드, 구루가 다 된 것 같아." 주디가 말했다.

정말이지 그렇게 보이고 싶지 않았다. 나는 차라리 아프가니스탄과 인
더스 강에서의 경험이 아예 일어난 적이 없는 일이기를 바랐다.

다음 몇 주 동안 내 자신감은 산산조각났고 나는 급격히 우울해졌다.
나는 자연스럽게 거침없이 행동한다는 이상대로 살 수 없었다. 내가 불행
하다는 사실과 점점 미쳐 가고 있는 것일는지도 모른다는 두려움을 감추
려다 보니, 말을 하고 행동하는 데에서 나를 지나치게 의식하게 되었다.
뒤에, 삶의 방향 감각과 자기 정체성을 잃게 되어 우울증으로 빠지는 이
러한 경험이 해외에서 오래 머물다가 돌아온 사람들 사이에서 흔하다는
것을 알게 되었다. 나는 그것을 '귀향 증후군'이라고 불렀고, 내 환자들
가운데 한 명을 그 증상으로 진단하기도 했다. 나는 귀향 증후군에 꼼짝
없이 붙들려 있었고, 내 길을 찾는 데 긴 시간이 걸릴 터였다.

주디와 나는 바닷가 오두막에서 주말을 보냈다. 실패였다. 과거를 되살
리는 것은 불가능했고, 현재에는 내 자리가 없었고 내 미래의 꿈은 조각
조각 부서졌다. 나는 시간 속에서 어찌할 바를 몰랐다. 내 절망을 내가 만
들었다는 것, 그것만이 확실했다. 인더스 강에서 논리적인 토대 없이 세

운 어렴풋한 이상이 깨어지고 있었다. 앞으로 나갈 길이라곤 지난날을 잊고 목표를 재정립하는 것이었다. 일자리를 찾고 마약을 하지 않으면서.

그 첫걸음으로 대리 진찰 기관에서 일을 하기로 했다. 밤마다 나는 송수신이 되는 무전기를 켠 채 운전수와 도시 외곽 지역들을 돌아다니면서 의사를 찾는 응급 전화를 기다렸다. 병원에 자리를 얻기까지 이 일이 나를 버티게 해 주리라. 내 계획은 밀림의 병원에서 일하는 데 도움이 될 현장 경험을 넓히는 것이었다. 나는 내가 작은 병원에서 일하며 약에 대해서도 모르는 게 없고, 온갖 수술을 다 척척 해내는 모습을 상상했다.

어느 날 어머니가 아침 신문을 보여 주었다. "봐, 여기 뉴칼레도니아(오스트레일리아 동쪽에 있는 섬 —옮긴이)에서 열대의학에 경험이 있는 의사들을 구한다는 광고가 났어."

"엄마, 저 이제 막 집에 돌아왔잖아요! 왜 저를 다시 보내고 싶어하세요?" 나는 어머니가 왜 그러는지 알면서도 그렇게 물었다. .

"네가 아주 불행해하잖아."

어머니는 나를 위해 당신의 행복을 기꺼이 버리려고 했다. 어머니는 언제나 내 가까운 벗이었고, 우린 어떤 문제나 거리낌 없이 의논할 수 있었다.

"전 행복한 마음으로 돌아왔어요. 또 뭘 하고 싶은지도 뚜렷했고요. 그런데 지금 그게 모두 사라져 버렸어요." 나는 속을 털어놓았다.

"공항에서 돌아오는 차 안에서 네가 얼마나 평온한지 보았다. 멜버른을 떠나는 게 좋을 것 같구나." 어머니가 제안했다.

"사실 불행한 것 이상이에요. 제가 미쳐 가고 있는 건지, 멜버른 전체가 제정신이 아닌 건지도 모르겠어요. 사람들은 행복한 척하지만 고통과 고민투성이예요. 제가 일하면서 보면, 집들이랑 정원들이 바깥에서는 예뻐 보이는데, 일단 현관문을 들어서면 이건 다르거든요. 간밤에는 혀를 베인 여자를 치료했어요. 그 여자 남편이 나서서 하는 말이 그 여자가 넘어졌다는 거예요. 뻔한 거짓말이었어요. 보나마나 남편이 아내를 때린 거예요. 그 집은 분노로 가득 차 있더군요. 아내를 병원으로 데리고 가야 한다고 했더니 그 남자가 저까지 때릴 기세였어요."

가정 폭력에 대한 생각 때문에 어머니 얼굴이 우울해졌다. 그러더니 애써 밝은 표정을 지으며 말했다. "하지만 집안에 행복도 많잖니."

"알아요, 엄마. 그게 저도 저한테서 바라는 거예요. 하지만 주디하고 잘되지도 않고, 속으로는 불행해하면서 겉으로는 행복한 척하는 다른 모든 사람하고 저도 똑같아요. 문제가 뭔지 모르겠어요. 하지만 멜버른을 떠나는 것은 달아나는 일일 거예요. 여기서 해결해야 해요."

그래서 나는 머물렀다.

나는 일반 개업의가 되기 위한 훈련 과정에 들어갔는데, 라런델 정신병원에서 여섯 달 계약으로 시작되었다. 첫날에 정신과 의사들, 심리학자, 사회 사업가와 간호사들로 구성된 치료단을 만났다. 그들은 예순 명의 남녀 환자를 맡고 있었는데 환자들은 편집증, 우울증, 성격 장애를 앓고 있었고 증상이 조금 심각한 편이었다. 정신과 의사 가운데 책임자인 데이비드가 환자를 돌보는 일상 과정을 보여 주었다. 그는 젊고 친절하고 마음이 열린 사람이어서 그와 함께 일하는 것이 기대되었다.

172

그 날 오후 나는 케이트한테서 온 전화를 받았다.

"엄마가 아파. 차에 치인 아기 고양이를 살피러 가다가 머리가 아프다며 쓰러지셨어. 의사 말이 편두통이라면서 엄마에게 뭔가를 주었어."

뭔가 잘못되었다는 기분이 들었다. 집을 향해 차를 몰고 가는 동안 걱정은 점점 더 커졌다.

어머니가 너무 고통스러워해서 통증을 가라앉히는 주사를 놓았다.

"난 죽을 거다." 어머니가 말했다.

"엄마, 이건 그냥 편두통일 뿐이에요. 주사를 놓았으니 통증이 곧 사라질 거예요."

"케이트랑 크리스가 나 없이 어떻게 꾸려 갈지 모르겠다." 동생 케이트네는 새 집으로 막 이사를 한 뒤였다. 케이트와 크리스의 어린 아들은 어머니의 첫 손주였다.

"엄마도 괜찮을 거고 걔들도 괜찮을 거예요. 좀 주무세요."

안심시켜 드리긴 했지만 사실 걱정이 컸다. 혈압도 정상이고 신경 손상도 없어 보였지만 뇌출혈인 것 같아 두려웠다. 어머니가 잠시 잠이 든 사이에 밖에 나가 고양이를 묻었다. 집 안에 들어가니 여동생이 저녁밥을 짓고 있었다.

"케이트, 아무래도 증상이 심각한 것 같아. 어머니를 병원으로 옮겨야겠어."

그 때 짧은 비명이 들렸다. 방으로 달려갔을 때, 어머니는 의식이 없었다. 성 빈센트 병원에서 일하는 친구에게 전화해서 응급차를 불렀다. 어머니가 들것에 실려 나가고 있을 때, 아버지가 집에 왔다. 아버지는 시내에서 강의를 하고 있어서 연락할 수가 없었다.

"무슨 일이냐?" 아버지가 물었다.

"엄마가 쓰러지셨어요. 성 빈센트 병원으로 모셔 가고 있어요."

아버지는 얼굴이 창백해지더니 서류 가방을 떨어뜨렸다.

"안 돼. 내가 더 나이가 많은데, 내가 아파야지. 네 엄마가 아니라."

나는 아버지 어깨를 감싸며 말했다. "자, 엄마랑 같이 응급차로 갈게요. 잘 될 거예요."

병원에 가는 길에 응급차 직원이 어머니의 틀니를 빼려고 했지만 어머니가 입을 꼭 다물고 있었다. 내가 어머니 귀에 대고 크게 말했다. "괜찮아요. 저, 에이드예요." 그러자 어머니가 입에서 힘을 빼 내가 틀니를 뺄 수 있게 했다.

응급실에서 우리 식구는 의사 휴게실에 모였다. 핏줄 사진을 보니 파혈 뇌출혈이었다. 신경외과 의사가 할 수 있는 일은 아무 것도 없었다. 아버지를 병동으로 모시고 갔다. 어머니는 숨을 고르게 쉬었고 평화롭게 보였지만 의식이 없었다. 어머니가 다시 깨어나지 않을 것임을 나는 알고 있었고, 앞으로 일어날 일을 준비하기 시작했다.

어머니는 다음 날 이른 아침에 돌아가셨다. 고작 쉰두 살이었다. 나는 눈물을 이미 쏟을 만큼 쏟았고, 멍한 상태에서, 아버지가 작별 인사를 하게 병원으로 모셔다 드렸다.

어머니는 지성과 유머 감각과 다정함으로 친구가 많았고 적이라곤 없었다. 우리 부모와 네 자식 사이에는 세대차가 없었다. 우리는 우리의 희망과 절망은 물론 친구들까지도 부모님과 함께 나누었다. 장례식에서 그렇게 많은 젊은이를 본 적이 없다고 사람들은 말했다. 대마초를 피우는 꽃아이(자유와 사랑을 으뜸으로 삼는 히피들이 평화와 사랑의 상징으로 꽃을 달며 스스로를 일컫던 말 — 옮긴이)들과 술 마시는 보수적인 친척들이 나란히 밤샘을 하면서 어머니를 애도했다. 어머니가 가장 좋아한 노래, 존 레논의 '이매진'을 되풀이해 들으면서.

남동생 가이가 공항 가까운 경찰서에서 전화를 했다. 가이랑 가이의 여자 친구 앨리스는 진작부터 다윈 부근 바닷가에서 나무에 집을 짓고 지냈는데, 얼마 안 있어 그들을 중심으로 히피 공동체가 이루어졌다. 그 지역 주민과 경찰로서는 기겁할 일이었다. 그러나 다윈 지역 사람들은 나무에서 사는 이들을 어찌 해 볼 도리가 없었다. 다윈 공항에서 가이의 히피 친구들이 가이를 배웅하는 것을 보고 노던 주州 경찰이 의심스럽게 여겨 가이의 이름을 빅토리아 주州 경찰에 보내 조회하게 했고, 결국 빅토리아 주 경찰은 주차 요금을 내지 않았다는 명목으로 가이를 멜버른 공항에서 체포한 것이었다. 가이가 가진 돈이 없어 내가 공항까지 가서 20달러를 내고 그를 풀어 주었다. 책임 경찰관에게 돈을 건네면서 나는 그들의 작전이 영 못마땅하다고 했다. 그는 그저 어깨만 들썩거렸다.

장례식 다음 날 나는 일터로 돌아갔다. 더 쉴 수도 있었고, 어머니를 잃은 슬픔이 나의 불행을 더 가중시키긴 했지만, 내 삶을 본래의 상태로 되돌려 가는 과정을 굳이 늦출 이유는 없었다. 직업이 직업인 만큼 나는 죽음을 많이 접해 왔다. 그 경험 덕분에 나는 내 슬픔을 누르고 홀로 슬픔에서 차츰차츰 벗어날 수 있었다.

뻐꾸기 둥지 위로 날아간 새

나는 천천히 기운을 차려 갔다. 나보다 훨씬 더 끔찍한 삶을 사는 사람들과 일하는 덕분에 나 자신의 불행은 쉽게 잊을 수 있었다. 켄 케시가 쓴 「뻐꾸기 둥지 위로 날아간 새」를 읽었다. 정신병원 생활을 익살맞지만 슬프게 그리고 또 진실되게 그린 책이었다. 우리 의료진 가운데 몇몇은 실제로 그 책에 나온 인물들과 판박이처럼 닮았다. 나는 내 자신이 내면의 고통이 적지 않은데다가 정신병원 시설에 대해 갈수록 냉소적으로 되어 가던 터라서 내 환자들이 표현하지 못하는 상처와 두려움에 과민해졌다.

나는 예민하고 또 고지식했다. 어느 금요일 오후, 젊은 편집증 남자가 주말에 외출할 수 있게 허락해 달라고 내게 청했다. 나는 그가 무엇을 할 생각인지 물었고, 그는 아주 심각하게 제 어머니랑 살고 있는 남자의 심장을 어떻게 잘라 낼지에 대해 설명했다. 놀란 나는 주말 외출을 허락할 수 없다고 말하고, 데이비드에게 그 이야기를 보고했다. 데이비드가 그

176

환자를 보자고 하더니 몇 분 뒤에 면담하던 방에서 나와 그 환자가 집으로 가도 된다고 하는 것이었다.

"하지만 누군가를 죽일 텐데요." 내가 반대했다.

"아니, 안 그럴 거야." 데이비드가 웃으면서 말했다. "안 그러겠다고 약속하게 했거든."

이것은 심리학에서 얻은 가르침이었다. 내가 환자들의 망상을 그대로 믿은 것에 대한 비판은 그다지 마음 쓰이지 않았다. 비판이라고 해 봤자 심각하지도 않았거니와, 공감이나 동정심의 과잉이 정신분석자한테도 특별히 가증스런 범죄는 아니라고 느꼈으니까. 하지만, 그 일이 있은 뒤에, 조용하고 예절 바른 한 우울증 환자가 주말 외출을 나가서는 자신의 아내와 아내 애인을 죽인 뒤에 자기 집 지붕에서 뛰어내린 일이 있었다.

비록 망그러진 인생과 비참함에 둘러싸여 지냈지만 때로 재미난 일도 있었다. 일 주일에 한 번씩, 병원 의료진들이 모여 특별히 흥미로운 사례에 대해 다 같이 토의하는 시간을 가졌다. 환자 중에 의사의 진료나 진단을 무시하는 남자 환자가 있었는데 그는 미치지 않았으면 천재였다. 그 남자는 생활의 모든 것을 극도로 꼼꼼하게 계획했다. 일테면 시내로 장보러 가는 일 하나도 마치 우주선을 발사하는 일이라도 되듯 체계적으로 계획하곤 했다. 그의 머릿속은 시계와 나침반과 온갖 수치로 가득 차 있었다. 그는 역까지 걷는 데, 시내에 도착하는 데, 장을 보는 데 얼마나 걸릴지 미리 정확하게 알았다. 물건 값도 다 알고 있어 자기가 얼마를 쓸지를 단 몇 센트까지 계산해 놓았다. 작고 단정하고 말이 빠른 사람이었다. 면담 의사가 그에게 물었다. "거리에서 만나는 사람들이 어떻다고 느끼지요?"

"죽어 있거나 살아 있거나죠."

"무슨 말인가요?"

"말씀드린 대로예요. 죽어 있는 사람들 아니면 살아 있는 사람들이죠." 그러면서 방에 있는 사람들을 검사하듯 둘러보더니 어느 뚱뚱한 정신분석학자를 가리켰다. "저 남자는 죽어 있어요." 내가 그리 좋아하지 않는 사람이었다.

'아주 그럴싸한데' 하고 생각했다. 그러더니 그는 어느 젊고 예쁜 의사를 가리켰다. "저 여자는 살아 있어요." 그는 계속해서 방을 둘러보면서 누구는 죽어 있고 누구는 살아 있다고 선고해 나갔다. 나는 그의 판결에 공감했고 그의 통찰력에 즐거워했다. 그리고 드디어 그가 나한테 왔을 때 나는 마음으로 호소했다. '자, 살아 있어, 그렇지?' 그런데, 이런! 나는 그냥 지나쳐 버리고 다음 사람에게로 가는 것이었다.

얼마 지나지 않아, 나는 또 내 환자한테 속아 넘어갔다. 환자는 이십대 여자였는데, 나한테 자기 남편의 폭력적인 행동에 대해서 이야기했다.

"남편은 나를 홀딱 벗겨서는요, 의사 선생님, 침대에 묶어요. 그러고는 채찍으로 때리고 맥주병으로 날 겁탈하는 거예요."

여자는 계속해서 자기가 겪은 성적 학대에 대해서 이야기했고, 그에 놀란 나는 면담이 끝났을 때 간호사들 방으로 가 크게 "휴우!" 소리를 내면서 그 환자의 자료를 책상에 던졌다.

두 간호사가 자지러지게 웃었다. "그 환자가 혹시 자기 성 생활에 대해 얘기하던가요?"

178

"그래요. 정말 믿기 힘들 걸요."

다시 두 사람은 우스워 죽겠다고 데굴데굴 굴렀다.

"그 환자는 인턴 의사들한테 그런 이야기를 하길 좋아해요. 그게 아주 재미있나 봐요."

"이런 젠장!"

나도 따라 웃었지만, 결코 웃을 일만은 아니었다. 몇 주일 뒤였다. 그 여자의 남편이 차 배기관에 호스를 이어 놓고 두 어린 아이들과 함께 차에 타서 문을 걸어잠갔고, 결국 셋 모두 일산화탄소 중독으로 죽었다. 엉뚱한 사람이 병원에 있었던 것이다.

선거철이었다. 기분이 한껏 고조된 조울증 환자 둘이 오스트레일리아 노동당을 위해 선거 지침장을 돌린 뒤 들뜬 기분으로 돌아왔다. 노동당 후원자로서 나는 그들이 몰래 도망간 것은 용서해 주었지만 빗자루 보관 벽장에서 서로 정을 통한 것은 호되게 꾸짖어야 했다. 그래도 그들은 뉘우치지 않았다.

"의사 선생, 우리가 기분이 한창 좋을 땐 정말이지 얼마나 아름답고 좋은지 세상에 이보다 더 좋을 수가 없어요."

"그러면, 기분이 가라앉아 있을 땐 어떻지요?" 그 사람들 눈에서 보이는 더없는 희열을 조금은 부러워하면서 내가 물었다.

"예에, 그렇게 좋지 않죠."

병원장은 멋지고 천덕스런 유머 감각이 있었다. 어느 날 누군가가 환자들이 선거할 자격이 있냐고 물어왔다. 물론 환자들에게도 선거할 자격이 있었다. 그런데 정당 중에 모두가 싫어하는 우익 정당인 민주노동당이 있었다. 원장은 시치미를 떼고 말했다. "환자들한테 누구를 찍을 거냐고 물어 봅시다. 민주노동당을 찍겠다고 하면, 정신 이상이라고 선언해서 투표를 못 하게 하자구요."

1972년 선거는 역사에 길이 남을 선거였다. 1960년대의 혁명이 마침내 오스트레일리아 정치에도 영향을 미쳐, 보수 정권 시대에 종말을 가져왔다. 국내외의 여러 정책에서 과감한 개혁을 일구었고, 신문의 헤드라인은 날마다 우리의 승리감을 키워 주었다. 무엇보다 중요한 것은, 광기어린 베트남 전쟁에 오스트레일리아가 발을 담갔던 것을 끝냈다는 것이었다. 선거일 밤에 한 친구가 말했듯이, 그 날 밤 별들은 그 어느 때보다 더 밝게 빛났다.

그 시절, 정신 분석에서는 사고력이 정연한 사람과 그렇지 못한 사람을 구분해 내는 것이 우선 사항이었다. 이처럼 몹시 주관적인 결정에 따라 어떤 환자들은 하늘과 땅의 차이만큼이나 다른 판정을 받을 수가 있는데, 한번 정신 분열증이라는 딱지가 붙으면 그 환자는 다시는 진지하게 진단받을 기회를 얻지 못했다. 그러면 그들은 신경 안정제와 충격 요법을 받아들일 수밖에 다른 선택의 여지가 없었다. 그런 약물 요법이나 충격 요법이 사람의 머리와 마음에 얼마나 오랫동안 영향을 끼치는지가 당시에는 알려지지 않았다. 언젠가 한 뚱뚱한 정신병 의사가 혼란스러워하는 가정 주부를 면담하는 것을 보았다. 그는 그 환자를 이리저리 괴롭게 몰아

붙인 끝에 마침내 환자가 모순된 진술을 하게 만들더니 병동으로 돌려 보내라는 진단을 내렸다. 그러면서 직원들을 향해 하는 말이, "저 여자, 정말 미쳤어"라고 단언하는 것이었다.

"하지만 당신이 그 여자가 그런 식으로 말하게 만든 것 아니오." 내가 항의했다. 그 의사가 직원들 앞에서 잘난 척하며 내뱉은 말에 그 여자 환자는 눈물을 떨구고 말았다.

"별 걱정을. 당신도 차차 알게 될 거요." 그 의사는 잘라 말하였고, 그 환자가 몇 차례 전기 충격 요법을 받게 했다.

이런 치료가 대개 일단 증상은 눈에 띄게 좋아지게 하는 효과는 있었지만, 어떻게 해서 그렇게 되는지에 대해서는 아무도 특별히 관심을 기울이지 않았다. 어떤 정신병 의사들은 정신 질환이 주로 생리적인 이상에 의한 것이라고 보았고, 또 어떤 의사들은 주로 심리적인 이상에 기인한다고 보았다. 이 두 진영은 서로 팽팽하게 맞섰는데, 그것은 내가 보기에는 그들이 '마음'에 대한 일치된 정의를 내리지 못했거니와 마음이 어떻게 작용하는지에 대해서도 몰랐던 탓으로 보였다. 이것이 바로 내가 인더스 강에서 곰곰 생각하던 바로 그 문제임을.

정신 분열증 환자들은 망상에 시달리고 생각하는 양식이 기괴하기 이를 데 없는데, 나는 그런 그들 덕분에 마음을 탐구하는 데에서 통찰력을 키울 수 있었다. 정신병 의사 로널드 데이빗 랭이 '가족 생활'이라는 영화를 만들어, 젊은이들이 부모와 사회로부터 자기에게 맞지 않는 교육을 강요받으면 어떻게 정신 분열증을 일으킬 수 있는지를 보여 주었다. 예전에 의대에서 공부할 때 랭의 책들을 읽고는 그의 견해가 정신 분열증 분야에서 단연 선구적이라고 여긴 터였다. 젊은 의료진 가운데 한 사람이 랭의 작업에 관한 세미나를 주최했는데, 놀랍게도 다른 의료진은 대부분 '랭'이라는 이름도 들어 보지 못했다는 것이었다.

정신 이상 증세가 아주 심한 젊은 여자 환자가 있었다. 그 부모를 만났을 때 나는 마치 영화 '가족 생활' 속에 들어와 있는 듯했다. 공격적이고 보수적인 아버지와 순종적인 어머니는 영화 속의 인물과 꼭 같았다. 환자 서류철에 나는 이 환자의 가족 생활을 분석한 내용을 길게 썼지만 시간 낭비일 뿐이었다. 그 환자는 여전히 진정제와 충격 요법을 받았다. 그 여자가 정신 이상 증세를 드러낼 때 멍하긴 했지만 꽤 이성적이었는데, 악마 같은 영혼이 자기 머리 꼭대기로 들어와 자기를 해치려고 하는 것을 보곤 했다고 나에게 말했다. 그 여자는 늘 머리 꼭대기에 책을 올려놓고 있었다. 그 환자의 그런 이상한 행동을 의료진들은 이해하지 못했다. 하지만 왜 그러는지 그 까닭을 이해하고 보면 그 행동은 나름대로 이치에 맞았다. 그 여자는 악령들이 자기 머릿속으로 들어오는 것을 막기 위해 머리에 책을 올려놓은 것이었다. 그런 행위가 다른 사람들한테는 미친 짓으로 보인다는 것을 알면서도 그 여자는 그렇게 할 수밖에 없었던 것이다. 그 환자는 자기의 증상이 야외 록 공연에서 엘에스디를 먹은 뒤에 생겼다고 내게 말했다. 그것을 듣고 나니 다시 의문이 일었다. 그 여자의 정신 이상 원인이 생리적인 것인가 심리적인 것인가, 아니면 둘 다인가? 그 때까지만 해도 나는 네 번째의 가능성, '영혼'에 대해서는 생각하지 못했다.

내 다음 환자는 지적 능력이 떨어지는 열일곱 살 소년으로, 정말 환각을 일으키는 아이였다. 그 애는 환각으로 커다란 새들을 보고 괴로워하고 있었다.

"의사 선생님, 그 새들은 제가 어디를 가든 따라다녀요. 금속 부리를 한, 크고 보기 싫은 새들이에요."

"그 새들이 어떻게 하는데?"

"그 새들이 저보고 나쁜 짓을 했대요. 섹스랑 그런 거 말예요. 내 머리를 쪼아서 내 골을 먹으려고 해요."

나는 책상 앞에 앉아 있었고, 내 뒤로 창문이 있었다. 갑자기 심한 공포가 아이의 얼굴에 떠오르더니 아이가 창문을 가리켰다. "지금 저기 그런 새가 한 마리가 있어요."

나는 걱정스레 몸을 돌려 창 밖을 보았다. "내 눈에는 아무 것도 안 보이는데."

"저기 있어요, 의사 선생님. 저기 있다니까요." 아이는 얼굴을 자기 팔에 묻고 울기 시작했다.

일 주일 뒤, 그 아이는 자살했다.

내 가장 가엾은 환자는 점잖은 기독교 목사였다. 오스트레일리아 북부 원주민들 사이에서 펼친 선교 활동으로 이름난 사람이었다. 그는 모임이나 단체 치료가 있을 때 늘 혼자 앉아 거의 한 마디도 하지 않았다. 내가 그에게서 끌어 낼 수 있는 말이라고는 "의사 선생, 나는 신앙을 잃었어요"라는 말뿐이었다.

그는 '우울증' 진단을 받고, 헤아릴 수 없이 많은 충격 요법을 받고 항우울증 치료약이란 약은 다 먹었지만 조금도 나아지지 않았다. 한 해가 넘게 그는 절망의 구덩이에 빠져 병동 긴 의자에 조용히 앉아 있었다. 나는 신념이나 신앙이 가져올 수 있는 크나큰 위험을 마음에 새겼다. 그즈음 마침 내 친구 닉이 네팔에서 보낸 편지를 받기 시작했고, 나는 그에게 보내는 답장에 이 이야기를 적어 넣었다.

카트만두에서 온 편지

나는 닉을 의과 대학에서 만났다. 나와 같은 학년이던 닉의 동생 도리안을 통해서였다. 닉은 우리보다 세 학년 위였는데, 제멋대로 살면서도 학년 말 성적에서 차석을 한 것으로 유명했다. 닉은 미친 듯한 유머 감각을 지녔는데 그것은 그가 열중해 듣던 어느 라디오 쇼에서 영향받은 바가 컸다. 도리안의 스물한 살 생일 잔치에서 나는 닉에게 해시시를 처음 맛보게 했고 그 뒤로 닉은 게리와 나를 둘러싼 친구들 동아리의 일원이 되었다.

닉과 닉의 여자 친구 마리는 네팔에서 티베트 스님들을 만났다. 그 뒤로 닉은 자기 친구들 모두에게 편지를 써서, 모든 것을 다 접고 그 곳에 와서 명상 강의에 참석하라고 종용하던 중이었다. 우리는 닉과 마리를 좋아했고 그들의 지성을 존경했지만, 이전에 그가 살아오던 모습을 생각하면, 그가 불교도가 되는 것을 상상하기란 쉽지 않았다.

동양 종교가 멜버른에서 급격히 불어났고, 그 열정을 거리 곳곳에서 느낄 수 있었다. 크리쉬나무르티, 선禪, 거룩한 빛 운동, 크리쉬나 무리들, 초월 명상 등등, 그리고 더불어 요가, 향, 파출리 기름 같은 것이 범람했다. 그런데 이제 티베트 불교라고? 닉의 주장이 내 반종교 정서를 자극했다. 집으로 돌아와 한바탕 충격을 겪은 뒤로 다시 과학적인 패러다임으로 되돌아간 터라, 나는 불교를 탐구할 기분이 아니었다. 하지만, 닉에게 답장을 보낸 뒤에도, 나는 나 자신의 사고가 막연하고 실체가 없음을 알고 있었다. 나는 여전히 삶이 대체 무엇인지 알지 못했다.

닉이 편지를 보내오던 바로 그 무렵에 게리와 크리스가 돌아왔다. 나는 진작에 두 사람에게 편지로 내가 겪은 '귀향 증후군'에 대해 주의를 주었던 터였다. 두 사람은 현명하게도 퍼스까지 배를 타고 온 뒤에, 다시 멜버른까지 육로로 여행했다. 나는 아버지랑 살고 있었고, 날마다 병원으로 일하러 갔다가 저녁이면 집으로 돌아왔다. 어머니를 잃은 집은 활기를 잃었다. 아버지는 거의 모든 것을 어머니에게 의존하고 살아온 터라, 당신 삶의 허전함에 적응하는 데 큰 어려움을 겪고 있었다.

슬픈 시기였지만 게리와 크리스가 돌아온 덕분에 얼마쯤 기운을 얻었다. 그 둘도 닉한테서 편지를 몇 장 받았지만, 우리와 몇몇 친구는 다른 계획이 있었다. 우리는 오스트레일리아 동해안 어딘가에 땅을 사서 집을 짓고 뜰을 만들어, 우리 마음 내키는 대로 살 생각을 했다. 무엇을 할 것인지 뚜렷한 생각은 없었다. 그저 동아리를 이루어 같이 살면서 이 세상과 우리 자신에 대해 좀더 이해하고 또 즐겁게 지낼 수 있기를 바랐다. 이 생각에 대한 닉의 반응은 기대하던 대로였다. "너희가 원하는 건 마음의 평화지 땅쪼가리가 아니야."

인더스 강을 여행할 때 우리는 도道라는 것이 우리 자신을 포함해 모든 것을 꿰뚫어 흐르는 무엇이라고 여겼다. 삶을 잘 꾸려 가려면 그 흐름과 조화롭게 살아야 할 터, 흐름을 거스르면 일들은 어그러질 수밖에 없다. 흐름과 조화롭게 살려면 선입견을 버리고 변화에 완벽하게 적응할 수 있어야 한다.

인더스 강에서는 우리가 도의 흐름에 접근했다 싶었던 때가 있었고, 나는 그런 평화를 어떤 상황에서도 지켜 나갈 수 있다고 확신했다. 그 확신이 오스트레일리아로 돌아오자마자 어떻게 해서 산산조각이 났는지를, 무거운 마음으로 게리와 크리스에게 이야기했다. 신념을 행동으로 옮길 능력이 없다는 사실이 나를 의심의 소용돌이로 곤두박질치게 하였고, 그런 나락에서 모든 것을 끊고 다시 시작해야 한다고 느꼈다고 털어놓았다. 두 사람은 나를 이해하고 동정했지만 내 불행은 좀처럼 가시지 않았다. 나는 내 상태가 신앙심을 잃은 내 환자와 다를 바 없다는 불편한 감정을 느꼈다. 나는 확고한 논리에 뿌리를 두지 않은 것은 어떤 것도 믿지 않겠다고 마음먹었다.

라런델 병원에서의 근무 기간이 끝나 가고 있었다. 늘 긴장감이 따르긴 했지만, 이 곳에서 일하는 것이 내 자신의 불행을 이해하고 해결하는 데에 도움이 되리라고 기대할 수 있었으니, 그 때로서는 최선의 일터였다. 정신병 치료 일을 하면서 얻은 것이 또 있다면, 서양 심리학은 사람의 마음이 어떻게 기능하는지에 대한 근본적인 이해가 부족하다는 사실을 확신하게 된 점이었다. 그에 대한 해답은 동양에서 찾을 수 있다고 어렴풋이 느낄 만큼, 나는 여전히 파키스탄과 아프가니스탄에서의 경험에 대한 신념을 잃지 않고 있었다. 문제는 우리의 자아상, 또는 자아인 것이다. 옛 지혜에 따르면, 마음이 안정되려면 강한 자아가 필요하다고 하지 않던가.

병원 직원들 잔치가 있었다. 나는 티셔츠 차림이었는데, '마술을 씹어라'(Munch that Magic: 환각제를 즐기자는 뜻을 에둘러 표현한 말 — 옮긴이)는 슬로건과 함께 점박이 실로시빈 버섯이 그려진 티셔츠였다. 1972년까지만 해도 티셔츠에 슬로건을 새기는 것은 흔치 않은 특별한 일이었다. 우리는 티셔츠에 실크스크린으로 직접 문구와 그림을 프린트하곤 했다.

통찰력이 뛰어난, 우리의 상사 데이비드가 내게 말했다. "자네, 그 옷으로 사람들을 선동하려는 거지."

"맞아요." 나는 소리 내어 웃고는, 내가 실로시빈 버섯을 먹었을 때의 경험을 자세히 설명했다.

데이비드가 내 말을 주의 깊게 듣더니 말했다. "많은 젊은이들한테서 환각제 경험 이야기를 들었네. 하지만 자네 이야기를 들으니 비로소 그 세계를 이해하겠네. 자네가 성숙한 자아를 지녀서지."

'성숙한 자아.' 아마 심리 분석 용어 면에서 본다면 자아라는 말이 외부 세계와 관계하는 마음의 한 분야를 일컫는 말이니, 그것은 나를 치켜세운 말인 셈이었다. 하지만 좀더 고전적인 의미에서는 자아가 곧 자아상을 뜻하기 때문에 나는 그닥 기쁘지 않았다. 데이비드는 정신 분석 영역에서 심리 분석을 지지하고 있었고, 나 또한 대체로 그런 편이었다. 하지만 나는 정신 이상을 치료하는 데에서 자아상을 바로잡고 키워 나가는 것이 필수적이라는 일반 가설을 경계했다. 내게는 자아라는 것 자체에 무언

188

가 잘못된 점이 있는 듯했다.

우리 사회에서 행복하고 성공하려면 강한 자아상이 있어야 한다는 것은 의심의 여지가 없었다. 하지만, 내가 보기에, 문제는 사회가 속속들이 썩어 있고 강한 자아도 약한 자아만큼이나 문제를 일으킨다는 것이었다. 한 사람의 자아를 고양시키려면 대개 다른 사람의 자아를 희생하게 된다. 우리는 늘 서로 팽팽하게 싸우거나 배반한다. 형제 자매 사이의 경쟁심에서부터 어른들의 관계에 이르기까지, 또 경기장에서부터 정치와 종교에 이르기까지, 어디에서나 서로 싸움을 벌이는 자아들이 있다.

그 개념에 대한 또다른 반대는 나 자신의 불행에 대한 통찰에서 얻었다. 나는 동양에서 사람들이 어떻게 살아야 하고 어떻게 행복해질 수 있을지에 대하여 아주 훌륭한 견해를 얻었다. 그러나 막상 고향에 돌아와서는 나 자신도 행복하게 할 수가 없었다. 내 고상한 관념은 무너졌고, 나는 신념을 잃은 채 나락으로 떨어져 버렸다. 무엇이 잘못되었을까 생각하던 끝에, 정작 문제를 일으키는 것은 내 자존심이라는 결론에 이르렀다. 나를 의기소침하게 만든 것은 멜버른도, 주디도 아니었다. 바로 내 우쭐한 자아상이었다. 그러니 자아는 믿을 만한 것이 못 되었다.

어쩌면 티베트 스님들에게서 그에 대한 해답을 얻을 수 있을지도 모르겠다 싶었다. 하지만 내가 내 마음을 스님들에게 열어 보이기 전에 내 자아는 더 호되게 두드려 맞아야 했다.

성탄절 뒤에 나는 멜버른을 떠나 퀸즐랜드까지 차를 몰았다. 내 친구 톰과 케시가 네팔에 가 있을 동안 물룰라에 있는 저희 집을 관리해 줄 사람을 찾았기 때문이었다. 나는 톰과 케시 집에서 게리와 크리스와 다른 친구들을 만나기로 했고, 거기서 지내면서 땅을 알아볼 생각이었다. 물룰라로 가는 길에 나는 시드니에 있는 옛 친구 사이먼네 집에서 머물 계획을 세웠다. 학교 다닐 때 사이먼은 게리나 나보다 더 똑똑했지만, 학교의 권위를 무시하는 태도로 말미암아 교장 선생과 경찰하고 문제를 일으킨 적이 있었다. 사이먼이 이번에는 또 마약 폭력 조직과 관련하여 문제를 일으켰다. 청년기 뒤로 우리의 길은 극적으로 갈렸지만 우정의 끈은 여전히 남아 있었다.

에덴 동산

멜버른은 갓 깎은 잔디의 풀 냄새와 가랑잎 태우는 싱그러운 냄새가 나는 반면, 시드니는 열대 식물 프랜저파니 향과 취사용 가스, 바퀴벌레에서 나오는 독특한 냄새가 났다. 사이몬네 문을 두드렸을 때 시드니 특유의 그 냄새가 코에 감돌았다. 대답이 없었다. 계속 두드리자 "꺼져" 하는 고함소리가 났다.

"열어, 이 게으른 친구야. 나 에이드야." 내가 소리쳤다.

"에이드라구!" 대번에 목소리가 달라졌다. 사이몬이 옷을 반쯤 걸치고 문을 열었다. 그의 여자 친구 수는 침대보로 몸을 바삐 가리고는 사이몬의 짜증을 행복으로 바꾼 주인공이 누구인지 궁금해하며 사이몬의 어깨 너머로 내다보았다.

로젤의 허름한 변두리에 있는 낡아빠진 집이었지만 그 집은 멜버른과는 완연히 다른, 시드니다운 활기와 관능적인 기운이 넘쳐흘렀다. 오스트

191

레일리아로 돌아온 뒤로 처음으로 나는 행복감과 홀가분함을 느꼈다. 나를 뒤덮고 있던 먹장구름이 한순간에 걷혔다.

종교에서 좀처럼 벗어날 수가 없었다. 수의 친구 린과 함께 우리 넷은 크리쉬나 신을 숭배하는 인도 구루의 강의를 들으러 갔다. 오 분쯤 지났을 때 우리는 그만 질려 버렸다. 그 곳의 광신적인 태도가 견딜 수가 없었다. 우리는 서로 고개짓을 하고는 요란하게 빠져 나와 영화를 보러 갔다. 린을 소개해 준 수의 배려에 기꺼이 응해서 린을 집에 바래다 주었다. 그리고 우리는 다음 세 주일을 같이 보냈다.

하루는 사이몬이랑 내가 아침을 먹고 있는데 수가 샤워를 하고는 아무렇지도 않게 침실로 걸어갔다. 나는 수의 알몸에 거의 눈길을 주지 않았다. 사이몬이 일하러 나가자, 수가 옷을 입고 식탁으로 와 커피를 마셨다. 수는 자기가 어떻게 처녀성을 잃었는지를 길게 이야기했지만, 나는 수가 다른 속셈을 품고 있다고는 전혀 생각하지 못했다. 하지만 사이몬은 수의 마음을 눈치채고 있었다. 사이몬이 전화를 걸어 달링허스트에 있는 술집에서 만나자고 했다. 사이몬은 내가 수랑 같이 침대에서 아침을 보냈다고 억지를 부렸다. 나는 결백하다고 항의했지만, 사이몬은 막무가내였다. 정말이지 당황스러웠다.

사이몬이 거의 제정신이 아니어서, 그에게 화를 낸다고 될 일이 아니었다. 수가 완전히 떳떳하다고 할 수는 없었지만, 어쨌든 수가 안쓰러웠다. 나는 내 짐을 차에 실었다. 사이몬이 수를 내쫓아서, 수를 그 부모님 집까지 차로 태워 주기로 했다. 막 떠나려는데 사이몬이 눈물을 흘리면서 차

192

로 오더니 수에게 가지 말라고 했다.

다행히 다른 곳에 머물 데가 있었다.

나는 노스 라이드 정신병원으로 차를 몰았다. 그 곳에서 콜린의 신세를 지기로 했다. 콜린은 멜버른에서 알게 된 친구로, 정신과 의사였고 닉의 대학 동기였다. 콜린에게 인더스 강을 따라 내려간 여행 이야기를 하자 콜린은 내게 그 이야기를 글로 써 보라고 권했다. 콜린이 시력을 잃어 가고 있어서, 나는 저녁마다 그날 그날 내가 쓴 것을 읽어 주곤 했다.

린의 가족 저녁 식사에 초대받아 갔을 때에도, 인더스 강 여행이 얼마나 내게 뜻깊고 또 내 앞날에 얼마나 영향을 미쳤는지를 이야기했다. 마약 이야기만 빼 놓고, 나는 우리가 왜 새로운 삶의 방식을 세우고 싶어하는지 열심히 설명했다.

"교육 제도, 광고, 종교, 통속적인 신념 같은, 사회의 모든 장치는 사람들로 하여금 이런 생각을 하고 저런 것을 하게 만들면서 이래라저래라 간섭합니다. 자발성의 자유가 없지요. 사람들이 단순히 자기 삶의 행복과 의미를 찾기 위해서 규범에 저항하는 것도 용납되지 않지요. 적절한 옷을 입고, 같은 것을 먹고, 모두가 하는 대로 행동해야 합니다. 하지만 사회를 보세요! 부모들, 교사들, 정치인들, 종교 지도자들, 그들은 스스로 몹시 비참해하면서도 젊은이들이 무언가 다른 것을 원한다고 나무랍니다. '꽃의 힘 세대(the flower power generation: 히피 세대 —옮긴이)'가 거부당하고 폭력을 겪고 있는데도, 사회는 무작정 기성의 규범만 고집하고 있습니다. 행복을 안겨 주는 데 이미 실패한 게 분명한 규범을 말이지요. 우리는 엄청난 거짓의 삶을 살고 있는 겁니다. 사회는 우리가 행복하다고 말하고 우리는 또 그렇다고 믿지요. 자유로운 세상이라고들 하지만, 참된 행복과 평화를 추구할 자유라곤 없습니다. 아프가니스탄과 파키스탄에서는 가장 가난한 사람들이 서양 사회의 어떤 사람보다도 더 고요하고 자연과 조화롭게 살고 있더군요."

"좋아." 린의 아버지가 말했다. "하지만 자네가 사회를 바꾸고 싶다면 사회 안에서부터 해 나가야만 하네." 그는 내 잔에 포도주를 더 부어 주었다.

"사회를 바꾸겠다는 게 아니라, 그저 저희 자신을 바꾸려는 겁니다. 되든 안 되든 그렇게 한번 해 볼 자유를 바랄 뿐인 거죠. 그렇게 해서 값진 무언가를 발견한다면 아마 다른 사람들도 따르고 싶어하겠지요." 내가 대답했다.

나는 의자에 기대어 앉아 포도주를 마시면서 도교에 대해 생각했다.

"사회는 우리가 더는 먹히지도 않는 옛 전통을 따르기를 바라느니, 더 나은 현실을, 그게 아니면 적어도 다른 현실을 찾는 것을 허용하고 북돋을 힘이 있어야 합니다." 나는 계속했다. "도교는 세상의 근원을 이루고 있는 조화로움에 대해 이야기합니다. 그것은 개개인이 경험할 수는 있지만 뭐라고 설명하기는 어렵습니다. 아무튼 일단 이것을 이해하면 사람들은 다시는 서로 겨루거나 화내거나 욕심 사납게 되지 않을 겁니다. 마음이 평화로울 테니까요. 저는 삶의 궁극적인 목표가 개개인이 이런 경험을 하는 것이 되어야 한다고 느낍니다."

"이거, 자넨 직업을 잘못 골랐군." 린의 사촌이 말했다. "의사라기보다는 시인처럼 보이는 걸." 그건 칭찬이었다.

배웅하러 나온 린에게 내가 너무 거리낌 없이 떠들었노라고 사과했다. "걱정 말아요." 린이 대답했다. "모두 당신한테 동의하니까요. 진지한 논쟁을 좋아하는 걸요." 그리고 린은 내게 잘 가라고 입맞춤을 했다. 시험에 통과한 것이다.

사이몬이 전화로 내 남동생 가이가 자기 집에 왔다고 말했다. 가이와 앨리스는 발리로 가는 중이었는데 앨리스는 아이를 배고 있었다.

나도 떠나야 했다. 린과 나는 우리의 마지막 저녁을 노스 쇼어의 한 바닷가에서 함께 보냈다. 대학 신입생인 린은 나이답지 않게 자신의 젊은 열의를 실용주의와 잘 균형 잡고 있었다. 짧은 연애였지만 나는 계속 이어 나가고 싶었다. 우리는 해거름에 모래에 누워 있었다.

"린, 나 여섯 주 안에 돌아올 거야. 이 곳 시드니 병원에 원서를 냈어. 너를 계속 만나고 싶어."

"좋아요, 나도 그러고 싶어요." 린이 내 가슴에 자기 머리를 기댔다.

멀리서 물떼새 한 마리가 소리를 냈다. 그 소리를 두고 "야성의 소리"라고 말해 입맞춤을 얻어 냈다.

900킬로미터 넘게 달리고 차 앞유리를 갈아 끼운 뒤에야, 나는 브리즈번에 있는 토니와 질의 집에 다다랐다. 토니는 닉, 마리와 함께 같은 병원에서 일한 적 있는 의사였다. 토니가 홀랑 벗은 채 현관문을 열었다. 토니는 나를 침실로 데리고 가 자기 아내 질을 소개했다. 간염에서 회복 중인 질도 벌거벗은 채였다. 질의 노란 젖가슴에 조금 당황해하며 나는 질과

195

악수를 했다. 토니가 아침을 준비했고, 질은 엉덩이를 간신히 가리는 셔츠를 입고 밥상머리에 앉았다. 베이컨과 달걀을 얹은 토스트를 먹으면서, 토니가 브리즈번에서 북쪽으로 60킬로미터쯤 떨어진 말레니에 있는 저희 땅 약도를 그려 보였다. 물룰라에서 멀지 않아서 우리는 다음 주말에 그 곳에서 만나기로 약속했다.

비록 밤새 달리긴 했어도 나는 계속 가고 싶었다. 커피로 정신을 차린 뒤에, 한여름의 더운 날로 깨어나고 있는 브리즈번을 지나 계속 달렸다.

물룰라를 가리키는 이정표 앞에서 고속도로를 벗어나 얼마쯤 가다가 톰과 캐시의 개 팽을 데리고 있는 그 동네 사람을 만났다. 팽을 차에 태우고 조금 더 가다가, 얕은 개울을 건너 그들 땅에 이르렀다. 식물이 뿜어내는 기름지고 훈김나는 냄새와 벌레들이 윙윙거리는 소리가 뉴기니아 시절을 떠올리게 했다. 그들의 집은 기둥 없이 일체형으로 땅 위에 세운, 반구 모양의 지오데식 돔이었다. 이 집은 그 지방 히피들에게는 즐거움이요, 그 지방 의회에게는 절망이었다.

탁자 위에 쪽지 하나가 놓여 있었다. '안녕, 에이드. 환영해. 냉장고에 있는 음식 좀 먹어. 그리고 아보카도 따는 것 잊지 마. 비치 버기(모래밭용 4륜 구동 자동차 —옮긴이) 열쇠는 점화 장치 속에 있어. 팽의 먹이는 냉장고 옆 찬장에 있고. 즐기고 즐기고 또 즐기시라.'

내가 부엌을 정리하는 동안, 지난 사흘 동안 집이 빈 사이에 자기네 본디 영토를 되찾은 작은 캥거루들을 팽이 마구 쫓아 내고 있었다. 팽은 개가 아닌 다른 동물들에게는 토지 권리가 없는 줄로 아는 게 분명했다.

아름다운 꽃과 화려한 빛깔을 한 새들, 신선한 열대 과일과 맑고 깨끗

196

한 강물로 된 천연 수영장에 둘러싸여 나는 마치 에덴 동산의 아담이 된 것 같았다. 비록 이브는 없었지만, 신께서 곧 큰 홍수로 강을 넘치게 하여, 찾아오는 벗이 어쩔 수 없이 밤을 지새게 함으로써 그것도 해결해 주시리라.

토니와 질의 소유지가 있는 말레니로 가는 길은 물룰라 위쪽 산등성이로 이어져 있었다. 그 곳에서는 마치 하늘을 가리키는 거인의 손가락처럼 숲 위로 솟은 글라스하우스 산이 보였다. 얼마 전에 내린 큰비로 길은 온통 시냇물과 큰 웅덩이의 연속이었다. 어쩔 수 없이 차를 언덕 기슭에 세우고, 팽과 함께 들판을 가로질러서 그들의 소유지 한가운데 지대가 높은 곳에 있는 집으로 걸어갔다. 그 집은 외양간을 고쳐 지은 것이었다. 공기는 따뜻하고 신선했고 습기가 많았다.

토니는 가죽으로 된 목수용 허리띠만 달랑 걸치고서 서까래를 고치고 있었다. 질 또한 챙 넓은 밀짚모자말고는 아무 것도 입지 않고 있어 마치 풀밭을 떠다니는 노란 앵초꽃처럼 보였다. 질은 꽃과 신선한 푸성귀를 담은 양동이를 옮기고 있었다. 그 곳에서는 벌거벗는 것이 공인된 예절임이 분명했다. 어색했지만 나도 옷을 벗었고, 우리는 같이 허브 차를 마셨다.

토니가 닉과 마리네랑 공동 소유로 갖고 있는 땅을 나에게 구경시켜 주려고 데리고 갔다. 먼저 6미터 길이의 폭포 아래에 있는 천연 수영장부터 보여 주었다.

채찍새의 울음소리가 날카로운 메아리로 공기를 갈랐다. 환각 성분이 든 버섯들이 지천이었다. 우리 같은 꽃아이들한테는 완벽한 놀이터였다.

"토니, 닉하고 마리가 불교에 관심을 쏟는 것을 어떻게 생각해?" 토니도 나처럼 마땅찮아하리라고 기대하던 나는 토니의 긍정적인 반응에 놀랐다.

"정말 잘된 것 같아. 질하고 내가 태국에서 불교 승려들을 만난 적이 있는데 그 때 우린 크게 감명받았어. 더 오래 머물고 싶었지만, 질이 간염에 걸려서 돌아와야 했지."

"닉과 마리가 돌아올 거 같아?"

"그들이 계를 받아 불교에 귀의하게 되면 오지 않을 거야. 그들 몫의 땅을 자네가 사는 건 어때?"

나는 닉과 마리가 저버릴 즐거움을 내가 대신 살 경우를 곰곰이 생각해 보았다. 그러다가 그들이 계를 받을는지도 모른다는 생각에 몸을 소스라뜨렸다. "설마 그러지는 않겠지? 둘 사이가 그렇게 좋고 또 정말 행복해하잖아."

"그럴 수도." 두 사람을 나보다는 더 잘 아는 토니가 말했다. "어쨌든 자네가 정말 관심이 있다면 이 곳에 땅은 넉넉해." 토니는 대마초 섞은 담배로 담뱃대를 채웠다.

"글쎄, 여긴 아름답지만 어쩐지 숲이 너무 우거지고 너무 기운이 넘치는 것 같아. 난 시드니 남쪽이 더 좋아."

닉과 마리에 대해 계속 생각하면서 나는 납작한 돌로 물수제비를 뜨고는 말을 이었다. "하지만 무슨 까닭으로 이 모든 것과 서로 사랑하는 관계까지 다 포기한단 말이야? 나는 지금 바로 그런 것을 목마르게 찾고 있는데 말야."

토니가 마치 현자나 된 것처럼 담뱃대를 뻐끔뻐끔 빨면서 턱수염 사이로 말을 내뱉었다. "둘이 중요하게 여기며 추구하는 건 둘 사이의 관계가 아냐."

"그렇지. 그렇다고 독신주의가 그 대답인가?" 나로서는 행복이란 좋은 관계에 달려 있었고, 관계를 저버리고 남은 생을 혼자 산다는 것은 터무니없어 보였다. 고독감에 대한 공포가 아직 내 마음 속에 자리하고 있었다.

우리가 이야기를 하고 있을 때 토니의 친구 둘이 우리를 찾아 샛강으로 내려왔다. 그들이 바위에서 바위로 춤추듯 건너뛰며 오는 모습이 마치 하얀 요정들 같았다. 나는 발가벗고 서서 발가벗은 낯선 이들에게 소개되는 진기한 경험을 했다. 그들이 멀리 있을 때 그 중 한 아가씨의 부드럽고 유혹적인 몸의 곡선을 황홀하게 쳐다보던 나는 그 아가씨가 가까이 왔을 때 눈길을 어디에 주어야 할지 몰라 그저 눈만 똑바로 바라보았다. 아마 그도 같은 문제를 느꼈으리라. 우리는 같이 헤엄을 친 뒤에, 질이 점심을 준비하고 있는 집으로 돌아왔다.

린에게 편지를 쓰고 있는데 콤비 밴 소리가 났다. 그 소리에 팽이 좋아라 날뛰면서 달려갔다. 하지만 그건 톰의 차가 아니었다. 게리와 크리스가 다른 사람 둘과 함께 도착한 것이었다. 도당들이 모여들고 있었다.

이 돔 집은 우리가 마음에 드는 땅을 찾을 동안 머물기에 더없이 완벽한 곳이었다. 우린 바쁠 것이 없었고 대부분의 시간을 샛강이나 바닷가에서 헤엄치면서 보냈다. 그러는 사이에 나는 벌써 또다른 생각을 하고 있었다. 삶을 함께 나누는 것은 진지한 서약을 요구할 터, 그런데 다른 짝들은 안정된 관계였지만 나는 아직 린과 나의 관계에 대해 확신이 없었다. 나한테 어울리는 사람을 찾는 것만 해도 어려운 일인데, 이 동아리와도 두루 잘 어울릴 사람을 찾는 것은 거의 불가능하리라. 만일 린과 내가 함께하기로 결정한다면 우리 둘은 달리 살아야 할 것이다. 친구들과 우리의 꿈에 대한 충실함이, 내 삶에서 가장 중요한 일, 바로 짝을 찾는 일에서 나를 구속하고 있었다.

우리가 바나나를 말리고 있을 때 마약 단속반이 들이닥쳤다. 그들은 전에 톰의 집에 해시시를 몰래 숨겨 놓고는 그를 체포한 적이 있었다. 이 경건한 백인 노동자들의 동네는 남부에서 온 긴머리 히피들이 못마땅했던 것이다. 목을 꽉 죄는 셔츠와 넥타이 차림으로 땀을 뻘뻘 흘리는 그들은 우스꽝스워 보일 뿐 전혀 위협적으로 보이지 않았다. 그들은 우리가 마약을 만들고 있다고 책잡으면서도, 여기저기 널린 것이 마약인데도 아무 것도 찾아 내지 못했다. 한 조사관이 내 가방을 뒤지면서 마약의 해로움에 대해서 힘 주어 떠드느라고 내 연필을 흔들어 댔다.

"요즘 젊은이들은 정말 큰 위험에 노출되어 있어요." 나는 그 연필의 움직임 하나하나를 눈으로 좇으면서 그의 말에 맞장구를 쳤다. 그 연필 끝에 마지막으로 하나 남은 농축 엘에스디 알약이 감추어져 있었다.

그들이 우리가 마약을 만들고 있다고 한 것은 그들이 도노반Donovan의 노래 '멜로우 옐로우Mellow Yellow'가 바나나에 든 환각 성분을 노래한 것이라고 생각해서였다. 다행히도 바나나는 금지 마약 목록에 없었다. 우리는 브리즈번에서 온 그 남자들을 잘 구슬려 돌려보냈다.

이 사건을 축하하려고 우리는 엘에스디를 먹었다. 그러나 인더스 강에서의 경험을 되살리려는 내 희망은 꺾이고 말았다. 지나간 불안과 외로움과 슬픔이 다시 떠올랐다. 나는 마약에 대한 믿음도, 공동 생활 개념, 그게 아니라면 적어도 공동 생활에 참여할 수 있는 내 능력이랄까, 아무튼 동아리를 이루어 사는 것에 대한 믿음도 모두 잃었다. 마약 단속반이 이런 나를 보면 좋아라 했으리라.

이런 속내를 표현하지 못해 나는 친구들과 계속 땅을 찾아다니긴 했지만 더는 거기에 마음이 없었다. 우리는 적당한 땅을 찾지 못했고, 남쪽으로 좀더 내려가서 찾아 보자는 내 말에 다른 이들이 동의했다. 시드니로 돌아갈 구실이 생겼을 때 나는 재빨리 그 기회를 잡았다. 무엇보다 린이 계속 걱정되어서였다. 다른 친구들은 톰과 캐시가 네팔에서 돌아올 때까지 남아 그 돔 집을 돌보기로 했다.

낙원에서 떨어지다

린이 임신을 했다. 내 걱정이 맞아떨어진 것이다. 나는 린을 그런 처지에 빠뜨린 것과 린이 임신 진단을 받았을 때 혼자였다는 사실에 어찌할 바를 몰랐다. 린이 아기를 갖기를 원한다면 내가 시드니에 머물면서 린과 아기를 돌보겠다고 린을 안심시켰다.

"잘 모르겠어요." 린이 말했다. "너무 빨라요. 우린 서로를 거의 모르잖아요."

"생각해 보고 며칠 뒤에 만나기로 하지."

콜린은 그런 상황에서는 아기를 떼는 것이 유일한 방법이라고 했다. 나도 같은 생각이었지만, 린을 압박하고 싶지는 않았다. 린이 아기를 원한다면 내 약속을 지킬 터였다. 잠자리에 들어서도 머리를 스쳐가는 물음들로 잠을 이룰 수가 없었다.

나는 어쩌면 그렇게 어리석었담?

태아가 사람일까, 아니면 원자와 분자로 이루어진 세포들의 조합일 뿐일까?

마음은 어디에 들어맞는 거지?

우리가 앞날을 함께할 수 있을까?

린은 나이가 어린데, 나를 원할까?

나는 태아가 세포들의 조합에 지나지 않는다는 과학적인 견해를 따르기로 했다. 하지만 그렇다고 해서 기분이 나아지지는 않았다.

우리는 공원에서 만나 커다란 고무나무 그늘 아래 앉았다. 린은 아기를 갖는 것이 공부하는 데에 너무 큰 걸림돌이 될 것이니, 아기를 지우는 것이 좋겠다고 했다. 나도 같은 결론에 이르렀다고 말했다. 의사는 린의 처지를 이해하고 수술을 해 주겠다고 했다. 며칠 뒤에 나는 린이 하룻밤을 보낼 병원으로 린을 데려다 주었다.

양심의 가책에 시달렸지만, 나는 린을 병원에 혼자 남겨 두고 올 수밖에 없었다.

그 날 밤 꿈을 꾸었다. 아주 생생한 꿈이었다. 내가 팔을 앞으로 뻗고 있는데 내 손에는 작디작은 아기가 들려 있었다. 아기 뒤에서 아주 강렬한 발광체가 나를 향해 빛을 쏟아 내고 있었다. 해몽가의 풀이를 들을 것도 없었다. 아기의 목숨이 내 손에 달려 있다는 뜻이었다. 잠에서 깨어난 나는 이 꿈 장면을 유물론적인 추론으로써 설명해 보려고 했지만, 그 꿈을 꾸던 마음은 말할 것도 없고 내 깨어 있는 마음에도 아무런 위로가 되지 못했다.

다음 날 린을 데리러 갔다. 린은 일 주일 동안 집을 떠날 생각이었고 나는 남쪽으로 가기로 했다. 우린 서로 연락하자고 했지만, 우리가 영원히 갈라지리라는 것을 둘 다 알고 있었다. 그토록 큰 가능성으로 함께 시작한 우리의 길은 그렇게 끝이 났다.

다른 친구들은 나보다 며칠 앞서 시드니에 도착해 있었다. 그 날 저녁 게리와 크리스와 나는 몇 해 동안 만나지 못한 친구 앤지를 찾아갔다. 앤지의 남편 데이브는 열렬한 공산주의자였다. 맥주가 돌면서 이야기는 자연스럽게 노동자들의 어려운 처지로 옮겨갔다. 데이브는 사회 문제의 원인과 혁명을 통한 변화가 필요하다는 마르크스 신봉자들의 주장을 열정적으로 설명했다. 내 감정이 격렬해졌다. 이 사회가 엉망이라는 점에는 동의하면서도, 나는 다른 견해를 옹호했다. 나는 우리가 구제프와 도교, 그리고 아프가니스탄과 파키스탄 여행에서 얻은 통찰력을 데이브만큼이나 열정적으로 이야기했다.

나는 린의 임신과 중절 수술에 대해서 아무에게도 이야기하지 않았지만, 그 일로 말미암아 데이브의 변증법에 바탕을 둔 유물론에 강한 반감을 갖게 된 것이다. 나는 어느 새 한때 저버렸던 그 통찰력을 다시 옹호하느라고 열심히 논박하고 있었다. 신비주의를 위해 싸우고 있었던 것이다. 논쟁은 뜨거워졌다. 그 사이에 게리와 크리스는 거의 말을 하지 않았지만, 내 말이 그들의 생각을 대변해 주고 있음은 확실했다. 둘의 눈에 나타난 표정으로 보아, 둘은 내 태도의 변화를 훤히 알고 있었다. 인더스 강의 에이드가 돌아왔다는 것을.

다음 날 시드니를 떠나면서 나는 친구들을 보이드타운에서 만나기로 약속했다. 보이드타운은 이든 남부에 있는 투폴드 베이의 옛 고래잡이 서식지로, 이 도시를 세운 이는 이 곳이 뉴사우스웨일즈의 수도가 되기를 바랐지만, 다행스럽게도 다만 고기잡이와 관광객의 야영지가 되고 말았다. 이 곳은 십대 시절에 줄곧 게리와 그의 식구들과 함께 야영하던 곳이었다. 또 내가 주디와 사랑에 빠졌던 그 바닷가이기도 했다.

나는 이든에서 산 2인용 천막을 떨기나무 밑에 세웠다. 여름 관광객들이 떠난 지 오랜 모래 해안은 온전히 내 것이었다. 모래밭에 가부좌로 앉아 있자니, 익숙한 바닷풀 내음이며 파도가 철썩이는 소리에 지나간 일들이 떠올랐다. 다시 혼자였다. 주디가 강하게 마음 속에 들어왔지만 나는 애써 감상을 떨쳐 내고 앞날을 생각했다. 우리는 무언가 값진 것을 정말 일구어 낼 수 있을까? 우리의 유일한 계획이라고는 '계획 없음'이었다. 도교의 관점에서는 더없이 훌륭한 태도이지만, 문제는 우리가 도와 거리가 멀다는 것이었다. 때로 우리는 우리의 삶이 아무 것도 책임지지 않으며 즐길 수 있는 긴 휴가가 되기를 바라는 것만 같았다.

나는 「돈 후안의 가르침」 속편인 「동떨어진 실재(A Seperate Reality: Further Conversations with Don Juan)」를 읽고 있었다. 흠 없는 행동에 이르는 개인의 길, 곧, 전사의 길에 대한 돈 후안의 토론이 진실하게 가슴을 울렸다. 슬프게도 점점 분명해지는 것은 삶이 우리가 바라는 대로 펼쳐지지 않는다는 것이었다. 결국 삶은 투쟁인 것이다. 외로운 전사가 된다는 개념이 살아갈 유일한 길인 듯했다. 생각이 여기에 미치자, 모든 선입견을 없앰으로써 끊임없이 변하는 세상과 조화하며 살아가는 도교 수행자가 떠올랐다. 행복에 이르는 열쇠도 불행에 이르는 열쇠도 모두 마음에 있음은 의심할 바 없었다. 하지만 그 각 열쇠의 정확한 본성은 결론짓기 어려웠다. 이것은 도전이었다. 그에 잇따라 또다른 생각이 일었다. '외로운 전사는 여자 짝이랑 같이 사나, 혼자 사나?'

친구들이 시드니에서 사이몬과 수를 호송하듯 데리고 왔다. 사이몬과 수는 다시 함께 지냈고, 사이몬은 전에 수와 나의 관계를 터무니없이 의심한 것에 대해 아무 말도 하지 않았다. 이제 우리는 히피 열한 명에 개한 마리였다. 콤비 밴과 막대기 좇기로 둘째 가라면 서러워할 팽은 진작에 우리 마음을 사로잡았던 바, 특히 봅 딜런의 하모니카 소리를 들을 때마다 즐거운 듯 컹컹거려서 더 기특했다.

우리는 개펄에서 멀리 떨어진 낭떠러지 밑에 천막을 쳤다. 우리의 에너지는 흩어져 버렸고, 나는 침착하지 못했다. 기운을 한데 모아 보려고 우리는 엘에스디를 먹었지만 그 마법이 내게서는 더는 효력이 없었다. 나는 환각제가 앞이 없는 막다른 길임을 확신하게 되었다. 그것이 경험의 새로운 전망을 열어 주고, 사회적 조건화의 사슬을 깨뜨리는 데에는 유용한 도구가 되어 온 것이 사실이다. 하지만, 실재를 추구하는 데에서는 환각제는 한낱 샛길에 지나지 않음을 깨달았다. 돈 후안의 가르침 덕분이었다. 환각제와 더불다 보면 결국 그것의 노예가 될 터였다. 그뿐만 아니라, 환각제를 오래 먹다 보면 신경 조직이 상한다는 것을 알 만큼 나는 생리학 지식도 있었다.

친구들이 더 나은 곳을 찾아 베가 근처 바닷가로 옮길 때 나는 멜버른으로 돌아왔다. 아버지는 집에서 동무로 지낼 사람이 생겨서 좋아했다. 아버지는 일을 계속하고 있었다. 그러나 직장에서 일을 마치고 자식들이 다 떠나가 버린 집, 고양이 한 마리, 개 한 마리와 숱한 추억만이 남은 집으로 돌아오는 것이 아버지에게는 가슴 무너지는 일이었다. 미친 사람처럼 보일까 봐 걱정하면서도, 아버지는 가끔 어머니가 집에 있는 것을 느끼고 눈으로 보기까지 했다는 말을 내게 했다. 나는 영혼에 대해 알고 싶지도 않았고, 내 추억만으로도 충분히 머리가 아팠다.

"아버지, 그건 아버지 마음이 지어 낸 것일 뿐예요." 확신도 없고 진정성도 없는 말처럼 들렸겠지만, 내딴엔 최선을 다한 말이었다.

나는 프레스톤 노스코트 지역 병원에서 외과 주임으로 일하기 시작했다. 근무 시간이 긴 것은 괜찮았다. 의사로 돌아온 것이 그저 좋았으니까. 이것이 내 천직이다 여기면서 나는 응급실이며 병원 곳곳에서 물 만난 물고기처럼 움직였다. 의사로 지내는 것이 히피로 사는 것보다 더 쉽고 훨씬 현실적이었다. 게다가 보수도 받았으니.

철학적인 탐구는 여전히 중요한 관심사였다. 네팔에서 돌아온 친구들이 들려준 명상 강좌 이야기에 나는 깊은 감명을 받았다. 그들은 열정을 담아 말했고 이야기는 사뭇 논리적이었다. 붓다의 가르침은 결국 모두 심리학에 관한 것이었다. 우리의 행복과 고통이 모두 우리의 사고 방식과 행동에서 비롯되었음을, 그 과정을 설명하고 있었다. 하지만 나는 아직도 종교를 경계했다. 특히 닉과 마리가 정말로 수계할 것을 고려하고 있다는 이야기를 듣고는 더 그랬다. 한 사람의 삶을 한 철학에 온통 맡기는 것은

207

나로서는 상상도 할 수 없었다.

그 즈음 케리가 내 인생에 들어왔다. 케리는 대학생이었고 여동생 친구였다. 우리 관계는 빠르게 발전해서 곧 같이 지내기 시작했다. 케리는 로마 가톨릭교도로 자랐는데, 신부와 수녀들이 강요하는 엄격한 도덕률에 반감을 갖고 있었다. 그들 성직자들은 다른 사람들한테는 도덕성을 강요하면서 정작 저희의 행동은 그 누구보다도 신의 뜻과 거리가 멀다는 것이었다. 우리는 큐에서 집을 구해 다른 커플과 함께 지냈다. 그 곳이 케리가 학교에 다니기에도, 내가 병원으로 출근하기에도 편했다.

게리와 크리스와 다른 친구들이 멜버른으로 돌아왔다. 그들은 흥미로운 장소를 찾긴 했지만 아무 것도 확정된 것은 없었다. 나는 드디어 친구들에게 모든 계획에서 빠지겠다고 선언했다. 그런 뜻을 처음으로 공언하기란 쉽지 않았지만, 막상 말하고 나니 홀가분하니 기운이 났다. 그렇게 마음에서 짐을 덜고 나서 나는 미래를 계획하기 시작했다. 새해에 병원 근무 기간이 끝나면 열대의학을 공부하러 태국으로 갈 계획이었다. 케리와의 관계는 끝나 가고 있었다. 케리는 네팔에서 닉의 스승들이 행하는 명상 강의에 참석하고 싶어했고, 크리스도 같이 가기로 했다. 게리와 크리스의 관계가 문제가 있는 것은 아니지만, 크리스가 네팔에 가 있는 동안, 종교에 관심이 없는 게리는 뉴사우스웨일즈로 돌아가 바닷가에 있는 친구 집을 돌보기로 했다.

3
탈바꿈

나는 라마와 불상에

절하기를 망설였다.

그러나 어느 명상 시간에

마침내 붓다의 지혜가

내 자신의 지식을 뛰어넘는

것임을 받아들였다.

환생한 두 라마 이야기

　대부분의 사람들이 그렇듯이, 내 삶의 세 가지 목표는 내 직업을 실행하기에 맞춤한 곳을 찾는 것, 뜻이 맞는 반려를 찾는 것, 그리고 그 모든 것을 다 설명할 수 있는 철학을 찾는 것이었다. 그 길에서 나는 되도록 많은 행복을 경험하고 싶었다. 때로 이 목표들은 서로 충돌하기도 했다. 의사로서 필요한 경력을 쌓기 위해 일찌기 주디와 떨어져야 했고, 이제 또 내 직업 문제와 어떤 불만스런 요소 때문에 케리와 멀어지고 있었다. 어디까지나 직업과 반려라는 두 가지 목표가 우선 사항이었고, 철학은 케이크 위의 크림 장식일 뿐이었다. 하지만 앞으로 내가 받아들이게 될 철학이 그 두 가지 우선 목표로부터 나를 영원히 떼어 놓게 된다. 어떻게 그런 극단적인 탈바꿈이 일어날 수 있었는지에 대한 이야기와, 또 그 과정에서 맛보게 된 고뇌와 희열은, 나에게 내 삶을 바꿀 수 있는 영감과 용기를 불어넣어 준 두 사람에게서 비롯되었다.

돈둡 도르제는 1935년에 티베트의 수도인 라싸 북서쪽 싱칼라에 있는 작은 마을 농가에서 태어났다. 그의 집안은 넓은 땅을 소유하였고, 염소, 양, 야크, 말을 치면서 여러 가지 곡식을 길렀는데 특히 보리 농사가 컸다. 보리는 티베트 사람들의 주식인 짬빠를 만드는 주요 작물이었다.

돈둡 도르제가 아기였을 때, 인근의 라꼬르 비구니 절 스님들이 농장을 찾아와, 그들 절의 큰스님이었던 분이 이 집에서 환생했다는 말을 전했다. 그 비구니 스님들은 돈둡 도르제에게 여러 선물을 주고 갔고, 그 뒤로도 계속 찾아와 선물과 사랑을 아낌없이 베풀었다. 뒤에 비구니 스님들은 돈둡 도르제를 절로 데리고 가서 성좌에 앉혀 의식을 맡기고는 했다. 그는 이 의무들을 의연히 치러 냈지만, 강아지며 동물하고 뛰어놀 수 있는 자기네 농장으로 돌아가는 것을 언제나 즐거워했다.

돈둡 도르제는 비구니 스님들이 농장을 찾아올 때마다 즐거워했고, 다섯 살이 되자 스님이 되고 싶다고 했다. 식구들은 그가 자라서 집안일을 잇기를 바랐지만, 소년이 보기에 농장일은 의미 없는 단조롭고 고된 일일 뿐이었다. 소년은 삶이 좀더 뜻깊은 것이어야 한다고 느꼈다. 식구들은 마침내 뜻을 꺾었고, 돈둡 도르제는 여섯 살이 되었을 때 라싸 가까이 있는 세라 제 사원으로 들어갔다.

삼촌의 엄한 지도 아래 돈둡 도르제는 어린 스님 생활이 농장일보다 훨씬 더 힘들다는 것을 곧 알게 되었다. 하지만 그는 버텨 냈고, 두 해 뒤에 사미계와 함께 새 이름 툽뗀 예셰를 받았다. 이 무렵 그는 류머티즘열을 앓았는데 그로 말미암아 심장 판막이 심하게 손상되었다. 이 일로 결국 그는 뒷날 때이른 죽음에 이르게 된다.

툽뗀 예셰는 경전을 외고 강의를 듣고 예불을 하는 하루 일과에 열심히 참석했다. 그가 가장 좋아한 것은 안뜰에서 토론하는 것이었다. 그는 눈에 띄는 학생이었고, 뛰어난 유머 감각과 사람을 끄는 타고난 쇼맨십으로 늘 대중을 사로잡았다. 특히 어린 툽뗀 예셰가 전통적인 불교 철학 토론 방식에 코미디를 삽입했을 때 스님들은 너나 없이 배를 잡고 웃었다. 그는 또 한없는 친절과 따뜻함으로 자신보다 어린 학생들을 돕는 것으로도 평판이 자자했다. 모두가 그와 같이 있으면 편하게 느꼈고, 그의 스승들은 툽뗀 예셰가 가장 높은 등급인 학람빠 게셰를 받고 졸업할 것이라고 기대했다.

하지만 정치가 툽뗀 예셰의 공부를 방해하였다. 1950년에 마오쩌뚱이 티베트에 쳐들어왔고, 중국은 평화로운 해방이라는 명분 아래 티베트와 그 국민과 그들의 문화를 서서히 옥죄어 갔다. 티베트의 상황이 갈수록 나빠짐에 따라, 제14대 달라이 라마는 목숨에 심각한 위협을 느껴 인도로 망명할 수밖에 없었다. 1959년에 달라이 라마는 캄 지방 사람으로 변장을 하고 몰래 탈출했다. 중국군은 저희의 계획이 어그러지자, 달라이 라마가 살던 놀북링카와 포탈라 사원을 포함해 주요 사원에 폭격을 가하기 시작했다.

중국군 대포가 사원을 집중적으로 포격하자 스님들은 깊은 혼란에 빠졌다. 수많은 스님들이 살해되었고, 몇몇 스님은 곧바로 산으로 달아났다. 툽뗀 예셰를 포함해 다른 스님들은 그 모든 일을 차마 믿을 수가 없어 그냥 절에 남은 채 평화를 기원하고 있었다. 가장 친한 도반이 간신히 툽뗀 예셰를 찾아 내 안전한 곳으로 피신시켰을 때, 세라 제 사원은 지독한 포격 아래 산산조각이 나고 있었다. 툽뗀 예셰는 속옷 차림에 맨발이었고 먹을 것도 돈도 담요도 없었다.

툽뗀 예셰는 산꼭대기에서, 거룩한 도시 라싸가 포연에 뒤덮인 것을 보았다. 누나 집에서 삼촌이 돈을 좀 주었고 누나가 옷과 함께 신고 있던 신발을 벗어 주었다. 그의 누나는 눈물을 흘리면서 그를 어머니에게 데려가 달라고 부탁했지만 그건 너무 위험했다. 어디를 가나 중국 군인들이 지키고 있었고, 그들은 스님들을 보는 대로 총을 쏘아 죽였다.

많은 스님들이 인도로 이주해 가던 중에 중국군에게 잡혀 죽거나 굶주림으로 죽었다. 툽뗀 예셰는 운 좋게 살아남아 인도 아삼 주의 북사 두아르에 있는 난민촌에 보내졌다. 영국 사람들이 지은 이 옛 포로 수용소에는 일찌기 마하트마 간디와 자와할랄 네루도 갇힌 적이 있었다.

난민촌에서도 많은 스님이 죽었다. 수용 인원이 지나치게 많은 데에다 더위가 극심한 탓이었다. 설사병과 그보다 좀더 심각한 결핵 따위의 병이 스님들 사이에 퍼졌다. 이런 어려움 속에서도 전통 사원의 가르침과 공부와 토론 일정이 다시 시작되었다. 몇 해 뒤에 툽뗀 예셰는 변화하기 시작했다. 그는 이론을 실행에 옮기고 싶어했고, 수업에 들어가기보다는 명상에 더 주력하였다. 저녁 시간에 스님들이 공동 침실에서 쉬면서 잡담을 나눌 때면 툽뗀 예셰는 침대보를 머리 위에 뒤집어쓰고 잠든 척했다. 명상 수행을 하기 위해서였다. 그의 법우들은 공부를 계속하라고 권고했지만, 툽뗀 예셰는, 뒤에 그의 서양 히피 학생들에게 말했듯, "난 중퇴했어"라고 대꾸했다.

라마 예셰는 뒤에 내 은사 스님이 되었다.

내 두 번째 스승인 라마 조파의 이야기는 꾼상 예셰로부터 시작된다. 꾼상 예셰는 에베레스트 산의 산기슭 사이에 있는 네팔의 솔로 쿰부 지방에 살던 셰르파 부족 사람으로서 소금장수였다. 그는 자신의 두 아이들이 다 자란 뒤에 삶의 마지막 스무 해를 티베트 불교의 닝마파 가르침을 따르는 고행 요가 수행자로 수행하는 데에 바쳤다. 바위턱 밑에 굴을 뚫고 살면서 그는 셰르파족한테서 큰 사랑을 받는 영혼의 스승이 되었다. 사람들은 그 동굴 이름을 따 그를 '라우도 라마'라고 불렀다. 그는 잠을 잘 필요도 없을 만큼 지칠 줄 모르는 기운으로, 사람들에게 도움말을 주는 일과 종교 의식을 거행하는 일을 번갈아 하면서 자신의 명상 수행을 이어갔다. 죽기에 앞서 그는 다음 생에도 그 지역에 태어나서 마을 아이들을 위해 학교를 세우겠다고 약속했다.

라우도 라마가 1945년에 세상을 뜬 뒤에 라우도 동굴 아래쪽 산골짜기 타미 마을에 한 사내아이가 태어났다. 아이가 두 살 때 아이 아버지가 죽어서 어머니가 혼자 네 아이를 길러야 했다. 아이가 처음 말을 하기 시작했을 때 아이는 자기 어머니에게 "나는 라우도 라마예요"라고 말했고, 아장아장 걷기 시작했을 때에는 라우도 굴을 향해 산을 기어오르려고 했다. 티베트 고승들이 뛰어난 혜안으로 그를 시험해 보고, 여러 비슷한 물건들 사이에서 라우도 라마의 소지품을 골라 내게 하는 과정을 거친 뒤에, 사람들은 소년이 라우도 라마의 화신임을 승인했다.

소년은 네 살 때 삼촌인 닝마파의 스님한테서 글을 배우러 가까운 절로 보내졌다. 이 소년이 바로 라마 툽뗀 조파 린포체이다. 티베트 불교의 네 종파 가운데 하나인 닝마파는 위대한 인도 요가 수행자 파드마삼바바가

214

8세기에 티베트로 초대받아 오면서 시작되었다. 라마(스승)와 린포체(고귀한 존재)라는 칭호는 환생한 스승으로 확인된 스님에게 주어진다. 툽뗀 예셰는 전생에 비구니여서 이 칭호를 받지 못했다. 성 차별은 티베트의 신성한 산 속에도 존재했다.

툽뗀 조파 린포체는 열 살이 되었을 때 티베트에 가서 파그리에 있는 도모 게셰쫑카빠 린포체의 절에서 공부를 시작했다. 이 절은, 불교 가르침과 수행의 전 영역에 대하여 편견 없이 열린 해석을 펼치는 겔룩파를 따르고 있었다. 겔룩파는 유명한 티베트 학자이자 수행자인 라마 쫑카빠가 14세기에 세운 종파이다. 이 절에서 툽뗀 조파 린포체는 승려로서 사미계를 받았다.

파그리에서 세 해를 보낸 뒤에 툽뗀 조파 린포체는 라싸에 있는 세라 사원으로 옮기고 싶어했지만, 호법신이 신탁을 통해 말하길, 부탄 국경 가까이 있는 뻬마 최링 사원에서 명상 안거를 하라고 했다. 호법신이란 높은 깨달음을 얻은 존재로서, 참된 수행자들을 어려움에서 지켜 주려고 때로는 평화로운 모습으로 또는 몹시 노한 모습으로 몸을 나투기도 하고, 때로는 영험한 영혼으로 존재하면서 수행자들을 보호하거나 수행자가 해를 입지 않도록 돕기도 한다. 1959년, 라싸에서 스님들이 탈출한 지 몇 달 뒤에, 중국 군인들이 뻬마 최링을 향하여 오고 있어서, 툽뗀 조파 린포체는 산을 넘어 안전한 부탄으로 피신하였다.

북사 두아르 난민 수용소에서 툽뗀 조파 린포체는 세라 제 사원의 학자 게셰 랍뗀 린포체한테서 정식으로 불교 철학을 배우기 시작했다. 툽뗀 예셰 또한 게셰 랍뗀의 제자였다. 열세 살의 툽뗀 조파 린포체는 툽뗀 예셰가 그들의 스승을 진실된 헌신으로 대하는 것을 보고 깊은 감명을 받았다.

1961년에 조파 린포체는 결핵을 치료하러 다르질링으로 갔다가 델리로 갔다. 요양 기간 동안 그는 어린 린포체들을 위한 학교에서 영어를 배웠다. 그 무렵 조파 린포체는 같이 공부하던 뜨룽빠 린포체, 자젭 린포체와 더불어 그들이 장차 서양에서 불교를 포교할 방법에 대해서 진지하게 의견을 나누기도 하였다. 뒷날 세 사람은 실제로 티베트 바깥에서 불교의 가르침과 수행이 자리잡는 데 큰 몫을 한다.

툽뗀 조파 린포체는 1963년 연말에 북사 두아르로 돌아와, 게셰 랍뗀의 뛰어난 제자 두 명 가운데서 스승을 정하라는 말을 들었다. 그는 툽뗀 예셰를 택했다. 새로운 스승과 방을 같이 쓰면서 조파 린포체는 곧 툽뗀 예셰의 박식함을 알게 되었다. 툽뗀 예셰는 티베트 불교 네 종파의 책을 모두 섭렵했고 거의 잠을 자지 않으며 대부분의 시간을 명상으로 보냈다. 역시 잠을 조금밖에 자지 않는 툽뗀 조파 린포체에게 그 방법은 잘 맞았다. 스승과 제자는 함께 공부하고 함께 명상했다.

1967년, 그 때까지도 툽뗀 조파 린포체는 건강이 나빴다. 사람들이 그의 건강을 위하여 기후가 좋은 다르질링 근처의 사원에서 지낼 것을 권하여, 그는 툽뗀 예셰와 함께 그 곳으로 갔다. 같은 때, 아버지는 러시아 귀족이고 어머니는 부유한 미국인 상속녀인 지나도 다르질링에 막 도착했다. 지나는 서른여섯 살의 쾌활한 여자였는데, 방종한 서양의 생활 방식을 버리고 영성을 이끌어 줄 지도자를 찾고 있던 중이었다. 지나는 그 사원의 스님들 중에서 유일하게 영어로 이야기할 수 있는 툽뗀 조파 린포체에게 진리의 길을 가르쳐 줄 스승을 찾고 있다고 밝혔다. 같은 방에 있던 툽뗀 예셰가 물었다. "저 여자는 누구지? 원하는 게 뭔가?"

"깨달음을 원한답니다." 툽뗀 조파 린포체가 대답했다.

지나는 툽뗀 예셰의 첫 번째 서양인 제자가 되었고, 그러면서부터 관례에 따라 두 스승을 '라마 예셰,' '라마 조파'로 부르기 시작했다. 지나는 자기 딸이 태어난 실론에 불교 회관을 세우고 싶어했지만 걸림돌이 너무 많았다. 인도 정부는 이상한 이유로 지나가 러시아 간첩이라고 생각했다. 신문도 지나를 '간첩 공주'라고 불렀다. 지나는 가는 곳마다 비밀 요원들이 따라다녀서 자유롭게 움직일 수가 없었다. 이런 정치적인 문제는 제쳐 두더라도, 실론은 라마 조파가 지내기에 너무 더웠고, 지나의 돈도 바닥이 났다. 그들 셋은 다람살라로 갔다. 델리 북쪽, 히말라야 산기슭에 있는 이 마을에는 달라이 라마를 위시해 많은 티베트 망명자들이 살고 있었다. 그 곳에서 지나는 1968년에 비구니가 되었다. 세 사람이 달라이 라마를 알현하였을 때, 달라이 라마는 두 라마에게 네팔에 가르침을 펼 회관을 세우라고 권했다.

다른 스님들은 라마 예셰가 서양 사람에게 포교하는 일에 관심을 기울이는 것을 비웃었다. "서양 사람들은 쾌락에 잘 빠지는 데에다 정신이 너무 약해요. 붓다의 깊은 가르침을 결코 이해하지 못할 게요. 수행은 말할 것도 없고."

하지만 라마 예셰는 의견이 달랐다. 그는 지나를 비롯해 서양 사람들이 보여 준 진지함에서 가능성을 읽었다. 그들은 아무리 즐거움에 탐닉해 보아도 끝내 만족할 수 없었다. 그들의 바로 그런 점을 라마 예셰는 그들이

217

감각의 즐거움을 넘어선 무언가를 찾고 있는 징조라고 여겼다. 심지어 마약을 경험해 보는 것에도 긍정적인 측면이 없지 않다고 했다. 그것은 마약 경험이 사람들로 하여금 뭔가 좀더 배우고 싶도록 부추기는 마음의 한 자락을 드러내기 때문이라는 것이었다.

지나 주변에는 동양을 여행 중인 서양인 예술가, 히피, 배우, 사교계 명사 같은 사람들이 많았다. 그들 무리와 라마 예셰의 사람의 마음을 끄는 힘 덕분에, 두 라마에게서 가르침을 받으려는 일군의 제자들이 형성되었다. 터번을 쓴 미국 사람들, 사두(인도의 성자 또는 종교 수행자 —옮긴이)처럼 보이는 이탈리아 사람들, 산스크리트어와 동양 철학을 공부하는 학자들, 여행길에서 떠도는 젊은 배낭족 등, 온갖 부류의 여행자들이 두 라마를 만나고는 그 곁에 머물렀다. 처음에는 그들은 카트만두 변두리에 있는 거대한 바우다나드 탑 근처의 절에 머물렀다.

라마 조파의 식구들이 솔로 쿰부 지방에서 내려왔다. 라마 조파가 병을 앓고 난 뒤에 모습이 많이 변했거니와 몹시 마른 것을 보고 식구들은 소스라치며 하염없이 울었다. 그들 셰르파족 사람들은 라마에게 전생을 마친 라우도 동굴로 돌아가 그 곳을 맡아 달라고 청했다. 라마는 때가 되면 전생에 약속한 대로 마을 아이들을 위해 학교를 세우러 돌아가겠다고 그들을 달랬다.

카트만두에서 지나는 자기의 오랜 친구이자 경쟁자이기도 한 메리 제인을 우연히 만났다. 메리는 지나가 그리스의 미코노스 섬에서 내키는 대로 살 때 만난 아프리카계 미국 여자로, 주위에서는 그를 '맥스'라고 불

218

렀다. 맥스는 지나가 '머리가 백금빛이고 속에 아무것도 걸치지 않은 채긴 밍크 코트 하나만 입곤 하는, 걸음을 멈추게 할 만큼 아름다운 여자'라고 알아 왔던 터라, 삭발하고 승복을 입어 남자처럼 보이는 지나의 모습에 깜짝 놀랐다. 맥스는 링컨 학교에서 외교관들의 아이들을 가르치고 있었다. 지나는 맥스가 두 라마를 만나도록 주선했다. 맥스가 종교에는 관심이 없었지만, 삶에 대해 도움말을 얻을 수 있을 거라고 여겨서였다. 라마 예셰를 만나고서 맥스는 흘러나오는 눈물을 주체하지 못했다. 마침내 스승을 찾은 것이었다. 맥스는, 미국에서 나오는 넉넉한 봉급으로, 곧바로 두 라마의 포교 활동을 돕는 중요한 후원자가 되었다.

지나가 산마루에 있는 빈 집을 임대했다. 그 집은 네팔 왕을 위해 일하던 점성가의 집으로, 바우다나드 탑에서 걸어서 삼십 분쯤 걸리는 곳에 있었다. 뒤에 두 라마가 이 산마루에 지은 사원은 가까이에 있는 마을 이름을 따서 코판이라는 이름으로 불렸다. 지나와 지나의 딸, 지나의 두 라마, 두 라마를 수행하는 티베트 사람들, 그리고 예술가와 시인들이 이 곳으로 옮겨 왔다. 이 무렵 스물세 살이 된 라마 조파는 공부와 명상으로 시간을 보내면서, 간간이 라마 예셰가 지나와 맥스에게 가르침을 펼 때 통역을 맡기도 했다.

1969년에 두 라마와 지나, 맥스, 그리고 다른 서양 사람 몇몇이 라우도 동굴을 방문하려고 산으로 들어갔다. 그들이 지나갈 때, 저희의 소중한 라우도 라마가 돌아왔다는 사실에 흥분한 셰르파족들은 길에 늘어서서 차와 하얀 전통 목도리를 올렸다. 라마 조파가 그의 고향에서 관심을 크게 모으는 동안, 라마 예셰는 뒤에 물러서 있었다. 라우도 동굴 안에는 경전과 불상이며 탱화들이 있었고, 이전의 라우도 라마가 살던 모습 그대로 보존되어 있었다. 라마 조파가 마을 아이들을 위해 학교를 열겠노라 한 약속을 이루겠다고 하자, 맥스가 학교 건물을 지을 자금을 조달하는 것을 돕겠다고 나섰다.

그리하여 다음 세 해에 걸쳐 '에베레스트 산 불교학교'가 모습을 갖추기 시작했다. 셰르파족 아이들과 티베트 난민 아이들로 구성된 학생들은 우기에는 라우도에서 지내고, 겨울에는 라마 예셰가 서양인 제자들에게서 보시를 받아 땅을 마련한 코판에서 지냈다.

지나는 서양 사람들에게는 불교 철학을 공부하려면 좀더 긴 입문 과정이 필요하다는 것을 깨달았다. 그는 라마 조파에게 한 달 과정으로 강의를 해 달라고 청했다. 라마는 거절했다. 그러자 다시 라마 예셰에게 강의를 부탁했는데 라마 예셰도 거절했다. 그래도 지나는 꺾이지 않고 라마 조파에게 거듭해서 부탁했다. 지나의 성심에 감동한 라마 조파는 라마 예셰에게 어떻게 할지 조언을 구했다. 라마 예셰가 말했다. "그게 도움이 될 거라고 생각한다면 그리 하게."

그리하여 1971년 봄, 라마 조파 린포체는 코판에서 첫 강의를 했다. 이레 동안에 걸친 그 강좌에 열두 명이 참석했고, 라마 조파는 이기적인 마음을 어떻게 하면 다른 사람을 소중히 여기는 태도로 바꿀 것인가에 대해 강의했다. 라마 조파의 강의는 그렇지 않아도 사람들이 계속 늘고 있던 코판 공동체에 더 많은 사람을 불러모으는 결과를 가져왔다.

그러는 동안 라마 예셰는 카트만두에 있는 병원에서 검진을 받았다. 의사들은, 라마 예셰의 심장 상태가 지금도 몹시 심각한데 앞으로 한두 해 안에 점점 더 나빠질 것이라 했다. 그것은 그가 살날이 얼마 남지 않았다는 진단이었다. 모두가 심란해했지만, 라마 예셰만은 가벼운 농담으로 넘겼다.

한 해 뒤, 라마 조파는 더 많은 사람을 상대로 더 오랜 기간에 걸쳐 강의를 했고, 제자들은 다른 사람들이 따라올 수 있도록 강의 해설서를 만들었다. 그 즈음 지나는 히말라야에 있는 사원에서 명상 수련을 시작하기를 원했고, 라마 예셰가 그것을 허락했다. 그 해 가을, 라마 조파는 서양 사람이 자금을 대고 네팔 사람들이 지은 새 명상실에서 세 번째 명상 강좌를 열었다. 그즈음 세계 여행 중이던 닉과 마리도 그 강좌 이야기를 듣고는 신청서를 냈다. 닉은 태국을 여행하다가 불교에 관심을 갖게 되었다. 라마 조파의 강의를 듣고 나서 닉과 마리는 둘 다 불교도가 되어 코판에 머물기로 했고, 그러면서 닉은 오스트레일리아에 있는 친구들에게 보낸 그 유명한 편지들을 쓰기 시작했다.

1973년 삼월에 열린 그 다음 강좌에는 백 명이 넘는 사람이 참석했다. 이것이 내 형 맥스와 그의 여자 친구 매기를 포함해 멜버른과 퀸즐랜드에서 온, 그 많은 닉의 친구들이 참석한 강의였다. 닉은 두 라마가 티베트 경전을 영어로 번역하여 제대로 된 강의서를 만드는 것을 성심껏 도왔다. 마리는 규모가 커져 가는 코판 사원을 관리하는 일에 진력했다.

강좌를 마치고 라마 예셰는 지나를 방문하러 산으로 갔다. 지나와 함께 일 주일을 지낸 뒤에, 라마 예셰는 안거에 들어가겠다는 지나의 청을 허락했다. 우기가 시작되어서 두 라마와 많은 서양 사람과 에베레스트 산

학교의 어린 학생 서른 명은 라우도에 머물렀다. 닉은 라우도 산의 한 동굴에서 명상 안거를 하던 중 비구계를 받기로 마음먹었다.

그 해 말에 지나가 안거를 하다가 죽었다는 소식이 코판에 전해졌다. 정확한 이유는 알려지지 않았지만, 장에 문제가 있었는데도 지나는 안거를 계속했고, 명상 자세로 앉아서 죽었다고 했다. 그 사원의 주지 스님은 지나가 좋은 곳에서 다시 태어날 수 있도록 특별한 의식을 행했다. 주지 스님 말로는, 지나가 곧 죽을 거라고 라마 예셰가 미리 자기에게 귀띔했다는 것이었다. 라마 예셰는 지나의 성심과 결단력이 서양 사람들에게 불교를 가르치겠다는 자신의 결심을 북돋았으며 또 코판 사원이 존재할 수 있게 했다고 치하했다.

코판에서의 그 다음 명상 강좌는 1973년 12월에 있었다. 내 남동생 가이가 그 자리에 있었고, 라마 예셰가 가이와 앨리스의 결혼식을 집행했다. 그 전에 이미 둘의 사내아기 나르얀이 바우다나드에서 태어났더랬다. 그 강좌에는 이백 명이나 참석하였는데, 사원 건물이 비좁아서 그 뒤쪽에 설치한 천막에서 강의를 진행했다. 이 강좌에서 마리를 위시해 여러 명이 수계를 청했다. 이렇게 많은 서양 사람이 계를 받겠다고 한 적이 일찍이 없던 터라, 라마 예셰는 일상의 생활에서 달아나서는 안 된다고 그들을 경계하였다. 라마는 붓다의 말씀을 인용해 말했다.

"이 세상에서 쉽게 살 수 없는 사람, 세상에서 일어나는 일에 정면으로 맞설 수 없는 사람은 비구, 비구니가 될 수 없습니다."

1974년 1월, 서양 사람 열 명과 라마 조파 린포체의 어머니가 인도 보드가아에 있는 달라이 라마한테 가서 사미, 사미니 계를 받았다. 한 무리 서양 사람들이 붉은 승복을 걸치고 머리를 깎고 달라이 라마 앞에 나타나자, 달라이 라마는 탄복하며 큰 소리로 말했다.

"이게 뭔가? 내가 꿈을 꾸는 게야? 아니길 바라네. 수계는 심각한 서약이니 말일세. 오래 가기를 바랄 뿐이네."

다시 아시아로

크리스와 케리와 내가 싱가폴에 도착한 시간은 자정쯤이었다. 우리는 게리와 크리스가 파키스탄에서 집으로 돌아가던 길에 묵었던 호텔로 택시를 타고 갔다. 그러나 오래 된 건물들을 밀어 내고 현대 도시를 세운다는 리관유(이꽝요) 수상의 정책이 우리 눈에는 그 도시를 죽이는 것으로 보여, 그 길로 말레이시아의 페낭으로 가는 기차를 탔다.

조지타운에 있는 호텔에 묵었다. 호텔 맞은편에 있는 아추 약국에서 일하는 젊은 중국인은 내가 두 예쁜 아가씨와 여행해서 부럽다는 뜻으로 두 엄지 손가락을 세워 보였다. 다시 여행길에 나서니 즐거웠다. 특히 케리와 함께 있음에랴. 크리스도 자기가 원하는 것은 뭐든지 할 수 있는 자유를 즐기고 있었다. 우리는 다시 태국 남부에 있는 송클라까지 여행을 했고 그 곳에서 방콕으로 가는 기차를 잡아 탔다. 방콕에서 우리는 헤어졌다. 케리와 크리스는 비행기를 타고 네팔로 향하였고, 나는 남아서 멜버른에 있는 친구들이 이름을 소개해 준 의사들을 만날 참이었다.

첫 번째로 만난 의사는 방콕에 있는 어느 병원의 국장이었다. 전통 태국 음식을 먹으면서 그가 충고하기를, 태국 말을 하지 못하는 나 같은 사람한테는 일자리가 거의 없다는 것이었다.

뒤이어 방콕에 사는 미국인 의사인 더글러스에게 연락했다. 그는 내게 방콕에 있는 불교 사원들을 구경시켜 주었다. 더글러스는 세 해 동안 불교 승려로 있으면서 말을 배워 태국 말을 유창하게 했다. 절을 떠나온 뒤에 그는 태국 여자와 결혼했다. 불교 사원은 흥미로웠다. 더글러스는 더더욱 흥미로웠다. 그는 내가 만난 첫 서양인 불교도였다. 그가 절에서 절을 하고 향을 올리는 모습이 내 회의론을 부추겼다. 어떻게 서양 사람이 저런 미신 같은 행위를 저토록 진지하게 할 수 있단 말인가? 내 친구가 네팔에서 스님이 되었다는 말을 더글러스에게 했더니, 그는 티베트 불교는 서양 사람들한테서 결코 인기를 얻지 못할 거라고 했다. 이상한 일이지만, 그 말을 나는 도전장같이 느꼈다.

그 날 저녁, 더글러스의 아내가 음식을 대접했다. 그이들 집에는 동물들이 가득했다. 방콕의 잔인한 동물 시장에서 그들이 구출해 온 동물들이었다. 아름답고 사랑스러운 밀림의 동물들은 그 집 목욕탕에서 아주 행복하게 사는 듯했다.

더글러스도 내가 일자리를 찾을 가능성이 거의 없다고 생각하면서도 나를 치앙마이에 있는 자기 친구한테 보냈다. 치앙마이에도 내게 돌아올 일자리는 없었다. 최선을 다한 끝이라 나는 태국에서 일하겠다는 생각을 접었다. 일자리를 찾을 희망이 사라진 덕분에, 혼자 지내면서 여행한다는 것에 대한 즐거움이 커졌다. 메콩 강이 멀지 않았고, 나는 '타오 메콩'을 타고 캄보디아를 거쳐 베트남까지 주욱 내려가면서 인더스 강의 혼을 되살리고 싶은 충동을 잠시 느꼈다. 생각은 좋았지만 캄보디아는 크메르 루즈의 공포 정치 아래 있었고, 전쟁 직후의 베트남은 파키스탄 같지 않았다.

가까운 마을로 가는 버스에서 나는 영국 여자 게일 옆에 앉았다. 우리는 그 날을 같이 보내고 나서, 오도 가도 못하게 된 것을 알았다. 치앙마이로 가는 막차가 벌써 떠나 버렸던 것이다. 하나뿐인 호텔에서는 우리에게 더블 침대가 있는 큰 방을 보여 주었다. 나는 눈짓으로 게일의 의사를 살폈다. 게일은 새침스레 웃으면서 호텔 사람들한테 방을 따로 달라고 했고, 그 사람들은 나만큼이나 실망한 것 같았다.

긴 밤을 앞두고 무얼 할까 고민하다가, 닉이 한 해 전에 보내 준 불교에 관한 소책자를 아직 읽지 않은 채 가지고 있다는 데에 생각이 미쳤다. 시원한 맥주 한 병을 꺼내 들고 등나무 의자에 기대어 앉아 책을 처음부터 끝까지 읽었다. 그리고 두 번을 더 읽었다. 불현듯 내 안의 무언가가 반응했다. 그건 바로 심리학이었다. 그것도 놀랍도록 쉽고 정확한. 사람들이 지닌 불행의 원인과 그 해답을, 그리고 업과 윤회의 개념까지, 논리적으로 완벽하게 설명하고 있었다. 게다가 그렇게 친근하게 느껴질 수가 없었다. 산스크리트어 낱말마저 나의 심금을 울렸다. 나는 곧바로 결심했다. 카트만두에서 열리는 명상 강좌에 참석하리라, 그리고 케리도 다시 만나리라.

네팔까지 갈 비행기를 타려면 방콕으로 가야 했다. 시간이 넉넉해서 방콕으로 돌아가기 전에 라오스에 들르기로 했다. 다음 날 메콩 강을 건너 라오스로 들어갔다. 돈 가치가 너무 떨어져 그야말로 한 아름의 지폐를 지불하고 수도 비엔티안으로 가는 비행기표를 샀다. 공항으로 가는 길은 비행기 몇 대가 부품이 해체된 채로 불가능한 각도로 서 있는 모습이며 마구 벋어 나가는 밀림으로 영 불안해 보였다. 아주 오래 된 디시스리 비행기를 타자니 마음이 놓이지 않았지만 그나마 붉은색 유니폼을 입은 여승무원들 덕분에 기분이 나아졌다. 보기와는 달리 그 비행기는 용케 이륙하여 사람들을 무사히 비엔티안에 내려 주었다.

프랑스의 영향력이 뚜렷한 건축물이 한때는 좋은 시절을 누렸음을 말해 주었지만, 비엔티안은 황폐하고 인적도 드물어 행복이란 없는 듯했다. 방콕으로 돌아갈 때는 버스를 탔는데, 버스 여행이 디시스리 비행기를 타고 가는 것보다 훨씬 더 위험했다. 내가 탄 버스의 운전수는 미치광이 같다는 말로도 모자랄 정도였다. 그러나 다른 차 운전수들은 더 끔찍했다. 밝은 햇빛 아래 고속도로 양쪽은 뒤집힌 버스며 트럭들이 아무렇게나 놓여 있어 스산하기 짝이 없었다. 마치 영화 '매드 맥스'의 한 장면 같았다.

먹으면 안 된다고 생각하면서도 닭 꼬치구이를 사 먹었다. 말레이시아 호텔에 이르렀을 때, 결국 식중독 기미가 느껴졌다. 호텔 지배인은 빈 방이 없다며, 그 날 밤은 당구대에서 자는 것이 어떻겠냐고 했다. 열이 있는데다가 메스껍고 어지러워 당장이라도 침대에 눕고 싶은 것을 참고 가까운 다른 호텔로 비틀대면서 걸어가, 구역질과 설사를 하기 직전에야 가까스로 방을 구했다. 그 날 밤새도록 화장실과 침대 사이를 기어 다녀야 했다.

그 뒤 사흘 동안 기운이 없어 꼼짝없이 침대에 누운 채 레모네이드말고는 아무것도 먹지 못하고 지냈다. 나흘째 되는 날에 조금 나아져서, 버터 바른 토스트와 커피를 먹으려고 호텔에서 가까운 먹자골목으로 갔다. 나흘 만에 처음으로 음식다운 음식을 앞에 놓고 아주 조심스레 먹기 시작하는데, 게일이 자기 여자 친구랑 그 식당으로 들어왔다. 게일은 그 동안 주욱 처음에 묵었던 그 호텔에 있었다.

말레이시아 호텔로 숙소를 옮긴 뒤, 게일과 게일 친구의 간호 덕분에 기운을 되찾았다. 어느 날 밤 우리는 영화 '싯다르타'를 보았다. 영화를 보면서 나는 눈물을 터뜨렸다. 진리를 찾는, 헤르만 헤세의 젊은 주인공 싯다르타와 나를 동일시하지 않을 수가 없었다. 싯다르타는 사업과 쾌락의 삶을 위해 고행을 포기한다. 그러나 결국 화려한 삶에서는 자기 실현을 이룰 수 없음을 직접 경험한 뒤에, 한 뱃사공을 만난다. 그 뱃사공은 강으로부터 삶의 깊은 이치를 배운 성자였다. 그 영화를 보고서, 나만의 외로운 길인 줄 알았던 진리에 대한 탐구가 모든 인류가 마음에 품고 있는 보편적인 열망임을 비로소 깨달았다. 티베트 라마들은 인더스 강이 내게 보여 준 그 깊은 이치를 이해할 열쇠를 과연 갖고 있을까?

게일은 동남아시아를 계속 여행하려고 떠났다. 나는 명상 강좌를 들은 뒤에 런던으로 갈 작정이었으므로 런던에서 다시 만날지도 모르겠다고 생각했다.

네팔 비자가 나오려면 이틀을 기다려야 했다. 시드니에서 온 한 젊은 여자가 파타야까지 동행해 달라고 부탁했다. 키가 아주 작고 아프리카풍의 둥근 머리 모양을 해서 마치 걸어다니는 막대사탕처럼 보이는 그 여자는, 베트남 전쟁에 참여한 적 있는 해병대 출신의 미국인한테 자동차 여행을 예약해 둔 터였다. 깡마른 미국인이 호텔에 와서 우리를 태웠다. 그 남자는 눈빛이 멍한 것이, 너무 많이 보았거나 너무 많이 죽였거나 아니면 둘 다일 듯했다.

길을 떠나자마자 나는 이 여행에 동행한 것을 후회했다. 이 미국인의 운전은 정말이지 곡예였다. 그에 견주면 다른 태국 운전수들은 모두 점잖고 조심스러워 보일 정도였다. 얼마나 빨리 달리는지 우리는 모든 차를 앞질렀다. 우리를 앞지르는 차는 한 대도 없었다. 우리의 운전수는 발을 가속 페달에서 떼는 법이 없었고, 마치 경주용 차를 모는 듯한 솜씨로 도저히 피할 수 없을 것 같던 정면 충돌을 피해 나갔고, 끊임없이 차선을 바꾸어 가면서 자동차들 사이를 이리저리 들락거리며 달렸다. 최고 속도에서 그는 해시시를 굵게 말아 우리에게 주었다. 바야흐로 마약을 끊으려던 참이었지만, 이대로 죽을지도 모르겠다 싶어, 이왕 죽을 거라면 해시시를 먹고 황홀한 느낌으로 죽는 게 낫겠다 싶었다. 파타야 해변에 이르렀을 때 운전수는 자기도 엘에스디에 잔뜩 취해 있었노라고 실토했다.

그 날 밤 우리가 묵은 집에서는 잔치가 벌어졌다. 손님들은 대개가 퇴역 미군으로 심한 마약 중독자들이었다. 몸집이 엄청나게 큰 미국 흑인이 그 막대사탕 아가씨랑 춤을 추는 모습을 나는 재미있게, 또 알 수 없는 슬픔으로 바라보았다. 모두가 불행하고 어찌 할 바를 모르는 사람들 같았다. 나는 긴 의자 뒤에서 몸을 잔뜩 웅크리고 잤다.

아침에 버스를 타고 방콕으로 돌아오자마자 네팔 대사관에서 여권을 찾은 뒤 카트만두로 날아갔다.

해답의 실마리

이럴 수가! 카트만두는 그 자체가 마법이었다. 그 곳은 고향이었고, 내가 그리던 목적지였다. 지금까지 책에서 본 어떤 말로도 내 느낌을 형용할 수 없었다.

호텔 방에다 짐을 안전하게 놓아 두고서 거리로 나갔다. 히피족의 메카인 프리크 거리를 찾았다.

"여보시오, 선생. 환전?"

"아뇨."

"해시시?"

"아뇨."

"아주 오래 된 불상은?"

"아니오."

"내 여동생은 어때요?"

"아뇨."

나는 거리의 쾌활한 젊은 소란꾼들은 본체만체하고 '조의 식당'으로 들어갔다. 낡은 테이프가 '도어즈The Doors'의 노래를 들려 주고 있었고, 한 무리의 유럽 사람들이 함께 물파이프로 해시시를 피우고 있었다. 커피를 한 잔 시키면서 나는 물파이프를 피우는 이들 옆에 앉았다. 그들에게 물었다. "실례지만, 코판 사원 가는 길을 아시는지요? 명상 강의가 그 곳에서 곧 시작될 거라 하던데요."

"알고 말고요. 바우다나드로 가는 버스를 타세요. 몇 킬로미터만 가면 돼요. 그 탑 가까이서 내려서, 탑 뒤쪽으로 난 똥투성이 좁은 길을 따라 죽 가면 코판이 나올 거요. 한 모금 하시겠소?" 그가 물파이프를 권했지만 사양했다.

버스가 목적지에 다다르기 훨씬 전부터 그 거대한 탑의 흰 돔이 보였다. 탑에 그려진 붓다의 눈이 건물 지붕들 위로 언뜻 보였다. 버스에서 내린 나는 탑의 웅장함에 압도되어, 시계 방향으로 탑을 도는 군중들을 따라 돌았다. 그 때 택시 한 대가 내 옆에 멈추어 섰다. 크리스가 택시에서 뛰어나와 나를 반갑게 껴안았다. 크리스와 케리는 탑 안뜰 맞은편에 방을 세 얻어 지내고 있었고, 때마침 크리스가 장을 보고 돌아오는 길이었다.

케리는 내가 나타난 것을 보고 놀라워했다. 나는 이렇게 늘 케리의 삶에 들락거리고 있었다. 케리가 웃으면서 나를 보더니 물었다. "왜 왔어요?"

나는 태국에 일자리가 없다는 것과 불교에 관심이 생긴 것에 대해 설명했다. "그리고 당신이 보고 싶기도 했지."

"너무 일러요." 케리가 대답했다. "우린 좀더 떨어져 있어야 해요. 하지만 이왕에 왔으니 카트만두에서 짐을 가져오는 게 좋겠네요."

크리스가 차를 내왔다. 둘은 바우다나드의 삶에 쉽사리 적응하여 안정되어 있었다. 우리는 명상 강의에 대해 이야기했다.

"정말 대단해. 사람들마다 모두 코판과 그 두 라마 이야기를 하고 있으니. 이백 명이 넘는 사람들이 강의에 등록했어. 당신도 어서 가서 등록해야지."

케리와 크리스는 카트만두에 옷을 지으러 갈 예정이어서, 나는 혼자 바우다나드가 내려다보이는 코판을 향해 갔다.

길은 계단식 논을 가로질러 나 있었다. 논 사이로 군데군데 산들바람에 흔들리는 키큰 대나무 숲이 있었다. 아이들이 '나마스테' 하고 외치며 내게 인사하고, 주홍빛 새들이 이 나무 저 나무로 날아다녔다. 목재를 실은 구식 밴이 서더니 한 영국 사람이 나더러 차에 타라고 했다. 그 영국인은 코판에서 목수들을 데리고 건물을 짓고 있었는데, 강의를 신청한 모든 사람을 수용할 시설을 마련하느라고 정신이 없었다. 바로 내가 깔고 앉은 널빤지들이 곧 내 방의 천장이 될 운명이었다. 산마루 꼭대기로 나 있는 가파른 오르막길 끝에 있는 코판에 이르렀다. 들뜬 어린 스님들 한 무리가 자동차의 짐을 부리려고 왔다. 나는 사람들이 일러 준 대로 등록 사무실을 찾아갔다. 옛 건물 벽 밖으로 돌출된 창문들 사이로 창구가 있었다. 그 집이 바로 점성가의 오두막이었다.

마리가 강의 참석자들 세부 사항을 장부에 적고 있었다. 마리는 나를

232

쳐다보고도 처음에는 알아보지 못했다. 삭발하고 어린 스님들처럼 승복을 입은 마리도 알아보기가 쉽지 않았다.

"안녕, 마리. 불교 세뇌 교육 받으러 왔어."

마리가 나를 찬찬히 바라보았다. "에이드! 마침내 왔구나."

마리의 웃음에 나는 안심했다. 마리는 지극히 정상이었다. 닉도 멀쩡했다. 닉은 톰이 그 전 해에 지은 지오데식 돔 집 안에서 책상 앞에 가부좌를 틀고 앉아 잔뜩 쌓인 서류를 처리하고 있었다. 닉이 내 손을 잡으며 나를 따뜻하게 맞았다. "자네가 누구보다도 먼저 올 거라고 생각했는데 꼴찌야."

"글쎄, 자네 편지들이 기차 충돌만큼이나 파악하기 어려웠거든. 먼저 생각을 좀 해야 했어."

사흘 동안 크리스랑 케리와 함께 카트만두를 돌아볼 시간이 있었다. 자갈 깔린 거리, 심하게 기울어진 집들, 그리고 시끌벅적한 시장 들이 아프가니스탄과 파키스탄을 생각나게 했다. 그러나 이 네팔 사람들한테서는 이슬람교도들 사이에서는 보지 못한 충일감이 느껴졌다. 그리고 불교 사원과 힌두교 사원은 가까이하기 어렵던 회교 사원보다 한결 정다웠다. 아침마다 우리는 티베트 스님들 염불 소리와 그 뒤를 잇는 나팔, 북, 종 소리에 깨어났다. 그 때마다 다시 한번 친근감이 나를 휩쓸었으니, 내 심장은 그 북 소리 장단에 따라 고동쳤다.

드디어 내 삶에서 가장 진지한 삼십 일이 시작되었다.

라마 예셰와 라마 조파 린포체를 위시해 라마들은 본당 위쪽에서 지내고, 어린 스님들은 놀북링카라고 이름 붙인, 삼층 벽돌 건물에서 살았다. 서양인 이백오십 명이 그 강좌에 신청했고, 서둘러 지은 새 건물만으로는 사람들을 다 수용할 수 없어 부근의 농가까지도 숙소로 썼다.

나는 벽과 바닥의 시멘트가 아직 채 마르지 않고 지붕도 없는 건물에서 방 하나를 다른 네 사람들과 함께 썼다. 첫날 저녁에 예비 강의를 마친 뒤에, 밀짚 침대 위에 놓인 침낭 속으로 기어들어가면서 우리는 걷잡을 수 없이 웃음을 터뜨렸다. 이 모든 것이 아무래도 정신 나간 짓 같아 보여서였다.

하루 일과는 오전 다섯시 삼십분, 해가 카트만두 골짜기에 떠오르는 시각에, 아침 추위에 그만인 볶은 콩 커피 한 잔으로 시작되었다. 커피를 마시고 나서, 절 뒤 잔디밭 위에 세운 큰 천막에 모여 거친 짚멍석을 깐 바닥 위에 방석을 놓고 앉았다. 캐나다 출신 비구니 스님 앤이 한 시간 동안 명상을 이끌었다.

아침으로 추라—쌀을 납작하게 눌러 만든 플레이크—와 그라놀라를 차에 담가 먹은 뒤에 라마 조파 린포체의 첫 강의를 들으러 다시 천막에 들어갔다. 한 스님이, 유향과 다른 약초 연기가 피어 오르는 금속 화로를 들고서, 라마 조파와 라마를 수행하는 티베트 스님들에 앞서서 들어왔다. 스님들이 기도문을 염불하고, 라마 조파는 초 세 자루와 원뿔 모양의 케이크를 가지고 영혼들을 달래는 의식을 이끌었다. 나의 냉소적인 성향이 발동했다. '귀신이라니, 참!' 하지만 염불과 라마 조파의 섬세한 손놀림 그리고 향기로운 향내가 서로 어우러진 그 의식은 잊을 수 없는 경험이었다. 채식으로 된 점심을 먹는 동안에도 가르침에 대한 불꽃 튀는 토론이 내내 오갔고, 점심 뒤에도 몇 사람씩 모여 계속 토론했다. 오후에 라마 조파가 두 번째 강의를 하고 나서 명상을 이끌었다. 저녁을 수프로 가볍게 먹은 뒤에 앤이 이끄는 명상 시간에 참석한 것으로 일과가 끝났다. 우리는 몸은 지쳤지만, 한껏 고무되어 잠자리에 들어서도 자정이 넘도록 토론을 계속했다.

라마 조파의 법문은 마음에 초점을 둔 이야기로 시작되었다. 바로 내가 원하던 이야기였다. "마음은 사물에 대한 주관적인 경험입니다." 라마 조파가 말했다. "마음은 여러분이 감각하는 대로 사물을 인식하는 것이며 또한 그 사물에 대해 여러분이 지닌 생각이지요. 마음은 행복과 불행에 대한 여러분의 온갖 느낌과 온갖 즐겁고 불쾌한 감정을 포함합니다. 마음은 앎이자, 또 그릇된 판단에서 비롯된 어리석음이기도 합니다."

라마 조파는 계속해서 이르기를, 사람에게는 몸과 마음이 있는데 그 둘은 서로 의존하고 있지만 서로 다른 실체라고 했다. 영혼이니 넋이니 하는 제3의 구성 요소는 없으며, '자기 자신'이라는 것도 추상적인 현상으로서 특정한 몸과 마음을 그렇게 이름함으로써 존재할 뿐이라고 했다. 몸도 마음도 자기 자신이 아니고, 몸과 마음 속에서건 또는 그렇게 이름하는 과정에서건 독립적으로 존재하는 자기란 없다고 했다.

어떻게 마음이 두뇌와는 다른 그 무엇으로서 존재할 수 있는지 알 수가 없었다. 점심을 먹고 나서, 그 의문에 대해서 닉과 얘기했다.

"라마 조파의 말은 마음이 두뇌하고 아무 관련이 없다는 말인가?"

"아니지. 마음이나 의식(몸을 이루는 오온五蘊 가운데 하나인 식識으로, 의식하고

235

분별하는 정신 작용―옮긴이)은, 그 둘은 같은 건데, 두뇌와 신경 조직에 의존하고 있지만 서로 같은 것은 아니야. '인식'은 색, 모양, 맛 같은 물리적인 특성을 지니고 있지 않잖아. 마음이 물질이 아니니까 말이야."

"마음을 어떤 식으로든 판단할 수 없다면 어떻게 마음이 존재한다고 할 수 있지?"

"저 나무를 보게. 자네, 저 나무를 인식하나?"

"그래."

"그 인식이 어디에 존재하지?"

"내 두뇌 속에."

"확실한가?"

"두뇌가 아니라면 다른 어디에 존재하겠나?"

"바로 자네 마음 속이지. 자네 눈과 두뇌는 자네 마음이 저 나무를 인식하게끔 돕는 조건일 뿐일세. 저 나무를 인식하는 것이 바로 마음이야."

"좋아. 그러니까, 내 두뇌가 내 마음을 만들어 낸다는 거지. 그렇다면 내가 죽으면 두뇌가 마음을 만들어 내는 것도 멈추고, 따라서 내 마음도 더는 존재하지 않겠군. 결국 자네가 말하는 윤회 이론은 허풍이군."

"축하해! 하나의 삶에서 다른 삶으로 옮겨 가는 것이 사람도 아니고 넋이나 다른 무엇이 아니라, 바로 마음이라는 것을 이해했군."

"마음이 더는 만들어지지 않는다면 어떻게 죽은 뒤에 마음이 살아남을 수 있지?"

"마음을 두뇌가 만들어 낸다는 말은 바로 자네가 한 말이지, 내 말은 아니잖나. 마음을 순간의 연속이라는 측면에서 보면, 마음의 현재 순간은 그 바로 앞 순간의 결과이고, 동시에 앞으로 다가올 순간의 원인이지. 마음은, 마치 강이 땅을 가로질러 흐르듯이, 시간을 통과하며 흐르는 인식의 연속체라네. 어디에서건 상류는 하류의 직접적인 원인이지."

"마음이 스스로를 만들어 낸다는 건가?"

"인식의 바탕을 이루는 실체라는 측면에서는 그렇다고 할 수 있지. 인식은 또 신경 조직과 그것이 지각하는 대상에 의존하지. 그것들은 인식의 '유형'을 결정하는 조건으로 작용하지만, 인식이라는 '실체'의 직접적인 원인은 아냐."

"그만, 그만. 지금까지의 이야기만으로도 골치가 아파."

"걱정 말게. 겨우 첫날 아닌가." 닉이 소리 내어 웃었다. "앞으로는 이보다 훨씬 더 치열해질 걸세."

오후 강의 동안 라마 조파는 또다른 폭탄 선언을 했다. '마음은 언제 시작되었는가?' 이 빤한 질문에, 그는 마음은 시작됨이 없다고 대답한 것이었다. 라마 조파는 말했다. 우주에는 죽고 다시 태어나는 수많은 존재들이 있는데, 죽고 다시 태어나는 이런 주기가 처음 시작된 시초라는 것이 아예 없다고 했다. 달리 말해, 새로운 정신의 연속체라는 것이 일찌기 만들어진 적이 없고, 아무것도 일찌기 소멸된 적이 없으며, 우주에는 시작이 없었다는 것이었다.

나를 피해 숨으려는 닉을 붙잡았다. 나는 짐짓 절망한 체하며 그의 눈을 들여다보았다. "시작이 없다니, 대체 무슨 소리야?"

"만일 자네가 자네 마음을 몇 생이고 거슬러 올라가 본다고 해도 결코 첫 번째 삶에는 이르지 못할 거야. 우리는 삶의 바퀴 속에서 늘 순환하고 있으니까."

"우주의 시작은 어떻고? 빅뱅 말이야. 내 마음이 어떻게 빅뱅 전에도 존재할 수 있었겠어?"

"우주조차 시작 없는 때부터 왔다가는 사라지고 해 왔네. 이전의 우주가 소멸되었을 때, 우리는 천상의 신들이었는데, 여전히 삶의 바퀴 속에 있으면서, 물질 세계가 완전히 끊어진 속에서도 존재할 수 있었지. 미묘한 물질은 여전히 남았거든. 뒤에 우리의 업으로 말미암아 새로운 세계들이 생겨났고, 우리는 동물이나 사람 등 더 낮은 몸으로 태어나게 된 거라네."

"닉, 자넨 어떻게 이 모든 것을 마치 사실인 것처럼 말하는 거지? 자네가 어떻게 안다는 거야?"

"우리 마음은 모든 것을 알 수 있는 잠재력을 지니고 있어. 붓다는 바로 그 잠재력을 깨달았고, 그 덕분에 전지全知적인 마음으로 사물을 보게 된 거라네."

"이봐, 친구. 그것을 입증해 보일 수 있는가?"

"그게 틀렸음을 증명할 수는 있겠나?"

"망할 친구 같으니. 그럼 삶의 바퀴는 또 뭐야?"

"간단해. 헤아릴 수 없이 수많은 유정有情들, 곧 사람, 동물, 배고픈 귀신들, 지옥의 중생, 반신반인인 수라들, 그리고 거룩한 천상의 중생, 이들이 모두 시작 없는 시간부터 한 삶에서 다른 삶으로 순환하고 있다네."

"'유정'이라고? 그게 무슨 말이지?"

"감정이나 마음을 가지고 있는, 살아 있는 존재라는 말이야. 식물은 살아 있지만 마음이 없으니 유정이 아니지."

"귀신을 믿나? 지옥도?" 나는 어이가 없었다.

"그래." 내가 놀라는 것을 보고 닉이 빙글 웃었다. "맞아떨어지잖나."

"불쌍한 친구. 저 라마들이 자넬 어떻게 한 거야?" 나는 반 농담으로 말했다. "자네는 그 마법의 버섯이 감정이 있다고 생각하지 않나?"

"아니."

"그 버섯들은 머리 긴 히피들이 풀밭을 기어 저희한테 오는 것을 보고 두려워하지 않을까?"

"버섯은 긴 머리 히피들을 볼 수 없지. 공포나 시각은 마음의 작용이거든." 닉은 내 농담을 진지하게 받아들였다.

"버섯 속에 든 환각제의 혼이라면 어떨까?" 내가 놀렸다.

"그러니 자네도 귀신을 믿는 게로군?" 닉이 되받았다.

다음 날도 비슷한 얘기였다. 라마 조파는 윤회 과정을 설명하면서, 마음은 죽을 때 몸을 떠난다고 했다. 그리하여 마음은 어떤 미묘한 물질 에너지에 실려 다니다가, 꿈 같은 중간 상태인 중음中陰을 거쳐 마침내 미래의 어머니 자궁에 있는 수정된 난자 속으로 들어간다. 따라서, 아기의 마음은 부모의 마음에서 오는 것도, 자라고 있는 태아한테서 오는 것도 아니고, 다만 수태에 꼭 필요한 제3의 인자일 따름이다. 마음은 전생에서의 좋은 정신적 자질과 나쁜 자질의 씨앗을 모두 가지고 온다. 마찬가지로, 전생의 좋은 행위나 나쁜 행위에 따라 내생에서 즐거운 경험이나 불쾌한 경험을 하게 만드는 업(카르마karma)의 씨앗도 지니고 온다는 것이었다.

닉에게 반론을 제기했다. "자비로우면서도 복수심에 불타는 기독교의 신이 벌이나 상을 준다는 것하고 도대체 뭐가 달라? 결국 같은 얘기잖아. 가슴에서 나오는 참된 감정을 따르기보다는, 벌 받지 않을까 하는 두려움과 또 보상을 받는다는 믿음으로 남들의 신념을 따라 살도록 강요당하고 있는 셈이잖나."

"자네는 지금까지 살아오면서 종교를 따랐나, 아니면 자네 가슴을 따랐나?" 닉이 물었다.

"결단코 종교는 아니지. 사회가 어떻게 생각하는지는 신경 쓰지 않고 내가 원하는 것을 따랐지." 나는 분해서 대답했다.

"그것이 자네를 행복으로 이끌었나, 아님 멀어지게 했나?"

닉은 내 대답을 알고 있었다. 나는 잠자코 있었다.

붉은 승복을 머리와 어깨에 두르면서 닉이 부드럽게 말했다. "천천히 받아들이게, 에이드. 업에는 자네가 생각하는 것보다 더 많은 것이 있다네."

강의 시간과 명상 시간 사이에는 침묵을 지키기로 되어 있었다. 하지만 말을 하지 않는다고 해서 생각을 멈추게 되지는 않았다. 나는 불교가 전능한 우주의 창조자라는 개념을 받아들이지 않는다는 것이 마음에 들었다. 과학에 바탕을 둔 내 이론은 아마도 문제가 되겠지만, 내 무신론은 불교와 맞아떨어졌다. 유일신에 의한 창조론 대신에, 불교는 삶이며 태양, 달, 지구 등 모든 것이 유정들 자신의 마음에서 비롯된다고 했다.

침묵을 지키라는 규칙을 무시하고 나는 다시 닉의 의견을 구했다.

"자넨 마음과 물질이 서로 다른 실체이니까 몸이 마음을 만들어 낼 수는 없다고 했어. 맞지?"

"그래."

"그렇다면, 어떻게 마음이 물질로 이루어진 우주를 만들어 낼 수 있단 말이지?" 나는 물질 세계의 보기로서 돌멩이를 하나 집어들며 말했다.

"어찌 보면 '만들어 낸다(창조한다)'는 말에 문제가 있어. 물질은 일반적으로 마음과 떨어져서 존재하지. 마음이 만들어 내는 것은 아니지. 하지만 별, 천체, 돌, 그리고 식물을 포함한 자연 환경의 형태로 나타난 물질은 유정들의 업에 따라 결정된다네. 업이 없다면 물질은 그의 가장 단순한 상태로 남아 있게 될 테지. 업이 바로 우주의 복잡함과, 동식물의 진화의 원동력이니까 말이야."

"업이 마음인가?"

"꼭 그렇지는 않아. 먼저, 어떤 순간에든, 물질이 마음에 나타나는 방법에는 여러 가지 가능성이 있어. 그 숱한 가능성 가운데 어느 것이 나타나는지는 그 물질을 경험하는 존재의 업에 달려 있다네. 업이란 과거의 행위가 빚어 내는 마음이나 정신의 성향이거든. 그러니까 그 성향이 물질로 나타날 수 있는 수많은 가능성 가운데 어느 한 가지와 마음을 이어 주는 작용을 한다는 거야. 예를 들어, 우리 인간의 업은 카트만두 골짜기를 그 많은 가능성 중에서 꽃과 물과 논 따위가 있는 아름다운 곳으로 나타나게 하지만, 배고픈 귀신의 업은 이 골짜기가 음식도 마실 것도 없는 메마른 황무지로 나타나게 만든다는 거야."

"그럼, 저기 있는 것은 정말 뭔가? 푸르른 골짜긴가, 아님 황무진가?"

"그건 자네가 사람인지, 배고픈 귀신인지에 달려 있지. 존재들이 경험

241

하는 것이 그들한테는 실재야."

"자네 말은 마음을 떠나서는 실재가 없다는 말인가?"

"내가 말하려는 게 바로 그거라네."

"그렇다면 말이야." 나는 돌을 공중에 던졌다가 다시 잡았다. "만일 내가 이 돌을 금이라고 생각한다면 이게 금이 되는 거군. 안 그래?"

"자네가 마이더스 왕이라도 되나?"

"닉, 자넨 도움이 안 돼."

"미안. 무언가가 금이 되려면 금이라고 부를 만해야지."

"고맙군. 그거 정말 큰 도움인 걸." 나는 마구 비꼬았다.

결국, 불교에 따르면, 자연 환경이나 그 속에 살고 있는 유정들 할 것 없이 그 모든 것이 헤아릴 수 없는, 시작함이 없는, 끊임없는 의식의 흐름의 활동이 투영된 것이며, 그 의식의 흐름이 그들의 업에 따라 다시 다양한 존재 단계의 세상에 태어나, 그 속에서 그들이 과거에 행위한 것의 과보를 겪게 된다는 것이다. 이쯤 되면 창조주 이론도 그렇게 고약하다고만은 할 수 없지 않겠나!

나는 업과 윤회의 우주론은 도저히 받아들일 수가 없었다. 반면에, 우리가 일상 생활에서 마주치는 심리적인 문제에 대한 불교의 설명은 논리적으로 이해가 되었다. 불교는 자아 때문에 일어나는 문제와 그에 대한 해결책을 확실하게 밝혀 놓았다. 라마 조파는 우리가 겪는 문제의 뿌리는 바로 자기 자신이 존재한다고 잘못 생각하는 데에 있고, 그에 대한 해결책은 자기라는 허깨비가 존재하지 않음을 직시하는 것이라고 했다. 그가 말했다.

"실제로, 자기 자신은 우리의 몸-마음 복합체를 '나'라고 이름하는 행동을 통해서만 존재할 뿐입니다. 몸도 마음도 '나'가 아니고, 몸과 마음에서 떨어져서 본디부터 존재하는 '나'란 없지요. '나'라는 이름만으로 존재하는 것만으로도 우리를 다른 사람과 얼마든지 구별할 수 있고, 또 우리의 행동에 충분히 책임질 수 있습니다. 하지만 태어나면서부터 우리는 자기 자신이 그 이상으로 확고한 것이라는 그릇된 개념을 지녀 왔습니다. 우리는 자기가 본디부터 존재하면서 우리의 몸과 마음을 독자적으로 통제한다고 보는데, 그것은 잘못 아는 것이지요. 그리고 애초의 이런 오해를 점점 더 키워 나가면서, '자기 자신'을 다른 어떤 것보다 더 중요한 존재로서 소중히 여깁니다. 우리는 이 그릇된 자아상에 사로잡혀서, 감각의 즐거움, 남한테서 인정받고 사랑받는 것, 부유해지는 것, 칭찬받는 것 따위에서 오는 행복을 이기적으로 갈망하는 거지요. 반면에 감각의 즐거움을 누리지 못하는 것, 남에게서 무시당하거나 미움을 받는 것, 부유하지 못한 것, 남에게서 비난받는 것 따위에서 오는 불행은 두려워하고 말입니다."

열흘 동안 라마 조파는 이 이기적인 욕망과 혐오의 여덟 가지 생각이 우리의 거의 모든 행동에 어떻게 동기를 부여하는지를 집요하달 만큼 자세히 설명하였다. 이 여덟 가지는 우리의 모든 괴로움의 원인이고, 결과적으로 우리가 바라는 것과는 정반대의 것들을 가져올 따름이니, 그것들은 불행을 가져올 뿐 행복과는 멀어지게 한다는 것이었다. 나는 그것이 사실임은 알았지만 질려 버렸다. 이 생각대로라면, 나는 내 문제를 두고 사회도 다른 누구도 책잡을 수 없었다. 진짜 죄인은 나 자신의 자아이니 말이다. 직관적으로 이것이 진실이라고 느꼈지만, 나는 달아나고 싶었다. 현실이 정말이지 너무 험악했다. 첫 주에 백 명이 달아났다. 코판을 저버리고, 카트만두의 눈에 보이는 즐거움을 찾아간 것이다.

명상 시간에 나는 내 자아상을 옹호하려고 애썼다. '나는 좋은 사람이야. 나는 나뿐만 아니라 모두가 행복하길 바라니까.' 하지만 자존심, 성냄, 갈망, 질투 같은 이기적인 감정들과 치우친 선입관이 내 삶의 외로움과 불행의 모든 경험 뒤에 도사리고 있음이 갈수록 더 뚜렷해졌다. 어느 땐가, 업과 윤회에 대해 명상하고 있는데, 이 모든 것이 진실이라면 출가하는 것만이 내 삶에서 분별 있는 유일한 길임을 깨닫게 되었다. 하지만 나는 그 생각에 애써 저항하여, 라마가 틀렸음을 증명하려고 전보다 갑절로 애를 썼다.

앤이 라우도 라마로 살았던 라마 조파의 전생을 이야기해 주었다. 나의 회의적인 눈에는, 라마 조파는 어쩌다 어릴 때 들은 이야기를 믿게 된, 지성적이고 선한 사람일 뿐이었다. 강의 도중 쉬는 시간에 나는 라마 조파에게 가서 그의 전생 이야기가 진실인지 대놓고 물었다. 라마 조파에게 이야기하기는 그것이 처음이었다. 라마 조파는 잠시 생각하더니 깊이 꿰뚫어보는 눈에 잔잔한 웃음을 띠고는 나를 바라보면서 말했다. "그래요, 사실입니다."

"그걸 어떻게 알지요?" 나는 어떤 계시를 바라면서 물었다.

"정신의 경험을 통해서지요." 라마 조파가 대답했다.

이 대답은 내게 큰 영향을 주었다. 과학은 객관성에 바탕을 두어, 주관적인 판단이 빚는 치명적인 실수에 빠지지 않는 것을 목숨처럼 여긴다. 하지만 바로 그 마음의 본성이란 것은 주관적인 경험이다. 주관이 아니고는, 마음을 연구하고 이해하고 그것을 기록할 다른 방도가 없다. 비록 주관성이 외부에 대한 관찰과 내면에 대한 관찰을 모두 왜곡시킬 수는 있다고 해도, 모든 정신적인 경험을 타당성 없는 것으로 치부할 까닭은 없는 것이다. 명상의 힘을 통해 전생을 기억하는 것말고는 환생을 직접 증명할 길이 없다. 환생을 부정할 길도, 증명할 길도 없으니 나는 그 가능성에 마음을 열어야 했다. 이런 생각과는 별개로, 라마 조파가 대답할 때 보여 준 태도가 그의 솔직함에 대해서 아무런 의심도 갖지 않게 했다.

라마 조파의 가르침 가운데 부정할 여지가 전혀 없는 것은, 살아 있는 모든 존재에 대한 사랑과 자비를 기르라고 강조한 것이었다. 어느 날 저녁이었다. 갑자기 땅이 흔들리기 시작했다. 누군가가 "지진이다!" 하고 소리쳤지만 아무도 움직이지 않았다. 개들이 미친 듯이 짖는 소리며 사람들이 잔뜩 겁을 먹고 외치는 비명 소리 등 온갖 아우성이 저 골짜기 아래에서부터 들려 왔다. 라마 조파는 여전히 명상을 이끌면서 절박하게 말했다. "유정들의 괴로움을 위한 자비에 대해 명상하시오." 그 순간 불교의 고갱이가 무엇인지 뚜렷해졌다. 그 날, 그 일이 있기 전까지는, 원시적인 미신이라고 여기며 반대 주장을 폈던 우리는 그것을 받아들일 수밖에 없었다.

내 마음이 떠돌기 시작했다. 나는 침묵을 지키라는 것이 영 못마땅했다. 그것이 나의 질문하는 능력을 기만하는 것이라고 여겨서였다. 금똥을 누는 코끼리라든지 알을 낳는 여자라든지, 업을 '증명'하는 이야기 따위는 나의 과학적인 시각에는 생뚱맞게 들렸다. 한편으로는 라마들이 참으로 지혜로워 보였지만, 다른 한편으론 지나치게 미신적으로 보였다.

"닉, 업과 환생 말야. 정말이지 너무 황당해서 믿을 수가 없어." 나는 푸념조로 말했다.

"하지만 모두 사실인 걸." 닉은 아주 진지하게 말했다. 그가 말하는 모습이 라마 조파 같았다.

"아, 그만해. 라마 조파가 말한 그 대단한 이야기들이라니, 완전히 동화잖아."

"그 이야기를 곧이곧대로 받아들여야 할지는 나도 잘 모르겠어. 하지만 그 이야기가 담고 있는 의미를 이해하려고 해 봐." 닉이 대답했다.

"좋아." 나는 질문의 방향을 바꾸었다. "자넨 업이 마음이 아니라고 했는데, 그럼 업이 대체 뭔가?"

"일반적으로 '업'이라는 말은 원인과 결과의 과정을 말해. 인과 관계에서 보자면, 우리의 행위는 우리 정신의 연속체에 업력을 남기지. 남을 도우려는 동기에서 비롯된 행위는 미래에 행복한 경험을 가져올 바람직한 업력을, 남을 해치려는 동기에서 나온 행위는 미래에 불행한 경험을 가져올 부정적인 업력을 남기는 거야. 내 말에 동의하는가?" 닉이 물었다.

"그 동기라는 것 말야, 그러니까 그게 이기적인 생각이나 이타적인 생각을 말하는 거겠지, 아닌가?" 내가 대답했다.

"그래, 이기적인 욕망이나 분노, 그리고 이타적인 사랑과 자비 같은 거야."

"그런 게 마음인 거지?"

"맞아. 우리의 행동 이면에 있는 의도가 업의 인과에 따른 정신의 구성 요소라네. 그런데 그 업력은 마음이 머금고 있는 잠재 에너지이지, 마음은 아니야."

"그렇다면 그 업력은 물질이겠군?"

"아니. 업력은 물질도 아니야. 뉴턴이 사과가 땅으로 떨어지는 것을 관찰하고 중력의 원칙을 깨달았듯이, 붓다도 사람들이 행복하고 불행한 경험에 이끌리는 것을 관찰하고서 업의 법칙을 깨달았네. 중력이 물질의 속성이지만 물질은 아닌 것처럼, 업력도 마음의 속성이지만 마음도, 물질도 아닌 거지."

"행복한 경험, 불행한 경험이 모두 업의 결과인가?"

"우리 같은 일반 유정들한테서는 그래. 우리의 업이 남긴 업력은, 이생이나 내생에서, 또다른 정신적인 의도, 또는 충동을 일으킬 거고, 그게 우리를 행복한 경험 또는 불행한 경험으로 연결시킬 거야. 그게 업의 인과의 결과적인 측면이라네."

"그러니까, 내 삶은 업에 따라 미리 결정된 게로군? 내가 경험하는 것을 선택할 여지도 없이?"

"아니, 업은 삶의 청사진이 아닐세. 업은 다만 어떤 경험이 일어나는 데 요구되는 여러 조건 가운데 하나일 뿐이야. 사랑의 자비로운 태도가 바람직한 업력을 무르익게 만드는 조건이고, 화를 내거나 욕심 내는 성향은 부정적인 업력을 키우지. 비록 자네가 아직 업에서 자유롭지는 않다 해도, 업에 대해 '아는 것' 만으로도 선택은 할 수 있잖나. 업을 아는 것이 자유로 가는 열쇠라네. 업을 알면 남에게 해를 입히지 않으려고 하는 도덕률을 자연스레 선택할 테니까 말야."

마침내 닉이 스님이 되기로 결정한 논리적인 배경이 보이기 시작했다. 닉이 그렇게 짧은 시간 안에 그런 깊은 확신을 얻은 것이 놀라웠다. 그런 한편 좀 걱정스럽기도 했다. 만약 닉이 실수한 거라면?

"업력 말이야, 그것은 사물의 어떤 범주에 들어가지?" 내가 물었다.

"특정한 상황에 따라 명명되는 추상적인 사물의 범주에 들지. 예를 들어, '시간'은 과거가 현재로, 미래로 지나오는 흐름을 가리키는 것일 뿐이잖나. 그리고 수는 하나, 둘, 셋 따위를 가리키는 말이고, '자기 자신'이란 몸과 마음의 조합을 가리키는 것일 뿐이라네. 업력, 시간, 수, 자기 자신, 이것들은 모두 존재는 하지만 물질도, 마음도 아니야. 붓다는 중력에 대해 말하지 않았지만, 중력이 물질이 아니라면 그것도 이 범주에 들어가야겠지."

"업력이 존재한다는 걸 어떻게 알지?"

"내일 말해도 되겠나?" 닉이 농을 쳤다.

"내일이 있을 건지 어떻게 알지?" 내가 맞받아쳤다.

"왜냐하면 '오늘'이 있으니까."

"닉, 자넨 아무것도 증명해 보이지 않는군. 자네가 나한테 얘기한 건 눈먼 믿음일 뿐이야."

"믿음이지만, 눈먼 믿음은 아닐세." 닉이 대답했다. "눈먼 믿음이란 아무런 의심도 없이 믿는 거지. 하지만 붓다는 당신의 가르침도 반드시 의

심해 보고, 또 점검해 보라고 했다네. 사람들은 처음에는 붓다와 그 가르침을 찬탄하게 될 걸세. 찬탄으로 가득한 이 믿음이 마음을 밝혀 더 깊이 참구해 나가게 하지. 그런 뒤에, 그 가르침의 특정한 측면들이 어떻게 자신의 경험과 들어맞는지, 또 논리에 맞는지를 봄으로써, 믿음에 대한 확신을 갖게 돼. 그러고 나면, 자비와 지혜, 그러니까, 열반과 보리菩提에 이르는 길인 그 자비와 지혜가 논리적으로 성취할 수 있는 것임을 알게 되어, 자신도 그런 자질을 성취하려고 발심하기에 이르게 된다네. '실재를 보는 지혜'를 이룰 때까지 의심은 계속되어야 한다네. 바로 그 순간, 온전한 믿음은 지혜가 된다네."

나도 찬탄하는 마음과 함께 믿음이 어느 정도는 있었지만, 믿음에 대한 확신과는 거리가 멀었다. 업에 따라 달리 태어난다는 '여섯 가지 세상(육도六道)'에 나오는 귀신이나 지옥 중생, 천상의 거룩한 존재들 같은 관념은 나로서는 여전히 받아들이기 벅찬데, 그나마 받아들일 방법이라곤, 그 육도가 인간의 심리 상태를 온갖 영역에 걸쳐 생생하게 보여 준다고 여기는 것이었다. 이를테면, 편집성 정신 분열증 환자는 산 채로 지옥불에 타는 이와 똑같이 지옥 같은 경험을 하고, 마약이나 섹스, 술로써 희열을 맛보는 것은 천상계에 있는 듯한 경험이고, 인색한 구두쇠는 늘 굶주림에 시달리는 아귀 같은 경험을 하고, 분노나 갈망은 사람을 짐승처럼 만든다. 그리고 마음이 질투와 권력욕으로 가득한 사람은 아수라 같지 않은가.

윤회의 수레바퀴를 이런 식으로 보는 것은 라마 조파가 지옥계를 묘사할 때 더욱 그럴싸하게 느껴졌다. 지옥계에서는 쇠부리를 한 거대한 새들이 사람들을 괴롭히면서 머리를 쪼아 먹는다는데, 그 끔찍한 모습은 정신 분열증을 앓다가 자살한 내 소년 환자가 묘사하던 것과 똑같았다. 라마 조파가 말하길, 그런 경험들은 사실 마음이 투사된 것이긴 하지만, 그런 경험을 하는 지옥 중생에게는 그대로 현실이라는 것이었다.

라마 예세를 만나다

한번은 라마 조파가 끝낼 시간을 한참 넘기면서 몇 시간 동안이나 강의를 계속했다. 더 앉아 있기가 힘들어 천막에서 나와 언덕 꼭대기로 걸어 올라갔다. 카트만두 골짜기를 내려다보면서 햇빛 속에 앉아 있는데, 염소를 치는 어린 소녀 셋이 옆에 와 앉았다. 아이들이 내게 박하 사탕을 주었고 염소들은 우리 둘레에서 풀을 뜯었다. '이것이 실재지.' 혼자 속으로 생각했다. 그 때 절 본당 꼭대기층에서 한 스님이 모습을 드러냈다. 라마 예세였다. 언덕에는 나말고도 다른 낙오자 두 명이 더 있었다. 조금 있으려니 라마 예세의 모습이 사라졌다. 내 예감대로 곧 라마 예세가 언덕으로 올라왔다.

라마 예세가 오는 것을 보고 일어섰다. 라마는 내 눈을 빤히 들여다보더니 말했다. "힘을 원한다면 천막으로 돌아가게."

나는 깜짝 놀랐다. 카를로스 카스타네다의 책들을 읽고서, 돈 후안의

251

가르침대로, 전사의 힘이야말로 성취할 만한 훌륭한 자질이라고 확신하게 되었던 터, 그 힘이 진정으로 내가 추구하는 것이었다. 라마 예셰는 그것을 어떻게 알았을까?

대거리할 말을 쥐어짜면서 속으로 생각했다. '만일 스님께서 제 마음을 읽으실 수 있다면, 그래서 하는 말인데요, 실재는 이 아이들이랑 염소랑 더불어 바로 여기에 있답니다.' 그리고 라마 예셰의 눈을 도전적으로 맞바라보면서 대답했다. "싫습니다." 그리 상서롭지 못한, 스승과의 첫 만남이었다.

몇 해 뒤, 아메리카 원주민의 피가 절반 섞인 한 서양 스님이 "라마, 이 책을 꼭 읽으셔야 합니다" 하면서 카스타네다의 책을 라마 예셰한테 주려고 했다. 그러자 라마 예셰는 그 책을 두 손으로 쥐고서, 말 한 마디에 한 대씩, 그 스님 머리를 때렸다. "나는, 이, 책, 을, 읽을, 필요, 없, 어."

강의의 강도가 세졌다. 새벽마다 라마 조파는 우리로 하여금 살생, 도둑질, 거짓말, 성 행위, 술과 마약, 노래, 춤 그리고 하루에 한 끼 이상 먹는 것을 삼가겠다는, 스물네 시간 서원을 하게 했다.

"걱정 마. 웃는 건 괜찮으니까." 닉이 나를 안심시키려 했다.

하지만 그건 나한테는 너무 벅찼다. 날이 밝자마자 나는 죽과 달걀 부침을 얹은 토스트와 함께 나오는 커드를 먹으려고 삼십 분이나 걸어 바우다나드로 갔다. 쇠약해진 몸이 설사까지 겹쳐 방콕에서 걸린 식중독에서 회복되기가 좀처럼 어려웠고, 내 몸에는 단백질이 좀더 필요하다고 믿었다.

서원을 시작한 세 번째 날 아침, 나는 케리를 꼬드겨 함께 나갔다. 다른 사람들처럼 나도 강의 듣는 것을 그만두려고 생각하고 있었다. 케리한테 고아(인도 남서해안의 바닷가 마을 —옮긴이)에 함께 가자고 말할 생각이었다. 고통, 지옥계, 귀신, 종교 의식을 지나치게 강조하는 것이 내 구미에 영 맞지 않아서였다. 아침밥을 먹는 동안 나는 케리의 눈이 거룩한 표정을 머금고 있음을 보았다. 환각 체험자들과 아기를 막 낳은 여자들 눈에서 본 적 있는 그런 표정이었다. 라마 조파의 눈빛에도 무언가 비슷한 것이 있었다. 케리는 참으로 아름다워 보였다. 케리를 코판에서 데리고 나올 수 없음을 직감했다. 밥을 다 먹은 뒤에 말했다. "케리, 저 언덕에서 무슨 일이 일어나고 있는지 난 잘 모르겠지만 좋은 일인 것 같아. 아침 강의에 늦게 않게 돌아가자."

강의가 계속되면서 나는 그 가르침에 끌리기도 하고, 반발하기도 했지만, 이 철학이 설득력 있다는 확신이 갈수록 커져 갔다. 붓다는 진정으로 깨달은 사람이었다. 그래도 나는 라마들과 불상에 절하기를 망설였다. 그러나 어느 명상 시간에 나는 마침내 붓다의 지혜가 내 자신의 지식을 뛰어넘는 것임을 받아들였다. 자의식과 자존심은 여전하여서 나는 사람들이 천막에서 다 나가기를 기다렸다가 불상에 절을 올렸다. 그러고 나서 밖에 있는 크리스와 케리에게 갔을 때 내 얼굴은 평소와 다른 웃음을 띠고 있었다. 케리가 내 귀를 잡아당기면서 물었다. "당신한테 무슨 일이 일어난 거죠?"

'찬탄으로 가득한 믿음'이 태어난 것이었다.

라마 예셰는 신비한 존재로 남아 있었다. 라마 예셰에 대한 이야기는

253

무성했지만 그는 아직 우리를 가르치지 않았다. 어느 날 오후 말이 돌았다. "오늘 밤에는 라마 예셰가 온대." 흥분으로 고조되어 다들 천막 속에 모여 입구를 뚫어져라 바라보고 있었다. 우리가 기다리고 있을 때 스님 한 분이 뒤늦게 천막 뒤쪽 휘장 밑으로 살짝 들어왔다. 그는 붉은 승복으로 머리를 가리고, 법석 가까이에 앉은 서양 스님들 줄에 앉았다. 갑자기 그 스님이 높은 소리로 웃음을 터뜨렸다. 라마 예셰였다. 웃음을 진정시키면서 라마 예셰가 법석에 앉았다. 우리를 속인 것이었다. 나는 이 라마가 마음에 들었다.

라마 예셰는 서양 사람들이 말하는 것을 주워들으며 또 타임지를 읽으면서 영어를 익혔다. 그래서 그의 법문은 일상 회화체와 전문 용어가 뒤섞여 있었고, 놀랄 만큼 정확한 영어를 구사했다. 남들도 따라 웃게 만드는 웃음과 직업 코미디언 못지않은 쇼맨십 덕분에 라마 예셰가 세 차례에 걸쳐 저녁 법문을 하는 동안 우리는 강의에 완전히 집중했다.

라마 조파가 지옥불 등 소름끼치는 이야기로 가차없이 강의하던 것에 견주어, 라마 예셰는 온화했다. 그는 확고하게, 그리고 힘이 있으면서도 한결 부드럽게 불교를 설명해 주었다. 정신 분열에 대한 내 물음에 답한 라마의 설명이 특히 인상깊었다. 라마의 대답을 정리하면 이랬다.

"정신 분열이란 무엇이고, 그 원인은 또 무엇일까요? 정신 분열은 종류가 다양해서 뭐라고 하나로 정확하게 말할 수는 없습니다. 원인도 가지가지구요. 예를 들어, 학생이 정신 분열증에 걸리는 경우를 봅시다. 서구의 학교에서는 학생이 공부에 지나친 압박을 받으면 정신 분열증이 걸릴 수 있겠지요. 스스로도 자기를 다그치는데다가 부모, 친척, 여자 친구까지 기대를 걸며 압박을 가하는데도 성적이 뜻대로 나오지 않으면, 학생은 의기소침해질 밖에요. 성과는 없는데 주위에서 자꾸 압박하고 또 압박해 오면, 학생은 결국 '나는 할 수 없어, 나는 할 수 없어, 나는 할 수 없어, 나는 아무 것도 아냐, 나는 아무 것도 아냐, 나는, 나는 말이야, 사람들이 모두 주시하고 있어, 나는 아무 것도 아냐, 모두들 나를 흉보고 있어……' 따위로 미신 같은 강박에 사로잡히고, 급기야는 정신 분열을 일으켜 미치게 되는 겁니다. 자, 선생, 이런 것이 정신 분열의 주된 원인이랍니다. 바로 지성의 사고력에서 오는 거지요.

"그렇지 않은 경우도 있습니다. 몸이 약해서 그런 경우가 있을 수 있어요. 몸이 약해 음식을 못 먹고, 그러다 보니 신경 조직이 파괴돼 제대로 기능할 수 없는 거지요. 신경계가 약해지면 마음이 처지고, 끝내는 꽉 막히게 되어서 자동적으로 정신 분열을 일으키는 거랍니다.

"또 어떤 경우에는, 훌륭하게 교육받고 건강하고 행복한, 그래서 누구보다도 이상적인 사람이라도, 일테면 철학적인 갈등이라든지 가족 불화로, 갑자기 마음에 문제가 생겨 자아가 다치게 되는 경우도 있답니다. 그런 사람에게도 정신 분열증이 나타나지요. 아, 정신 분열로 가는 길은 세상에 정말 많답니다."

라마 예셰는 정신 분열의 속성과 정신 분열을 일으키는 환경 조건 및 육체적인 조건과의 관련성을 정확하게 이해하고 있었다. 라마는 또 그 근본적인 원인은 마음 자체에, 특히 자아상에 있다고 지적했다. 불교에서 우리가 겪는 모든 문제의 뿌리라고 보는 그 자아상 말이다. 라마가 아주 쉬운 말로 예를 들어 이야기한, 학생이 자기 자신과 타인의 압박에 의해 생긴 성공 강박증으로 정신 분열을 일으킬 수 있다는 이야기는, 사회와의 갈등에서 오는 압박감이 지성을 혼란시키며 마음을 구속한 결과로 정신 분열이 일어나는 과정을 좀더 상세하게 보여 준 랭의 주장과 일치하였다.

뒤에, 정신병에 걸리게 하는 업의 원인으로는, 현혹시키는 말이나 주문으로 남의 마음을 혼란스럽게 하는 행위, 싫다는 사람을 억지로 술이나 마약을 하게 하는 행위, 야생의 동물을 놀래키는 것, 숲에 불을 놓는 행위 그리고 남의 안녕을 해치는 온갖 행동이 있다고 들었다. 또 정신병을 촉발시키는 외부적 조건으로는, 엄청난 두려움, 불온한 영들에 의해 입는 피해, 생리 불균형, 사랑하는 사람을 여의었을 때의 슬픔 같은 것들이 있다고 했다. 나는 그 때까지도 영혼에 대해서는 확신할 수 없었지만, 윤회의 인과에서 말하는 다른 원인과 조건들은 조리가 있다고 여기게 되었다.

점검하기

불교 세계관이 내 마음을 끌었지만, 강의가 끝날 때까지도 나는 불교도가 될 준비가 되어 있지 않았다. 멀리 떠나 모든 것을 생각해 볼 필요가 있었다. 라마 예셰가 가르침을 '점검해 보라'고 거듭해서 간곡히 권고했고, 나는 꼭 그렇게 하리라고 마음먹었다. 또한 나를 망설이게 한 것은, 스님이 되고 싶지 않다는 사실이었다. 그렇긴 하지만, 업과 윤회가 진실이라면 시간을 허비하는 일 없이 곧바로 스님이 되어야 했다.

케리와 크리스는 라마 예셰가 이끈 수계식에서 불교도가 되었다. 그들은 라마들이 말한 민첩한 지혜가 여성스런 마음의 특성임을 보여 준 것이다. 남성적인 특성인, 좀더 신중한 지성을 발휘하여 나는 수계식에 참석하지 않았다. 그런 서약은 내가 불교의 가르침이 진실이라고 완전히 확신할 때라야 가능하리라.

강좌에 참석한 사람 대부분이 그랬듯이, 우리는 코판에서 나온 첫날 밤에 잔치를 벌였다. 닉의 동생 도리안과 그 여자 친구 앨리슨과 함께 우리는 해시시를 조금 피우고 음악을 들었다. 도리안이 나가서 그 유명한 프리크 거리의 파이 가게에서 레몬 머랭 파이 한 판을 사 가지고 왔다. 라마 조파가 그릇된 욕망에 대해 끊임없이 말했던 바, 우리는 이제 현장에서 그에 대해 직접 점검해 보는 중이었다.

다음 날, 강좌에 대한 이야기로 가득한 장문의 편지를 게리에게 썼다. 나는 불교에 대해 완전히 확신하지는 못했지만, 두 라마가 예정대로 조만간 오스트레일리아에 가서 강의하면 '반드시' 참석하라고 썼다. 그리고 처음에 어떤 생각이 들든 강의를 끝까지 들으라고 당부했다. 훗날, 톰과 케시의 집이 있는 물룰라의 다이아몬드 밸리에서 라마의 강의가 열리는 동안 여러 사람들이 이 편지를 돌려 가며 읽었다는 소식을 들었다. 이 편지 덕분에 몇몇 사람은 바닷가로 가는 대신 그 명상 강좌를 계속 듣기로 했단다.

바닷가로 향하는 것은 오스트레일리아 사람들의 정신에 흐르는 타고난 충동이다. 이른 여름 더위가 카트만두의 먼지 자욱한 거리를 달구자, 바닷가로 가고픈 갈망이 내 안에서 자라나고 있었다. 명상 강좌를 들은 사람들 사이에 특별한 연대감이 생겨서, 우리는 파이 가게에서 함께 죽치면서 생각나는 대로 온갖 것에 대해 토론하고는 했는데, 여행 이야기가 압도적이었다. 인도 서쪽 바닷가에 있는 고아와 인도 동쪽 바닷가의 푸리가 인기 있는 목적지였고, 산에서의 트레킹도 인기가 높았다. 카트만두에서 서쪽으로 버스로 반나절 가면 나오는, 포카라에 있는 호수에 대해 누군가가 얘기했을 때 케리와 나는 그 곳에 가기로 마음먹었다.

버스가 카트만두 골짜기를 떠나자 히말라야 산맥이 그 전체의 위용을 드러냈고, 우리 마음은 연꽃잎처럼 활짝 열리면서, 세상을 등지고 있던 기분이 곧 흥분으로 들떴다. 우리는 저 멀리 밑에서 녹색 강이 세차게 흐르는 협곡으로 들어섰다. 산사태가 도로 일부분을 먹어 버렸다. 가장 위험한 길을 운전수가 아슬아슬하게 지나는 동안 우리는 버스에서 내려 걷기로 했다. 언덕 중턱에 발 디딜 만한 곳을 사람들이 만들어 놓았지만, 비탈이 너무 가팔라서 수천 미터 아래 계곡으로 금방이라도 떨어질 것만 같았다.

포카라에 도착해서, 우리는 소년이 끄는 자전거 인력거 한 대에 모두 꾸역꾸역 타고는 호수로 향했다. 신선이 사는 나라로 가는 여행 같았다. 길은 우거진 풀밭과 빽빽한 대숲이 이어졌고, 들리는 소리라고는 사람을 가득 태운 인력거가 삐그덕거리는 소리뿐이었다. 갓 갈아 일군 밭이 기름진 흙내를 뿜어 냈다. 사람들 쓰레기에서 나는 역한 냄새가 진동하던 카트만두와는 딴판이었다. 싱그럽게 잘 자란 옥수수밭 사이로 붉은 진흙담을 한 초가들이 있었다. 그 집들 뒤로 초록빛 산 능선이 이어져 있고, 그 뒤로 거짓말처럼 높이 솟은 웅대한 마차푸차레 봉우리가 구름을 뚫고 서 있었다. 두 젊은이가 우리를 낮은 돌담이 둘러진 녹색 마을로 데리고 갔다. 그 마을 한 초가에 갔다. 방이 두 개인데 방마다 침대 두 개에 작은 상이 하나씩 있었다. 건물 끝에 뒷간과 샤워실이 있었다. 완벽했다. 우리는 하루에 4루피를 주기로 하고 방 하나를 세냈다.

우리 방문 바로 맞은편에, 길 건너로, 호숫가 벼랑 4미터쯤 위로 풀이 우거진 비탈이 있었다. 그리로 해서 물가로 기어 내려가기도 하고, 낭떠러지 위에서 다이빙하기에 안성맞춤으로 보였다. 우리 집과 비슷한 오두막에 사는 서양 사람들이 이 곳에 모여, 대개는 발가벗은 채 해시시를 피우고 헤엄치고 일광욕을 했다. 지나가던 네팔 사람들은 우리를 못 본 척했다. 파키스탄과는 얼마나 달랐는지.

우리의 초가가 있는 길에는 찻집들이 있어서 서양 사람들에게 아침밥으로는 죽, 달걀, 토스트를, 점심과 저녁밥으로는 여러 가지 국수나 밥을 팔았다. 비록 그 음식들이 말도 안 되게 쌌지만, 케리와 나는 시장에서 과일과 채소들을 사서 모닥불에 밥을 지어 먹었다. 우리는 헤엄치고, 먹고, 산책하는 하루 일과에 금방 익숙해졌다. 저녁에는 침대에 누워 도어즈, 핑크 플로이드, 롤링 스톤즈 같은 록 음악을 들었다. 아침마다 나는 호수를 헤엄쳐 건너가, 숲이 우거진 곳 위에 한참씩 앉아 있곤 했다. 그 곳에선 새와 나비들이 사람을 경계하지 않았다.

크리스가 강좌를 함께 듣던 다른 여자와 와서 우리 옆방에 들었다. 우리 넷은 카누를 빌려 호수를 건너서 한 불교 사원을 방문했다. 길에서 덩굴을 치우던 한 아낙이 눈짓으로 내 동반자 세 명을 가리키면서 혓바닥으로 음란한 시늉을 했다. 그 여자의 남자 친구들이 웃었다. 그 네팔 사람들이 우리를 히피로 보았다고 해서 나무랄 수 없는 일이었다.

'이것 봐요, 그게 아니오. 난 성지 순례 중이란 말입니다.' 나는 말 없이 마음으로 그 여자에게 뜻을 전했다.

절에는 아무도 없었다. 우리는 안으로 들어가 불단에 꽃을 놓고는, 나무 바닥에 가부좌를 하고 앉아 명상을 했다. 코판에 있을 때 우리는 석가 모니 진언을 자주 암송하였다. 내가 가만히 진언을 읊기 시작하자 다들 따라 했다. 명상 강좌에서 느꼈던 기 에너지가 다시 넘쳐흘렀다. 그것이 얼마나 쉽사리 빠져 나갔던가!

그 절에서의 경험에 고무되어 케리와 나는 날마다 명상을 하려고 애를 썼지만, 따라 할 만한 체계도 없는데다 즐거운 오락거리가 주변에 널려 있어 우리 노력은 대부분 물거품이 되었다. 그렇지만 라마 조파의 말은 계속 우리 마음 속에 살아 있었고, 우리는 불교의 눈으로 세상을 보고 있었다. 낚시를 할까 하다가도, 바늘에 걸린 물고기가 겪을 괴로움과 두려움을 생각하고는 이내 마음을 접었다. 내 자비심은 두 소년이 잡은 물고기를 구해 주다가 낭패를 보고 말았다. 놈이 악어 이빨처럼 날카로운 이빨로 내 손가락을 물어 버렸던 것이다. 그걸 보고 소년들은 즐거워 어쩔 줄 몰라했다.

날씨는 하룻동안 시간에 따라 일정하게 변했다. 아침엔 몹시 뜨거웠다가, 오후면 천둥과 함께 잠깐씩 폭풍우가 몰아쳐 열기를 식히고, 그러다 갓 내린 눈이 쌓여 빛나는 산꼭대기에 더할 나위 없이 근사한 노을을 던지며 날이 개었다. 많은 여행객이 호수에 와서 며칠씩 묵다가 떠났다. 호수가 좀솜으로 드나드는 길목이라서 여행객의 발길이 끊이지 않았다. 크리스가 카트만두로 돌아간 뒤에, 케리와 나는 어느 산골 마을로 가는 트레킹 루트를 따라 걸었다. 길 옆으로는, 마차푸차레 산에서 흘러내린 눈 녹은 물이 굉음을 내며 세차게 흐르고 있었다. 따뜻한 빗물이 흘러드는 또다른 물줄기에서는 오랜 세월 물에 씻겨 매끄러워진 흰 표석들 위로 폭포수가 떨어지고 있었다.

어느 날 오후, 불쑥 튀어나온 바위 밑에 앉아 참 완벽한 곳이라고 생각하고 있는데, 한 남자가 오더니 무언가를 만지작거리다가 물 속에 던져넣었다. 순간 다이나마이트가 폭발하면서 수면이 거칠게 터져 올랐다. 그 남자가 기절하거나 죽어서 물 위로 떠오른 물고기를 거두는 모습을 정나미 떨어져하면서 바라보았다. 완벽하다니, 이건 아니지. 나는 붓다의 가르침을 떠올렸다. '어리석음과 업에 엮인 이 세상에서는 그 어느 것도 완벽하지 않다.'

케리와 나는 그 시냇가로 거처를 옮겨 어느 네팔 가족 집에서 신세를 지기로 했다. 그들은 음식 값만 받고 숙박비는 받지 않았다. 그 날 저녁, 안방 위쪽 다락방에 있자니 주인집 남편과 아내가 싸우는 소리가 들렸다. 그 사람들이 하는 말은 알아들을 수 없었지만, 그들의 어조는 내가 어릴 때 듣던, 끝도 없던 집안의 언쟁을 떠올렸다. 말다툼은 어느 새 두들겨 패는 소리로 바뀌더니 곧 엉엉 하고 우는 소리가 들렸다. 나는 누워서 생각했다. 어떻게 이런 천국 같은 곳에서조차도 사람들은 행복할 수 없단 말인가. 이 곳 사람들도 결국 닳고 닳아 머릿속이 복잡한 서양 사람들과 똑같은 문제를 안고 있었다. 만족할 줄 모르고, 쉽게 화를 내고, 또 보답에 대한 기대 없이는 서로를 사랑할 줄 모르는 것은 어디서나 같았다.

나도 예외가 아니었다. 케리와 나의 관계는 여전히 표피적인 채로 이어졌다. 나는 어쩐지 진지한 약속을 할 수가 없었다. 내 마음 속에는 '완벽한' 짝에 대한 선입관이 너무 많았고, 이기심과 길들여지지 않은 방랑벽이 너무 컸다. 아랫방에 있는 부부의 싸움 소리를 듣자니 다른 생각도 들었다. 내가 만약 누군가와 오랜 관계를 만들었는데 화가 나는 것을 이

기지 못한다면, 나도 저 아랫방 남자처럼 행동하는 것은 시간 문제일 터였다.

포카라에서 우리가 잘 가는 찻집에 앉아, 아침밥 먹기 전에 헤엄을 치고 나서 차를 한 잔 즐기고 있었다. 키 큰 독일 사람 다섯이 들어왔다. 동양에는 처음인 듯했다. 그들은 주문을 자꾸 바꾸면서 차림표와 그 찻집을 운영하는 사람을 놀림감으로 삼았다. 다섯 명의 골리앗과 대결하는 다윗처럼 몸집 작은 주인은 그 남자들 사이에 서서 조용하게 말했다. "마음을 정하고 나서 주문을 하시오. 자꾸만 바꾸니까 화가 나잖소. 그리고 화를 내는 것은 옳지 않고요."

나는 말없이 주인 남자한테 갈채를 보냈다. 그가 보여 준 용기와 지혜는 거드럭거리는 다섯 여행자에게는 큰 교훈이었다. 나한테도 물론.

나는 호수로 돌아가, 포카라에 있는 선교 병원에서 일하는 중년의 영국 의사와 이야기를 나누었다. 그는 자전거로 몇 킬로미터를 달려와 헤엄치고 우리 발가벗은 히피들 사이에 앉곤 했다. 머리 긴 태양 숭배자들과는 다른 세계에 사는 그는, 내가 그 두 세계를 잇는 다리가 될 수 있음을 알고는 기뻐했다. 그는 젊은이들한테서 배우고 싶다고 했는데, 제대로 이해하려 하기보다는 감각적인 것만을 좇는 듯했다. 나는 그의 기독교 믿음에 대해서, 또 믿음이 그의 의료 업무에 어떻게 영향을 끼쳤는지 물었다. 그가 말하길, 선교사들은 회합을 열어 누군가가 성령을 입어 방언을 하기 시작할 때까지 가만히 앉아 있는다고 했다. 그런 뒤에 환자들을 위해 기도를 한다는 것이었다. 내 마음에서 한 번도 떠난 적이 없던 반종교 감정

263

이 솟구쳤다. 나는 기독교가, 적어도 그 남자가 믿는 대로의 기독교는 미신투성이라고 느꼈다. 불교에 대해서도 그 때까지 그런 의구심을 품고 있었다.

케리가 자기 비자를 두 주일 더 연장해서 돌아왔다. 우리는 달라이 라마가 티베트 난민들과 함께 살고 있는 다람살라로 가기로 했다. 티베트 의료원에서 일하는 티베트 여자인 롭상 돌마 박사에 대해 들은 적도 있었고, 티베트 의학을 연구하고 싶었다. 우리는 인도 국경으로 가는 버스를 탔다.

우기가 아직 시작되지 않아서 더위에 숨이 막힐 듯했다. 우리는 늦은 저녁에 국경을 넘어 고락푸르로 가는 버스에 올랐다. 소달구지 행렬, 머리에 물동이를 이고 가는 아낙들, 찌부러질 듯한 가게들, 그리고 그밖의 어머니 인도의 전형적인 풍경들을 보면서 우리는 고단함을 잊었다. 핏빛으로 붉게 물든 하늘을 배경으로 모든 사물이 검은 실루엣을 그리고 있고, 수없이 많은 굴뚝에서 밥 짓는 연기가 덩굴손 모양으로 피어오르며 해를 갈색 스모그의 바다 속으로 빠뜨리고 있었다.

기차역 가까운 호텔에서 우리는 여행길의 먼지와 땀을 씻고는 곰팡이 핀 모기장을 두르고 침대에 누웠다. 천장의 선풍기는 기름칠을 하지 않아 제대로 바람을 일으키지 못했다. 얼마나 더웠는지 우리는 가까스로 잠이 들었다. 새벽에 깨어나니 날이 조금 선선해져서 살 것 같았다. 달걀부침을 얹은 토스트와 함께 차를 마시면서 아침을 먹는데, 같은 호텔에 든 한 남자가 우리를 경멸하는 눈빛으로 쳐다보았다. 젊은 인도인 사업가인 그는 더운 날씨에 어울리지 않게 신사복과 넥타이를 하고는 아침부터 땀을 흘리고 있어 우스꽝스러웠다. 그는 우리더러 들으라고 내놓고 히피들을 홍보다가, 내가 의사이며 우리가 인도 철학을 공부하고 있다는, 아껴 둔 카드 패를 내밀자 조용해졌다.

첫 기차로 럭나우로 가서 그 곳에서 파탄콧으로 가는 기차를 기다렸다. 파탄콧에서 버스를 타고 960킬로미터나 가서, 다시 다람살라로 가는 버스를 갈아타야 했다. 기차역은 아수라장이었다. 승강장마다 승객들, 짐꾼들, 개들, 음식 파는 사람, 거지, 그리고 더러 신성한 소까지 껴서 발 디딜 틈이 없었고, 다들 산더미 같은 짐들에 걸려 넘어지곤 했다. 케리와 나는 일등석 표를 샀지만 예약은 하지 못했다. 도무지 탈 엄두도 내지 못할, 사람을 잔뜩 태운 기차 두 대가 왔다가 떠났다. 열두 시간을 기다린 뒤에 우리는 어느 미국 부부와 작당하여 다음 기차 예약 객실에 탔다. 기차에서 내리라는 차장의 탄원일랑은 무시하고 그냥 버텼다. 다음 역에 이르니 자기 침대를 우리한테 빼앗긴 한 딱한 남자가 올라탔다. 차장의 태도는 더할 수 없이 깍듯했지만, 차장도 또 그 자리의 정당한 임자도 우리를 그 객실에서 쫓아 내지는 못했다. 다음 날 아침에 우리는 다른 객실로 옮겨 통로에 놓은 우리 짐 위에 앉아 하루를 보냈다. 다행히 한 친절한 남자가 자기 친구와 자리를 나눠 앉고 케리에게 자기 침대를 내주었다. 나는 그와 철학 이야기를 나누었고, 다음 날 아침에 파탄콧에 도착할 때까지 우리는 그 침대를 차지했다.

파탄콧은 산이 가까워 시원했다. 덕분에 우리는 생기를 되찾을 수 있었다. 파탄콧에서 떠난 지 얼마 되지 않아, 우리 버스는 바퀴 하나가 펑크가 나서 한쪽으로 기울면서 멈추었다. 그 틈을 타 볼일을 보려고 숲으로 들어갔다. 대마초가 지천으로 피어 있었다. 그 풀들한테 용서를 빌면서 그 신선한 푸른 풀잎들을 한 줌 뜯어 뒤를 닦았다. '이런 불경스러울 데가!' 나는 '친구들이 알면 다들 뭐라고 생각할까' 싶었으나, 곧 대마초의 여러 이름 가운데 하나가 '똥(shit)'이니 만큼, 이런 용도가 잘못은 아니라며 합리화했다.

버스는 동쪽을 향해 갔다. 갓 모내기를 해서 에머랄드처럼 푸르른 논이 펼쳐졌다. 한결같이 먼지 많은 엷은 갈색 평원이 이어지던 풍경과는 아주 달랐다. 깨끗하고 그림 같은 마을을 몇 개 지나고 나서, 우리는 눈 덮인 산들이 늘어선 곳을 향해 푸른 언덕을 올라갔다. 끊임없이 더 높은 산들이 그 위용을 드러냈다. 세 시간 뒤에 맑은 산공기 속에서 높이 뻗어 있는 소나무, 참나무, 히말라야 삼나무가 울창한 산마루에 자리한 다람살라에 이르렀다. 갑작스레 천둥과 함께 폭풍우가 몰아쳐서 우리는 한 찻집으로 몸을 피하여 그 곳에서 점심을 먹었다.

우리는 그 곳에서 방을 잡아 그 날 밤을 지내기로 했다. 호텔 뒤에서 스웨덴 아가씨 두 명이 지붕에서 억수같이 흘러내리는 빗물 속에서 목욕을 하고 있었다. 우리도 같이 목욕을 하다가 이윽고 비가 멈추자 나가서 콧왈리 시장 거리를 돌아다녔다. 시장 거리에는 평원 지대 사람들과 산 사람들이 뒤섞여 있었는데 생김새며 말씨, 옷차림이 서로 달랐다. 티베트 사람들도 많았다. 비구, 비구니 스님과 일반 신도 할 것 없이 그들은 한결같이 활짝 웃고 있었다. 나는 그들과, 특히 붉은 승복을 입은 스님들에게서 어떤 연대감을 느꼈다. 스님들이 코판에서의 다정한 기억을 되살려 주었다.

산 위로 버스를 타고 삼십 분쯤 더 가니 난민촌의 중심이자 달라이 라마의 주거지인 맥로드 간즈가 나왔다. 케리와 나는 바하이교 신도인 나우러지 부부의 가게에 짐을 맡겼다. 그 부부는 영국 통치 시절부터 그 곳에서 살아왔다. 어쩌면 그 전부터였을지도 모른다. 나우러지 부부한테는 안된 일이지만, 이제는 티베트 사람들이 맥로드 간즈를 접수하다시피 했다. 티베트 사람들이 지은 가게와 식당들은 서양의 배낭 여행자들이며 티베트인 단골 손님으로 번창했다. 대부분의 여행자들은 달라이 라마가 처음 머물던 올드 팰리스에 묵었다. 나우러지 부부가 그 건물을 관리했지만 책임자인 디에터 씨가 델리로 가고 없어서 우리에게 방을 내줄 수가 없었다.

우리는 발코니 하우스에서 방을 하나 얻었다. 올드 팰리스 위쪽으로 가파른 길 위에 지은 건물이었다. 달라이 라마의 스승 가운데 한 분인 링 린포체가 사는 곳에서도 가까웠다. 그 집 발코니에서는 삼나무와 참나무 숲이 내려다보였다. 숲에서는 원숭이들이 놀면서, 끝물에 있는 주홍빛 철쭉꽃을 마구 뜯고 있었다.

맥로드 간즈 위 언덕에 서양인 정착 마을이 있었다. 다른 사람들은 훨씬 아래쪽에 있는 티베트 문화원에서 살았는데, 그들은 거기에서 게셰 나왕 다르게 스님한테서 날마다 수업을 받고 있었다. 게셰 나왕 다르게 스님은 달라이 라마로부터 서양인들에게 불교를 가르치라는 임무를 받은 터였다. 나도 수업에 들어가기 시작했지만 티베트 불교의 심오함과 그 서양 학생들의 진지함에 기가 질렸다. 학생들 대부분이 불교 가르침을 깊이 이해하고 있었고 티베트 말도 유창하게 했다. 그런 것들이 죄다 나를 주늑들게 했다. 코판에서 씨름하던 의심들이 다시 수면 위로 떠올랐고, 나는 그 대신 티베트 의학에 집중하기로 마음먹었다.

맥로드 간즈의 버스 정류장 가까이에 있는 티베트 의료원은 사람들로 붐비고 활기가 넘쳤다. 스님과 민간인으로 구성된 의사들의 지시 아래, 젊은 티베트 의학도들이 그들이 채취한 갖가지 약초로 환약을 만들고 있었다. 그 곳 의사들은 온갖 풀의 약효 성분에 대해서 해박했고, 언제 어디에서 그 약초를 채취해야 하는지, 또 그 풀들을 어떤 비율로 섞어야 하는지 잘 알고 있었다. 어떤 환약은 약초를 열 가지 이상 섞어서 만들기도 했다. 나이 든 의사들은 티베트를 점령한 공산주의자들 치하에서 드물게 살아남은 라싸의 전통 시설 가운데 하나인 의료원에서 십 년 넘게 공부한 이들이었다. 그 의료원이 살아남게 된 것은, 몇 해 동안 지병으로 고생하던 중국군 장교를 어느 티베트 의사가 고쳐 준 덕분이라는 소문이 있었다. 의료원의 수업 과정에는 산스크리트 어에서 티베트 어로 옮긴 불교 의학서들을 외우고 공부하는 것을 포함하여, 약초를 알아보고 채취하는 방법과 그것으로 약을 만드는 방법, 그리고 진단하고 치료하는 특별한 기술이 들어 있었다. 의학도들은 명상에서 성취를 이룬 이들이어야 했고, 가장 뛰어난 의사들은 지혜와 자비의 가르침을 그들의 삶의 방식에서 구체화한 이들이었다.

나는 롭상 돌마 박사를 찾아가 내 소개를 했고, 그 여자는 내게 자기 옆에 앉아 자기가 일하는 것을 지켜보면서 티베트 의학 원리를 배워도 좋다고 했다. 돌마의 작은 진찰실은 꼬리에 꼬리를 물고 사람들 발길이 이어

268

졌다. 환자들은 진찰실에 들어올 때마다 티베트의 고유한 관습에 따라 혓바닥을 내밀며 겸손과 존경을 표시했다. 돌마에 대한 환자들의 신뢰, 그리고 환자를 대하는 친절함은 돌마에게서 배운 최상의 가르침이었다. 돌마는 환자들에게 간단한 말 몇 마디만 물을 뿐, 두 손목의 맥박을 재는 것으로 진단을 다 했다. 가끔 혓바닥이나 눈, 오줌을 살피기도 했는데, 오줌을 젓가락으로 젓고, 냄새 맡고, 증상을 나타내는 거품 따위를 꼼꼼하게 관찰했다.

나는 그 진료 과정을 기록하기 시작했지만 그러려니 배워야 할 것이 너무 많았다. 먼저 말을 배워야 했고, 또 티베트 의학의 밑바탕인 불교 철학을 받아들여야 했다. 비록 티베트 사람들이 아주 유쾌하고 맥로드 간즈의 생활 양식이 대단히 매력적이기는 했으나, 내가 받아 온 교육과는 완전히 다른 이 곳의 철학, 종교, 삶의 방식에 나를 맡기기로 서약하기에 앞서, 서양으로 다시 한번 돌아가고 싶었다.

케리가 나를 견뎌 준 것은 불가사의였다. 언제나 현재에 안주하지 못하고 언제나 완벽함을 추구한답시고, 나는 다시금 케리를 떠나고 있었다. 다행히 맥로드에 케리 친구들이 있어서 케리가 안전하게 지낼 수 있다는 사실이 내 죄책감을 조금이나마 덜어 주었다. 마지막 밤을 함께 보낸 뒤에, 케리는 내가 아침 버스로 암리차르로 떠나는 것을 지켜보았다.

다시 유럽으로

암리차르는 인도 북서부 펀자브 주에 있는 도시이다. 암리차르에서 시크교의 심장인 황금 사원을 방문했다. 그 건축물의 평화로움과 아름다움은 시크교 지도자들의 투쟁의 역사를 그린 벽화로 그만 빛이 바랬다. 내 생각에 이런 건 자랑거리가 아니었다. 나는 군인이나 전투에서의 승리를 떠받드는 어리석음에 대해서 곰곰이 생각해 보았다. 사람들은 과거의 야만성을 미화함으로써 미래의 폭력을 마치 평화를 얻을 유일한 수단인 양 정당화한다. 하지만 그 누구도 자신들의 핏줄을 죽이거나 자기 민족의 열정을 억압하는 것은 달가워하지 않는다. 증오심이 타다 남은 불은 언제고 다시 타오르기 마련이다.

황금 사원 가까이에 있는 공원에 보호 창살을 두른 우물이 있었다. 우물의 빗돌에는 암리차르 대학살에 대한 이야기가 적혀 있었다. 영국의 부당한 통치에 항의해 평화 시위를 하러 모인 일만 명에 이르는 인도인에게

270

영국군은 무자비하게 기관총을 쏘아 댔고, 겁을 먹고 달아나던 사람들 수백 명이 그 우물에 빠져 죽었다. 영국에 견주면 시크교도의 폭력은 아무것도 아니었다. 나는 라마 조파의 가르침을 떠올렸다.

"개인의 문제도 사회의 문제도 죄다 이기심, 증오, 욕망에서 비롯합니다. 우리가 겪는 문제의 해답은 바깥에 있지 않습니다. 자기 자신한테서 해답을 찾아야 하니, 저마다가 자기의 마음을 사랑과 자비와 지혜로 바꾸어야 합니다."

국경을 건넜다. 파키스탄의 국경 도시 라호르에 대한 내 첫인상은 텅 빈 거리, 여자는 하나도 보이지 않는다는 것, 그리고 쇠락함이었다. 인도에서 분리 독립한 뒤로 조금도 바뀐 게 없었다. 다행히도 싸구려로 지은 콘크리트 가게 따위가 인도 시절의 아름다움을 망쳐 놓거나 하는 일은 없었다.

라호르 박물관은 인더스 강 유역의 고대 문명 유적지인 모헨조다로에서 가져온 유물들을 진열하고 있었다. 나는 그 고대의 사람들이 인더스 강을 어떻게 바라보았을까 궁금했다. 그들의 강도 내가 본 강과 같았을까? 같은 전시실에 그 유명한, 고행하는 붓다 상이 있었다. 자기 왕국에서의 부귀영화를 버린 싯다르타 왕자는 당시의 위대한 요가 수행자들의 가르침을 모두 섭렵했다. 그런 뒤 여섯 해에 걸친 금식 정진에 들어갔는데, 그 동안 그와 그를 따르던 이들은 날마다 쌀알 몇 알씩만 먹었을 뿐이었다. 극단으로 치닫는 고행주의가 바른 길이 아님을 몸소 행동으로 증명한 뒤에 싯다르타는 금식을 깨고 보드가야의 보리수 아래에서 깨달음을 얻었다. 뼈만 앙상한 붓다의 고행상을 오래도록 바라보았다. 불교도의 길을 따르기 위해 섹스와 삶의 즐거움을 포기해야만 하나? 외로움은 어쩌란 말인가?

울타리를 두른 모굴 정원에서 신발을 벗고 앉아 명상을 했다. 번잡한 생각들이 사라지고, 고요한 느낌이 마치 늦은 아침 더위를 쫓아 내는 시원한 산들바람처럼 내 마음에서 샘솟았다. 관광과 사원이며 박물관이 아무리 좋다 해도, 명상의 평화로움에 견줄 수가 없었다.

내 호텔 맞은편 가게에서 계피와 카더몬으로 맛을 내고 은박으로 장식한 우유밥을 팔았다. 파키스탄 커리가 내 입엔 너무 매워서 나는 그 가게의 단골이 되었다. 내가 우유밥의 진미에 빠져 있을 때 옆자리에서 차를 마시던 두 노인네가 내게 말을 걸어 왔다.

"안녕하시오, 선생. 여기 파키스탄에서 무얼 하는지 물어도 되겠소이까?"

"암리차르에서 막 왔는데 영국으로 가는 길입니다."

"아아, 인도에 다녀오셨구려. 인도가 파키스탄보다 더 나은 나라라고 생각하지 않소?"

아뿔싸, 시험에 걸려들었구나 하고 생각하면서 대답했다. "인도가 물론 아름답지만, 파키스탄에도 훌륭한 사람들이며 볼거리가 있습니다." 거짓말이 아니었다.

"하지만 둘러보시구려. 이 곳은 쇠락해 가고 있지 않소?"

"이 친구 말 듣지 마시오." 그 노인의 친구가 불쑥 끼어들었다. "이 친구는 힌두교도고 나는 이슬람교도요. 이 친구는 이 대단한 나라를 이해하

272

지 못한다오."

그 두 노인은 죽음이 갈라놓을 때까지 같은 자리에 앉아 두 나라가 지닌 장점들을 서로 비교하며 언쟁하리라. 그러면서 끝까지 단짝 친구로 남아 있으리라.

나는 인더스 강의 주요 지류인 체나브 강과 젤룸 강을 건너고 다시 칼라바에서 120킬로미터 북쪽에 있는 인더스 강을 건넜다. 모래톱과 굽이치는 물길의 낯익은 조화를 내려다보면서 인더스 강의 혼을 느꼈다. '전 여전히 찾는 중입니다. 하지만 가까워지고 있어요. 이 길을 걷게 해 주신걸 감사드립니다.'

페샤와르는 타는 듯 더웠고 연기 섞인 안개로 목이 메었다. 아프가니스탄 비자를 받자마자 나는 다시금 잘랄라바드로 가는 버스에 올랐다. 카이베르 고개 꼭대기에 이르니 공기가 한결 서늘해졌다. 버스가 넓은 고원을 건너는 동안, 익숙한 랜드마크들이 잘랄라바드에 이르렀음을 보여 주었다. 버스가 카불로 떠나기 앞서 시간 여유가 삼십 분밖에 없어서 제케나의 집을 찾아갈 시간은 없었다. 모하메드의 찻집 앞에 가 보았지만, 모하메드는 없고 케밥 만드는 요리사는 나를 알아보지 못해서 들어가지 않았다. 거리를 걷자니 나무들이 여름 이파리들로 반짝반짝 빛나고 있어서 내 기억 속의, 쌀쌀하고 축축하고 신비로운 잘랄라바드와는 완전히 달랐다. 덕분에 이대로 떠나는 것이 섭섭하지 않았다.

버스가 카불 강이 내려다보이는 산마루에서 잠시 멈추었다. 인더스 강을 배로 여행해 내려갈 생각을 처음 했던 동굴도 저만치 아래에 보였다.

273

그 시절에 대한 향수로 나는 의기양양해졌다. 그 뒤로 슬픈 사건도 있었지만, 그래도 나는 강물에 나뭇가지를 던지며 백일몽을 그리던 그 몽상가보다는 한결 더 분별력이 생겼다. 버스에 동승한 한 미국인 동성애자를 조롱하는 밉살스런 파키스탄 사람들도 내 행복을 방해하지 못했다. 그들이 수로에 들어가 그들에게 잡히지 않을 만큼 영리한 물고기를 잡으려고 바보같이 애쓰는 모습을 바라보았다.

나는 카불에서 휴식을 취했다. 카불의 서늘한 날씨를 즐기며 그 이상한 도시의 뒷골목을 걸어다녔다. 나와 같은 숙소에 머물던 한 여행객은 잠자리가 불편해서 뒤척거리다가 매트리스 밑에서 자기 주먹만 한 해시시를 발견했다. 그 전 숙박객은 아마 마지막 순간까지 해시시에 취해 있는 바람에 그걸 잊고 갔을 터, 뒤에 그걸 잃은 것을 알고 얼마나 속상해했을까.

칸다하르를 거쳐 헤라트까지 가는 버스 여행은 지옥길이었다. 나보다 다리가 훨씬 짧은 사람들을 위해 만든 의자에 쑤셔앉은 탓에 스물네 시간 동안 마치 주머니칼의 접혀 들어간 칼마냥 다리를 접고 있어야 했다. 정류장에서마다 나는 쥐가 난 다리로 비틀거리면서 사막으로 걸어가, 그 사이에 참고 있던 설사를 해댔다. 몸은 힘들어도, 페르시아 양탄자의 온갖 색조를 띠고 있는 바위투성이 산들의 황량한 아름다움을 감상하는 즐거움은 컸다.

헤라트에서 아프가니스탄에 작별을 고했다. 그 곳에서 두 해 전에 내 미국 친구 하나가 다른 길에서 올 때였다. 이민국 직원이 물었다. "해시시 갖고 있소?"

"아니오." 내 친구가 시치미를 떼면서 말했다.

"아, 그렇다면 내 걸 좀 하시죠." 그 직원이 물담배통에 불을 지피면서 말했다나.

이란 쪽은 그와 사뭇 다른 분위기였다. 제복을 입은, 쌀쌀맞고 거들먹거리는 사람들이 우리 짐을 샅샅이 뒤졌다. 낭패를 당한 서양 사람들은 그들의 짐까지 다 내렸다가 버스에 다시 올라탔고, 우리는 항생제 같은 캡슐을 억지로 먹었다. 나는 이 터무니없는 짓에 저항할까도 생각했지만 그럴 만한 가치가 없었다. 나는 음식과 잠이 필요했고 시아파 이슬람교도의 성지 메셰드로 가는 버스를 놓치고 싶지 않았다.

터키 국경으로 가는 버스에서 한 매력적인 미국 여자가 내 옆에 앉았다. 그 여자는 보통 서양인 여행자들과 달리 말쑥한 옷차림이었다. 긴 머리에 턱수염을 하고, 빛 바랜 인도 윗도리와 붉은색 네팔 면바지를 입은 내가 '록 그룹 멤버'처럼 보였다고, 그 여자가 나중에 말해 주었다. 그 여자는 아랍 남자들의 정력을 시험하면서 레바논, 시리아, 이라크, 이란을 거쳐 여행했고, 지금은 이스탄불을 거쳐 고향으로 가는 중이었다. 그 여자의 이야기와, 자기 여행 목적에 대한 솔직함에 저으기 놀랐다.

이스탄불을 여행하는 가장 좋은 방법은 흑해의 동쪽 끝인 트라브존에서 여객선을 타고 몇 군데 고기잡이 항구에서 멈추면서 이스탄불로 가는 나흘 동안의 크루즈 여행이라고 들은 적이 있었다. 나는 이 배를 탈 계획을 세웠고 그 미국 여자도 나랑 같이 가고 싶다고 했다.

아라라트 산이 황금빛 해바라기밭 위로 나타났다. 짙푸른 하늘을 뒤로 하고 평탄한 산봉우리가 눈처럼 빛나는 흰 화강암을 이고 있었다. 우리는 에르주룸에 너무 늦게 도착한 바람에 버스를 놓쳐, 그 곳에서 하룻밤을 머물러야 했다. 내 동행은 최고급 호텔에 방을 하나 잡았다. 여행길의 교훈에 따라 나는 어두운 골목길에 있는 싼 곳을 찾았다. 내 짐을 거기 두고 저녁을 먹으려고 그 여자를 만났다. 여자가 산 포도주를 마시면서 우리는 거리를 구경하며 걸었다. 여자가 묵는 호텔까지 갔을 때 나는 내 호텔 방에 둔 짐이, 특히 녹음기가 걱정되어 떠나려고 했다. 여자는 자기가 샤워를 할 동안 기다리라고 고집했다. 기다리는 동안 나는 남은 포도주를 다 마셨고, 샤워를 끝내고 여자가 돌아왔을 때 떠나려고 일어섰다.

"적어도 포옹은 해 줘야죠." 여자가 말하면서 감미로운 냄새가 나는 젖가슴으로 나를 거세게 끌어당기고는, 내 귀에 대고 자기는 '페미니스트'라고 쉰 목소리로 속삭였다.

나는 페미니스트에 대해서 아는 바가 하나도 없었다. 아마도 캐시미어 풀오버와 카디건을 입는달지 아주 여성스러운 것을 뜻할지도 몰랐지만, 그 여자는 적어도 그런 옷을 입는 여자처럼 행동하지는 않았다. 아무튼 그 대단한 고백도 나를 자극하지 않았다. 여자에게서 풀려나 호텔로 서둘러 돌아갔더니 소중한 녹음기는 아직 안전하게 침대에 묶여 있었다.

다음 날 아침 그 페미니스트와 나는 트라브존으로 가는 버스를 탔다. 부두에서 우리는 미국인 부부 댄과 줄리를 만났는데 그들도 배를 타고 이스탄불로 가려는 길이었다. 그들은 학생증이 있어서 댄이 침대 네 개가 있는 객실을 할인값으로 예약했다. 배는 다음 날에 떠날 예정이어서 페미니스트와 나는 함께 방 하나를 잡았다. 그 날 밤 그 여자는 나를 유혹하는 데 성공했고 성병이라는 반갑지 않은 선물을 내게 선사했다. 첫 번째로 들른 항구에서 페니실린을 두 대 맞고 나서야 여행을 즐길 만해졌다. 우리가 탄 배는 오후마다 어촌에 정박했고, 그 곳 바다에서 우리는 헤엄을 치고 물가에서 밥을 먹었다. 배 위에서 밥을 먹는 것보다 더 나았고 더 쌌다. 이스탄불에서 우리는 헤어져 저마다 자기 길을 갔다.

아메리칸 익스프레스 사무실에서 여직원이 내게 온 편지 두 통을 내주기 전에 먼저 돈을 내라고 했다. 그건 온당하지 않은 처사다 싶어 나는 돈을 주면서 화를 냈다. 사무실에서 나오면서 회전문 유리에 비친 내 화난 얼굴을 얼핏 보았다. 그 짧은 순간 나는 라마 조파의 가르침을 떠올렸다. "분노는 여러분을 보기 싫게 만듭니다. 분노는 여러분 마음 속의 평화를 부수고 여러분으로 하여금 분별 없이 자기 자신과 남을 해치게 만들지요. 분노는 여러분한테 가장 나쁜 적입니다." 사실이었다! 그 순간, 화를 내던 내 얼굴은 웃음으로 바뀌었고, 나는 평정을 되찾으려고 얼마 동안 정원에 앉아 있었다.

아버지와 남동생 가이한테서 온 편지였다. 가이는 앨리스와 그들의 여덟 달 된 아기 나르얀과 함께 나랑 같은 여정을 나보다 먼저 밟아 갔다. 네팔의 포카라에서 여행자들에게 치즈 샌드위치를 팔아 돈을 좀 마련하고, 그 뒤에 그리스로 갔다고 했다. 그들이 지금은 크레테 섬에 있다고 해서 나는 그들을 만나려고 아테네로 가는 기차를 탔다.

크레테 섬에서 가이와 앨리스가 머물던 이라클리온 동쪽 마을을 찾아갔다. 둘은 보이지 않았다. 그들의 친구가 가이가 섬 서쪽에서 일하고 있지만 곧 소지품을 가지러 올 거라고 알려 주었다. 나는 갈대로 임시 거처를 짓고 그들이 돌아올 때까지 바닷가에서 지내기로 했다.

아테네에서 온 한 가족이 가까운 포도원에서 야영하고 있었다. 나는 곧 그들과 친구가 되었고, 그들은 나를 자주 식사에 초대했다. 한번은 그 집의 건축가 아들이 나를 낚시에 데려갔다. 우리는 작은 배를 타고 나갔다. 배를 다루는 데에는 꽤 자신이 있어서 내가 배를 젓겠다고 나섰더니 그 아들은 자기가 다 알아서 하겠다고 했다. 밤낚시 경험이 많은 나는 석유 호롱불을 켜는 것에도 익숙했지만 그것 또한 그의 영역이었다. 삼십 분이 지나는 동안 그는 노를 하나 잃어버렸고, 자신도 하마트면 물에 빠질 뻔하면서 배가 거의 뒤집히게 했는가 하면, 낚시줄은 엉클어질 대로 엉클어지게 했다. 또 화가 잔뜩 난 어부가 어둠 속에서 불쑥 나타나더니 우리가 자기 그물에서 고기를 훔친다고 나무라며 그에게 총을 쏠 뻔하기도 했다. 나는 가까스로 웃음을 참으면서 이 젊은 그리스 사람에게 파키스탄 사람의 피가 흐르지나 않을까 생각했다.

미국 사람들 한 무리가 그들의 독립기념일을 축하하는 잔치 끝에 바닷가에 남긴 쓰레기를 살피고 돌아오는 길에, 가이와 앨리스가 조카를 안고 걸어오는 것을 보았다. 바닷가에서 그 날 밤을 함께 보내고 나서, 가이네가 노르웨이 선박 회사 소유주인 레이프와 같이 살고 있는 곳으로 숙소를 옮겼다. 레이프는 은퇴한 뒤에 살려고 바닷가에 집을 지었는데, 집을 지은 뒤 얼마 되지 않아 그만 아내가 세상을 떠나고 말았다. 외로워진 그는, 그래서, 가이네 가족이 그의 집에서 함께 사는 것을 크게 반겼고, 가이는 신세를 지는 대신 이런 저런 정원 일을 맡아 했다.

레이프의 딱한 처지를 보자니, 라마 조파의 가르침 가운데 또다른 핵심이 생각났다. "죽음은 삶에서 유일하게 확실한 것입니다. 우리가 재산이 얼마나 많든, 얼마나 좋은 사람이든, 또 얼마나 계획을 잘 짜든, 우리가 구하는 행복을 얻는다는 보장은 없습니다. 다른 사람들도, 재산도, 심지어 우리 몸과 마음도 의지할 만한 것이 못 되고 언제라도 우리를 실망시킬 수 있습니다. 참된 행복은 우리가 자신을 잊고 남의 행복을 즐거워할 때만 생깁니다."

적어도 우리는 레이프에게 잠깐의 행복을 줄 수는 있었다. 일 주일을 바닷가에서 보낸 뒤에 나는 영국으로 떠날 준비를 했다. 송별 만찬에서 나는 외과와 정신의학과가 서로 판이하긴 하지만 둘 중에서 어떤 것을 전공해야 할지 모르겠다고 했다. 레이프는 내가 손이 크니까 외과에 발을 들여놓아야 한다고 했다. 그의 논리는 좀 이상스러웠지만, 그래도 나는 그 말을 마음에 두겠노라 했다. 다음 날 나는 피라이우스로 가는 여객선에 올랐고, 그러고 나서 런던으로 가는 오리엔트 익스프레스를 탔다.

남자의 잔인함

　런던에서 나는 오스트레일리아에서 온 친구들과 함께 리치몬드에 있는 아파트에다 거처를 정했다. 내 의사 증명서가 아직 유효함을 확인하고 나서 일자리를 찾기 시작했다. 그러면서 앤디와 클레어를 찾아 나섰다.

　앤디는 일찌감치 1960대 말에 영국에 왔다. 베트남 파병 부대에 징집되는 것을 피해서였다. 런던에서 앤디는 크리스의 친구 클레어를 만나, 클레어의 두 어린 아이들과 함께 퀸스게이트에 있는 아파트에 살았다. 앤디는 수학을 가르치면서 박사 논문을 완성하는 중이었다. 나는 열대의학을 공부할 때 그 아파트에서 신세를 진 적이 있었다. 런던이 집세가 크게 올라, 앤디는 퀸스게이트 아파트 임대권을 주인한테 비싼 값에 되팔았다. 그리고 나서 앤디와 클레어는 우편물을 운송하던 낡은 밴을 개조하여, 그 사회가 잃어버린 가치들을 찾으려고 아이들을 데리고 영국 시골의 샛길들을 여행했다. 그러나 시골 사람들은 그들을 집시라며 멀리했다. 그들은 다시 런던으로 돌아와, 사회를 바꾸어 나가기로, 특히 노동자들과 가난한 사람들에 대한 인식과 처우를 바꾸기로 결심했다. 그들과 두 해 넘게 소식 없이 지냈지만 나는 베스널 그린(런던 동부 근교 지역으로 가난한 노동자들이 많이 사는 곳 — 옮긴이)에 있는 그들 주소를 갖고 있었다.

시워드스톤 로드에 있는 그들의 집을 찾았을 때 나는 그들이 이사 가고 없는 줄 알았다. 깨진 벽돌과 거리의 쓰레기더미 틈바구니에서 용케 살아남은 잡풀들로, 집 앞뜰이 마치 버려진 고고학 발굴지 같아서였다. 현관문을 두드리자 희미하게 "들어와요" 하는 소리가 들렸다. 그런데 문이 열리지 않았다. 그 문은 열쇠가 따로 없고, 어딘가를 발로 제대로 차야 열리는 문이었다. 이윽고 클레어가 문을 열고는 나를 반갑게 껴안았다. 앤디는 뒤란에서 하수구 일을 하고 있었다. 그는 이미 오래 전에 따로 나가, 그 집에서 몇 집 더 올라가면 있는 집을 또한 불법 점유해서 살고 있었다. 내가 도착했을 때 마침 앤디가 거기 있었던 것은 우연이었다.

클레어는 자신의 아이들, 꼬마 앤디와 사만다(샘)와 함께 살고 있었다. 그 집은 지방 의회가 철거할 예정이었는데, 그러기 전에 앤디랑 클레어가 무단으로 점거해 살아온 것이었다. 가스와 물은 아직 나오고 있었고, 전기는 옆집에서 전깃줄을 끌어와 쓰면서 다달이 자신들이 쓴 만큼 전기료를 옆집에 물었다.

"여기 머물면서 빌이랑 아네케도 만나야지." 빌은 꼬마 앤디의 아버지였다. 퀸스게이트에 살 때 빌과 그의 네덜란드 여자 친구 아네케를 만난 적이 있었다. 그들은 오스트레일리아에서 와서 지금 시워드스톤 로드에서 머물고 있다고 했다.

281

"좋지." 내가 대답했다. "그런데 오늘 밤 여기서 지내도 될까? 리치몬드로 돌아가는 전철을 타기에는 너무 늦은 것 같아."

"물론." 클레어가 말했다.

다들 잠이 든 뒤에 클레어는 긴 의자가 있는 앞방으로 홑이불과 담요를 가지고 왔다. 날씨가 춥고 구질구질했다.

"내 침대에서 자도 돼." 클레어가 권했다.

그 때까지 좋은 친구였던 우리는 그렇게 해서 연인이 되었다. 말 그대로 하룻밤 사이에 나는 가정 생활을 시작했다. 이웃은 모두 서부 인도 사람들이었고, 우리는 그 거리에서 몇 안 되는 백인 가정 가운데 하나였다. 나는 병원에서 시간제로 일하면서 가끔 병원에서 잠을 자긴 했지만 대개는 클레어랑 같이 지냈다. 나는 아이들을 돌보고, 장을 보고, 빵 굽는 법을 배웠다.

어느 날 저녁에 영화를 보러 가던 길이었다. 클레어와 나는 사춘기 연인들처럼 굴면서 주차 요금기 사이를 춤추고 다니다가 빌과 아네케와 마주쳤다. 나는 그냥 우리가 재미나게 놀고 있다고 생각했을 뿐인데, 아네케가 내게 나무라듯 말했다. "남자들은 너무 잔인해."

나는 놀라서 아네케를 바라보았다. 아네케의 눈은 여자 특유의 통찰력과 슬픔을 띠고 있었다. 아네케가 말한 뜻을 이해했다. 클레어는 죽 힘든 시기를 보내 오던 중이었다. 돈도 없고 배우자도 없이 클레어는 집과 학교에서 아이들을 뒷바라지하느라고 오랫동안 고생해 왔다. 그러던 차에, 어느 날, 내가 크레타 섬의 햇살과 함께 갑자기 무대에 나타나서는 클레어의 가슴에 희망과 행복의 꽃을 되살려 놓은 것이다. 클레어는 내게 몸과 마음을 다 주었다. 그렇지만 내가 언젠가는 클레어를 저버릴 거라고 아네케는 느끼고 있었다.

"클레어를 아프게 하지 않을게." 나는 약속했지만 확신이 서지 않았다. 약속에 따르는 책임이 내겐 너무 버겁게 느껴졌기 때문이었다. 나는 앞날은 생각하지 않고 클레어한테서 그저 받기만 했다. 자기가 원하는 대로 오고 가는 자유, 마치 그것이 남자들의 특권인 양 한껏 즐기고 있었던 것이다.

나는 시트로엥 밴을 사서, 빌의 감독 아래, 엔진을 손보고 바퀴와 기름 여과기를 바꾸었다. 그 모든 작업을 거리에서 했다. 덕분에 이웃집 아이들과 친해졌다. 그 작은 초록색 밴에 모두를 가득 태우고 우리는 소풍을 가고, 영화를 보러 가고, 서커스를 보러 다녔다. 금요일 밤마다 우리는 사우스 뱅크로 차를 몰고 가, 꼬마 앤디와 샘이 무술을 배우는 동안 클레어와 나는 근처 술집에서 친구들과 함께 맥주를 마시곤 했다.

클레어는 웨스트 엔드에서 치과 보조원으로 일하면서 가까운 실업 학교의 평생 교육 과정에서 과학을 공부하고 있었다. 클레어는 군대 철수 운동의 적극적인 회원이었다. 앤디는 노동자혁명당 소속이었는데, 당은 선거 준비를 하고 있었다. 잔치판에서나 술집에서나 클레어와 앤디의 좌파 친구들은 늘 정치에 대해 토론하고 있었다. 나는 비록 사회주의에 공감하긴 했지만 정치에 대해 잘 몰랐거니와 그 토론에 적극적으로 참여하고 싶지는 않았다. 대개 그들 공산주의자들은 서로에 대해 불평했다. 트로츠키주의자들, 레닌주의자들, 마르크스주의자들이 늘 서로를 헐뜯고 있었다. 어쩌다 자본주의에 대해 이야기할 때면 그들은 증오심이 가득했다. 나는, 나도 모르는 사이에, 참된 문제는 개인의 마음에 있는 것이지 정치 제도에 있지 않다는 불교의 관점을 자주 주장하곤 했다. 나는 자본주의자들이 이기심과 욕심과 증오를 통해 노동자들을 착취했음을 지적하면서, 공산주의자들 또한 이러한 문제로 고통받은 만큼 그들의 제도도 강한 자가 약한 자를 착취하는 결과에 이르게 될 거라고 했다. 내 견해에 따르면 유일하게 타당한 정치 동기는 이타주의였다.

클레어와 나는 흑인에게 맥주 팔기를 거부한 어느 술집 앞에서 사람들과 함께 피켓 시위를 하고 있었다. 술집 주인은 우리의 시위에 화가 잔뜩 나서 자기 심복을 시켜 우리의 주장을 적은 표지를 찢어 버렸다. 그 바람에 시위가 폭동으로 번질 뻔한 것을 경찰이 막았다. 그 공격은 나로 하여금 평화적인 저항의 가치에 대해서 생각하게 만들었다.

저항과 정치의 시절이었다. 앤디가 노동자 혁명당 지지 선거 집회를 주선했다. 여배우 바네사 레드그레이브와 결실 없이 운동을 많이 벌여 온 베테랑 공산주의자가 연설을 했다. 두 사람은 사람들을 자본주의자들과 싸우라고 부추기면서 어찌나 격앙되어서 말을 하는지, 나는 가만히 있을 수가 없었다. 일어서서 바네사 레드그레이브에게 물었다. "사형에 대한 당신의 태도는 어떤 겁니까?"

바네사가 당황하며 대답했다. "지난 수 세기 동안 지배 계급은 사형을 노동자들을 억누르는 무기로 이용해 왔어요."

그래서 나는 내 요점을 말했다. "보시오. 당신이 그렇게도 미워하는 자본주의자들이란 우리가 런던 거리에서 날마다 마주치는 사람들입니다.

그들은 당신의 정치적 견해를 결코 받아들일 턱이 없어요. 그러니 그들은 당신들한테 맞선다는 이유로 당신들의 혁명이 성공할 경우 죽임을 당해야 하겠지요. 당신이 그 사람들을 죽일 거요, 아니면 당신은 이 방에 있는 사람들한테 당신을 대신해서 그 사람들을 죽이라고 요구할 건가요?"

"당신 누구요, 예수쟁이인가? 입 닥치고 앉으시지." 그 나이 든 공산주의자가 끼어들었다.

그러자 청중들이 나를 위해 소리쳤다. "아니, 그 남자가 말하는 걸 들어보자구."

나는 용기를 내어 말을 이었다. "나는 종교가 없습니다. 나는 우리 사회의 심각한 불의를 보았기에 가능한 해결책을 찾으려고 오늘 밤 여기 마음을 열고 왔지만, 당신들한테서 들은 것은 온통 분노와 증오뿐이군요. 그래서 내가 보기엔 당신들의 혁명 정책이라는 것이 더 큰 해악을 끼칠 것처럼 보입니다. 그건 해결책이 아닙니다."

그 날 밤 잠자리에 눕자 클레어가 내 평화주의자 태도를 문제 삼았다. "우린 지금 당장 행동해야 해. 현 체제가 사람들을 날마다 쥐어짜고 있으니 그걸 막아야잖아." 클레어는 열정을 가지고 말했다. "누군가는 이 나라를 책임져야 해. 모든 사람을 명상하라고 히말라야로 보낼 수는 없어."

"그래, 하지만 우리가 겪는 문제의 진정한 원인을 밝히지 않고서 어떻게 행복을 찾을 수 있겠어? 경제 제도가 진짜 문제가 아니라 문제는 그걸 실행하는 사람들이야." 내가 주장했다.

"그 자식들을 쏴 버려." 클레어가 비꼬듯 웃으면서 말했다.

"클레어, 이타주의가 불가능해 보인다는 것은 알아. 하지만 내가 보기에 네팔의 그 라마들은 그 불가능한 것을 성취한 사람들이야. 증오심에는 아무런 가치가 없어. 모든 걸 더 나쁘게 만들 뿐이야. 왜 정치 정당들이 인내와 자비와 친절을 정강으로 내걸 수 없는 거지?"

"현실을 봐, 에이드. 듣기에는 그럴싸하지만 사랑과 자비는 정치가 아니야."

한 여자 친구가 내게, 서양에 사는 티베트 라마인 초걈 뜨룽빠가 지은 「영성의 물질주의를 헤치고(Through Spiritual Materialism)」라는 책을 주었다. 이 책은 내가 코판에서 배운 모든 것을 논리적이고 이해하기 쉬운 얼개로 설명하고 있었다. 나는 나를 이끌어 줄 라마가 무엇보다 필요하다고 느꼈다. 그 책에서 정말 깊은 감명을 받은 나는, 라마들이 그들의 경전을 돌보듯이, 그 책을 잘 보존하려고 노란 헝겊으로 표지를 만들었다. 불교가 삶의 모든 대답을 갖고 있다고 보았지만, 인생에서의 타당한 철학과 방향을 찾고자 하는 내 갈망은, 자기 결정의 자유를 잃지 않을까 하는 두려움 때문에 방해를 받았다.

클레어와 내 관계에도 비슷한 문제가 있었다. 영혼의 짝을 찾고 싶다는 내 갈망은 원하는 대로 왔다가 떠날 자유를 잃는 것에 대한 두려움 때문에 벽에 부딪쳤다. 이 두려움들은 모두 바로 '나' 자신이었다. 티베트 라마들이 '이기주의가 모든 문제의 뿌리'라고 경고한 대로였다.

나는 그 진단을 인정했지만 치료법은 잘 몰랐다. 케리는 그 사이에 고앵카라는 또다른 명상 스승을 만났는데, 나더러 인도로 돌아와서 그의 강좌를 들어 보라고 열심히 권했다. 인도와 불교를 더 배운다는 생각에는 마음이 끌렸지만, 나는 클레어와 아이들을 사랑하고, 런던을 사랑했다. 그리고 의술로써 사람들을 위해 일할 길도 참으로 많았다. 나는 클레어에게 상처를 주지 않겠다고 한 약속을 기억했고, 동시에 코판에 있을 때 불교가 참된 가르침이라면 출가해 스님이 되는 것이 마땅하다고 통찰했던 것을 기억했다. 그러나 나는 그럴 준비가 되어 있지 않았다.

캠브리지 가까운 한 정신병원에서 주임의사를 구한다는 광고가 났다. 내가 적임자는 아니었지만 한번 시도해 볼 만했다. 단정하게 이발하고, 턱수염을 손질하고, 신사복을 입고 면접을 보러 가려던 참이었다. 한 친구가 내 손목에 두른 무지개빛 염주를 가리키면서 물었다. "설마 그걸 차고 갈 건 아니지?"

"아니, 차고 있을 거야." 그 염주는 내가 런던에서 아프가니스탄으로 떠나기 전에 얻은 것으로, 인더스 강을 여행하는 내내 손목에 찼던 것이었다. 그 시절을 늘 마음에 담아 두려고, 또 무엇보다 내가 이 세상 어디에서든 살 수 있다는 것을 스스로 확인하려고 그 염주를 늘 차고 다녔다.

"그 자리를 별로 원하지 않는가 보군." 친구가 말했다. 그 친구가 아마 옳았을 것이다.

인도아대륙에서 온 후보자가 둘 더 있었다. 우리는 따로따로 면접을 받았다. 면접관은 병원장과 정신과 의사 셋이었다. 나는 추천서들도 좋았고, 면접도 제법 잘 치르고 있던 중이었다. 병원장이 내 염주를 보더니 이렇게 물었다. "당신은 충격 요법이 환자에 대한 폭력 행위라고 하는 그런 사람은 아니겠지요?"

나는 충격 요법을 그렇게 생각한 적은 없었지만 병원장이 그렇게 말하자마자 '그래, 그게 바로 그거야' 하고 생각했다. 나는 충격 요법이 급성 정신 이상과 심한 우울증 치료에 도움이 될 여지가 있다는, 판에 박힌 대답을 했다. 그렇지만 「뻐꾸기 둥지 위로 날아간 새」를 떠올리면서 이런 말을 덧붙이지 않을 수 없었다. "하지만 충격 요법의 위험은 그것이 어떻게 해서 효과를 내는지 모른다는 것입니다. 두뇌에 손상을 입힐지도 모릅니다. 또 무분별하게 쓰이거나 더러 환자를 괴롭히려고 쓰일 가능성도 언제나 있고요."

우리 셋 중에 아무도 채용되지 못했다. 면접관들은 그들이 한 달 안에 선임 행정 간부 자리를 구하는 광고를 낼 예정인데 그 자리에 내가 신청한다면 유리하게 받아들여질 거라는 말을 했다. 내 친구가 옳았다. 나는 안도감을 느끼면서 자리를 떴다. 시간이 넉넉해서 링컨셔를 거쳐 동해안으로 차를 몰고 갔다. 맨발로 다시금 바닷가 모래밭을 걷는 즐거움을 누리려고.

클레어는 내가 떨어진 것을 좋아라 했다. 그 병원이 런던이 아닌 곳에 있어서였다. 하지만 클레어는 내가 영국에 머무를지 인도로 돌아갈지를 놓고 씨름하고 있음을 알고 있었다. 그 문제를 결정하려니 생각할 공간이 필요했다. 런던에서 내가 가장 좋아하는 곳, 큐에 있는 식물원으로 갔다.

가로수들이 안개 속으로 점점이 사라지는 거리에 서서 앞날에 대한 생각에 골몰해 있었다. 갈퀴에 팔을 얹고서 쉬고 있던 정원사가 무릎에 격자무늬 모직 천조각을 덧대어 기운 내 청바지를 보고 우스갯소리를 했다. 그 정원사는 독일 사람으로 마흔다섯쯤 되어 보였고 다정하고 친절했다.

그에게 내 고민을 털어놓았다. 사랑하는 사람과 영국에 남아 내 일을 해야 할지, 아니면 인도에 가서 불교를 더 배워야 할지 모르겠다고 했다. 우연의 일치였는지, 아니면 불가사의한 섭리였는지, 그는 태국에서 스님으로 세 해를 보낸 적이 있었다. 그는 이제 온갖 이름난 정원에서 일하면서 세상을 여행하고 있었다. 당연히 그는 인도로 가라고 조언했다.

모든 조짐들이 인도행을 가리키고 있었다. 나와 클레어의 관계는 좋았지만 때로 나는 비이성적으로 클레어에게 화를 내곤 했다. 화는 이내 사그러지긴 했지만, 그것은 일종의 전조였다. 어릴 때 아버지가 어머니한테 자주 화를 터뜨리는 것에 괴로워하면서, 나는 미래의 아내한테 결코 화를 내지 않겠다고 맹세한 적이 있었다. 내가 클레어랑 같이 지내면서 화가 나는 것을 극복할 수 있을까? 나는 이 파괴적인 감정을 다스릴 만큼 불교를 깊이 알지 못했다. 게다가 뭔가에 만족하지 못하는 것도 문제였다. 라마들의 가르침에 따르면, 자기 중심적인 우리의 마음은 어떤 즐거움을 누리고 있든 결국은 그것에 만족을 못하고 다른 데로 눈을 돌리게 된다고 했다. 내가 자꾸 다른 여자들한테 한눈을 판 것이 사실이었다. 내가 인도에 가서 클레어가 입게 될 상처에 견주어, 내가 다른 여자하고 함께 떠날 경우에 클레어는 얼마나 더 큰 상처를 입게 될까? 결정적으로, 이타주의라는 개념이 있었다. 티베트 불교의 중심 교의는, 모든 사람의 마음 속에 잠재되어 있는 불성佛性을 성취함으로써 다른 사람을 위해 자신을 바치는 이타적인 의도다. 윤회 바퀴에서 자유로워진 붓다라면 다른 사람들을 도우러 어떤 방식으로도 나타날 수 있다. 만일 내가 그 라마들이나 그 독일 정원사처럼 불교도가 된다면, 나는 언제나 필요한 때, 필요한 곳에 나타나 중생을 행복으로 이끌 수 있으리라. 나는 지금 클레어와 클레어의 아이들을 돕기에 가장 필요한 때와 장소에 있지만 그 일을 끝까지 해낼 용기와 확신이 없었다. 아네케가 옳았다. 나는 조만간 클레어를 떠나게 될 것이다.

클레어는 내가 인도로 가야 할 이유에 대해서 반박했다. 나는 내 생각을 설명하기가 어려웠다. 내가 가야만 한다는 생각은 내 마음 깊은 곳 어딘가에서 비롯한 것이기 때문이었다. 우리 관계를 방해하는 것은 다른 여자나 내 직업이 아니었다. 그것은 다만 철학에 대한 탐구였다. 내가 아직 이해하지도 믿지도 못하는 철학을 추구해야겠다는 내 의지였다. 클레어는 의지가 굳은 터라 내게 떠나지 말라고 강요하지는 않았다. 클레어는 냉철하게 내 결정을 받아들였지만, 슬픈 공기가 우리 둘을 감쌌다.

나는 사하라 사막을 차로 횡단하려는 젊은이에게 밴을 팔았다. 클레어는, 내가 네팔에서 산 부드러운 노란색 천으로 내 여행복을 만들고 있었다.

"소매를 만들기에는 옷감이 모자라." 클레어가 말했다.

"소매 없이 만들어. 언젠가는 스님이 될 테니." 내가 농담으로 말했다.

"무슨 낭비람." 클레어가 대답했다.

한 해 뒤, 나는 내 수계식 날 그 옷을 입었다.

자아 죽이기

케리의 스승 고앵카가 인도 바라나시에서 열흘 동안의 명상 수련을 이끌고 있었다. 나는 며칠 일찍 도착해서 인도 정부가 만든 여행자 방갈로에 방을 하나 잡았다. 바라나시는 힌두교도들에게 가장 거룩한 성지로서, 갠지스의 신성한 강물로 몸을 씻음으로써 저희의 업을 정화하려는 힌두교도들로 늘 북적였다.

햇빛에 바랜 사원들이 강둑을 따라 줄지어 있었고, 순례객들이 물가에 빼곡했다. 그들은 햇볕을 쬐거나 그 탁한 누런 물에 몸을 담그고 있었다. 갠지스 강과 배들을 보자 인더스 강이 떠올랐는데, 돌고래 한 마리가 잠깐 수면 위로 나타났을 때에는 더 그랬다. 신비한 경험을 기대했지만 분위기는 바닷가에서의 하루와 비슷했다. 그래도 바닷가란 오스트레일리아 사람의 종교 경험이니 나로서는 아무래도 좋았다. 신앙심 없는 내게는 그 물이 거룩한 감로수 같진 않았다. 그저 온갖 기생충 알과 포낭, 홀씨들의 칵테일 같았다. 나는 차마 그 강물에 몸을 담글 수는 없었지만, 마치 그

물이 샴페인이라도 되는 듯 그 속에서 희희낙락하는 행복한 무리의 믿음에 무언가 있을지도 몰라, 잠깐 발목까지 담그고 서 있었다. 적어도 내 발들은 행복하게 죽겠지.

　민망하게도, 기차역에서 분통 터지는 일로 한 직원과 다툰 직후에 화가 잔뜩 난 얼굴로 케리를 만났다. 인도풍 옷을 입은 케리는 사람이 달라 보였다. 행동거지도 달라져 있었다. 케리는 이미 자기 길을 찾은 사람으로서의 넘쳐흐르는 열의를 내재한 채 고요한 모습을 하고 있었다. 케리는 종교에 대한 내 회의적인 마음을 익히 알고 있기에, 자기의 종교적 열의로 나를 질리게 하는 법 없이 그저 나를 격려하는 정도로 수위를 맞춰 주었다. 비록 예전에 품었던 의심들이 수시로 떠오르곤 했지만, 나는 그 수련회에 참석하기로 마음먹었다.
　하루쯤 여유가 있어서, 케리와 나는 인력거를 타고 바라나시 근교 마을인 사라나스로 갔다. 어느 공원에 가니 그 곳이 붓다가 처음 가르침을 편 곳임을 알리는 탑이 있었다. 우리는 고대 사원의 잔해 사이를 이리저리 산책한 뒤에 깨끗한 풀밭에 앉아 우리의 삶과 추구해 나갈 방향에 대해 이야기를 나누었다. 케리는 자기 스승을 아주 헌신적으로 따랐다. 그러나 나는 그 때까지도 산만하여 불교에 귀의할 마음이 없었거니와, 스승을 섬긴다는 것은 더 말할 것도 없었다. 우리는 이미 서로 진로가 갈린 터라, 비록 친구로 남기는 하겠지만 다시금 반려가 되는 일은 없을 것이 분명했다.

　인도와 버마 혼혈인 고앵카는 중년의 사업가였다. 어느 땐가 버마의 한 스님이 그의 고질적인 편두통 증세를 없앨 방법으로 명상 수행을 가르쳤다. 명상이 그의 편두통을 말끔히 씻어 주었고, 고앵카는 자기 사업을 접고 스스로 명상 스승이 되었다. 그는 힌디어와 영어로 된 열흘 과정의 명상 프로그램을 만들어 인도 각지를 돌며 사람들을 가르쳤다. 명상에 열의를 가진 젊은 서양인들이 단순하면서도 강력한 그의 지도 방법에 매료되었고, 그 수효가 순식간에 인도인 추종자들을 넘어섰다.

바라나시에 있는 그 버마 사원의 운영진은 그 강좌에 꽤 많은 수련생이 모이리라 기대했다. 그리하여 새 건물을 몇 동 지었는데 코판에서처럼 시멘트가 채 마르지도 않은 상태였고, 앞뜰에는 천막을 설치하여 식당으로 썼다. 백 명은 족히 넘는 사람이 도착했다. 코판에서 열린 강좌에 참석했던 사람들과 비슷한, 인도의 마법을 찾는 젊은 서양 지식인들이었다.

하루 일과는 힘들었다. 가만히 앉아 호흡을 관찰하는 장시간의 명상 수련이었다. 토론반 같은 것은 없고, 고앵카가 저녁마다 짤막한 법문을 했다. 우리는 아침과 점심만 먹고 밤에는 뜨거운 우유를 한 잔씩 마셨다.

사흘째 되는 날부터는 완전히 침묵을 지켜야 했다. 사원 안으로 들어오는 문을 모조리 잠가서 누구도 밖에 나갈 수가 없었다. 그러나 나처럼 덜 진지한 사람들은 문 사이의 넉넉한 틈으로 땅콩과 값싼 인도 담배를 얼마든지 살 수 있었다.

하루하루가 길었고 명상은 괴로웠다. 내 발목과 무릎과 엉덩이는 진종일 가만히 앉아 있어야 하는 부당함에 비명을 질렀다. 무엇보다 내 마음이 가장 괴로워했다. 마음을 모아 호흡을 관찰해야 할 때나 또는 몸을 천천히 훑어 가며 파악하기 어려운 감각을 찾아 내야 할 때면, 머릿속에서 찬론과 반론이 마구 날뛰었다.

저녁 때마다 나는 케리를 중앙 숙소의 평평한 지붕 위로 데리고 갔다.

지는 해가 바라나시의 연무 속으로 사라지는 것을 볼 수 있고, 거리낌 없이 말할 수 있는 그 곳에서 나는 의심과 좌절감을 토로했다. 그러면 케리는 평화로움과 고요함을 내뿜으면서 내게 인내심을 가지라고 부드럽게 용기를 북돋아 주었다.

이윽고 내가 그 '위대한 분'과 면접할 차례가 되었다. 장난기 넘치는 티베트 라마들과는 정반대로 융통성 없이 요지부동으로 무심한 그분에게서 나는 그저 "계속 호흡을 관찰하고 계속 자세히 살펴라"는, 늘 듣던 조언을 들었을 뿐이었다. 나는 예전에 티베트 라마들과 명상 수련을 한 적이 있다고 말했다. 그는 티베트 명상법을 별 생각 없이 부정했고, 나는 그만 분통을 터뜨리고 말았다.

그 열흘간의 명상 과정이 막바지에 이르렀을 때 나는 일시적이나마 고통의 장벽을 넘어섰다. 온몸이 떨릴 만큼 견디기 힘든 불편함이 극에 이르러 다리를 펴고 싶은 충동과 싸우던 중이었다. 갑자기 괴로움이 싹 가시더니 몸과 마음에 평화롭고 부드러운 느낌이 넘쳐흘렀다. 그 경험은, 비록 짧은 순간이긴 했지만, 마음의 능력뿐만 아니라 명상을 통해 더없는 기쁨을 경험할 수 있다는 마음의 잠재력을 깨우쳐 주었다. 나는 매우 고무되어 그 다음 열흘 과정도 신청했다. 두 번째 과정도 처음과 똑같았지만, 이번에는 잘 견뎌 냈다. 침묵을 지켰고, 이런저런 의심으로 케리를 귀찮게 구는 일도 없었다.

두 번째 수련 과정이 크리스마스 이브에 끝났다. 케리는 그 다음 열흘 과정에 참석하려고 남았고, 나는 비하르에 있는 보드가야행 아침 기차를 탔다. 보드가야는 붓다가 깨달음을 얻은 곳이다. 동료들과 함께 삼등칸을

294

탔지만, 객실도 그리 복잡하지 않았을뿐더러 우리 이상으로 소란스러운 승객도 없었다. 스무 날 동안의 감금 상태에서 벗어난 우리는 모처럼 맞은 자유와 성탄절을 맘껏 축하했다. 우리는 음식 장수가 지나갈 때마다 매번 라임 조각을 곁들인 매콤한 병아리콩이나 원뿔 모양의 종이 봉지에 든 견과류 따위를 마구 사 댔다. 우리는 인도 차 짜이를 마시고 나서, 그곳 풍습대로 찻잔을 기차 선로에 던져 부수기도 했다.

가야에서 우리는 허약해 보이는 늙은 말이 끄는 낡아빠진 이륜 마차에 가득 올라타고서 몇 킬로미터 떨어진 보드가야로 향했다. 좁고 복잡한 거리를 좀 지나자, 곧 널따란 논이 펼쳐지는가 싶더니 이어서 넓게 펼쳐진 흰 모래밭을 구불구불 흐르는 실개천을 따라 난 길이 나타났다. 이십 분 뒤에 마하보디 대탑이 눈에 들어왔다. 대나무 숲과 망고 숲 위로 우뚝 솟은 탑은 감히 저항할 수 없는 아우라를 뿜고 있었다. 우리는 모두 침묵 속에 잠겼고, 아스팔트 위에서 따가닥따가닥 하는 한결같은 말발굽 소리가, 한낱 유적지가 아닌, 깨달음의 살아 있는 상징인 그 대탑으로 우리를 점점 이끌고 갔다.

도중에 우리는 우리가 머물 버마 절에서 멈추었다. 그 절은 반테 스님과 젊은 시자 스님인 아난다가 꾸려 나가고 있었다. 이 지극히 친절한 두 스님은 진작에 보드가야의 명물이 되어 있었다. 인내심 많은 두 스님은 친절함과 자비로써 여러 해 동안 젊고 치기어린 서양 사람들을 보살펴 왔다. 그들은 또 교파주의에서 자유로워 어떤 불교 종파에 대해서도 편견을 두지 않았다. 고앵카와 그의 측근들이 열흘 명상 수련을 하러 새해에 올 예정이어서, 반테는 새 방 짓는 일을 감독하느라고 바빴다.

이번에 나는 인도의 느릿한 생활 속도에 익숙해졌고, 대탑을 방문하고 마을에서 밥을 먹는 한가한 하루 일과에 잘 적응했다. 그 대탑은 몇 세기 동안 허물어진 채 폐허로 있었는데 19세기에 한 영국군 장교가 발굴하여 새로 세운 것이었다. 처음엔 평지에 세웠던 것을, 지금은 흙을 파내 만든 너른 분지 바닥에다 세우고 둘레에 정원을 조성하여 잔디밭이며 꽃을 피운 딸기나무 숲, 크게 그늘을 드리운 키 큰 나무들이 에워싸고 있었다. 게다가 인근 마을을 지나는 큰 도로에서 떨어져 있어서 각별히 평화로운 느낌을 자아냈다.

어느 날 아침, 나는 동쪽 지평선에서 매혹적으로 우뚝 솟은 바위산을 향하여 떠났다. 모래 많은 강바닥을 건너, 야자나무와 망고나무가 자라는 좁고 긴 기름진 땅에 이르렀다. 그 옆으로는 논에서 겨울 작물인 밀이 에메랄드처럼 푸르게 자라고 있었다. 다시 강이 나타났다. 이번에는 아까 지나온 강보다 물이 좀더 깊어서 바지를 넓적다리까지 걷어올려야 했다. 강을 건너자 바위산으로 올라가는 메마른 비탈길이 맞은편에 나왔다.

산 정상에 올라 평평한 바윗돌 위에 앉으니, 시골 풍경이 한눈에 훤히 들어왔다. 그렇게 앉아 있자니, 세 해 반 전에 스웨덴 숲에서 바위에 홀로 앉아 '어떻게 살아야 하나' 하고 고민하던 생각이 났다. 그 때부터 경험한 모든 것들, 아프가니스탄, 인더스 강, 오스트레일리아로 돌아간 뒤의 불행한 생활, 티베트 라마들을 만난 것, 이 모든 것이 불교로 나아가는 논리적인 진행 과정으로서 앞뒤가 들어맞았다. 의심의 벽은 얇아져 마침내 불교의 길이 타당한 것이라는 확신을 갖게 되었다. 코판에서 닉이 말했듯이, 업과 윤회는 붓다의 가르침과도 또 내 자신의 경험과도 맞아떨어졌다. 비록 직접 확인할 수는 없다 해도 업과 윤회는 내 과학 지식에 어긋나지 않았다.

묵상 중에 문득 위험한 느낌을 받았다. 송골매 한 마리가 마치 전투기처럼 높은 하늘에서 단숨에 내려오더니 머리 위에서 맴돌면서 나를 공격할 참이었다. 나는 그 못된 새를 꾸짖어서 쫓아 버렸다.

가파른 경사면에 건물이 한 채 있었는데 그게 무엇인지 궁금해 찾아가 보기로 했다. 야자잎으로 지붕을 인, 다 허물어져 가는 흙오두막들 사이로 꼬불꼬불한 길이 나 있었다. 비쩍 마른 아이들이 나를 쳐다보기만 할 뿐 가까이 오지는 않았다. 개들도 몇 번 변덕스레 짖고는 저희 집으로 돌아갔다. 바닥이 온통 돌투성이인 넓은 평지를 지나자, 굳세 보이는 티베트 남자가 불을 지피고 있었다. 그 남자가 나를 세웠다. 그 사람 손에 있는 굽은 칼은 위험해 보였지만, 그의 태도는 친절했다. 게다가 그 남자처럼 머리를 땋고 터키석 귀걸이를 한 남자는 그리 위험하지 않을 거라는 생각에 마음을 놓았다. 그가 칼로 무얼 하려는지 알고서 나는 그가 내 머리카락 한 줌과 내 엄지손톱을 조금 자르도록 했다. 그는 깊은 목소리로 염불하면서 그것들을 불에 태웠다. 그가 하는 말을 전혀 알아들을 수도 없었고, 그가 무슨 이유로 그러는지도 몰랐다.

그런 곳에서 머리카락과 손톱을 태우는 것이 상서로운 일이라는 것을 나중에야 알았다. 그 곳은 고대 인도의 여덟 군데 큰 납골터의 하나로, 요가 수행자들이 '죄chod'라는 '자아 죽이기' 수행을 하면서 명상으로 밤을 보내는 곳이었다. 그들은 자칼과 독수리들한테 찢긴 송장들 사이에 앉아, 영혼과 좀비와 다른 무시무시한 존재들에게, 와서 저희들의 몸으로 식사를 해 달라고 빌었다. 이것은 몸을 자기 자신으로 보는 자아에 대한 집착을 끊는 방법이었다.

절벽에 있는 그 건물은 티베트 식으로 지은 절이었다. 한 티베트 스님이 마치 나를 기다리기나 한 듯이 나오더니 내 손을 잡고 더 위쪽 언덕으로 이끌었다. 스님은 바위 면에 있는 낮은 나무문을 가리키고는 나더러 들어가라는 손짓을 했다. 그러고는 나를 혼자 두고 떠났다. 도대체 어쩌라는 것인지 궁금해하면서 입구로 기어들어가 돌 불단이 하나 있는 천장 높은 방에 섰다. 삼베 방석에 앉아 명상을 하기 시작했다. 엄청난 힘의 감동을 경험했다. 지난 몇 세기 동안 많은 명상가들이 이 바위굴에서 명상해 왔거니와, 위대한 인도 스승 나가르주나도 그 곳에서 명상했다고들 했다.

그 날 저녁 나는 보리수 아래에서 명상했다. 그 나무는 붓다가 깨달음을 얻은 밤에 그 아래에 앉아 있던 깨달음의 나무(보리수)의 후손이라고 했다.

그 때 심장 모양을 한 나뭇잎 하나가 떨어졌다. 바람 속의 잎처럼, 평생 동안 나는 나를 움직이는 힘을 알지 못한 채 늘 이리저리 떠돌면서 마주치는 상황에 따라 즐거워하고 불편해하며 제멋대로 살아왔다. 영원한 행복을 찾노라면서 달콤쌉싸름한 추억거리만 만들어 왔다. 업을 알지 못한 채, 내가 내 삶을 책임진다고 믿었고, 일이 잘 풀리지 않을 때에는 나 자신을 나무랐다. 그뿐이랴, 자만심에 사로잡혀 행복을 찾을 수가 없었다. 자기 중심적인 생각에 미처 남을 배려하지 못했기 때문이다. 남을 사랑하는 것이야말로 행복의 참된 원천인 것을. 행복을 얻고 더는 괴로워하지 않으려면, 세상을 바꾸려고 할 것이 아니라 내 업을 바꿔야 한다는 것이 의심할 여지 없이 뚜렷해졌다. 이제 이 결심은 돌이킬 수 없었다. 붓다의 길을 따르리라. 고앵카 선생 덕분에 어느 정도의 통찰력을 얻긴 했지만, 나는 티베트 전통을 따르기로 했다. 내가 경험한 바로는 누구도 라마 툽뗀 예셰와 라마 툽뗀 조파 린포체의 자질을 따를 수가 없었다.

　베로 켄체 린포체라는 젊은 라마가 그 날 오후 관세음보살 명상 수행 관정식을 베풀 참이었다. 라마 켄체는 그 관정식에 참석함으로써 삼보에 귀의하고 정식으로 불교도가 될 수 있다고, 유창한 영어로 내게 말했다. 관세음보살은 붓다의 화신化神으로서 이 세상에서 붓다의 자비를 실천하는 서원을 품고 있다. 서양 사람들 한 무리가 마하보디 협회 여행자 숙박소에 있는 린포체의 방에서 관정식을 하려고 모였다. 이 단순한 경험이 내 삶에서 가장 중요한 한 걸음이었다. 그것은 마음으로 가는 구체적인 여행, 곧, 궁극의 목표로 가는 여행의 시작이었다. 스님이 되려는 생각을 하긴 했지만, 나는 그 길을 더불어 갈 수 있는 짝을 더 바랐다.

　내가 삼보에 귀의한 다음 날, 케리가 고앵카와 열흘 과정의 명상 수련을 하려고 버마 절에 도착했다. 케리에게 내가 본 보드가야를 보여 주고 싶었지만, 케리는 그 날 저녁 시작하는 명상에 들어갈 생각이었다. 나도 명상에 참석하려고 했지만 열이 오르는 것을 느꼈다. 수련이 끝난 뒤에 만날 것을 케리와 약속하고 나는 보드가야 반대쪽에 있는 정부 여행자 숙소로 옮겼다.

　그 날 밤 잠을 잘 수가 없었다. 열과 두통이 심해지고 간과 지라가 부어 고통에 시달렸다. 바라나시 어디에선가 밤마다 모기에 뜯긴 끝에 말라리아에 걸린 것이었다. 니바퀸 치료로 혈액 속 기생균은 다스렸지만 그 뒤 닷새 동안 기운이 너무 없었고 음식을 먹을 마음도 나지 않았다. 내가 먹지 않는 것을 걱정해 그 숙소 관리인이 요리사들에게 특식을 만들게 해서 누워 있는 내게 가져다주었다. 그의 친절함과 다른 여행자들의 보살핌으로 나는 천천히 기운을 되찾았다.

어쩔 수 없이 갖게 된 이 휴식 기간 동안 나는 앞날을 계획했다. 라마 예셰와 라마 조파가 석 달 뒤에 오스트레일리아 퀸즐랜드에 있는 새 명상 센터에 한 달 일정으로 강좌를 하러 가기로 되어 있었다. 그 곳은 닉과 마리, 톰과 캐시가 세운 명상 센터였다. 그 사이에 나는 여행을 좀더 하기로 했다. 여행 중에 고앵카가 가르친 방법대로 열흘 동안의 명상 수련을 '홀로' 할 수도 있을 터였다. 마드라스 근처에 신지학회가 운영하는, 고요하게 명상할 수 있는 아름다운 장소가 있다는 말을 들었다. 그것은 마드라스에서 페낭까지 배를 타고 가 인도네시아를 잠시 들렀다가 오스트레일리아로 돌아가려는 내 계획하고 잘 들어맞았다. 며칠 뒤 수련회가 끝났다. 나는 케리에게 작별 인사를 하고 가야에 가서 기차를 탔다. 캘커타로, 그리고 마드라스로.

파도 앞에서의 명상

마드라스에서의 첫날 밤은 빈대 떼 때문에 지옥 같았다. 열대의학을 공부하면서 이 지독한 생물에 대해 배운 적은 있지만, 내 몸이 그놈들의 먹이가 될 줄이야 꿈에도 생각하지 못했다. 빈대는 병을 옮기지는 않지만 해충들 가운데서도 가장 지독한 놈들이다. 자비심일랑은 잊기로 하고, 아침에 일어나자마자 그 호텔에서 나왔다. 다른 호텔에서 빈대가 없다는 다짐을 받고서도, 확실히 하려고 나는 침대보를 벗겨 냈다.

날마다 나는 바닷가에 홀로 있으려고 했다. 훤히 트인 야성의 해안선은 저항하기 힘든 인간의 속성으로부터 벗어나게 해 주었다. 육지는 인간과 가축들이 닳도록 써서 쇠잔해져 버렸다. 그래서 도시들은 내겐 죄다 똑같아 보였으니, 복잡하고 가난에 찌들고 몰락해 가고 있었다. 나는 해와 모래와 파도를 벗삼아 명상에 들곤 했다.

나는 불교가 참된 진리인지 알기 위해 런던을 떠났고 또 클레어를 떠났다. 이제, 불교가 진리임을 받아들였으니 스님이 되어야 할 것인가? 아니. 나는 여전히 섹스와 짝을 간절히 바라고 있었다. 나는, 티베트 라마들이 이 세상에서 내가 본 사람 중에 가장 솔직하고 가장 고요하고 느긋한 이들이라면서, 욕망을 억누르는 것은 비틀린 고집일 뿐이라는 클레어의 주장에 맞섰다. 나도 그 라마들처럼 되고 싶었다. 다른 여자를 찾는 것은 클레어도, 인도로 오게 된 내 근본 동기도 다 저버리는 일이었지만, 불교에 대한 믿음이 욕망의 힘을 이겨 낼 만큼 강하지는 못했다. 스님이 되기에 앞서 불교의 가르침을 어떻게 실행에 옮길 수 있는지부터 배워야 했다.

주변 환경이 내 사색의 흐름을 방해했다. 바닷가에서 통나무 세 개를 한데 동여맨 뗏목들을 본 적이 있었다. 그 뗏목들이 어떻게 기능할까 싶던 내 궁금증은 어느 새 부서지는 파도 너머로 나타난 오렌지색 세모꼴 돛으로 옮겨 갔다. 몇 분 지나지 않아 몇십 개나 되는 다른 돛들이 나타났다. 빛깔도 다양한 그 수많은 돛이 지는 해가 수평선 위에 드리운 햇살을 받아 반짝거렸다. 그 곳에 늘 고기잡이배들이 있었건만 모르고 있었던 것이다.

고기잡이들은 솜씨 좋게 파도를 타면서 서로 경주하듯 바닷가로 달려왔다. 바닷물과 파도에 시달린 갑판에는 물고기가 든 그물이 묶여 있었다. 인더스 강의 배들이 떠올랐다. 그 곳에서 사람들은 폭풍우나 자연의 힘에 맞서 얼마나 행복하게 일하였던가. 저녁 노을은 몇 세기 동안이나 그런 장면을 비추어 왔을까? 내 마음은 기쁨으로 가득 차, 명상 안거를 해야겠다고 마음먹었다.

신지학회에 갔다. 비길 데 없이 훌륭한 공원 뜨락에서 나는 내가 그 곳에 머물 수 있는지 물었다. 불행히도, 그 곳의 책임자로 있는 거만한 중년의 미국 여자가 보자마자 싫었다. 그 여자의 표정을 보니 나 혼자만 그런 감정을 느낀 것이 아님을 알 수 있었다. 여자는 말없이 나를 훑어보았다. 나는 말라리아 때문에 마르고, 턱수염은 덥수룩하고, 낡은 옷을 입은데다 팔다리가 온통 빈대에 물려 덧난 상처투성이였다. 나를 타락한 마약 상습자라고 속단한 여자는 내게 방을 줄 수 없다면서 말했다. "우리는 진지하게 영성의 길을 걷는 사람들한테만 방을 내줍니다."

'이 빌어먹을 여자야, 내 삶을 통틀어 지금보다 더 진지했던 적은 없는걸.' 이렇게 생각만 하고 그 말을 소리 내어 내뱉지 않은 내 평정심에 놀랐다. 나는 겸손한 태도로 고맙다고 인사하고는, 오히려 안도감을 느끼면서 걸어 나왔다. 그곳의 종교적 분위기 때문에 숨이 막혔던 것이다. 나는 곧바로 시내로 들어가 페낭으로 가는 표를 끊었다. 여객선 사무실에서 돌아오는 길에 보도에 있는 코카콜라 자동 판매기를 바라보느라고 걸음을 잠시 멈추었다. 그것을 보고는 서양 문화가 어머니 인도를 침략한 것에 진저리를 치면서 생각에 잠겨 있는데, 한 남자가 코카콜라 한 병을 사서 내게 주고는 갔다. 그 남자도 틀림없이 나를 돈 한 푼 없는 마약 중독자라고 생각했으리라. 나는 그 남자의 친절함을 고맙게 받아들였다. 비록 내 마음은 지금까지의 그 어느 때보다 더 평화로웠지만 내 몸은 엉망진창이었다. 인도에 온 목표를 이루었다. 집으로 갈 시간이었다.

칼날의 꿀을 핥고

1975년 부활절 일 주일 전이었다. 라마 예셰와 라마 조파 린포체가 오스트레일리아 여행을 시작하고 있었다. 나는 라마 예셰가 도착하기를 기다리면서 멜버른 대학 학생회관 강당 바깥에 서 있었다. 내가 자동차 문을 열기도 전에 라마 예셰가 열린 창문으로 팔을 뻗어 내 턱수염을 잡아당기더니 짐짓 화난 척하면서 말했다. "자네를 기억해. 코판에서 온갖 질문을 해대던 친구지!" 그의 높은 웃음소리가 곧바로 그 명상 강좌의 에너지와 감정들을 되살려 냈다.

시간으로 보면 그 강의는 고작 한 해 전 일이었다. 그러나 나 한 사람의 변화로 보면 마치 여러 생 전인 것만 같았다. 나는 그 때 귀찮게 군 것을 사과한다는 말을 웅얼거리면서 자동차 문을 열었다.

케리가 와 있었고, 내 친구들도 죄다 와 있었다. 극장은 오스트레일리아에서 처음 가르침을 펼 첫 티베트 라마를 보고 싶어하는 학생들로 가득했다. 라마가 앉을 법좌가 급하게 만들어졌다. 법좌는 꽃으로 꾸몄고, 티베트 향이 타오르고 있었다. 그건 내가 학생 시절에 알던 학생회관 강당이 아니었다. 라마의 말이 마치 감로수처럼 내 안으로 흘러들어왔다. 불교에 대해 시야가 좀더 열린 덕분에, 문장 하나하나가 위대한 뜻으로 다가왔다.

닉의 도움을 받아 라마 예셰는 어느 바닷가 휴가 야영지에서 닷새 동안의 명상 안거를 이끌었다. 다시금 내 친구들 한 무리가 참석했다. 심지어 사이먼까지 거기에 있었는데 그는 겨우 이틀 동안 버티다 떠났다. 가르침이 그에게는 너무 낯설었던 것이다. 나는 그가 어떻게 느꼈을지 잘 알아서 돕고 싶었지만, 지난 열두 달 동안에 닦아 온 내 통찰력을 그의 마음속에 옮겨 심을 수가 없었다. 나는 다시 닉에게 질문할 기회를 가졌다. 나는 여전히 닉에게 딴지를 걸었지만 예전만큼은 아니었다.

"고통을 너무나 강조하고 있어. 행복을 바랄 희망은 전혀 없나?"

"우리는 지옥 중생들과 배고픈 귀신들과 짐승들의 고통을 명상하네. 왜냐하면 그런 고통을 우리가 두려워하지 않는다면 그걸 막으려는 일을 하나도 하지 않을 거니까. 그런 곳에 태어나는 업을 우리가 계속 만들어 나갈 거란 말일세. 무엇보다도, 이 명상은 삼라만상에 대한 자비심의 근본이라네."

"그래. 전에는 낚시하기를 참 좋아했는데 지금은 낚시바늘에 찔려 몸부림치는 물고기를 생각만 하는 것도 싫어. 그리고 지옥 중생이나 배고픈 아귀로 태어난다는 것도 어느 정도 받아들이게 되었지. 하지만 사람들의 행복은 어때? 값어치가 있는 것 아냐? 사랑은 남에게 즐거움을 주려는 소망을 지니는 것 아닌가?"

"자네가 좋아서 쫓아다니는 여자가 누구야?" 닉이 강좌 참석자들 가운데 여자들을 가리켰다.

"아니, 그게 스님이 할 소린가." 나는 짐짓 역겹다는 듯이 말했지만 닉이 옳았다.

"경전에서도 말하듯이, 윤회 바퀴에서 벗어나지 못한 채 누리는 즐거움은 마치 칼날에 묻은 꿀을 핥는 것과 같아. 그건 필연적으로 고통을 가져오지. 자네가 아는 가장 멋진 섹스 상대를 생각해 봐. 자네를 만족하게 해 주던가?" 닉이 사뭇 더 진지하게 말했다.

"그럼." 나는 소리 내어 웃으면서 말했다. "적어도 몇 초 동안은."

"그렇지. 그러면 자넨 자네 연인한테 매달리게 되고, 그 여자가 옆에 없으면 우울해지고, 그 여자가 다른 사람들하고 있으면 질투가 나고, 그 여자가 자네 기대대로 하지 않으면 화가 나지. 여전히 만족하지 못한 채로 자네는 또다른 사람을 갈망하게 되어 그 여자를 냉정하게 차 버리지. 아님 그쪽에서 자네를 차거나. 그리고 그건 상처를 주거든. 그렇지 않나?"

"세상에, 닉, 자네 어쩜 그렇게 부정적인가? 자넨 참된 낭만이 넘치는 사랑을 믿지 않나?"

"웃기지 말게."

닉은 생사가 되풀이되는 윤회 바퀴를 묘사하고 있었다. 곧, 마음이 업의 지배를 받아, 집착과 같은 감정(번뇌)에 시달리는 상황을 말한 것이었다. 나는 그가 옳다는 것을 알았지만 그걸 받아들이고 싶지 않았다. 나는 반드시 그런 함정들을 피해, 고통보다는 즐거움을 나누는 관계를 가질 수 있다고 생각했다. 수련회가 끝나 갈 무렵에 닉은 내가 라마 예셰를 만나도록 주선했다. 라마 예셰와 개인적으로 따로 만나는 것은 처음이었다. 나는 무엇을 기대해야 할지 모른 채로 그의 이동 주택으로 들어갔다.

라마는 침대를 겸한 의자에 가부좌로 앉아 있었다. 라마는 내게 자기 옆에 앉으라고 손짓했다. 나는 간단하게 내 여행을 간추려 말하고는, 여러모로 탐구한 끝에 내가 불교도가 되었다고 말했다. 그러고는, 힘이 미치는 대로 열심히 가르침을 수행하고 싶지만, 스님으로서 수행해야 할지, 아니면 다르마(법法: 진리)를 함께 수행할 수 있는 여자와 내 삶을 나눌지를 아직 결정하지 못했다는 말로 이야기를 맺었다.

라마는 눈을 크게 뜨고는, 내가 두 가지 선택안 중에서 첫 번째 길을 말할 때 고개를 끄덕였다. 그러고 나서 내가 두 번째 방법을 말하자 몸을 구르면서 소리 내어 웃었다.

"그래, 가능하네, 여보게, 가능해. 누구랑 살면서 함께 수행할 수는 있지만, 아주 아주 어렵다네."

"왜 어렵지요?" 나는 방어적으로 말했다.

라마는 또다시 몸을 구르면서 웃었다. 그러다가 자세를 고쳐 앉고는 차분한 목소리로 말했다. "왜냐하면 말이지, 미친 마음 하나 대신 미친 마음 두 개가 되는데, 그게 또 셋이 되고 넷이 된단 말이야."

"그럼, 스님이 되면 좋은 게 뭡니까?" 내가 물었다.

라마는 눈을 가늘게 찌푸렸다가 크게 떴다. "하루 스물네 시간 다르마를 수행할 수 있다네."

나는 라마에게 감사드리고 나왔다. 더 생각할 것이 있었다. 내가 될 수 있는 한 열심히 다르마를 수행하고 싶다고 말한 것이 진실하다면 스님이 되는 것이 유일한 길이었다. 라마가 가르쳤듯이 하루 스물네 시간을 허투루 쓰지 않을 수 있었다. 하지만 나는 여전히 짝을 원했다.

라마 예셰와 닉은 비행기로 라마 조파 린포체를 만나러 퀸즐랜드로 갔다. 라마 조파는 새 명상 회관인 첸레직 회관에서 한 달 과정의 강의를 열고 있었다. 나는 자동차로 베가까지 가서 게리와 크리스를 태웠다. 시드니를 지나는 길에, 잘랄라바드에서 함께 지냈던 베브와 리치도 태우고 퀸즐랜드로 향했다.

우리는 강의가 시작되기 며칠 전에 도착해 건물 마무리를 도왔다. 절은 퀸즐랜드 양식에 따라 아열대식으로 지었는데, 목수와 그 도제들이 파도 타기를 하러 가느라 조금 늦어졌을 뿐, 모든 사람의 공동의 노력으로 완성되었다. 태풍의 꼬리가 우리를 괴롭히는 바람에, 나는 자다가 한밤중에 망치 소리에 깨어났다. 선방이 기초까지 날아가지나 않을까 걱정되어 목수가 그 건물을 금속 버팀목으로 단단하게 하고 있었던 것이다.

강의가 시작되기 하루 전날이었다. 무언가에 마음이 상해서 나는 화가 잔뜩 나 돌 것 같은 심정으로 자동차를 미친 듯이 몰고 있었다. 평화의 상징인 비둘기 한 마리가 맞은편에서 오는 차 앞에 내려앉았다. 눈 깜짝할 순간 두 차가 서로 지나쳤고, 백 미러로 깃털 한 무더기가 흩날리는 것을 보았다. 그 순간 노여움이 마음 속에서 사라져 가속 페달을 늦추었다. "성냄은 그대 마음에서, 넓게는 이 세상에서, 평화의 적입니다." 라마 조파의 가르침을 행동으로 옮기기까지는 시간이 얼마나 걸릴까?

강의 구조는 코판에서의 강의와 비슷했다. 서양 사람들이 명상 수업을 이끌었고 라마 조파 린포체가 날마다 두 차례씩 강의했다. 마지막 두 주 동안 우리는 스물네 시간 동안 죽이지 말 것 따위를 지키겠다는 서원을 했다. 회의론과 의심으로 가득하던 때에 겪은 처음 경험과는 달리, 나는 조용히 들었다. 라마 조파의 말 한마디 한마디를 빨아들이면서, 그리고 명상에서 성취를 이루려고 애쓰면서.

마지막에 나는 명상 안거를 하면서 그 모든 가르침들을 한데 엮고 싶은 강한 바람을 느꼈다. 어떻게 해야 하나 궁리하고 있는데, 첸레직 회관에 남은 사람들을 모두 선방으로 불렀다. 선방에서 라마 예셰가 명상 안거를 하는 방법을 두 시간에 걸쳐 설명해 주었다. 나는 라마의 말을 죄다 받아 적었다. 그 날 오후 라마를 따로 혼자 만나 도움말을 더 들었다. 라마는 안거 동안에 의문이 생기면 자기에게 편지하라고 했다.

게리와 크리스를 베가로 데려다 주고, 멜버른으로 향해 가는 길에 보이드타운에 들러 얼마 동안 머물렀다. 여행과 모험과 낭만을 향한 열망을 키워 준 그 바닷가에 앉아 나는 자유로운 감정을 느꼈다.

자기 거미줄에만 틀어박혀 사는 거미처럼 나는 과거에 대한 향수와 젊은이다운 동경의 그물에 갇혀 있었다. 내 삶이 계획한 대로 펼쳐지지 않았을 때 나는 새로운 환경에 적응하지 못했다. 일반 사회 규범을 거부하고 거리낌 없이 자연스럽게 살겠다던 나의 신념은 겉핥기에 지나지 않았다. 그 모든 것으로도 나는 여느 사람처럼 사회적 조건 속에 얽매여 있었다. 하지만 이제 나는 자유로웠다. 지난날은 중요하지 않고 앞날은 활짝 열려 있었다. 직업을 가지고 '보통 사람이 되어' 가정을 꾸리겠다는 심적 강박이 더는 없었다. 내 이름을 내세우거나 세상에 무언가를 보여 주거나 세상을 바꾸겠다는 욕구도 없었다. 석 달 동안 오스트레일리아 숲에서 명상 안거를 한 뒤에 도道를 따르리라.

평화와 행복으로 가는 길

강좌가 열린 동안 우리에게 요리를 해 주던 톰이 내가 자기 소유지 근처의 국유림에서 안거하는 것을 돕겠다고 했다. 그는 래핑 워터스에 살았다. 뉴사우스웨일즈 북쪽 해안의 코프스 하버 부근이었다. 나는 멜버른에서 식량을 준비하여 다시 북쪽으로 향했다. 이번에는 기차를 이용했다. 래핑 워터스, 곧, '웃는 물'이라는 이름은 오스트레일리아 원주민이 그 곳에 흐르는 샛강에 붙인 이름을 영어로 옮긴 것이었다. 그 곳에 가 보니 그런 이름이 붙은 까닭을 대번에 알 수 있었다. 그 지역 전체가 행복한 울림을 지니고 있었다.

톰과 나는 방 하나짜리 판잣집을 일 주일 만에 뚝딱 지었다. 제재소에서 목재를 켜고 버린 나무 조각으로 벽체와 바닥을 만들고 지붕은 쓰레기 하치장에서 주운 함석 지붕을 재활용했다. 그리고 역시 그 쓰레기장에서 발견한, 멀쩡한 삼나무 창틀에 유리를 끼워 창도 냈다. 지붕에서 흘러내리는 빗물을 받으려고 양동이를 마련했다. 비가 오지 않을 경우에는 샛강에서 물을 길어 오면 될 터였다. 석유 곤로 하나, 등잔 하나, 그리고 침대 대용으로 쓸 스펀지 고무 한 장을 갖추는 것으로 물건 준비를 끝냈다.

마지막으로 양식을 사러 갔을 때 가게 점원이 잔돈을 5달러 더 주었다. 그 돈을 어떻게 할지 잠시 망설이는데, 위조죄로 감옥살이를 한 적 있는 내 동행이 그냥 챙기라고 부추겼다. 하지만 윤리 의식은 불교 수행의 기초가 아니겠는가. 더구나 안거에 들려는 마당에 그 돈을 마땅히 돌려주어야 했다. 점원에게 잔돈이 더 왔다고 이실직고하자 그가 말했다. "내가 멍청해서 그랬으니 그 돈은 가지세요." 나는 내 친구에게 줄 교훈을 안고 웃으면서 차로 돌아왔다.

금욕은 쉽지 않았다. 어느 날 밤에 음악을 듣고 있던 젊은 아가씨가 자기 몸을 나한테 기댔는데, 그 여자의 둥근 엉덩이가 얇은 면옷 아래에서 따뜻하게 느껴졌다. 급기야는 그 여자가 자기 발로 내 다리를 문질러 대는 것이었다. 나는 그 여자 손을 잡고 눈을 바라보면서 말했다. "예쁜 아가씨, 당신을 잡아먹을 수도 있겠지만 오늘 밤은 안 돼. 알았어요?"

다음 날 아침, 나는 그 여자와 톰이 발가벗고 풀밭 사이를 뛰어다니다가 샛강에 뛰어드는 것을 보았다. '잘해 봐, 친구.' 나는 빙글 웃었다.

보름이었다. 안거를 시작할 때였다. 나는 톰에게 머리를 밀어 달라고 부탁했다. 또다른 금욕의 시도였다. 톰은 거의 내 머릿가죽을 벗길 뻔했다.

나는 석 달 동안의 식량으로 준비한 볶은 무에슬리(날 곡물과 말린 열매와 견과류를 섞은 음식 —옮긴이), 초록 바나나 한 다발, 쌀과 렌즈콩과 감자를 오두막으로 옮겼다. 톰이 이삼 주에 한 번씩 신선한 과일과 빵, 채소를 사서 산마루 꼭대기의 속이 빈 통나무 안에 두겠다고 했다. 그것말고는 나는 석 달 동안 완전히 고립되어 지내면서, 날마다 한 시간씩 여덟 번 명상을 하고 아침마다 스물네 시간 서원을 할 것이다.

나는 관세음보살상을 책장 위에 모시고 방석을 그 앞에 놓고 첫 명상을 시작했다. 순조롭게 명상이 이어지고 있는데, 함석 지붕 위에서 무언가 크게 부딪치는 소리가 저녁의 정적을 깼다. 심장이 거의 멎을 뻔했다. 바나나 냄새에 끌려 온 주머니쥐가 지붕 위에서 떨어진 것이었다. 그 뒤로 놈은 내 오두막의 단골 손님이 되었다.

자려는 참에 또 어떤 소리가 나를 놀라게 했다. 숲에서 누군가가 천천히 목 졸려 죽는 섬뜩한 소리가 들려왔다. 새된 소리로 헐떡거리다가 마지막으로 길게 꼴록꼴록거리더니 마침내 소리가 사그라졌다. 소용돌이치는 공포를 이기려고 나는 이성적으로 생각하려고 애썼다. '올빼미일 거야.' 다음 날 저녁에 손전등을 비춰 보니 그 소리의 주인공은 과연 올빼미였다. 그 뒤로도 온갖 새들이 내는 끔찍한 소리에는 좀처럼 익숙해지지 않았다.

외로울 틈이 없었다. 끼니를 준비하거나 명상할 때가 아니면 불교 책을 읽었다. 그 밖의 책은 일체 허용하지 않기로 했다. 안거의 또 한 가지 규율은, 오두막과 샛강으로 가는 길 바깥으로 나가지 않는 것이었다. 그리하여 비록 마음 속으로나마 굳게 경계선을 두르고는, 숲 속으로 가는 긴 산책도 하지 않았다. 내 마음이 방황하는 경우를 빼고는, 정신을 흐트러지게 한 유일한 것이라고는, 신선한 음식을 가져왔다는 신호로, 톰이 "쿠우이" 하고 산마루에서 외치는 소리였다. 그 소리를 듣고 나면, 마음은 어느 새 새로 온 온갖 맛있는 음식으로 달려갔고, 동시에 명상은 창 밖으로 달아나곤 했다.

밤에 자리에 누우면 곧바로 잠에 빠졌다. 밤새 꼼짝도 않다가 잠들 때와 똑같은 자세로 깨어날 때도 많았다. 짐승들과 새들이 동무가 되었다. 단골 손님이 된 살진 주머니쥐와 산쥐말고도 캥거루, 고아나 도마뱀, 그리고 무수한 새들이 있었다. 가장 반갑지 않은 손님은 거머리와 진드기였다. 거머리는 피를 잔뜩 빨고 나서 명상 도중에 내 머리에서 굴러 떨어져 자신의 존재를 알렸고, 몸이 조금씩 약해지는 것을 느끼면서 진드기의 존재도 알게 되었다. 놈들이 물 때마다 나는 옷을 홀딱 벗고 겨드랑이나 살의 부드러운 살갗에 숨어 있는 놈들을 찾아 냈다.

처음 두 주일 동안에 비가 몹시 내려, 지붕에 난 구멍을 때워야 했다. 그 일로 말미암아 내 마음은 첫 번째 큰 장애에 부닥치게 되었다. 바로 음악이었다. 명상에 집중하려고 애쓰는데도 별의별 노래가 자꾸만 떠오르는 것이었다. 내가 특별히 음악을 좋아하는 것도 아니기에 그것은 의외의 일이었다. 그 가운데서도 특히 존 레논과 그 친구들이 지은 어떤 노래는 꼭 나를 위한 노래 같았다. "난 빗물이 들어오는 구멍을 고치고 있다네. 내 마음이 떠도는 것을 막으려고. 마음이 둥둥 떠돌아 가려는 곳……." 명상 시간 내내 내 마음은 확실히 둥둥 떠돌았다.

노래가 수그러들자, 곧이어 다른 심각한 장애가 나타나 정신을 어지럽혔다. 성에 대한 환상은 전혀 문제가 아니었다. 날마다 되풀이하는 금욕의 서원으로 그 문은 이미 닫아 버린 터였다. 그러나 다른 문이 열려 있었다. 내 마음이 이야기를 지어 내기 시작했다. 그 이야기 속에서 나는 유쾌하고 재치 있고 지적이고 용감하고 체격 좋고 낭만적인 영웅 노릇을 했다. 날마다 이야기가 떠오르는 것을 막으려고 안간힘을 다했지만, 그럴수록 이야기는 마구 더 번져 나왔고 갈수록 내 역할은 더 찬란하게 윤색되었다. 시간이 좀 지나자 그 또한 사라지고, 옛 추억이 그 자리를 대신했다. 내 지난 삶이 거꾸로 돌아가는 영화처럼 또렷이 펼쳐지면서, 그에 따라 감정이 변덕스럽게 너울거렸다. 하지만 안거가 계속되면서 마음은 점점 안정되어 갔고, 기분이 가라앉았을 때에도 마음에 늘 기쁨이 가득했다. 그런 감정의 기복은 과거에 억눌렸던 감정이 다 배설되면서 씻기는 것임을 알게 되었다.

행복도 슬픔도 모두 놀랍도록 강렬했다. 때로는 눈물이 솟았고, 때로는 요란하게 웃어 댔다. 내 삶의 중요한 사건들을 다시 돌아보는 것은 그 사건들을 붓다의 심리학으로 밝게 비추어 본다는 점에서 대단한 가치가 있었다. 가장 행복하던 때는 내가 나 자신은 잊고 다른 사람들을 사랑하던 때였고, 가장 불행하던 때는 내가 자기 연민에 빠져 있을 때였다. 불교는 내 삶을 설명했고, 내 삶은 불교가 진실임을 증명했다. 그것은 일종의 집중적인 심리 분석이었으니, 붓다는 정신 분석자요, 붓다의 가르침은 해석의 얼개요, 명상은 치료 요법이었다.

편지를 부칠 길은 없었지만, 불교에 대해 의문이 생기면 라마 예셰에게 편지를 쓰기 시작했다. 그러나 그 편지들은 끝맺은 것이 하나도 없었다. 의문을 구체화하여 라마 예셰에게 물을 것을 상상하는 순간 곧바로 답이 뚜렷해졌다. 어디까지나 그것은 내 마음에서 일어난 것이겠지만, 그러면서 늘 라마 예셰가 나와 함께한다고 느꼈다.

한 달이 지나자, 마치 안거를 막 시작한 듯한 느낌이었다. 집중력이 좋아졌고, 주변 환경과 날마다의 일상에 익숙해졌다. 숲이 겨울에서 봄으로 바뀌고 있었다. 샛강으로 가는 길에서 미묘한 변화 하나하나를, 새로운 꽃 하나하나를 눈여겨보았다. 내 마음은 한 번도 경험해 본 적 없는, 인식의 투명함을 경험하고 있었다. 홀로 고요히 있음은 은총이었다. 바깥 세상에서 들려오는 소리라고는 가끔씩 들리는 비행기 소리와, 조용한 아침에 골짜기 아래에서 농부가 자신의 자동차에 힘겹게 시동을 거는 소리뿐이었다.

책을 두어 번 다 읽고 나니 처음에 읽으면서 놓친 것들이 보였다. 전에는 그것을 미처 보지 못한 것이 이상했다. 그것은 마치 산을 타는 것과 같았다. 산 발치에서는 나무와 바위에 둘러싸여 자기가 향해 가는 곳을 볼 수 없지만, 높은 곳에 이르러 뒤를 돌아보면 길이 뚜렷이 보인다. 깨달음으로 가는 길이 시야에 들어오게 되었다.

붓다의 가르침이 아주 강하게 다가왔다. "괴로움의 뿌리는 자기 자신이 독립된 실체로서 스스로 존재한다는 그릇된 견해이다." 이는 그 어떤 것도, 곧, 자기 자신에서부터 다른 사람들이나 사건들, 그리고 외부의 사물에 이르기까지 그 어떤 것도 존재하는 것처럼 보이듯이 존재하는 것이 아님을 의미한다. 우리 마음은 그 모든 것에 좋다, 나쁘다 등의 실재하지 않는 자질을 부여하곤 한다. 그리고 그러한 자질이 그 사물에서 비롯된 것이라고 믿을 뿐, 우리 마음에서 비롯된 것임을 알지 못한다. 그러면서 우리 마음이 투사한 것에 대해 집착하거나 화를 내거나 하면서 반응한다. 모든 괴로움을 풀 길은 이러한 그릇된 겉모습을 꿰뚫어 보는 지혜이니, 이것이 바로 평화와 행복으로 가는 길이다. 이 지혜는, 모든 것이 우리가 마음으로 투사한 것일 뿐 비어 있음을, 우리가 그 모든 것이 존재한다고 인식하는 방식으로 존재하지 않음을 아는 것이다.

이 가르침은 「장자」에 나오는 '빈 배'를 떠올렸다. 장자는 그 글에서 말했다. 빈 배가 자기 배에 부딪치면 우리는 비록 마음이 좁은 사람이라 해도 성을 내지 않고 그 빈 배를 그냥 밀어 버리고 말겠지만, 그 배에 사람이 있는 것을 알면 그 사람한테 화를 내면서 욕을 퍼부을 것이라고. 이 글에서 배울 것은 두 가지이다. 첫째는, 우리가 자기 자신의 배를 비운다면, 다시 말해 자기를 텅 비운다면 아무도 우리에게 맞서지 않고, 아무도 우리를 해치려 하지 않을 것이다. 하지만 우리가 남을 무색하게 만들고 또 어리석은 사람에게 창피를 주면서 자기 이름을 드높이려 한다면, 자존심과 질투가 우리를 재난으로 이끌 것이다. 둘째는, 우리가 다른 것들을, 그것이 사람이든 사건이든 재산이든, 그 모든 것을 빈 배로 본다면, 우리 마음은 결코 분노나 집착으로 혼란스러워지지 않으리라.

안거 동안 불교 책 외에 다른 책은 허용되지 않았지만, 「장자」만큼은 지니고 있어야 했다. 그리고 장자의 글은 불교에 썩 가까워 보였다. 나는 내 배를 비우고 싶었다.

두 달이 지나자 이제 막 명상을 진정으로 시작한 것만 같았다. 하루종일 행동과 생각에서 마음이 하나로 깨어 있었다. 밤에도 나는 가끔 깨어 자비주(呪)인 '옴 마니 반메 훔'을 외곤 했다. 톰한테서도 방해받고 싶지 않았다. 그가 다시 오지 않아도 되게끔 더는 식량 목록을 남기지 않고 음식을 조심해서 먹었다. 치즈 한 조각과 무에슬리 한 공기가 남을 때까지 날마다 식량을 조금씩 나누어 먹었다. 마지막 사흘 동안은 아예 음식을 끊었다. 단식이 놀랍게도 쉬웠다. 음식을 마음에서 아예 치워 버렸다. 치즈가 한 조각 남아 있다는 것이 가끔 생각나서, 그걸 조각내어 산쥐와 도마뱀들에게 주어 버렸다.

안거를 끝마쳤다. 다시 말한다는 것이 어떤 기분일는지 알고 싶었다. 산마루 꼭대기에서 옛 임도가 오른쪽 처녀림 쪽으로 사라졌다. 그 왼쪽으로는 '웃는 물'로 내려가는 길이 나 있었다. 오른쪽으로 길을 꺾어 영원히 사라지면 어떨까 하는 생각도 해 보았다. 그러고 싶다는 유혹이 일긴 했지만, 아직 준비가 되어 있지 않았다. 왼쪽으로 몸을 돌려 톰의 집을 향해 내려갔다.

집은 비어 있는 듯했다. 조금 있으려니 소리가 들렸다. 그 소리를 따라 부엌으로 가니 처음 보는 여자가 차를 만들고 있었다. 여자는 시드니에서 며칠 전에 왔는데 숲 속에서 누군가가 명상하고 있다는 말을 듣고는 농담인 줄 알았다고 했다. 나는 우물쭈물하며 대답했다. 낱말들이 내게서 남아 돌았고, 말을 한다는 것은 새로움이었다. 나는 내 혓바닥과 입술이 낱말을 하나씩 내뱉을 때마다 그 움직임 하나하나를 정교하게 느꼈다. 우리는 말없이 차를 마셨다.

다른 사람들은 보름달을 기리는 잔치를 준비하려고 마을에서 장을 보고 있었다. 나는 탁 트인 들판을 즐기면서 산보를 나갔다. 그 동안 내 감각은 숲의 어두움에 익숙해져 있었거니와, 지금 들판을 어루만지며 쏟아지는 황금빛 햇살은 보던 중 가장 멋진 광경이었다. 나는 그 모든 것들을 샅샅이 살펴보려고 들판에 솟은 이끼 덮인 바위 위에 앉았다. 진홍잉꼬들, 빛깔 찬란한 앵무새들이 나무에서 시끄럽게 먹이를 먹고 있었다. 봄꽃들이 풀밭에 색색의 점들을 흩뜨렸다. '웃는 물'이 나를 위해 솜씨를 한껏 자랑하고 있었다.

톰이 코프스 하버에서 돌아왔고, 멀고 가까운 숲에서 히피들이 잔치를 하려고 도착했다. 나는 축하 만찬에만 참여하고는, 음악 소리를 뒤로 하고 내 판자집과 그 반가운 침묵 속으로 돌아왔다. 친구들과 함께 있는 것도 좋았지만 무엇이 더 좋은지는 물어 볼 것도 없었다. 안거가 내 마음의 잠재력을 어렴풋이 알게 해 주었다. 그것은 세속의 상상력을 넘어선 평화와 행복을 경험할 가능성이었다. 나는, 나 자신과 남을 위해, 그 잠재력을 실현하고 일상 생활의 얄팍함에 다시는 걸려들지 않아야 함을 알았다. 스님이 되어야겠다는 생각은 더 강렬해졌지만 선택의 자유는 아직 열려 있었다.

그 날 오후 톰의 도서실을 두루 살펴보다가 매튜 아놀드의 「아시아의 빛」을 발견했다. 그것은 붓다의 일생을 운문으로 쓴 글이었다.

붓다는 오늘날 네팔과 인도 사이의 국경 지방에 있던 작은 왕국의 왕자로 태어났다. 임금은 자기 아들이 태어날 때의 예언대로 종교 지도자가 되기보다는 위대한 통치자가 되기를 바랐다. 왕은 왕자를 즐거움 가득한 환경에서 자라게 했고 삶의 어떤 괴로움도 눈치채지 못하게 보호했다. 하지만 왕궁 담 너머를 둘러보러 나간 길에 젊은 왕자는 아픈 이와 늙은이와 주검을 보게 되었다. 사람들이 겪는 괴로움의 원인을 찾겠다고 마음먹은 왕자는 궁을 떠나 떠도는 고행자가 되었다. 위대한 요가 수행자들한테서 배울 것을 다 배운 뒤에 그는 몇 해 동안 극단에 치우친 고행을 했지만 그것으로는 해답을 찾을 수 없음을 알았다. 그런 뒤 보드가야의 보리수 밑에서, 지혜와 자비를 통해 번뇌를 가라앉히는 것이 모든 괴로움을 이겨내는 길임을 보여 주었다.

그 이야기 속의 신비적 요소가 역사적으로 정확한지의 여부는 그 이야기에 담긴 주제에 아무런 영향을 미치지 않기에 내게 문제가 되지 않았다. 중생은 불행이 가득한 윤회의 삶 속에 갇혀 있다. 윤회를 벗어날 길을

318

가르쳐 보이지 않으면, 그들은 어리석음과 업으로 말미암아 병과 늙음과 죽음을 영원토록 겪게 되리라. 모든 중생이 숱한 전생을 통하여 수도 없이 누군가의 어머니와 아버지였으리니, 우리가 저마다 그들의 안내자가 되겠다고 염원하는 것은 마땅한 일이다. 전생에 오백 번이나 자기 아내였던 아내를 버림으로써, 그리고 고행하는 요가 수행자가 됨으로써, 붓다는 금욕이 지혜와 자비를 향한 첫걸음임을 증명했다. 그가 길을 보여 주고 있었다.

오백 생을 한 배우자와 보낸 뒤에도 만족은 없었다. 하지만 붓다는 다시 돌아가 자기 아내를 열반으로 이끌었다. 아네케도 용인해야 하리라. 내가 스님이 된다면 나는 클레어를 위해 그리 하리라. 비록 그것이 클레어가 결코 내게서 바라는 일이 아니라 할지라도.

인생이라는 무대 위의 배우들

사람 사는 세상으로 돌아온 뒤, 내 마음은 주변의 즐거움과 비참함에 대해 몹시 예민했지만, 그렇다고 해서 그것에 휘말려들지는 않았다. 마치 다른 별에서 온 사람처럼, 그것들로부터 초연하게 동떨어져 있고 싶었다. 코프스 하버에서는 나이 든 이들은 얼굴에 근심과 무의미한 느낌을 무심결에 드러내고 있는 반면에, 태평스런 젊은이들은 희망과 낙관주의의 순진한 기운을 내뿜고 있었다. 부러진 인형 하나가 사랑받다가 버림받은 비애감을 나타냈다. 나는 마치 영화 촬영장에 있는 듯한 기분이었다. 표를 파는 역을 맡은 기차역의 한 남자는 자기 역할을 아주 잘 하고 있었다. 내게 밀크쉐이크와 샌드위치를 가져다 준 한 소녀는 밀크 바의 점원 노릇으로 오스카상을 받을 만했다. 모든 것이 실재면서 실재가 아니었다.

그러자 이런 생각이 들었다. 우리의 인격 또는 개성이라는 것은 겉으로 드러난 모습일 뿐, 그 허울을 한 꺼풀 걸어 내면 모든 사람이 나와 똑같았다. 칼 융이 말한 '페르소나,' 즉, 우리가 사회에 자신을 보여 주는 방식은 '존재하지 않는' 무언가를 위한 가면이다. 우리는 '참된 나'가 있다고 생각하지만, 사실 고유한 자기 자신은 없다. 다만 행복에 끌리고 괴로움을 싫어하는 마음이 있을 뿐이다. 우리의 인격이란 것은, 그리고 우리 몸뚱아리까지도, 이 마음이 곧 벗어 버릴, 임시로 입고 있는 옷일 뿐이다. 못생긴 애벌레가 아름다운 나비가 되듯, 멋진 몸뚱아리가 시들고 늙은 푸대자루처럼 되듯, 육체의 겉모습은 생을 거듭하며 바뀌지만, 우리 마음은 똑같은 상태로 지속된다. 즐거움을 구하고 고통을 멀리하면서. 업이 무엇인지 모른 채로, 이기심을 억제하지 못한 채로 맹목적으로 즐거움을 추구하면서 우리 서로에게 상처를 입히기를 끊임없이 되풀이하고 있다.

이런 식으로 다른 사람들을 동일시함으로써 나는 모든 중생들에게 조건 없는 사랑과 자비심을 갖는 것이 어떻게 가능한지를 알게 되었다. 어디에나 어머니들, 아버지들, 아이들, 남자 친구들, 여자 친구들, 고양이들과 개들이 있었고, 그들 가운데 누구도 다른 이들보다 더 큰 행복을 가질 권리는 없었다. 하지만 이 평등함을 깨닫지 못한 채 저마다 자기 자신을 인생이라는 무대에 선 주인공으로 본다. 저마다 자기 자신을 너무 중대하게 받아들인 나머지, 서로에게 맞서 경쟁하느라 저희 인생을 기나긴 비극으로 만들고 있었다. 그래도 나는 조금도 슬프지 않았다. 왜냐하면 해답이 있기 때문이었다. 사람들은 그 방법을 알면, 그들의 업과 자기 중심적인 태도에서 오는 어리석음을 이겨 낼 수 있다. 누가 그들에게 가르쳐 줄 것인가? 나는 이제야 비로소 내 삶의 목적을 이해했다.

멜버른에서도 마찬가지였다. 아버지는 혼자 살면서 행복한 척하고 있었지만 아버지 얼굴에서 아픔을 볼 수 있었다. 추억과 산산이 부서진 꿈

속에서 어찌 할 바를 모르면서 아버지는 일터로 갔다가 고양이와 개와 텔레비전이 있는 집으로 돌아오는, 의미 없는 생활을 하고 있었다.

나는 기정 사실로서 첫 탄알을 쏘았다. "아버지, 저, 스님이 될 거예요."

"그건 우리 모두가 예상한 얘기 아니냐." 아버지는 이렇게 당신의 충격을 감춤으로써, 점수를 한 점 확보했다.

"라마 예세가 부모님한테서 허락을 받아야 한다고 했어요."

"허." 아버지가 웃었다. "넌 내 허락이 필요 없지. 너는 결국 네가 원하는 대로 할 거니까."

"맞아요. 하지만 아버지가 절 그렇게 기르셨잖아요." 이번에는 내가 한 점을 얻었다.

"의사로서 일하는 것은 사람들을 돕는 아주 훌륭한 길이다." 아버지가 아직 희망을 버리지 않고 말했다.

"그래요." 이렇게 동의한 다음, 나는 말을 이었다. "하지만 의술은 결과를 도울 뿐, 문제의 근본 뿌리는 건드리지 못하잖아요. 제가 먼저 제 마음의 결점을 없애지 않는다면 어떻게 제대로 된 의사가 될 수 있겠어요?"

드디어 아버지가 본심을 드러냈다. "나는 독신주의를 믿지 않는다. 그리고 너의 이 결정이 실수라면 어쩔 셈이냐?"

"그런 위험은 기꺼이 받아들일 거예요. 지금껏 그 라마들이 틀렸다는 걸 증명하려고 애썼지만, 결국 그분들이 말한 것을 반박할 수가 없게 되었어요. 아직도 의심이 완전히 가시지는 않았지만 스님이 되는 것을 막을 만큼은 아니에요. 사실, 스님이 되는 것이 그런 의심을 푸는 유일한 길이에요. 이론을 실천에 옮겨야죠."

"아이들은? 애들을 갖고 싶지 않니?"

"다른 사람들 아이들이 있잖아요. 더러운 기저귀를 갈지 않아도 되고 말이죠."

"이것 봐, 나도 예셰인가 하는 이가 말하는 것을 들었는데 유대 경전에 나온 거랑 똑같은 말이더구나." 아버지는 웃음기 가신 얼굴로 말했다.

"좋아요, 그럼 랍비가 될게요." 나는 손을 들어 유대인 특유의 자세를 취하면서 말했다. 그것이 대화의 끝이었다.

나는 라마 예셰에게 편지를 썼고 라마는 몇 사람이 계를 받겠노라고 청해 왔다고 답을 했다. 11월에 코판에 가서 그들과 함께 수계를 하면 될 터였다. 그 때를 기다리며, 나는 프레스톤 노스코트 지역 병원 응급실에서 전임제로 일하기 시작했다. 돈을 모을 좋은 기회였다. 코판에서는 서양인 승려들에게는 물질적인 지원을 해 주지 않기 때문에 돈이 필요했다.

다른 의사들과 간호사들은 내 불교 성향에 좀 당황스러워했다. 안거를 하려고 석 달 동안 쉰다는 내 생각을 그들은 미친 짓으로 여겼다. 한 젊은 의사는 내게 말했다. "석 달이라니! 하지만 직장은 어쩌고요?"

나는 그 의사가 안쓰러웠다. 그는 이미 체제의 틀에 갇혀서, 시야가 좁은 의료계 너머를 볼 기회를 결코 갖지 못하리라. 하지만 다들 그렇게 느끼지는 않았다. 한 외과의사는 퉁명스런 태도로 모든 사람을 으르던 사람이었는데, 이런 말로 나를 놀라게 했다. "말이지, 내가 인도네시아 보로부두르 불교 유적지에 갔을 때, 더할 나위 없이 멋진, 평화롭고 고요한 느낌을 경험했지 뭔가." 그는 스님이 되겠다는 내 뜻에 터놓고 호의를 보인 유일한 사람이었다.

내가 내놓고 스님이 되겠다고 했는데도 그 병원의 방사능 기사인 수지와 그리 깊지는 않지만 가까운 사이가 되었다. 수지는 네팔에서 트레킹을 하려고 일을 그만두었는데, 명상 강의와 내 수계식에 참석하러 그 즈음에 코판에 갈 생각이었다. 직장에서의 마지막 날, 관례대로 동료들과 나는 자주 가는 술집에 모였다. 그 자리가, 내가 기억하기로는, 내가 보통 사람으로 있던 마지막 장면이었다. 나는 입에 시가를 물고, 두 여의사들한테 팔을 두른 채 앞에 맥주잔을 놓고 앉아 있었다.

4
수계

그리하여

나는 스님이 되었고,

거의 스물아홉 해 뒤인

지금도 좋은 스님이

되려고 애쓰고 있다.

'자기 없음'을 이해하는 것

천 년쯤 전, 위대한 라마 마르빠는 새 제자 밀라레빠에게 어떤 도움도 받지 말고 손만 써서 돌집을 하나 지으라고 시켰다. 집을 거의 다 지었을 때 마르빠가 다가와서 물었다. "누가 너에게 이걸 지으라고 했지?"

"아니, 스승님께서 그러셨잖습니까." 밀라레빠가 놀라서 대답했다.

"난 그런 말 한 적 없다. 이걸 부숴서 돌을 다 제자리에 갖다 놔."

밀라레빠는 군소리 없이 스승이 시키는 대로 했다. 그랬더니 마르빠는 다시 집을 지으라고 했다. 집을 거의 다 짓자 또 똑같은 일이 되풀이되었다. 같은 과정이 여러 번 거듭되었고, 그럴 때마다 마르빠는 자기가 집을 지으라고 말한 것을 부인했다. 밀라레빠의 등은 돌을 져 나르느라고 상처 투성이가 되었고, 그러는 동안 마르빠는 밀라레빠를 가혹하게 다루기만 할 뿐 가르침을 주지 않았다. 몇 번이고 밀라레빠는 절망의 심연으로 가라앉았지만 자기 스승에 대한 믿음을 저버리지 않았다. 그러던 끝에 마침내 밀라레빠는 더는 버티지 못하고 다른 스승을 찾아 떠났다. 만일 그가

326

아홉 번째로 절망했을 때에도 스승에 대한 믿음을 지켰더라면, 그가 나쁜 마술로 많은 사람을 죽게 한 전생의 업을 맑혀서 열반을 얻을 수 있을 터였다. 뒷날 밀라레빠는 마르빠와 다시 만나 가르침을 받고 나서 마지막 목적을 이루기 위해 고행하는 요가 수행자로서 오랜 세월을 살아야 했다.

잘못된 터전에 기초를 둔 자아는 모든 괴로움의 뿌리이다. 라마가 할 일은 제자가 자아를 벗어 버리도록 돕는 것이다. 우리가 자신의 개성을 잃지 않을까 하는 두려움은 라마에 대한 믿음으로 생긴 용기로써 극복할 수 있다. 개성을 잃는 대신 우리는 붓다가 된다. 그것은 자아를 대신하여 통합된 지혜와 자비의 마음이 들어서기 때문이다.

가까운 친구 중에 짐짓 불교에 맞선 비판자 역할을 기꺼이 맡은 친구가 있었다. 그 친구가 한번은 게리에게 말했다. "불교가 자네한테 해 준 건 하나도 없어. 자네랑 크리스는 예전에도 그랬듯이 지금도 싸우잖아."

"자네는 지금 일어나는 말다툼만 보고 있지. 불교 덕분에 일어나지 않는 말다툼은 보지 못하고서 말야." 게리의 능청맞은 대답이었다.

또 한번은 그 친구가 내게 말했다. "에이드, 내가 지금 내 자아를 포기한다면 난 죽고 말 거야."

"그래." 내가 빙글 웃으면서 대답했다. "내 생각에도 그럴 것 같아." 우리는 둘 다 크게 웃었다.

전문적으로 말하면, 자아라는 말은 즐거움을 찾고 고통을 피하려는 우리의 타고난 욕망과 그에 적대적인 외부의 현실 사이에서 균형을 잡는 마음의 한 부분을 일컫는다. 자아는 상처 입기 쉬운 자기 자신을 안다. 그래서 너무 고통스럽거나 받아들이기 힘든 생각과 감정들을 차단하는 방어 기제로써 자신을 보호하려고 한다. 그런데 자기 자신을 보호하는 그 방어 기제가 자아 도취적이고 미성숙하고 신경질적인 방법으로 드러날 때에는 마음에 혼란을 가져온다. 반면에 이타주의적이고 고상하게 승화된, 그리고 유머가 있는 성숙한 방어는 정신적인 안정으로 이끈다. 우리는 자아로써 남들과 의사 소통을 한다. 그렇기 때문에 우리가 '자아'라고 일컫는 것은 자아상이나 실제의 사람을 가리킨다. '자아 없음'이라는 말을 불교의 '자기 없음'이라는 말과 같은 뜻으로 쓸 때, 우리는 '자기'나 '나'를 뜻하는 일상의 함축어로 '자아'라는 말을 쓴다.

우리가 이해해야 할 것은 '자기 없음'이 자기가 전혀 없음을 뜻하는 것은 아니라는 점이다. 자기 없음은 '나'를 자아라고 여기는 방식이 그릇되었음을 뜻하는데, 그것은 '나'라는 것이 절대적으로 존재한다고 여기기 때문이다. 불교에서 부정하는 자아는 바로 그런 자기 자신의 잘못된 모습이다. 즐거움을 갈망하고 고통을 피하려는 우리의 욕구를 온전히 충족시키지 못하기 때문에 우리는 부족감과 연약함을 느끼고, 그 결과로서 생긴 자의식이 자아의 방어 기제를 일으킨다. 자의식은 또 집착, 성냄, 자만심과 숱한 다른 번뇌를 일으킨다. '자기 없음'을 이해하는 것은 어깨에서 무거운 짐을 더는 것과 같다. '자기 없음'을 깨달으면 우리는 홀가분해지고 기쁨이 넘치며, 우리가 상상했던 것보다 세상이 훨씬 덜 복잡하다는 것을 알게 되면서 문제가 사라져 버린다. 이 비어 있음의 지혜는 불교도가 걷는 길의 세 가지 중요한 국면 가운데 하나다. 나머지는 금욕하는 마음, 그리고 삼라만상에 대한 이타주의다.

법명 '불법의 바다'를 받다

내가 탄 택시가 먼지를 일으키며 새로운 방문객을 성심껏 도우려는 어린 스님들 가운데서 멈추었다. 명상 강좌가 잘 진행되고 있었다. 강의 참석자들이 점심을 먹으려고 막 줄지어 천막을 나오고 있었다. 수지가 달려와 나를 맞았고 닉이 어슬렁거리며 다가왔다. 닉의 얼굴에 떠오른 웃음이 모든 것을 말해 주었다.

코판에는 이제 서양인 비구와 비구니가 열여섯 명이나 되니, 티베트 전통에 따라 수계를 받은 첫 서양인 승가인 셈이었다. 그들은 보기에 따라 선구자일 수도, 아니면 실험용 모르모트일 수도 있었다. 나를 포함해 남자 다섯과 여자 넷이 사미계, 사미니계를 받고 모르모트 대열에 끼려고 도착했다. 강의 마지막 며칠 동안 재단사가 승복을 만들기 위해 우리 몸 치수를 쟀다. 라마들이 수계식 날짜를 두 주일 앞당기는 바람에 재단사는 며칠 동안 저녁 늦게까지 일해야 했다.

강의가 끝날 무렵에 수지와 나는 옛날에 네팔 왕의 점성가가 별을 관찰

329

하던 언덕에 서 있었다. 수지는 에베레스트 산 위로 일출을 볼 수 있는, 카트만두 계곡 언저리에 있는 호텔에서 마지막 밤을 같이 보내자고 했다. 나는 수지의 초대를 거절하고는, 북극성을 가리키면서 온 우주가 그 별 주위를 돌고 있는 듯이 보이는데 그러도록 그 별이 어떻게 한곳에 머물러 있는지 들려주었다.

"그리고 그 별처럼, 스님이 되겠다는 내 결심도 마찬가지야." 내가 말했다.

나는 승복과 더불어 클레어가 만들어 준 노란 셔츠와 또 게리와 크리스가 잘랄라바드에서 내게 준 고동색 챠데리를 입고서, 1975년 11월 18일에 바르마 랍융이라는 예비 수계식을 치렀다. 라마 툽뗀 예셰로부터 툽뗀 갸초라는 티베트 이름을 받았다. 라마 예셰는 당신의 새 제자들에게 말했다. "지금부터 내가 그대들의 어머니요 아버지요, 남자 친구요 여자 친구네. 그대들이 무엇이 필요하든 내가 그대들을 돌볼 걸세."

코판의 원주 스님인 라마 룬둡이 활짝 웃으면서 얇은 티베트 비단 목도리를 내 목에 두르고는 말했다. "축하하네, 툽뗀 갸초. 자네 새 이름은 '불법佛法의 바다'라는 뜻이야." 툽뗀은 제13대 달라이 라마의 이름이었다.

'불법의 바다'라, 나는 그 법法의 지혜를 고작 한 방울 정도 갖고 있을 터였기에, 감사해하며 웃었다. 그 새 이름은 옛 생활을 버리고, 도덕의 길로 들어섬을 상징했다. 그 길은 자기 중심적인 태도가 빚는 혼란과 같은 불행한 정신 상태를 다스리도록 이끄는 길인 것이다.

"자네들의 생각부터 깨부숴야겠군!" 라마가 사납게 말했다. 곧이어 높고 날카로운 웃음소리가 잇따랐다. "자, 잔치를 하세나."

세속 생활을 끊어 버리는 수계식을 갓 치렀건만, 케이크를 먹고 레모네이드를 마시고 롤링 스톤즈의 노래를 듣다니, 우리는 모두 어리둥절해했다. 그런데 이것이 서양 사람들을 불교에 입문시키는 라마 예셰의 방법이었다. 라마 예셰는 우리의 금욕이 극단적인 경향으로 흐르기 쉬움을 잘 알고 있었다. 우리 자신에게 지나치게 엄격하다 보면 쉽사리 낙담하고 포기하게 되리라는 것이었다. 라마 예셰는 또한 우리를 옛 생활과 새 생활 사이의 경계선에 직접 서게 함으로써, 우리가 우리 마음을, 특히 집착이라는 오랜 습관을 들여다보도록 한 것이었다. 이 길은 오랜 시간이 걸리거니와, 라마나 영적인 도반은 우리 자아를 받치고 있는 버팀대를 버리는 과정에서 꼭 필요한 존재이다. 독신으로 사는 것 등을 서원하는 것은 쾌락을 주는 대상에 대한 집착을 이겨 내고 금욕을 돕는 데에 필요한 최선의 조건이다. 도덕성 안에서 살면서 서원을 순수하게 지키면, 업이 일으키는 장애와 심리적인 장애가 그 강렬한 힘을 잃게 되어 우리가 지혜와 자비라는 우리 목표를 이룰 수 있는 힘을 쌓게 된다.

라마 예셰는 자신과 라마 조파 린포체가 힘을 다해 돕겠지만 우리 앞날은 우리 자신의 손에 달려 있음을 분명하게 천명했다. 내 쪽에서 보자면, 서양에서의 대승 불교의 미래는 사원 공동체를 성공적으로 확립하는 데 달려 있다고 보았다. 우리가 그 라마들이 우리에게 건네준 횃불을 전하는 데 성공한다면 세상에는 희망이 있으리. 우리가 실패한다면 희망의 등불은 더 빨리 사라지리라.

그리하여 나는 내 남은 삶을 훌륭한 승려가 되는 데에, 그리하여 두 라마가 서양에 대승 불교 전통을 따르는 사원 제도를 확립하는 것을 돕는

데에 바쳤다. 거의 서른 해가 지난 지금 나는 아직도 좋은 승려가 되려고 노력하고 있다. 나는 나의 동료 '모르모트'들 중 많은 이가 속세로 돌아간 것에 실망은 했지만 허망함을 느끼지는 않는다. 그들은 모두 이바지한 바가 있거니와, 아직도 크나큰 자비심을 위해 이바지하고 있다.

지금 출가 수계를 생각하고 있거나 수계하기를 망설이고 있는 이들을 위해 승려로서 내 경험을 간략히 이야기하는 것으로써 내 삶의 여정에 대한 이야기를 맺으려 한다.

승려로 산다는 것

　수계식에 뒤이은 잔치 자리를 깨끗이 치우는 것으로써 우리는 옛 삶의 방식을 끝마쳤다. 우리는 다른 비구, 비구니 스님과 함께 저녁 토론과 명상에 참가함으로써 새 삶을 시작했다. 분위기는 축하와 책임감으로 충만했다. 서양 사람들에게는 전인미답의 영역인 길로 들어섰음을 의식하면서, 우리는 일치 단결하여 우리가 길을 찾을 수 있다고 확신했지만, 우리 마음에서 오래 된 습관을 쫓아 내는 일이 쉽지는 않으리라는 것은 알았다.

　라마 예셰를 스승으로 모신 것은 우리의 복이었다. 라마 예셰는 우리가 불교를 연구한 것보다 더 깊이 서양 사람들을 연구하였고, 그리하여 말과 몸짓과 생각을 통해 다르마를 소개하는 데 지극히 뛰어난 솜씨를 지니게 되었다. 라마 예셰는 지혜와 자비, 그리고 독특한 유머 감각으로 청중을 사로잡았다. 매번 중요한 핵심을 설명할 때면 극적이고 신랄하고 유쾌한 얼굴 표정과 몸짓을 구사하였는데, 설법 강단에서 그가 보여 준 그런 익살맞은 행동은 우리 마음을 빼앗고도 남음이 있었다.

서양인에게 티베트 불교를 가르치는 것이 과연 현명한 일인지에 대해 근본적인 의심을 드러내는 사람들도 있었지만, 몇몇 서양인 제자는 붓다의 가르침을 공부하고 수행하기 위한 불교 회관들을 세계 곳곳에 꾸준히 세워 왔다. 내가 수계한 지 여섯 해 뒤에 서양인 제자 삼백 명이 성지 순례를 겸하여 가르침을 받으려고 인도에 모였다. 그 가운데 스님이 여든여섯 명이나 되었다. 그러자 라마 예셰의 많은 동료 스님은 자신들이 전에 라마 예셰의 노력을 책잡은 것을 사과하며 기꺼워했다.

라마 조파의 지도도 우리에게 라마 예셰 못지않게 소중했다. 라마 조파는 라마 예셰와는 지도 방법이 달랐다. 라마 조파의 가르침 방식은 한결 차분해서 우리는 집중하기 위해 치열하게 정진해야 했는데, 그의 흠 없이 완전한 본보기에 고무됨으로서 가능했다. 그렇지만 라마 조파도 그 특유의 유머로 천막을 넘어뜨리고도 남음이 있었다. 우리 두 스승은 서로 완벽한 조화를 이루어서, 돈 후안이 카를로 카스타네다에게 해 준 말을 생각나게 했다. 곧, 배움의 길에 든 도제는 오랜 친구처럼 이야기를 나눌 수 있는 스승과 무서운 스승, 이렇게 두 스승이 필요하다는 것이었다. 저마다 다른 제자들의 성향에 따라 스승들은 그 두 가지 역할을 다 발휘할 수 있어야 한다. 라마 예셰와 라마 조파가 바로 그랬다. 어떤 제자들은 라마 예셰를 두려워하는 반면 라마 조파는 형처럼 여겼는가 하면, 또 어떤 제자들은 그와 반대였다.

두 라마의 지도 아래 서양인 승려들은 코판 언덕, 점성가의 오두막에서 터전을 잡고 활동했다. 우리끼리 따로 모여 밥을 해 먹고 명상하면서 살았다. 그러다가 보름마다 한 차례씩 서원을 맑히는 포살布薩이나 큰 법회가 있을 때면 대웅전에서 티베트 승려, 네팔 승려들과 함께했다.

어느덧 코판 사원은 사람이 차고 넘쳤다. 더 넓은 땅이 필요했다. 나는 내가 멜버른에 가서 의사로 일하면서 돈을 모으면 어떻겠냐고 제안했다. 이 생각을 전해 들은 라마 예셰가 대답했다. "의사 에이드리안은 병원에서 일하면서 타라 하우스(멜버른에 있는 새 불교 회관)에서 지내면 되지. 회관에서 명상을 지도할 수도 있고. 어디까지나 그가 결심하기 나름이지."

멜버른으로 돌아간다는 생각에 마음이 설레었지만 곧 그것도 일종의 집착이라는 것을 깨달았다. 비록 동기는 좋지만 그런 환경에서는 옛 습관 때문에 승려로 지내기 힘들 터였다. 나는 라마 예셰에게 연락해, 코판에 머무는 것이 낫겠다고 전했다. 이틀 뒤, 바우다나드로 가고 있는데 라마 예셰가 택시를 타고 지나갔다. 택시가 멈추더니 라마 예셰가 내게 차에 타라는 몸짓을 했다. 몇 분 뒤에 라마 예셰가 내게 몸을 돌려 말했다. "듣자니 자네가 결정을 잘 했더군. 멜버른은 자네 삼사라(윤회)의 심장이야. 자네가 강해질 때까지 기다렸다가 가는 것이 낫겠네."

라마 예셰는 늘 그런 식으로 우리가 스스로 결정을 내리도록 북돋았다. 만일에 우리가 잘못된 결정을 내린다 해도, 라마 예셰는 우리가 우리 결정대로 행동하고 그 결과로 시련을 겪게 내버려 둘 것이다. 그것은 혹심한 수련 방법이었다. 우리는 그렇게 해서 다시 일어서서 그 일을 계속해 나갈 방법을 스스로 익혀야 했다. 물론 우리가 그 엄혹한 방법을 따를 능력이 없는 경우라면, 라마 예셰는 우리가 지나치게 위태로운 지경으로까지 떨어지지는 않도록 막아 줄 것이다.

하루는 본당에서 공양 의식을 하는 동안 한 티베트 스님이 졸고 있었는데, 그를 본 라마 예셰가 갖고 있던 염주로 그 스님을 때렸다. 예불이 끝난 뒤에 한 오스트레일리아 스님이 라마 예셰에게, 왜 서양 스님들은 그렇게 다루지 않는지 물었다. 그러자 라마 예셰는, 그 오스트레일리아 스님이 무릎을 부들부들 떨 만큼 사나운 표정을 지으면서 그 스님 쪽으로 몸을 돌리더니 말했다. "왜냐하면 자네들은 그걸 받아들일 힘이 없으니까."

나는 내 오두막을 '인민 병원'으로 만들었다. 이 병원은 코판의 어린 스님들과 코판을 찾는 서양 사람들, 또 가까운 마을 사람들을 위한 응급 약국이었다. 그 지역은 물 사정이 나쁘고 오물 구덩이가 드러난 채 방치되어 있는데다가 병균에 대해 무지한 탓에 위생 상태가 엉망이었다. 사람들은 온갖 전염성 피부병과 기생충으로 고생하고 있었고, 진행성 결핵도 더러 있었다.

봄에 우리는 다 같이 다람살라로 여행을 갔다. 그 곳에서 우리는 투시타 안거 회관에 머물렀는데, 맥로드 간즈 위의 산마루에 있는 옛 식민지 시대의 집을 수리한 곳이었다. 그 집 수리를 감독한 피터한테서 듣기로, 그가 감독 일을 포기할 만큼 힘든 때가 있었는데 그 때 마침 네팔에 있는 라마 예셰한테서 전보를 한 통 받았다고 했다. "자네는 장족의 발전을 했어. 하지만 아직도 갈 길은 멀다네." 라마의 전보에 피터는 힘을 부쩍 얻어 무사히 일을 끝마칠 수 있었다고 했다.

아닌게아니라, 라마들은 정말 우리가 무슨 생각을 하고 있는지 알아채는 신묘한 재주가 있었다. 하루는 내가 앉아서 햇빛을 쬐며 수지를 생각하고 있는데, 라마 예셰가 지나가다가 나를 보고는 다가왔다.

"자네 친구 수지는 잘 지내나?"

라마 예셰한테는 아무 것도 숨길 수 없었다. 섹스를 못하는 것은 아무

문제가 아니었지만, 마음이 헛된 공상으로 방황하게 내버려 두는 것은 문제가 되리라. 나는 라마 예셰의 주의를 달게 받아들였다.

투시타에서, 달라이 라마의 아랫 스승인 걉제 트리장 린포체에게서 우리 일행은 사미, 사미니계를 받았다. 그러고는 우기 동안 안거에 들어갔다. 안거 첫날 아침에 콩잎 튀김 하나랑 짠 티베트 차 한 잔이 고작인 보잘것없는 아침밥을 낭패스럽게 쳐다보고 있는데, 갑자기 창문이 활짝 열리더니, 오스트레일리아 사람들이 사죽을 못 쓰는 베지마이트를 바른 티베트 빵 한 조각과 함께 라마 예셰의 손이 불쑥 나타났다. 라마는 그러고는 한 마디 말도 없이 가 버렸다. 그 일로 나는 다시는 음식을 두고 나쁜 생각을 하지 않겠다고 다짐했다. 음식은 더 나아지지 않았지만, 아무려나 상관 없었다.

세 주 동안 오후면 굉장한 폭풍우가 몰아쳐 우기가 왔음을 알렸다. 소용돌이치는 안개구름과 비구름 뒤로 주변의 산들이 자취를 감추었다. 마침내 비가 그치기 시작하자, 태양은 숨어 있던 고사리며 베고니아, 난초를 달래어 그득히 피어나게 했다. 저절로 씨를 내린 코스모스와 금잔화도 지천에 피어나, 분홍색, 자주색, 흰색, 노란색 꽃들이 바다를 이루었다.

안거를 끝내자마자 그 날로 달라이 라마가 칼라차크라(시륜승時輪乘) 관정식을 베푸는 라닥으로 향하였다. 버스가 레에 가까워지자 깊은 산골짜기를 가로질러 빠르고 힘차게 흐르는 인더스 강이 나타났다. 그것은 내가 펀자브에서 알던 그 굉장한 강과는 아주 달랐다. 정류장에서 호기심 많은 라닥 사람들 한 무리가 우리 서양 승려들을 둘러쌌다. 많은 사람들이 그 관정식에 가려고 레까지 걸어 여행하고 있었는데, 여자들은 큰 터키석과 산호와 호박덩어리들로 장식한 긴 모자를 쓰고서 부유함을 과시하였다.

337

라닥에서는 서양 사람들이 드물었거니와, 더군다나 승복을 입은 서양 사람들이란 그들에게는 상상 밖의 풍경이었다. 그들은 우리를 '히피 라마'라고 불렀다.

관정식은 인더스 강변의 모래밭에서 엿새 동안 열렸다. 나는 티베트 스님들 몇백 명 사이에 끼어 앉았다. 그들은 행사보다는 내게 더 관심이 있는 듯했다. 관정식에 모인 사람은 십만 명이 넘었는데, 식이 끝날 무렵에 우리는 차례차례 줄지어 달라이 라마에게서 가피를 받으러 그 앞을 지나갔다. 그 일은 하루 종일 걸렸지만, 달라이 라마는 그 자리에 참석한 서양 사람들에게 특별한 관심을 보여, 우리에게 어디서 왔는지 무엇을 하고 있는지 물었다. 내가 라마 예셰와 라마 조파 린포체 이름을 입에 올리자 달라이 라마는 내 두 손을 잡고는 "참 잘 했소!"라고 했다. 이미 두 분 라마에 대해 믿음이 컸던 터에 달라이 라마로부터 새삼 확인을 받자, 그분들의 보살핌 아래 있는 것이 정말 큰 복이라는 생각이 들었다.

계속해서 이어진 가르침과 안거를 통해 나의 이해력은 빠른 진전을 보였다. 나는 아주 행복했고, 승려가 되지 않았다면 어땠을까 하는 따위의 생각은 끼어들 틈이 없었다. 1977년에 달라이 라마의 윗 스승인 꺕제 링 린포체한테서 비구계를 받았다.

그 즈음 라마 예셰가 건강 검진을 하는 데 동행했다. 라마의 심장이 병이 깊어 나는 충격을 받았다. 나는 라마에게 왜 판막 수술을 받지 않았는지 물었다. 라마가 대답했다. "의사들이란 마음의 힘에 대해 아무것도 알지 못하거든."

라마 예셰의 마음의 힘은 참으로 경탄스러웠다. 어느 땐가 클레어에게

338

보낸 편지가 전해지지 않고 반송되어 온 바람에, 속으로 클레어 생각을 하며 라마의 방에 들어갔다. 그 때 라마의 시자가 제자들이 라마에게 보내 온 편지들을 읽어 주고 있었다. 그 중 한 편지는 미국 여자한테서 온 것으로 자기가 스님이 되는 것이 어떻겠냐고 묻는 내용이었다.

"뭐라고?" 라마가 놀란 척하면서 큰 소리로 외쳤다. "그 여자가 스님이 되고 싶어해? 그렇게 예쁜 여자가. 무슨 낭비람!" 그러면서 라마는 다 알고 있다는 눈길로 나를 쳐다보았고, 우리 셋은 일제히 웃음을 터뜨렸다. 라마는 내가 클레어를 생각하고 있었다는 것을, 그리고 마지막 말이 클레어가 내게 한 말이라는 것을 알고 있었을까?

게리와 크리스가 1979년 11월 명상 강좌도 듣고 티베트 불화인 탕카 예술도 배울 겸해서 코판에 왔다. 그 둘도 라마 예셰와 라마 조파 린포체를 스승으로 삼았다. 나는 그들이 내가 승려인 것을 스스럼없이 지지해 주는 것이 고마웠다. 강좌가 끝난 뒤 둘은 인도의 이곳 저곳을 들렀다가 다람살라로 가려고 떠났다. 몇 주일 뒤에 나도 다람살라로 떠났다. 가는 길에 나는 보드가야와, 붓다가 '지혜의 완성(반야바라밀)'을 가르친 독수리 봉(영취산)이 있는 라즈기르에 들렀다. 불교가 인도에서 번성했던 몇 세기 동안 대규모의 불교 교육 기관이었던 날란다(나란타) 사원 유적지에서 나는 가르치고 수행하는 불교 사원의 전통에 강하게 끌렸다. 그것이 바로 불교의 토대가 아니겠는가. 불교의 소중한 가르침과 수행이 서양에서 발판을 얻게 된다면, 그것은 불교 사원 제도의 성공적인 도입에 달려 있을 터였다. 그리고, 감각을 탐닉하는 이 시대에, 또 저희의 리비도를 억제하지 못한 기독교 수도자들이 보여 준 슬픈 사례에 견주어, 그 제도는 훌륭한 지표가 되리라. 그 고대의 사원 뜰에서 나는 서양에 불교 사원 제도가 자리잡도록 돕는 데에 내 남은 삶을 보내기로 마음먹었다.

다람살라에서 나는 티베트 도서관에 방을 하나 얻었다. 게리와 크리스는 가까운 공동 주택에 살고 있었는데, 우기 동안 우리는 도서관에서 열린 법문 프로그램에 참석했다. 가을에 크리스와 게리는 내 도움을 받아 그들의 첫딸 타셔를 낳았다.

나의 수계를 시험할, 가장 큰 시련이 닥쳐왔다. 멜버른 대학 심리학과 졸업생으로서 모델처럼 멋있게 생긴 앤이 명상 강좌를 들으려고 코판에 왔다. 앤은 마음에 대한, 그리고 마음이 어떻게 작용하는지에 대한 명료한 설명 때문에 불교에 이끌렸다고 했다. 인민 병원에서 앤은 자기가 어려서부터 귀신 같은 존재들을 많이 보아 왔으며, 그 귀신들 모습이 라마 조파가 묘사한 아귀의 모습과 사뭇 닮았다는 이야기를 들려주었다.

처음에 앤의 이야기에 끌렸던 나는 결국은 앤에게 마음이 끌리게 되었다. 애착이라는 것이 매력적인 대상을 얼마나 더 대단하고 완벽해 보이게 조장하는지를 가르침을 통해 알고 있던 터였으나, 바로 내게 앤이 그렇게 보이기 시작한 것이었다. 나는 앤을 향한 내 애착을 냉정하고 객관적인 시각으로 관찰함으로써 내 서원을 더럽히는 일은 하지 않았다. 다만 앤이 옆에 있는 것을 즐거워하면서, 앤이 코판을 떠나면 내 심장은 제 박자를 되찾으리라고 기대했다. 그 무렵 라마 예셰가 내게 한 달 과정의 명상 강좌를 이끌라고 했고, 나는 보드가야에서 그 준비를 하도록 허락받았다. 그리하여 앤과 다른 한 학생과 인도로 건너갔다.

라마 조파 린포체가 일전에 앤에게 세 차례의 강도 높은 정진으로써 병

340

을 치료하라고 조언한 적이 있었다. 앤은 코판에서 이미 두 차례의 늉네 (단식 기도) 수련을 끝냈기에, 우리 셋은 보드가야의 버마 절에서 세 번째 수련을 했다. 그러는 사이에 앤에 대한 우정과 애착은 더 강해졌고, 이윽고 앤이 다람살라로 떠났을 때, 나는 한편으로는 마음이 놓였으나 한편으로는 슬펐다.

코판으로 돌아온 뒤에 나는 병을 앓았다. 한 스님의 조언에 따라 티베트 의사에게 갔다. 나이 많은 그 티베트 의사는 맥을 짚더니 인도와 네팔의 날씨 차이 때문이라고 했다. 나는 그가 잘못 짚었다는 것은 알았지만, 무엇이 잘못되었는지는 몰랐다. 이튿날이 되자 간염 증세인 것이 확실해졌다. 며칠 동안 먹지도 못하고 침대에 누워 있은 뒤였다. 라마 예셰가 나를 부엌으로 데리고 가더니 두꺼운 버터 조각과 함께 양고기를 넣은 샌드위치를 만들어 주었다. 그 뒤로 좋아지기 시작했다. 여전히 약하고 황달기가 있었지만, 다른 비구 스님 한 사람과 비구니 스님 한 사람의 도움을 받아 강좌를 성공적으로 이끌었다. 강좌가 끝나자 라마 예셰는 내게 라마의 제자들이 멜버른에 세운 회관인 타라 하우스에 가서 상임 교사를 맡으라고 했다.

멜버른으로 돌아가는 것은 일종의 도전이었다. 다르마를 가르치는 책임감도 책임감이었지만, 라마 예셰가 말했듯 멜버른은 '내 삼사라의 심장'이기 때문이었다. 그뿐만이 아니었다. 앤이 멜버른으로 돌아가는 길에 코판에 잠시 들렀다 갔는데, 앤을 좋아하는 내 마음이 아직도 사그라들지 않았다.

오스트레일리아로 떠나기에 앞서, 라마 조파와 여러 서양인 불교도들과 함께 라우도에 갔다. 라마 조파가 나를 자기 동굴로 데리고 가서 그 곳을 방문한 어느 라마에게 소개했다. "이 스님의 주사위점은 언제나 맞거든. 뭐 물어 볼 게 없는가?" 린포체가 능글맞게 웃으면서 말했다. 나는 깊이 생각할 겨를 없이, 곧 오스트레일리아로 갈 텐데 그 곳에서 일이 잘 될지 말지를 물었다. 그러자 그 라마는, 처음에 힘들고 마지막에 힘들지만 그 사이에는 그리 나쁘지 않을 거라는 꽤 우울한 점괘를 내놓았다.

그 예측은 들어맞았다. 타라 하우스에서 가르치는 일은 잘 진행되었지만, 처음에 가족이나 친구들과 함께 있는 것이 여간 힘들지 않았다. 귀향 증후군도 없잖아 있었고, 나의 옛 페르소나와 승려로서의 페르소나 사이에서 갈등도 느꼈다. 라마 예셰가 가족이나 친구들을 만날 때는, 그들 보기에 '괴상한' 차림을 하니, 평복을 입는 것도 괜찮다고 해서 나는 거의 사 년 만에 청바지를 입었다. '눈에 띄지 않는' 것은 편했다. 하지만 승려로서의 내 정체성은 좀 혼란을 느꼈다. 나는 요즘은 어딜 가나 승복을 입고 다니는데, 그 편이 훨씬 낫다.

앤과 주디가 모두 타라 하우스에 왔다. 나는 두 사람 다한테 애착을 느꼈지만, 서원을 포기할 생각은 없었다. 사실, 그들과의 우정은, 어떻게 하면 서양 사회에서 승려로서 살아남을 수 있을지, 그 방법을 체득해 나가는 과정에 적지 않은 도움이 되었다. 나는 욕망의 노예가 되는 대신 그 욕망을 관찰했고, 더불어 여자들과 가까운 친구로 지내는 데에서 생기는 장점도 알게 되었다. 물론 그것은 불을 갖고 노는 것만큼 위험이 따르는 일이었다.

전통적으로 비구든 비구니든 불교 승려는 이성과 어울리지 못하게 되어 있고, 명상을 통해 이성에 대한 욕망을 버려야 한다. 그러나 내 처지에서는 그것이 불가능했기 때문에, 라마 예셰가 나를 애착의 불구덩이에 던져 넣음으로써 내가 그 속에서 타 죽든 살아남든 결단하게 한 것이라고 나는 판단했다.

만일 타 버릴 거라면 빠를수록 좋을 것이다. 그러나 살아남는다면 내 마음은 서양 사회의 관능성에 저항하는 힘을 훌륭히 단련한 것이 될 터이다.

라마 예셰는 우리가 서양에다 티베트 불교를 세우는 것이 아니라, 서양 불교를 창조하는 것이라는 말을 자주 했다. 라마의 그런 생각이 아주 솔깃했기에, 그런 만큼 숲에서 홀로 호젓함이나 누리고 있을 수는 없었다.

코판에서 내가 강좌를 이끄는 것을 도왔던 비구니 캐롤이 타라 하우스에 왔다. 그이도 오스트레일리아 출신이었고, 우리는 곧 가까운 도반이 되어 강좌 프로그램을 같이 이끌었다. 우리는 둘 다 행동가였고, 살아남기 위한 우리의 좌우명은 지루하게 긴 위원회 모임에서 그 어느 때보다도 큰 도움이 되었다. "꼴같잖게 지나친 진지함은 사절!"이라고.

시련

1981년 2월, 타라 하우스에서의 임무를 마치고서 인도 보드가야에 돌아가 있었다. 십만 배 절하기를 사분의 일쯤 진행했을 때 라마 예셰한테서 편지를 받았다. 프랑스 남부 어느 강가에 1만2천 평이 넘는 땅에 세운 큰 삼층집을 누군가 라마 예셰한테 보시했는데, 라마는 내가 그 곳에 가서 서양의 첫 불교 사원을 세우기를 바랐다.

라마를 만나러 다람살라로 가기 앞서, 버마 절에 있는 열여덟 살 된 오스트리아 소년을 좀 봐 달라고 해서 갔다. 숨쉬는 모양을 보니 죽음이 닥쳐오고 있었다. 왼팔 윗부분에 지혈대가 끌러진 채 놓여 있었고 정맥에는 여전히 주사기가 꽂혀 있었다. 우리는 소년을 깨우려고 할 수 있는 것은 다 했지만 소용 없었다. 헤로인 해독제를 줄 의사가 없어서 캐롤과 나는 그 소년을 10킬로미터쯤 떨어진 가야로 데리고 갔다. 그 곳 병원 응급실 의사들은 아예 그 소년을 살펴보기를 거부하고 다른 병원으로 데려가고 했다. 그 냉정한 의사들한테 계속 사정하는 캐롤을 두고, 복도 긴 의자

344

에 뉘어 놓은 소년을 살피러 나갔다. 소년의 휘주근한 몸은 이미 죽어 있었다. 나는 인도를 사랑했지만, 때로는 인도가 정말 싫었다.

맥로드 간즈 위쪽 숲에 있는 우리 수련원 투시타에서 라마 예셰가 그의 방으로 나를 불렀다. 그 방에는 라마 예셰와 라마 조파가 보료에 앉아 있었다. 나는 바닥에 앉았다.

"내 제자 비구, 비구니들이 살 만한 거처가 아무 데도 없어. 엘리자베스(프랑스 비구니)가 사원으로 바꾸어 쓸 수 있는 집을 하나 발견했다네." 라마 예셰가 말했다. "자네가 그 곳 관장을 맡아 주면 좋겠네."

"최선을 다하겠습니다." 라마의 요청이 얼마나 어마어마한 일이며 또 과연 내가 그 일을 해 낼 능력이 있을지 생각하면서 조심스레 말했다.

라마가 말을 이었다. "만주쉬리 회관(영국에 있는 우리의 재가 불자 회관)에 있는 스님들도 보내겠네. 또 인도에서도."

나는 대답으로 고개를 끄덕였다.

"그 스님들을 어떻게 먹여 살릴 건가?"

'네? 뭐라고요? 이건 스승님 생각이지 제 생각이 아니잖습니까.' 이렇게 생각했지만 말을 꺼내지는 못했다. 내 생각으론 스님들은 불가의 전통대로 걸식을 하면서 살아야지, 사업가가 되어서는 안 될 일이었다.

내가 그럴싸한 대답을 생각하기도 전에 라마 조파 린포체가 그 어느 때보다도 더 활기차게 불쑥 끼어들었다. "그 비구, 비구니들을 돌보는 것은 스님 책임이오."

"만약 저희가 순수하게 수행한다면 굶지는 않을 겁니다." 나는 경전 가르침에서 한 구절을 따서 말했다.

"아, 그래. 만약 순수하게 수행한다면 말이지." 라마 예셰가 비꼬더니 말을 이었다. "일반 신도들은 자네들을 후원할 수 없네. 무얼 먹을 텐가?"

"채소를 기르면 됩니다."

"하! 채소를 길러 먹고살 수 있다고?" 라마 예셰가 물었다.

"공부하고 명상하면서 동시에 채소 농사를 지을 수는 없지요." 내가 미처 대답하기도 전에, 라마 조파 린포체가 말했다.

"사업을 좀 하는 게 어떨까." 라마 예셰가 제안했다.

마음이 어지럽게 돌고 있었다. 일찌기 그런 질문을 받아 본 적이 없었다. 라마 예셰는 우리가 사업을 벌여야 한다는 사실을 받아들이도록 날 꼬드기고 있었지만, 내 마음은 완강했다. 투시타의 주지 스님 롭상 니마가 라마 예셰에게 차를 따르자 라마 예셰가 스님에게 무언가를 말했다. 롭상 니마 스님이 나가더니 작은 은덩어리를 갖고 돌아왔다. 라마 예셰는 질문을 계속하면서 그 은덩어리를 공중으로 던져 올렸다가 잡았다. 우리 승려의 서약 중에 은이나 금을 만지지 말라는 것이 있다. 라마가 말하고자 하는 뜻은 분명했다. 비구와 비구니의 수행을 돕기 위해서는, 필요하다면, 이 물질적인 세상과 타협할 수도 있거니와 또 이 물질 세상을 두려워해서는 안 된다는 것이었다. 나는 잠자코 받아들였고, 우리는 돈을 벌 방법을 의논했다.

그런 뒤에 라마 예셰가 물었다. "그 절을 뭐라고 부를까?"

나는 좋은 이름이 생각나지 않았다. 라마 예셰가 미리 생각해 둔 것을 말했다. "날란다라고 하면 되겠어."

그 순간, 전에 인도 날란다 사원 유적지에서 내가 맹세한 것이 생각났다. '그래, 이게 바로 업의 작용이로군.'

장차 '날란다 사원(Monastère Nalanda)'이라고 불릴 샤또 드 루즈가는 툴루즈에서 동쪽으로 45킬로미터 떨어진 곳에 있었다. 앞으로 일곱 해 동안 나는 이 집에서 지내게 될 터였다. 데이지, 미나리아재비, 들제비꽃과 토끼풀로 뒤덮인 풀밭 위에서 벗나무들은 꽃을 활짝 피우고, 라일락 숲은 대기에 향기를 내뿜고 있었다. 붉은 다람쥐들이 돌담 위에서 노닐고, 꿩 가족이 숲 울타리 사이에서 한 줄로 빠르게 날아갔다.

나는 새끼 고양이를 동무삼아 기나긴 건물 보수 과정을 시작했다. 비구한 사람이 도착했고, 이어 또 한 사람이 왔다. 그리고 캐롤이 향신료와 축구공만 한 아보카도가 가득 든 등짐을 짊어지고 스리랑카에서 바로 날아왔다. 우리는 버찌, 토마토, 처트니(과일, 채소, 향신료로 만드는 인도 양념 — 옮긴이)와 잼 따위가 든 갖가지 병으로 찬장을 채웠다. 푸조 404 스테이션 왜건 중고 차를 2,000프랑에 산 뒤로, 빠듯한 살림살이 덕분에 얼마 안 있어 툴루즈에 있는 중고 가게를 죄다 알게 되었다.

델리에 있는 라마 예셰 회관의 관장으로 있는 닉은 중고품 실크 사리를 사서는 그것을 가지고 유행하는 옷을 만들어 파는 일로 회관의 살림살이를 보탰다. 닉이 우리에게도 이 '사리 셔츠'의 위탁 판매를 맡겼고, 우리는 프렌치 리비에라 거리에 노점을 하나 냈다. 이 첫 사업은 손해는 보지 않았지만 돈을 많이 벌지도 못했다. 우리의 간이 탈의실이 싫었는지, 다 보는 데서 옷을 입어 보던 아가씨들 덕분에 즐겁긴 했지만.

날란다에서 11킬로미터 떨어진 곳에 바즈라 요기니 회관이 있었다. 그곳은 한 6만 평쯤 되는 영지에 있는 큰 저택으로, 툴루즈 로트렉의 가족이 옛날에 살던 곳이었다. 라마 예셰의 한 제자가 파리에 있는 제 아파트를 팔아 남긴 돈으로 그 집을 산 것이다. 그 회관의 상임 라마가 우리에게 가르침을 주었고 우리의 임시 주지 스님 노릇을 했다. 날란다에 어느 새 사람이 넘쳐나자, 비구니 스님들은 바즈라 요기니 회관으로 옮겨 가서 도 르제 빨모 비구니 사원을 세웠다.

1982년, 달라이 라마가 날란다를 방문할 예정이어서 긴급하게 건물 보 수를 해야 했다. 일이 쉽지 않아, 성냄이라는, 나의 오랜 적이 다시 고개 를 들었다. 다른 스님들과 자주 충돌하는 바람에 나는 의기소침해졌고, 고립감을 느끼기 시작했다. 문제를 더 복잡하게 한 것은, 달라이 라마의 가르침을 들으러 올 몇백 명 가운데 앤이 있다는 사실이었다. 나는 앤과 가까이 있고 싶었지만 볼 시간이 별로 없었다. 나는 그 절의 책임자인데 에다, 달라이 라마와 그 수행원들이 모두 날란다에 머물고 있었고, 라마 예세도 거기 있었고, 내 아버지도 있었다.

달라이 라마의 도착을 기다리는 동안 우리는 실수 연발 코메디를 연출 했다. 혹시나 중국에서 보낸 암살자가 있지 않을까 바짝 경계하던 터에, 한 경비원이 나무에서 나무로 휙 날아가는 의심적은 인물을 보았다. 약간 의 소동 끝에 알고 보니, 그 사람은 버섯을 따던 마을 사람이었다. 그러고 서 조금 있으려니, 큰 차 한 대가 안개에 가려 희미하게 진입로에 들어섰 다. 설렘과 큰 기대를 잔뜩 품고서 우리는 하얀 환영의 목도리를 펼쳤다. 그러나 안개를 뚫고 나타난 것은 시의회의 쓰레기 수거 트럭이었다. 입에 담배를 문 트럭 운전수는 우리의 환영에 몹시 감명을 받았다. 그는 시장 이 내게 보낸, 아름답게 꾸민 증명서를 건넸는데, 거기엔 우리 절을 검사 한 결과, 달라이 라마가 머물기에 안전함을 언명한다고 씌어 있었다. 그 검사를 받는 동안, 나는 시장이 좋아하는 국화 기르기 이야기를 꺼냄으로

써 전기선 작업에 대한 그의 관심을 딴 데로 돌린 적이 있었다—시장은 전기 기술자 출신이었지만, 나는 완전히 문외한이었다. 아무튼 프랑스에서나 일어날 수 있는 일이었다.

달라이 라마의 인품은 모두에게 마술 같은 영향을 미쳤다. 날씨는 거칠고 궂었지만 법문 프로그램은 순조롭게 진행되었고 우리는 모두 서로에게 다정했다. 비공식 자리에서 달라이 라마는 스님들에게 서양에서는 어떻게 살아야 하는지 조언해 주면서, 가난한 사람을 위해 봉사하는 기독교의 본보기를 따르라고 격려했다.

라마 예셰는 닥뽀 린포체, 공사르 뚤꾸(화신化身 또는 환생한 스님을 뜻하는 말로, 린포체와 같다 —옮긴이), 소갈 린포체를 포함해 몇몇 높은 고승들을 저녁 식사에 초대했다. 그 자리에는 인근에 사는, 베네딕토회 소속의 바스티아니 신부도 있었다. 그는 티베트 불교에 관심이 있었다. 이야기를 나누다가 바스티아니 신부가 라마 예셰에게, 그들 전통에서는 많은 사제들이 아내를 얻고 가족을 부양할 수 있는 나이인 마흔여덟에 속퇴한다면서, 불교 승려들은 성욕을 어떻게 해결하느냐고 물었다. 라마 예셰는 밀교에는 성 에너지를 승화시키는 방법들이 있다고 대답했다. 그리고 그 문제는 어쩔 수 없이 비밀이라서 그 방법을 자세히 설명할 수는 없다고 했다. 나는 라마 예셰 옆에 앉아 있었는데, 라마의 대답을 관심 깊게 들었다. 나는 고작 서른여덟이었고, 앤과의 우정에서 승려로서의 내 삶에서 전에 없던 무언가가 일어나고 있었다.

한 달 뒤, 라마 예셰의 제자들이 유럽 전역에서부터 이탈리아에 있는 우리 회관으로 와서 모였다. 깊은 밀교 수행인 나로빠의 여섯 수행법(나로

349

육법六法)에 대한 라마의 가르침에 참석하려고 모인 것이었다. 앤도 그 자리에 참석해서 그 에너지가 내겐 더 강렬했다. 나는 라마 예셰를 만나 내 마음 속에서 일어나고 있는 모든 것을 설명했다. 앤과 함께 있기를 바라는 내 욕구, 앤에게서 느끼는 육체적인 끌림, 그러나 결코 스님이기를 그만두고 싶지 않음을.

라마는 주의 깊게 듣더니 말했다. "괜찮네. 앤하고 말은 계속 하게. 하지만 만지지는 말게나."

앤은 내가 계율을 깨뜨리도록 부추기지 않았고 나도 앤을 만지지 않았지만, 앤과 함께 있기를 바라는 마음은 더 강해졌다. 강좌가 끝났을 때 라마를 다시 만났다. 내 마음은 그 때까지도 앤에 대한 갈망과 스님으로 남고 싶은 소망 사이에서 갈등하고 있었다.

라마 예셰는 거실에서 긴 의자에 앉아 탁자 쪽으로 윗몸을 내밀고 있었다. 탁자 위에는 음계종音階鍾이 하나 있었는데, 황금 천사가 회전하면서 그 날개가 촛불에서 나오는 공기를 움직이면 악기가 돌아가면서 작은 종들이 소리를 냈다. 그 날 우리는 라마의 환생으로 알려진, 코판에서 온 한 젊은 뚤꾸가 속퇴해 서양 여자랑 떠났다는 소식을 들었다. 라마는 전에 없이 슬픈 모습이었다.

라마 맞은편 의자에 앉았다. 라마는 검지 손가락으로 천사를 밀어 회전시키고 있었다. 오 분이 지나도록 라마는 아무 말이 없었다. 들리는 소리라고는 종들이 딸랑거리는 소리뿐이었다.

이윽고 라마가 물었다. "뭘 갖고 있나?"

나는 제자들한테서 온 편지 몇 장을 들고 있었다.

"읽게나." 라마가 말했다.

첫 번째 편지는 한 미국 비구니가 출가 서약을 되돌리고 싶다고 부탁한 것이었다. 라마는 아무런 반응도 보이지 않고 말없이 천사를 회전시키기만 했다.

라마를 보면서 나는 슬픔 속에서 돌아가는 삶의 바퀴(윤회)를 생각했다. 시작 없는 시간 이래로 우리는 자기 자신의 불행한 윤회 바퀴 속에서 돌고 있다. 한번도 만족을 얻지 못한 채로 언제나 업과 정신의 고뇌에 갇혀 돌고 있다. 라마의 침묵은 내가 내 상황에 스스로 대처할 힘을 불어넣어 주었다. 어떻게 해야 할지가 분명해졌다.

"그 여자가 아직 여기에 있나?" 라마는 내 마음에 무슨 생각이 있는지 알았다.

"예, 스승님. 하지만 내일 떠날 겁니다." 나는 그 문제는 그쯤에서 멈추게 했다.

앤은 다음 날 아침 피렌체로 떠났다. 나는 시골길을 한참 걸어가 나무 밑에 앉아 울었다. 영혼의 짝에 대한 열망이 마음 깊은 곳에서 솟아났다. 나는 집착과 직면하고 있었다. 이 집착이라는 적군과 맞서 싸우겠다고 선전포고한 것이 이미 일곱 해 전이었다. 그 순간까지는 집착을 가지고 놀았을 뿐이었다. 그러나 이제는 집착과 똑바로 맞서야 했다. 나는 그 자리에 오랫동안 머물면서 불교의 논리를 써서 내 아픔을 덜어 보려고 했다. 듣지 않았다. 그 방법은 폭풍이 오기 전에 써야지, 폭풍 속에 있는 동안에는 소용이 없었다. 그리하여 이번에는 나의 라마들과 수호신들을 생각했다. 마침내 괴로움의 짐을 어느 정도 내려놓을 수 있었다.

나는 여전히 가슴 아린 상처를 안은 채로, 그러나 한결 가벼워진 걸음으로 회관으로 돌아왔다. 복도에서 라마 예세를 만났다.

"그 여자는 갔나?" 라마가 물었다.

"예, 스님."

"울었나?"

"예, 스님."

"됐네. 그걸 모두 글로 써 보게."

나는 불가능한 일이라고 생각했다. 여전히 고통이 컸기 때문이었다.

"자네가 안거를 하면 좋겠네." 라마의 그 말에 나는 기운이 났다. "스페인으로 가서 석 달 동안 바즈라요기니와 뚜모 수행(티베트 불교의 독특한 수행 방법으로, 배꼽을 중심으로 몸의 기를 모아 몸을 덥히는 배꼽불 수행이다—옮긴이)을 하며 안거하게."

바즈라요기니는 명상하는 여성의 형상을 한 신격으로서 수호신의 하나 인데, 그 명상 방법은 욕망을 진리의 길에 이르는 축복받은 지혜로 바꿈 으로써 마음을 보호해 준다.

"그 여자 사진이 있나?" 조금 있다가 라마가 이렇게 말해 나는 그만 어 리벙벙해졌다.

"아니오, 스님." 오래 전에 나는 그것이 내 집착을 키우기만 하지 싶어서 앤의 사진을 치워 버렸다.

"그럼 한 장 얻게나." 라마의 이 말에 나는 다시 한번 어리벙벙해했다.

스페인 남부 시에라 네바다 산맥 한 자락에 새 안거 회관이 있었다. 그 곳에 마련한 내 오두막은 큰 바윗덩이와 함께 쌓은 돌 옹벽이 뒤를 두르 고 있었고, 주변이 온통 돌투성이였다. 넓은 골짜기 건너편으로는 또다른 산맥이 펼쳐졌고, 그 너머로는 지중해와 아프리카였다. 달라이 라마가 몇 달 전에 그 곳에 머무르고는 명상하기 좋은 곳이라고 선언한 바였다. 달라이 라마가 방문한 뒤로 내가 그 오두막을 처음 쓰고 있었다.

안거를 시작한 그 날 저녁 나는 산책길에서 앤의 편지와 사진을 발견했다. 점심 때 도시락 바구니에서 떨어뜨린 것이었다. 그 날 밤새 눈이 잔뜩 내렸기에 미리 찾아 다행이었다. 나는 그 때까지도 내가 왜 그 사진을 가지고 있어야 하는지 까닭을 몰랐다. 아마 라마 예셰는, 그 사진이 진짜 앤이 아닌 것처럼, 내가 그렇게 집착하는 내 마음 속의 앤의 모습도 진짜 그 사람이 아님을 내가 깨닫기를 바랐으리라.

'들어 봐, 마음아.' 나는 내 자신에게 말했다. '그 집착이 촛불에 이끌려 죽게 될 나방의 집착과 술병에 끌리는 술 중독자의 집착과 같다는 것을 알고 있지. 그건 너를 파괴시킬 뿐이야.'

'그래, 하지만 앤은 촛불이 아니야. 앤은 실재하는 사람이고 우린 서로를 행복하게 해 줄 수 있어.'

'글쎄, 앤은 네가 생각하는 것처럼 실재가 아니지만, 이 얘긴 잠시 밀어 두지. 둘이 서로를 행복하게 해 줄거라고 확신하나?'

'앤은 많은 점에서 나랑 같으니, 우린 함께하면 확실히 행복할 거야.'

'너는 앤을 사랑하는 거야, 아님 너 자신을 사랑하는 거야? 삐그덕거리면서도 함께 오랫동안 행복하게 산다고 쳐. 두 사람 가운데 하나가 죽으면 어쩔 셈이지?'

'법의 지혜로 슬픔을 이겨 낼 거야.'

'그렇담, 그걸 왜 지금 하지 않지?'

이런 식의 수많은 대화가 안거를 하는 석 달 동안 내 마음을 지나갔다. 집착이 힘을 잃어 가면서 라마 예셰를 따르려는 내 결심은 더 강해졌지만, 그 때까지도 금욕의 문제는 그리 쉽지가 않았다. 불교 승려로서 진리의 길에서 깨달음을 이루려는 내 결심은, 시드니에 있는 린과 태어날 기회를 얻지 못한 그 아기를 생각했을 때 더 강해졌다. 그들을 위해 그 일을 해야 했다.

남의 행복을 내 행복 앞에 놓는 삶

날란다로 돌아가 새 주지 스님인 게셰 잠빠 텍촉을 만났다. 스님은 티베트 세라 제 사원에서 라마 예셰와 함께 공부한 이름난 학자이자 스승이었다. 그 뒤로 여섯 해 동안 나는 다른 서양인 승려들과 함께 그 스님한테서 불교 심리학, 철학, 명상 등 모든 부문에 대해 폭넓은 지도를 받았다. 스님은 자상하기 이를 데 없었고, 가르침의 미묘한 핵심에 대해 명석하게 설명해 주었다. 갚을 길 없는 큰 은혜를 입은 것이다.

이 기간에 한스를 다시 만났다. 한스는 프랑스인 아내 드니스와 두 아이를 데리고, 날란다에서 그리 멀지 않은 마스 미클레라는 소유지에서 살고 있었다. 한스는 소걀 린포체를 만나 불교도가 되어 가고 있었다. 우리 사이의 강한 연대감이 일었고, 그 연대감은 인더스 강에서 헤어질 때 내가 느낀 죄책감을 일거에 날려 버렸다. 그 소유지에는 여러 가족이 함께 살고 있었는데, 한스의 여동생과 세 아이도 있었다. 날란다에 있는 동안 종종 한스네 식구를 찾아가 같이 지내곤 했다.

하루는 한스 여동생이 전화를 했다. 한스의 차가 길에서 굴러 골짜기로 떨어졌다고 했다. 차와 함께 한스는 다음 날 아침에 발견되었다. 곧바로 마스 미클레로 달려갔다. 한스의 몸은 상처 하나 없이 침대에 뉘여 꽃으로 둘러싸여 있었다. 나는 그 날 밤새도록 철야 명상을 이끌었다. 다음 날 한스의 부모님이 네덜란드에서 도착하자 가까운 마을에 있는 오래 된 교회 뜰에 한스를 묻었다. 허르트를 위시해 한스가 살아오면서 알게 된 온갖 사람들이 조의를 표했다. 밝은 햇살 속에서, 눈송이가 흩날리는 벚꽃 송이와 한데 섞여 떨어지는 모습은 한스를 기쁘게 했으리라. 나는 우리의 길이 내생에서 다시 만날 것을 기원했다.

1983년 가을, 라마 예셰가 날란다를 방문했는데, 몸이 좋지 않아 보였지만 여전히 기운은 넘쳐 흘렀다. 게셰 텍촉 스님이 라마를 마을 박람회에 모시고 갔는데, 라마가 어찌나 열중해서 놀이를 하며 웃는지 사람들이 라마를 보려고 주변에 몰려들어, 박람회가 준비한 재미있는 프로그램보다 라마가 더 인기를 끌었다. 행운의 봉투 가게에서 라마가 하도 재미있게 행동하니까, 걸음마를 갓 뗀 가게 주인의 예쁜 딸이 아이스크림 먹던 것도 잊고는 입을 벌린 채 웃으며 라마를 빤히 바라보기만 했다. 사진기가 있으면 좋을 걸 싶었다.

라마가 돌아갈 때가 되어 나는 라마를 툴루즈 공항까지 배웅했다. 그렇지 않아도 너무 늦었는데 길마저 막혔다. 길게 서 있는 차들 뒤에서 멈춰 있는 동안, 불법이지만 갓길 쪽으로 빠져 앞차를 다 앞질러가면 안 될까 하고 잠시 생각했다. 그러다 '미친 짓이야' 하며 그 생각을 접으려는 순간, 옆에 앉아 있던 라마가 내 마음을 읽고는 "가!" 하는 게 아닌가.

나는 발을 가속 페달에 딱 붙이고선 자동차 일고여덟 대를 순식간에 지

356

나 그 차들 앞으로 끼어들었고, 때마침 초록색 신호가 떨어져 오른쪽으로 길을 꺾었다. 이 말도 안 되는 불법 기동 작전 덕분에 우리는 조금 여유 있게 공항에 도착할 수 있었다. 그것이 라마 예셰와의 마지막 시간이었음을, 나는 몰랐다.

몇 달 뒤, 바즈라요기니 회관과 도르제 빨모 비구니 절의 관장들과 함께 세계 곳곳의 라마 예셰 회관 관장들이 모이는 연례 회의에 참석하려고 영국으로 갔다. 우리는 스트랫퍼드에서 가까운 오두막에 머물렀다. 회의는 며칠이 걸렸는데, 두 가지 깊은 걱정거리로 그늘이 드리웠다. 라마 예셰의 가장 큰 회관인, 영국의 만주슈리 회관에서 초대 강사로 있던 티베트 라마가 어떤 이유에선지 악의적으로 학생들을 라마 예셰한테서 등을 돌리게 만들었다. 달라이 라마가 그 상황을 타개해 보려고 호소했으나, 그는 그것을 거부하고는 학생들을 선동하여 그 회관을 자기 개인 왕국의 발판으로 차지했다.

둘째 문제는 라마 예셰의 건강이었다. 류머티스성 심장병이 악화되어 더는 적절한 치료를 할 수 없게 되었고, 코판에서 십일월 명상을 하는 동안 라마의 심장은 마침내 기능 부전이 되었다. 한 스님이 인도에서 최근 소식을 가지고 도착했다. 라마 예셰가 델리의 병원에 있는데 머리카락이 하얗게 세었고 심하게 아프다고 했다.

사람들이 라마 예셰를 캘리포니아로 모셔갔는데, 라마의 상태는 점점 나빠져서 티베트의 설날이 있는 삼월에 라마는 세상을 떴다. 날란다에 그 충격적인 소식이 도착하는 데에는 며칠이 걸렸다. 게셰 텍촉 스님의 지도 아래, 날란다의 비구들은 라마의 다비식에 가지 않고 공부와 명상을 계속하기로 했다. 라마 예셰도 그걸 바랐으리라.

죽어 가면서도 라마는 자신의 지혜 에너지를 다른 사람들에게 주기를 멈추지 않았다. 라마는 우리를 영원히 떠난 것도 아니었다. 라마 조파 린포체가 한 어린 스페인 소년이 라마 예셰의 환생임을 알아보았고, 달라이 라마가 그 사실을 확인하고 증명했다. 라마 예셰의 마음은 이제 라마 텐진 오셀 린포체라는 이름을 지닌 새로운 몸 속에서 살고 있다. 라마 오셀은 라마 예셰의 제자인 파코와 마리아의 다섯째 아이로, 내가 안거를 한 적이 있는 부비온 마을에 살고 있었다. 태어난 지 여섯 주 되었을 때 라마 오셀은 관장들이 회의하는 자리에 있었지만 우리는 몰랐다. 우리 눈에는 그저 아기로 보였을 뿐이었다.

라마 오셀이 여섯 살이 되었을 때, 그 때 내가 상임 법사로 있던 대만의 우리 회관을 방문했다. 이미 라마 조파가 그를 알아보았고 달라이 라마가 증명했지만, 나는 내가 직접 확신하는 기회를 갖고 싶었다. 오래 걸리지 않았다. 라마 오셀의 행동과 성격은 섬뜩할 만큼 라마 예셰를 생각나게 했다. 그의 유머 감각과 몇몇 얼굴 표정이 라마 예셰와 똑같았다.

언론이 이 어린 라마의 도착을 크게 보도했고, 모두가 라마 오셀에 대해 알았다. 한 가족이 저희의 죽어 가는 어머니를 회관으로 모시고 왔다. 라마 오셀이 도와 줄 수 있지 않을까 하는 소망을 그들은 가지고 있었다. 지독한 감기에 시달리면서도 라마 오셀은 그 아낙네 옆에 앉아 그 부인의 손을 부드럽게 잡았다.

"아픈가요?" 라마가 물었다.

"그냥 피곤해요." 부인의 대답을 누군가 통역했다.

"어떤 약을 먹고 있지요?"

식구들이 라마 오셀에게 저희 어머니가 먹는 서양 약을 보여 주었다.

"그것도 좋지만 티베트 약도 먹어야 해요. 바실리!" 라마 예셰가 보여 주던 그런 카리스마를 풍기며 라마 오셀은 시자인 스페인 스님에게 그 부인에게 약을 좀 주라고 시켰다.

"이걸 더운 물하고 삼키세요." 라마는 의사 같은 권위로써 아낙에게 말했다. 그러고는 다시 어린 소년다운 목소리로 말했다. "그리고 옴 마니 파드메 훔을 되도록 많이 말하세요. 또, 텔레비전을 너무 많이 보면 안 돼요."

이 마지막 지시에 웃음의 잔물결이 방에 퍼졌다. 그 어머니와 식구들은 아주 기뻐했다. 우리도 기뻤다. 라마 오셀의 성숙함과 자비심은 라마 예셰의 마음이 이 여섯 살 난 소년의 몸에 참으로 존재함을 확실히 암시했다.

회관의 학생들이 대만 음식 시장에서 산 물고기, 새, 개구리들, 뱀 몇백 마리를 방생하려고 라마 오셀과 나를 시골에 있는 호수로 데려갔다. 학생들하고 같이 둑을 걷다가 라마 오셀은 낚싯대와 줄을 가지고 있는 낚시꾼 옆에서 멈추었다.

"이걸 왜 하지요?" 라마가 통역자를 통해 물었다.

"재미있으니까." 그 낚시꾼이 대답했다.

"물고기들은 물 속에서 행복하게 헤엄치고 있는데 당신은 그 물고기들을 낚아서 먹어요. 물고기들이 그걸 좋아한다고 생각하나요?" 라마 오셀은 아주 염려스러운 태도로 물었다.

학생들이 소리 내어 웃자, 라마 오셀은 곧바로 그들을 헤치고 내게 다가왔다. 라마가 내 손을 잡고 나를 데리고 가더니 호소하는 듯한 목소리로 물었다. "내가 물고기에 대해 물었을 때 왜 저 사람들이 웃은 거죠?"

"그게 바로 당신이 돌아온 이유랍니다, 라마." 내가 대답했다.

티베트의 불교도들에게는 이타주의를 가르치고 수행하는 라마들이 남을 돕는 일을 계속 하기 좋은 상황 어디에건 환생할 것이라고 믿는 것이 너무나 자연스럽다. 라마들이 '사랑-친절(메타metta)'에 참으로 진실하다면 이 생각이 그들 내생의 근본 원인이 된다. 그건 선택의 문제도 아니다. 학생들은 라마들한테 등을 돌릴 수도 있겠지만 라마들은 한 중생도 저버릴 수 없다. 나는 라마 툽뗀 예세가 라마 오셀 린포체의 모습 속에 다시 나타났음을 의심하지 않는다. 내겐, 라마 오셀이 자기 전생을 기억하는지 하지 못하는지는 중요하지 않다. 나는 라마 오셀이라는 흠 없는 사람이 보리심, 곧, 온 우주에 대한 책임감의 발현이라는 것을 완전히 믿는다.

이런 이타적인 태도는 다른 문화권의 사람들은 이해하기 힘들다. 보통 사람들의 자비심은 개인적인 안락함이 보장된 영역 안에 머물 뿐이다. 결코 그 너머로는 가려고 하지 않는다. 우리는 사람들이 거리에서 죽어가거나 아파 쓰러진 사람을 모른 체했다는 기사를 읽으면 마음이 거북하다. 우리도, 바쁘다는 핑계로, 그렇게 행동할 수 있음을 알기 때문이다. 반면에 우리는 누군가 남에게 친절을 베푼 이야기를 들으면 기분이 좋아진다. 만약 우리가 남의 행복을 우리 행복 앞에 놓는 것을 배운다면 우리는 어느 때보다 행복해질 터. 아무 것도 바라는 것이 없다면, 다른 이의 얼굴에 웃음을 띄게 하는 것만으로도 그 날은 즐거우리라.

환생이 사실일까? 이타주의가 가능할까? 솔직히 나는 모른다. 논리적으로는 둘 다 가능하다. 그에 대해서 결정적으로 확인하는 일은 저마다 개인적인 정신 경험을 통해서 이루어질 터이니, 나는 그 경험을 얻기를 소망한다. 그러기까지, 금욕과 이타주의와 지혜를 얻으려는 내 노력이 세 해가 걸릴지, 세 번의 생이 걸릴지 아니면 삼십 억의 생이 걸릴지는 상관없다. 어찌 되든, 내 삶은 뜻깊으리니.

에필로그

라마 톱뗀 오셀 린포체는 사미로서 인도 남부의 세라 제 사원에 등록해서, 개인 교사들의 지도 아래 서양 교육을 받을 뿐만 아니라 전통 교육도 시작했다. 이 책이 영어로 출판될 즈음(2005년)에 라마는 대학에 들어가려고 서양의 고등학교에서 공부하고 있었다.

라마 톱뗀 조파 린포체는 라마 예셰의 세계적인 기구인, 대승전통보존협회(FPMT: The Foundation for the Preservation of the Mahayana Tradition) 회장직을 계속 맡고 있다. 몇천 명의 제자들에게 영성을 북돋아 주는 벗으로서 지내는 것말고도, 라마는 완수하고자 하는 개인 과제들을 많이 갖고 있다. 그 가운데 가장 중요한 것은, 라마 예셰의 권고로 미래불인 미륵불의 거대한 동상을 인도 보드가야에 세우는 일이다. 라마 조파 린포체는 이처럼 라마 예셰의 소망을 성취하는 일의 중요성을 우리에게 몸소 보여 주고 있다.

내 가장 소중한 벗들, 게리와 크리스는 퀸즐랜드에 있는 첸레직 회관을 개발하고, 회관이 자리잡는 데 중요한 역할을 했다. 둘은 회관 가까이 있는 자기들 소유지에 살고 있다. 게리는 건축과 관련된 일을 하고 있는데, 특히 탑과 사리탑, 그리고 성물함聖物函 건축에 관계하고 있다.

주디는 영국 사람과 결혼해서 아이가 둘이다. 불교 기초반을 지도하고 있다.

케리는 영국 사람과 결혼했다. 케리와 남편은 오스트레일리아에 있는 스리 고앵카 명상 회관의 창립자들로, 둘 다 수석 명상 지도자들이다.

앤은 영국 사람과 결혼했다. (영국 사람들한테 대체 뭐가 있는 걸까?) 둘은 행복하게 살고 있고, 나는 기회가 닿을 때마다 그들과 함께 지낸다.

클레어와는 오래 전에 연락이 끊어졌다. 클레어도 아마 '잘난' 영국 사람하고 결혼하지 않았을까.

드리는 말

영성의 길은 한 개인의 온전히 사적인 여행이다. 그 길에서 그 개인은 눈 먼 샛길에 빠지기도 하고, 뒤로 물러서기도 하는가 하면 크게 나아가기도 하고, 넘어졌다가 다시 일어서기도 한다. 그리고 그 길은 인내심 많고 자비롭고 영성이 뛰어난 도반의 지도 없이는 나아갈 수 없는 길이다. 따라서 내가 라마 툽뗀 예셰와 라마 툽뗀 조파 린포체의 보살핌을 받은 것은 더없는 행운이었다. 그분들뿐만 아니라, 두 라마의 스승들과 도반 스님들한테서 힘입은 바도 더없이 컸다.

라마 예셰가 세상을 떠난 뒤 어려운 시기에, 라마 예셰의 '꽃아이들'(라마 예셰는 우리를 그렇게 불렀다)을 돌보면서 보여 준 라마 조파의 인내, 친절, 사랑, 지혜에 대해 느끼는 감사함의 깊이를 말로 다할 수가 없다. 그것은 몇천 명에 이르는 다른 꽃아이들도 마찬가지일 것이다.

이 책은 무엇보다 그 라마들과 티베트 사람들에게 널리 감사를 올리려고 썼다. 한 세기 동안 행해진 전례 없는 끔찍한 잔학 행위를 겪었건만, 그들은 저희보다 더 큰 문제를 겪고 있다고 본 나 같은 서양 사람들에게 그들의 유산과 마음을 기꺼이 선물하였다.

이 책을 씀으로써, 바라건대, 불교를 탐구하게 다른 이들을 격려함으로써 얻는 공덕이 조금이라도 있다면, 그 공덕을 라마 툽뗸 예셰와 라마 툽뗸 조파 린포체, 그리고 라마 텐진 오셀 린포체가 대승의 전통을 지키고자 애쓰는 작업을 하루빨리 성공리에 마치는 데 돌릴 따름이다.

2005년 봄

툽뗸 갸초